SOUVIENS-TOI DE MOI

UNE FAKE-DATING ROMANCE AU BUREAU

SYNERGY
TOME 5

MICHELLE MCCRAW

1

MIMI

J'AVAIS TOUT OUBLIÉ. Sauf ses jolis yeux.

Bleus et ronds, même si la tequila en avait estompé les détails. Je n'arrivais pas à me souvenir de leur nuance exacte, ni s'ils étaient mouchetés. Juste bleus. Et des lunettes. Des lunettes à la Clark Kent. La suspension au-dessus de nos têtes projetait des reflets sur les verres.

La forme et la couleur de la monture étaient floues dans ma mémoire, mais j'étais sûre à quatre-vingt-douze pour cent qu'elles n'étaient pas rondes et en métal comme celles de Byron. Même si j'étais ivre morte, j'aurais pris mes jambes à mon cou.

Combien de temps avais-je plongé mon regard dans ses yeux, alors que nous étions assis dans ce bar de Divisadero Street ? J'avais l'impression que ça avait duré des heures, mais la tequila. Tellement de tequila.

Un flash : des yeux bleus plissés d'inquiétude et une grande main agrippant mon bras pour me stabiliser sur le tabouret. Puis un autre flash, mais celui-ci s'est dérobé à moi, juste hors de portée. Son regard intense et sérieux me brûlait la peau. Quelque chose a été pressé dans ma main.

J'ai baissé les yeux sur ma paume, comme si la chose y était toujours. Mais il n'y avait rien, à part une bague en plastique moche, avec son faux diamant lumineux gros comme une noix. Quand je l'ai tapotée, elle a clignoté faiblement en rose fluo. En tant que demoiselle d'honneur de Bree, j'avais imposé la règle : pas de gadgets vulgaires à son enterrement de vie de jeune fille. Mais une autre amie de Bree avait apporté tout un sac de saloperies en plastique. Et après quelques shots de tequila, je me fichais bien des règles. J'ai arraché la bague de mon doigt et je l'ai laissée tomber sur le comptoir.

Fichue gueule de bois. Je me suis massé la tempe, mais ça n'a rien fait pour apaiser la pression autour de mon cerveau.

Même si je ne me souvenais pas de grand-chose de son apparence, je me rappelais ce que l'homme mystérieux de la nuit dernière m'avait fait ressentir. Que j'étais intéressante. Qu'on prenait soin de moi. En sécurité. Et j'avais tellement ri que j'avais encore un peu mal aux abdominaux.

En fait, c'était peut-être à cause du vomi.

La vibration de mon téléphone sur le comptoir de ma cuisine a déclenché une nouvelle douleur quelque part au niveau de mes molaires.

J'ai attrapé la ridicule écharpe fuchsia qui le recouvrait — l'inscription disait « Vrai Désastre », et ça *s'était* avéré bien vrai, n'est-ce pas ? — et je l'ai jetée de côté. J'ai fait glisser le téléphone du comptoir et j'ai plissé un œil pour regarder l'écran. Bree. J'ai appuyé brutalement sur le bouton pour répondre.

— Pourquoi tu es debout si tôt ?

Elle a gémi, et sa voix était rauque. —J'ai dû faire une offrande aux dieux de la porcelaine. Tu as bu autant que moi. Comment tu vas ?

— Pareil. Et mon haleine ? Il ne fallait pas que j'arrive à ma présentation en sentant la tequila régurgitée. J'ai mis ma main en coupe devant ma bouche, j'ai expiré et j'ai reniflé. Une fraîcheur mentholée. J'ai inséré une dosette dans la machine à café et j'ai appuyé sur le bouton.

— Mimi, a pleurniché ma meilleure amie, ce n'était pas plus facile dans la vingtaine ?

— La boisson ou la gueule de bois ?

— Les deux. Je me souviens de sortir le samedi soir et de boire des mimosas au brunch du dimanche. Maintenant, rien que de penser au champagne — ou au jus d'orange — ça me donne envie de vomir.

— J'imagine que beaucoup de choses sont différentes maintenant qu'on a passé la trentaine. Comme cette étrange irritation autour de ma bouche que j'avais dû camoufler avec une couche de fond de teint supplémentaire. Celle qui ressemblait étrangement à une brûlure de barbe, même si je ne me souvenais *clairement* pas d'avoir embrassé qui que ce soit. —Dis, tu te souviens de grand-chose de la nuit dernière ?

— Beurk, pas vraiment. Surtout après la troisième tournée de shots de tequila.

Troisième tournée ? J'ai forcé ma mémoire paresseuse, mais tout était flou : la tête de Bree renversée en arrière dans un éclat de rire, les gloussements des autres filles, et ces lunettes encadrant une paire d'yeux bleus pétillants.

Le voyant de la cafetière s'est éteint et j'ai pris ma tasse. Son odeur amère m'a tordu l'estomac. Je l'ai reposée sur le comptoir. —Tu t'es bien amusée ?

— Ouais. Merci d'être venue. Je sais que tu étais très occupée avec la fête de fiançailles de ton frère hier.

— Je n'aurais manqué ton enterrement de vie de jeune fille pour rien au monde. On est amies depuis trop longtemps pour ça. Nous étions meilleures amies depuis notre rencontre dans la salle de cinéma qui projetait *Les Indestructibles*. Nos deux familles avaient refusé de le regarder avec nous. C'était la troisième fois pour moi, la cinquième pour elle. Nous nous étions liées sur le fait que nous nous identifiions à Violette, même si nous ne savions pas comment l'exprimer à l'époque. Au fil de notre amitié, nous avions développé une obsession pour Spider-Man, le Superman de Henry Cavill, et tous les Avengers.

Alors, même si je ne perdais généralement pas mon temps dans les fêtes, j'avais réorganisé tout mon week-end pour pouvoir assister à la fois à celle de Ben et à la sienne, en travaillant tard le vendredi soir pour terminer ma présentation.

— Dieu merci, on a un jour pour récupérer avant de devoir retourner au travail, a-t-elle dit.

J'ai fait « hum » et j'ai sorti ma présentation de ma sacoche, juste pour la vérifier une dernière fois. Les graphiques en secteurs impeccables, les courbes montrant mes projections. Il n'y avait rien que la parfaite Larissa puisse critiquer, et nous allions épater son patron, Jackson Jones. Qui se trouvait également être un directeur chez Synergy, où je travaillais.

— Oh non, a dit Bree. Ce n'est pas un *hum* du genre « je-retourne-me-coucher ». C'est un *hum* du genre « je-vais-courir-quinze-kilomètres ».

J'ai gloussé. —Tu sais que je déteste courir. En fait, je dois travailler aujourd'hui.

— Un dimanche ?

— C'est pour la fondation. On a une réunion-brunch dans le Mission dans une demi-heure, et je présente le budget de l'année prochaine à Jackson Jones.

— Attends, tu n'es même pas *payée* pour ça ?

— Non. Même si un jour, si je copiais mon petit frère et transformais ma passion en un travail rémunéré, je pourrais avoir un jour de congé de temps en temps. —La culture du hustle, tu connais.

— Argh, ne me sors pas ces conneries. Tu es une perle. Tu le fais pour… pour les enfants.

Je savais qu'elle avait failli dire *pour moi*. Il était vrai que j'avais commencé à faire du bénévolat pour la fondation pour ma meilleure amie. Depuis le jour où j'avais entendu ce crétin d'Anthony Anker la traiter de Barbie Clignotante le premier jour de la cinquième. J'avais voulu lui rentrer dedans, essayer le crochet que mon frère m'avait appris l'été précédent, et m'assurer *absolument* qu'Anthony ne se moquerait plus jamais du tic de mon amie, mais Bree m'avait retenue, me disant qu'il ne valait pas la peine que je sois collée. Mais toutes ces années plus tard, j'avais continué mon bénévolat parce que j'aimais vraiment le travail que la fondation faisait pour les enfants atteints du syndrome de la Tourette. Des enfants comme Bree l'avait été.

Je venais d'ouvrir la bouche pour détendre l'atmosphère avec une blague quand elle a dit : —Tu as réfléchi à ce dont on a parlé hier soir ?

En fixant mon poster de Doctor Strange, j'ai cherché dans ma mémoire un souvenir autre que la tequila, les éclats de rire et la danse. De la danse ? —Tu vas devoir me rafraîchir la mémoire.

— Tu ne te souviens pas ? Merde, elle avait l'air blessée. —On a parlé du fait que tu es la dernière célibataire de notre groupe d'amis. Tu as promis d'essayer de…

— J'en doute fort. J'ai fait pivoter ma tasse sur le comptoir jusqu'à ce que son anse soit à un angle précis de 45 degrés. —Tu sais à quel point je suis concentrée sur ma carrière en ce moment. Et sur la fondation. Je n'ai pas de temps pour les distractions.

— Une distraction comme Byron, tu veux dire ? Ce type était un triple con. Il y a des tonnes de mecs bien, Mimi. Des mecs qui t'aideront et ne te voleront pas ta promotion.

— Je n'ai pas besoin d'aide. Je peux réussir toute seule. Les mots sont sortis plus secs que je ne l'avais voulu.

— Je sais, je sais. Tout ce dont tu as besoin, c'est d'intelligence, de détermination…

— Et de confiance en soi, avons-nous terminé ensemble. Ma mère avait répété ces mots environ un million de fois.

— Ta mère s'est mariée, a dit Bree.

— C'est la meilleure avocate en droit de l'environnement de l'État. Je ne me comparerais jamais à elle. Et ce n'est pas parce que tu es à une semaine de dire « Oui » que c'est ce qui convient à tout le monde. Je veux d'abord m'établir dans ma carrière.

— Et calmer tes démangeaisons avec des coups d'un soir ?

J'ai relevé le menton même si elle ne pouvait pas me voir. —Il n'y a rien de mal à mes plans sans attaches. J'ai tous les avantages, sans les disputes pour savoir à quelle soirée de boulot on doit aller et où on passe les fêtes.

— C'est plutôt sympa d'avoir quelqu'un avec qui passer les fêtes, tu sais.

J'ai appuyé une hanche contre le comptoir. Je n'avais pas manqué la façon dont les yeux de Maman s'étaient adoucis quand mon frère était arrivé à sa fête de Hanoukka avec son fiancé. Ils portaient des pulls de Hanoukka moches assortis. Même mon cœur froid et noir avait un peu fondu devant leur complicité adorable.

Moi ? Je ne pouvais pas vraiment demander à un de mes coups d'un soir de venir à la fête de mes parents après m'être éclipsée de son appartement avant l'aube et avoir cessé de répondre à ses textos.

— Quoi, tu veux que je vienne à ton mariage avec un cavalier ?

— Non ! Son rire était aigu et forcé. —On a déjà donné le nombre final d'invités au traiteur. Mais tu changes de sujet. Même Ben…

L'interphone a sonné, me sauvant du discours de ma meilleure amie sur le fait que même mon petit frère avait enfin trouvé l'amour durable. Elle avait raison à propos de toute cette mise en couple. Pas une semaine ne passait sans que n'arrive une invitation à un mariage, un enterrement de vie de jeune fille ou une fête de fiançailles. Si quelqu'un m'envoyait un faire-part de naissance, j'allais vomir. Encore.

— Désolée, Bree. Quelqu'un est à la porte. C'était probablement Ben qui passait prendre de mes nouvelles. Bien que la dernière fois que je l'avais vu à sa fête de fiançailles hier après-midi, il était lui-même assez pompette.

— Bonne chance pour ta grande présentation. Je sais que tu vas tout déchirer. Tu m'appelles après ? Elle a fait un bruit de baiser avant que je ne raccroche.

Je me suis dirigée vers l'interphone. C'était tout à fait le genre de Ben de m'apporter un sac de viennoiseries pour éponger l'alcool. Mon estomac a gargouillé.

— Salut, ai-je dit dans le haut-parleur en lui ouvrant.

J'ai entrouvert la porte et je suis retournée vers la cuisine pour ranger ma présentation dans ma sacoche. Puis je me suis figée. Ben avait toujours un double des clés. Pourquoi utiliserait-il l'interphone ?

Quand je me suis retournée brusquement, la réponse se tenait dans l'embrasure de ma porte. Plus d'un mètre quatre-vingts de peau bronzée, de cheveux blonds, une mâchoire carrée et rasée de près qui pourrait fendre du verre, et des yeux de la couleur de l'océan Pacifique par une rare journée ensoleillée. L'ami de Ben, et le cousin de son fiancé, Mateo. J'ai fixé son épaule musclée où son T-shirt noir trop serré moulait sa forme. Regarder son visage, c'était comme regarder le soleil en face. Aveuglant de beauté. Trop beau pour être vrai. Et aujourd'hui, je n'avais pas besoin d'une distraction qui prenait la forme d'un sosie de Thor dragueur.

— Bonjour, bella, a-t-il dit en entrant dans mon appartement.

J'ai plissé le nez à la légère odeur de fumée de cigarette qui est entrée avec lui. Je connaissais Mateo depuis assez longtemps pour ne ressentir aucun papillonnement dans le ventre. Tout le monde dans son univers — hommes, femmes, vieux, jeunes — avait droit à un surnom aguicheur. C'était un dragueur universel, et ça ne signifiait rien.

Exemple concret : à la fête de Ben hier, il avait discuté avec Marlee, la meilleure amie de Ben au travail. C'était la plus belle femme que j'aie jamais rencontrée, avec ses cheveux lisses couleur de miel et son sens de la mode. Mais elle n'était pas célibataire, et Mateo le savait. Pourtant, je l'avais surpris à me regarder par-dessus sa tête à plusieurs reprises. Comme s'il voulait que je remarque que Marlee était le genre de personne avec qui il passait du temps. Jamais quelqu'un comme moi. Avec moi, il était silencieux et distant.

En fait, pourquoi était-il venu ce matin ? Il n'était jamais venu chez moi, même pas avec Ben.

— Qu'est-ce que tu fais là ? ai-je demandé en croisant les bras. —Tu es à court de mannequins en maillot de bain à séduire ?

Son sourire étincelant s'est affaissé. Il avait l'air... blessé ? —Je suis venu prendre de tes nouvelles. Tu te sens bien ce matin ?

— Très bien, ai-je dit. —Même si je suis en fait sur le... attends. Qu'est-ce que tu sais de la nuit dernière ?

Ses sourcils blonds foncés se sont froncés. —Tu ne te souviens pas ?

J'ai repensé à hier. J'étais déjà pompette quand j'avais quitté précipitamment la fête de fiançailles de Ben pour rejoindre l'enterrement de vie de jeune fille de Bree qui avait déjà commencé. Est-ce que Ben l'avait remarqué et avait envoyé Mateo pour veiller sur moi ? C'était le genre de chose que mon petit frère ferait.

Je ne me souvenais pas d'avoir vu Mateo au premier bar. Ni au deuxième. Je me souvenais de la banquette, de la table ronde couverte de verres à shot, de Bree qui riait à s'en étouffer, des diadèmes en plastique scintillants, des lumières de Noël clignotant à la fenêtre, et de la pièce qui tournait autour de moi alors que les verres continuaient d'arriver.

— Non. Pourquoi ? Tu y étais ?

Les coins de sa bouche se sont affaissés. —Tu ne te souviens pas ?

— Je devrais ? Je me serais certainement souvenue s'il avait été au bar. Les amies de Bree en auraient fait le roi de leur cour. Elles l'auraient flatté, touché, dragué d'une manière qui m'aurait irritée. Elles ne connaissaient pas Mateo comme moi. Il était peut-être aussi magnifique qu'un mannequin de fitness, mais il était aussi profond qu'une flaque d'eau.

Il a semblé se dégonfler. Puis il a arboré une ombre de son sourire taquin habituel et a tendu un sac de boulangerie blanc. —Je t'ai apporté le petit-déjeuner.

Mon estomac s'est retourné. —Non merci. Gueule de bois. J'ai besoin de café.

— Non. Il m'a dépassée. —Tu as besoin de glucides. De sucre. Tu as du thé au gingembre ?

Je me suis dépêchée de le rattraper, mais ses larges épaules et l'odeur de cigarette emplissaient toute ma cuisine américaine. Ma gorge me brûlait. Je n'avais pas le temps pour une autre visite aux toilettes. J'ai agité la main devant mon visage. —Désolée, mais tu sens la fumée, et — j'ai dégluti — je crains que mon estomac ne soit pas assez stable pour ça. Merci d'être passé, mais…

Son visage s'est décomposé, mais il a posé le sac sur le comptoir avant de pousser la fenêtre de la cuisine. Tiens. Je croyais qu'elle était bloquée par la peinture.

— C'est mieux maintenant ? Il est resté un instant près de la fenêtre comme s'il pouvait s'aérer.

J'ai pris une grande inspiration d'air frais et froid. —Mieux. Merci.

— Maintenant, pour ton estomac. Il a ouvert un placard mural. —Il te faut quelque chose avec du gingembre. Ou de la figue de Barbarie ?

Figue de Barbarie ? —Non. Je vis dans le monde réel où on boit du café quand on a la gueule de bois. Merci d'être venu, mais je dois me préparer.

— Te préparer ? Il a fermé le placard et s'est tourné vers moi. —Tu es parfaite.

— Merci. Les mots sont sortis de manière plate, automatique. Il disait ce genre de conneries à tout le monde. Dans mon pull noir trop grand et mon jean, je n'étais rien qui s'approche de la perfection, pas comparée à un demi-dieu comme Mateo. De toute évidence, il entretenait son physique avec des séances d'entraînement quotidiennes. C'était le genre de type qui boirait des smoothies au chou frisé avec sa partenaire mannequin de sous-vêtements tout aussi sexy. Qui parlait de compléments, de séries et de figues de Barbarie.

Non pas qu'il y ait quoi que ce soit de mal à ça. C'était juste différent. Je préférais faire travailler mon cerveau avec des feuilles de calcul, alimentée par un sac de chips au sel et vinaigre. Le chou frisé, très peu pour moi.

— Je dois y aller. À une réunion. Je mangerai là-bas. Je me suis faufilée derrière lui dans la cuisine pour le faire sortir.

— Oui, ta réunion avec Larissa et Jackson. Tu ne devrais pas manger avant ?

— Ma… ma quoi ? Comment sais-tu ça ?

Il a baissé les yeux vers le sac et a marmonné quelque chose.

Ah, oui. Ben avait dû en parler à la fête hier. Après quelques verres, plus rien n'était secret pour lui. Non pas que ma réunion pour la fondation soit un secret, mais ça ne regardait certainement pas Mateo.

— Bon, c'était sympa de discuter, mais je suis sûre que tu as des muscles à sculpter. Il n'en avait pas besoin. Ils étaient absolument parfaits, mais son ego n'avait pas besoin que je le flatte. —Et moi, je dois partir.

— Tu géreras mieux les conneries de Larissa si tu n'arrives pas de mauvaise humeur parce que tu as faim. Goûte ça. C'est délicieux. Il a tendu la main vers le sac de boulangerie, mais quand son bras a frôlé le mien, il a sursauté. Le sac a heurté ma tasse de café et l'a renversée. Un liquide brun foncé a jailli sur le comptoir, droit vers mes papiers.

— Non ! J'ai bondi pour les ramasser, mais le corps solide de Mateo me bloquait le passage. Le café a imbibé les feuilles, faisant fondre mes parfaits graphiques en secteurs et maculant mes jolis diagrammes. —Merde, Mateo. C'est ma présentation pour — j'ai vérifié l'horloge au mur — pour ma réunion qui commence dans quinze minutes !

— Tu peux en imprimer d'autres ? Il a attrapé le torchon et a tamponné les papiers, mais tout ce que ça a fait, c'est transférer la tache sur mon torchon écru immaculé. La panique m'a serré la gorge.

— Non ! Arrête. Quand j'ai attrapé son bras, il a tressailli. Le papier mouillé s'est déchiré.

Même si je pouvais miraculeusement sécher le papier en

quinze minutes, un graphique en secteurs rafistolé avec du ruban adhésif n'allait impressionner personne. Ma présentation, et ma chance d'impressionner Jackson Jones, était ruinée.

— Je... je suis désolé, Miriam.

Mon corps s'est échauffé et ma colère a explosé. —Bon sang, Mateo. Je vais être en retard, et maintenant je n'ai plus de présentation. Fous le camp. J'ai jeté les papiers à la poubelle. Je n'avais pas le temps d'aller au bureau les réimprimer. J'allais devoir les montrer à l'écran. Sauf que...

L'horreur m'a envahie quand j'ai regardé le café. Il avait atteint ma sacoche. Avec mon ordinateur portable à l'intérieur. Quand je l'ai sorti, du café a goutté du coin.

— Merde ! J'ai arraché le torchon ruiné des mains de Mateo et j'ai tamponné le bord. *Je t'en prie, je t'en prie*, s'il te plaît, *démarre*. J'ai posé mon ordinateur sur une partie sèche du comptoir, je l'ai ouvert et j'ai appuyé sur le bouton d'alimentation. Quelques pixels se sont allumés, puis l'écran est devenu noir.

J'ai martelé le bouton d'alimentation, mais cette fois, rien ne s'est passé. —Bordel de merde !

Son visage était plus pâle que mon torchon. —Je peux faire quelque chose ?

J'ai grincé des dents. —Dégage.

— Je... je peux demander à Lito — je veux dire Cooper — de te trouver un nouvel ordinateur...

— Non ! Il était peut-être Miguelito, le cousin préféré de Mateo, mais pour moi, il était Cooper Fallon, le patron du patron de mon patron. Hors de question qu'il apprenne que j'avais ruiné mon ordinateur de Synergy. Son mauvais caractère était légendaire, et même sa future belle-sœur ne serait peut-être pas à l'abri d'une de ses fameuses engueulades. —Va-t'en.

— Mais je...

— Va-t'en ! ai-je crié en désignant la porte.

Il s'est recroquevillé sur lui-même et s'est éloigné en traînant les pieds. La porte de mon appartement a cliqué en se refermant alors que je fourrais mon ordinateur portable décédé dans ma sacoche détrempée.

Désespérée, j'ai de nouveau jeté un coup d'œil à l'horloge. J'allais définitivement être en retard. Ni Larissa ni Jackson Jones ne seraient impressionnés. Et demain, je devrais demander un nouvel ordinateur à mon patron.

Merci, Mateo.

2

MIMI

NOUS AVIONS RENDEZ-VOUS dans un de ces cafés hipsters branchés où le café était issu du commerce équitable et bio, et les douceurs — si on pouvait les appeler ainsi — étaient pauvres en glucides et compatibles avec le régime kéto. Un endroit qui plaisait à Larissa, qui ne mangeait pratiquemen rien et ne manquait jamais un cours de spinning. Elle appartenait à la même catégorie que nos donateurs, toujours tirée à quatre épingles, jamais un cheveu blond de travers.

J'aurais aimé être comme elle.

Mais aujourd'hui, j'étais tout le contraire. En sueur, essoufflée et avec dix minutes de retard, sans aucune présentation à leur montrer. Juste mon ordinateur portable fichu dans son sac détrempé et un mal de crâne rempli de chiffres.

J'étais sûre à soixante-trois pour cent qu'elle allait me virer. Quoique, peut-on virer quelqu'un d'un poste de bénévole ? Quoi qu'il en soit, elle ne me donnerait pas les éloges dont je rêvais. Non pas que je les mérite.

L'arôme de cannelle et de muscade du café épicé de Noël me retourna l'estomac. J'ai dégluti. Vomir devant Jackson, Larissa et l'autre femme à leur table serait la cerise sur le gâteau de ma journée catastrophique.

Je me suis dépêchée d'aller vers eux. — Désolée pour le retard.

Larissa n'a pas eu besoin de dire un mot. Le haussement de ses sourcils et le mouvement de ses cheveux raides, blond platine, disaient tout. Je me suis souvenue de la dernière fois que je l'avais déçue, quand j'avais demandé plus de temps pour traiter une note de frais parce que j'étais en pleine clôture de fin de mois pour Synergy. Elle avait laissé tomber sa façade habituellement mielleuse pour me dire d'un ton d'acier : *Nous en avons déjà parlé, Miriam. J'ai besoin de pouvoir compter sur vous.*

Et je l'avais encore laissée tomber. Cette fois, devant son patron. La ligne impassible de ses lèvres roses m'a frappée en plein dans ma manie de vouloir plaire à tout le monde. Mes joues m'ont brûlée.

— Asseyez-vous, Miriam. Commençons, a-t-elle dit froidement.

— Désolée, ai-je marmonné en laissant glisser le sac de mon ordinateur de mon épaule. Je n'avais même pas de bonne excuse aujourd'hui. Rien qu'une gueule de bois et l'erreur que j'avais commise en laissant l'ouragan Mateo entrer dans mon appartement.

— Ne vous en faites pas. Jackson s'est adossé à sa chaise et a étendu ses longues jambes sous la table. Il a fait rouler ses épaules sous son t-shirt noir délavé de Santana. — C'est généralement moi qui suis en retard. Ça fait du bien de ne pas être le tire-au-flanc pour une fois. Laissez-moi vous présenter ma sœur, Natalie.

Me faire traiter de tire-au-flanc m'a pincé le cœur. J'ai affiché un sourire tremblant et j'ai tendu la main. — Miriam Levy-Walters. Mais tout le monde m'appelle Mimi.

Elle s'est levée, me dépassant d'une bonne quinzaine de centimètres avec ses talons. Elle portait des talons un dimanche ? Sa robe fourreau magenta à manches longues mettait en valeur sa silhouette élancée. Elle était blonde, contrairement à son frère aux cheveux sombres, et sa chevelure dorée était enroulée en un chignon élégant sur sa nuque. Leurs yeux, cependant, étaient les mêmes. Des iris d'un brun chocolat chaud, bordés d'une profusion de cils foncés.

Je me suis essuyé les mains moites sur mon jean avant de lui serrer la main. J'aurais aimé porter un pantalon. Si j'avais su que la sœur mondaine de Jackson se joignait à nous, j'aurais davantage réfléchi à ma tenue « rendez-vous pour un café le dimanche ». Et j'aurais mis des bottines au lieu de ballerines. J'avais l'impression d'être Ant-Man à côté d'elle.

La poignée de main de Natalie était d'une fermeté réconfortante. — J'ai entendu de très bonnes choses sur vous. Je suis contente que les finances soient entre de bonnes mains. Son front s'est plissé, mais elle a ensuite souri. La transition a été si rapide que je n'étais pas sûre d'avoir vu son froncement de sourcils. — J'ai hâte de voir le travail que vous avez fait sur les projections.

L'arrière de mon cou m'a démangée. Elle n'allait pas entendre de bonnes choses sur moi aujourd'hui.

— Nat rejoint l'équipe pour aider avec le gala. Un café ? Jackson a bougé les pieds comme s'il allait bondir pour me le chercher. Jackson Jones, un multimilliardaire, allant *me* chercher un café.

— Non merci. D'ailleurs…

— Dans ce cas, a dit Larissa en redressant ses papiers, réglons la question des chiffres.

Larissa était un modèle dans le monde des associations à but non lucratif, ayant remporté un prix pour sa précédente organisation. Mais apparemment, les chiffres étaient son point faible. J'avais fait du bénévolat chaque semaine à la toute nouvelle fondation de Jackson pour les enfants neurodivergents depuis sa création, et un jour, il m'avait présenté la nouvelle directrice, Larissa. Il m'avait dit qu'elle avait besoin d'aide pour monter un bilan et, sachant que j'étais comptable dans son entreprise à but lucratif, il m'avait demandé de l'aider.

Larissa avait besoin de bien plus qu'un bilan. Sa comptabilité était un désastre, mais je l'avais organisée, et j'étais fière de ce que j'avais fait.

Enfin, à l'exception de la catastrophe du café d'aujourd'hui.

J'ai dégluti. — J'ai une mauvaise nouvelle concernant la présentation du budget. Mon ordinateur portable est mort, et les documents imprimés ont été fichus.

Je n'arrivais pas à retrouver ma colère contre Mateo. J'étais l'idiote qui l'avait laissé entrer chez moi pour y semer le chaos. D'ailleurs, si je n'avais pas sorti les papiers de mon sac pour les admirer dans un excès d'orgueil, ils auraient peut-être pu être sauvés.

— Ils ne sont pas sur le serveur ? a demandé Jackson. — Je peux les récupérer. Je suis connecté au VPN.

J'ai fermé les yeux très fort alors qu'une vague de chaleur m'inondait le visage et le cou. — Non. Je les ai terminés vendredi soir, de chez moi. Je n'ai pas pensé à les charger.

— Vous auriez dû me les envoyer par e-mail. La voix de Larissa était aussi acérée qu'une piqûre de guêpe. Ce n'était pas la première fois qu'elle me rappelait de ne rien laisser au hasard. Elle ne le faisait jamais. Enfin, sauf pour ces reçus.

J'ai baissé les yeux sur ma chaussure. Je m'étais déjà fait avoir, et j'avais eu peur que Larissa ne s'attribue le mérite de mon travail. Mais c'était ridicule. Elle était peut-être autocratique et tenait ses registres de manière négligente, mais ce n'était pas une voleuse. Pas comme Byron. Si je lui avais envoyé la présentation, au moins, nous aurions eu quelque chose à montrer aux Jones.

— Je pensais que les gens de la compta comme vous mettaient toujours les points sur les i et les barres sur les t. Et que c'était seulement les créatifs comme moi qui merdions, a gloussé Jackson.

La boule froide dans mon estomac m'empêchait de voir l'humour de la situation. — Je suis désolée.

— Qu'est-ce qu'il a, votre ordinateur ? a-t-il demandé.

— Du café ? ai-je grimacé.

— Donnez-le-moi. Il a fait craquer ses doigts. — Je vais lui faire un peu de magie.

— Non, je vais juste… Mais je ne pouvais pas refuser ses doigts qui m'invitaient à le lui donner. J'ai sorti l'ordinateur de ma sacoche et le lui ai tendu. Il a fait claquer sa langue en sortant l'appareil de son étui détrempé et l'a séché avec le bas de son t-shirt.

Larissa s'est éclairci la gorge. — Pouvez-vous au moins nous résumer les projections financières ?

— Bien sûr. J'ai tiré la quatrième chaise et je me suis assise. Jackson avait déjà retiré la batterie de mon ordinateur et la séchait avec une serviette en papier, mais il a levé les yeux quand j'ai commencé à parler.

J'ai essayé de décrire avec des mots les magnifiques graphiques et tableaux sur lesquels j'avais tant travaillé. Mais après quelques minutes, j'ai surpris Jackson en train de bâiller derrière mon ordinateur, qu'il avait posé à l'envers en forme de tente sur la table. Le regard de Larissa était fixé sur son téléphone. Seule Natalie me souriait de manière encourageante.

Finalement, j'ai conclu faiblement : — Je vous enverrai la présentation demain. Il y a une version plus ancienne sur le serveur, et quand je serai de retour au bureau, je pourrai recréer les projections finales.

Larissa a levé les yeux de son téléphone. — On a besoin de ces chiffres au plus vite.

— Bien sûr. Désolée, ai-je marmonné.

— Bon, a dit Jackson en se frottant les mains. On passe aux choses amusantes. J'ai fait venir Nat pour qu'elle sauve la soirée.

Le gala de la fondation n'avait rien d'une fête comme la célébration de fiançailles dans le jardin de Ben la veille. Dans mes projections ruinées, nous avions prévu qu'il rapporterait la moitié des revenus annuels de la fondation. Les enjeux étaient élevés.

— Sauver ? ai-je répété.

— Un léger contretemps, a dit Larissa en agitant la main. — Le lieu de réception a annulé. Mais j'ai une solution de secours.

— Annulé ? On va récupérer l'acompte, n'est-ce pas ? ai-je demandé. Larissa l'avait réclamé en espèces, bien que je le lui aie déconseillé.

— Un acompte ? Je ne crois pas qu'on ait versé d'acompte. Elle a levé le nez.

— Si... bien sûr que si. N'est-ce pas ? Peut-être que j'avais approuvé un retrait d'espèces pour autre chose.

— Je pense que je m'en souviendrais, a-t-elle dit.

— Je vérifierai les comptes à nouveau. J'ai jeté un regard nostalgique à mon ordinateur mort et aux feuilles de calcul qu'il retenait en otage.

Jackson a dit : — Quoi qu'il en soit, comme le gala a lieu dans deux mois, c'est tout le monde sur le pont. C'est pour ça que j'ai fait venir Nat.

— J'ai aidé ma mère avec des dizaines d'événements de ce genre, a dit Natalie. — On va s'en sortir.

— Mais mon gala va être spécial, hein ? a demandé Jackson. — Pas un de ses galas de charité stéréotypés en cravate noire.

— Bien sûr. Elle a posé une main sur le bras de son frère. — On en fera quelque chose dont tu pourras être fier.

— J'aiderai aussi, ai-je dit, cherchant désespérément un moyen de rattraper mes erreurs. — J'étais la présidente du comité du bal de promo de mon lycée.

Larissa a reniflé. — Un bal de promo de lycée, ce n'est pas vraiment un événement de collecte de fonds d'un million de dollars.

J'ai grimacé. Elle avait raison. Notre budget représentait un centième de pour cent de cette somme.

— N'empêche, on peut avoir besoin de vous. Merci, Mimi, a dit Jackson.

— On a besoin de toute l'aide possible, a dit Natalie. — Avec un tout nouveau lieu et pas de traiteur, on n'a pas beaucoup de temps pour rectifier le tir.

Oh, purée. J'avais oublié que le lieu d'origine, un hôtel, incluait le service traiteur du restaurant sur place. Les donateurs s'attendaient à de la nourriture de luxe pour deux mille dollars l'assiette.

— Ça va être génial. Vous verrez, Mimi. Jackson a calé le coin d'une serviette dans une fente de mon ordinateur. — Le comité d'organisation doit être en première ligne pour représenter la fondation. Je suis bon, mais je ne peux pas tout faire. Il nous a gratifiés d'un sourire éblouissant, et si j'avais eu le moindre billet dans mon portefeuille, je l'aurais sorti pour le lui donner. Pour les enfants.

— Les fêtes ne sont pas vraiment mon truc. J'ai presque regretté d'avoir choisi d'aller à la fête d'hier soir. Mon crâne ne me martèlerait pas comme si Larissa l'avait frappé avec mon ordinateur mort.

Jackson s'est penché en avant. — Mais mes fêtes, c'est le truc de tout le monde. N'est-ce pas, Nat ?

Elle a levé les yeux au ciel. — Pas vraiment. Je ferai en sorte que vous vous sentiez à l'aise à ce gala, Mimi. Promis. Et son sourire était si gentil que j'ai hoché la tête.

J'avais toujours préféré l'organisation et le travail en coulisses à la participation aux événements. Aux fêtes, je restais maladroitement sur le côté. Pas comme Mateo, qui était toujours au centre de l'action.

En plus, qu'est-ce que j'allais porter ? Pfff, les vêtements, c'était encore pire que les fêtes. Je m'inquiéterais de ça plus tard. D'abord, je devais me concentrer sur la raison de ma présence à cette réunion. — Je vais préparer un budget révisé avec le nouveau lieu. Vous me donnerez les factures, Larissa ?

Larissa a agité sa main élégamment pâle. — Jackson paie de sa poche. Vous n'avez pas besoin de factures.

— Mais, ai-je dit, en penchant la tête vers Jackson, vous déduirez les dépenses de vos impôts. Vous voulez sûrement en garder une trace ?

— Eh bien, je… Il a haussé les épaules et a jeté un rapide coup d'œil à Larissa. — Larissa a dit qu'elle s'en occuperait.

J'ai écarquillé les yeux pour ne pas les lever au ciel. Larissa perdait la moitié des reçus avant de me les donner. Si elle essayait de s'occuper de quoi que ce soit qui ait un rapport avec l'argent, elle ferait à coup sûr une bêtise et me demanderait ensuite de la réparer. — Je vais l'aider.

Mais Larissa n'avait pas l'air d'apprécier cette aide. Elle a de nouveau pincé les lèvres. — Vraiment, je…

— Hé ! l'a coupée Jackson. — En parlant d'aide, pourquoi ne pas promouvoir Mimi au poste vacant de directrice adjointe ? Ses compétences financières complètent bien votre expérience dans le milieu associatif.

Ma peau a frémi, et mon souffle s'est bloqué dans ma poitrine. Il y avait un poste rémunéré de disponible à la fondation ? Un poste pour lequel Jackson Jones me jugeait qualifiée ? Directrice adjointe, ça sonnait important. Et je n'appellerais pas vraiment ça une promotion, vu que j'étais actuellement une bénévole non rémunérée, mais je n'allais pas contredire le grand patron.

Larissa a souri, mais son sourire n'a pas atteint ses yeux d'un bleu glacial. — Je pensais que vous aviez dit que je pouvais choisir le candidat.

— Oh. Jackson s'est agité sur sa chaise. — Oui, bien sûr.

Le frémissement sur ma peau s'est transformé en picotements douloureux. Parfois, j'avais l'impression que ce que Larissa appréciait le plus chez moi, c'était le fait que mon travail était gratuit. Le fiasco de la présentation de ce matin n'avait pas fait augmenter ma valeur à ses yeux.

— Je cherche quelqu'un avec de l'expérience dans le milieu associatif. Mais je suppose que je pourrais considérer Miriam.

La voix de ma mère a résonné dans ma tête. *Affirme-toi. Demande ce que tu veux.* — J'adorerais ça. J'ai déjà fait une tonne de recherches…

— Nous en reparlerons plus tard. Elle ne m'a pas regardée, mais son sourire pour Jackson était aussi doux qu'une limonade. — Merci pour l'idée.

— On a fait le tour ? a demandé Jackson. — Nat et moi devons aller chercher Alicia et les enfants pour le brunch familial.

Larissa a parcouru son papier. — C'est tout ce qu'il y avait sur ma liste. Nous nous reverrons dans quelques semaines, après les fêtes. Natalie, si vous voulez bien m'envoyer vos idées pour le gala avec les coûts prévisionnels, je les transmettrai à Miriam pour le suivi.

— Je le ferai. Natalie s'est levée et a lissé les plis de sa robe. — Mimi, j'ai hâte de travailler avec vous sur le gala. Joyeuses fêtes.

— Joyeuses fêtes, ai-je dit, même si Hanoukka était terminé depuis des semaines. — J'ai hâte aussi. Ça ressemblait à beaucoup de travail bénévole supplémentaire, mais si je m'en sortais bien, Jackson et sa sœur le remarqueraient. Larissa n'aurait pas d'autre choix que de me considérer pour le poste de directrice adjointe. Je pourrais enfin être payée pour mon travail à la fondation, quitter mon emploi chez Synergy, et avoir un peu de temps libre. Peut-être que je ferais même plaisir à Bree et trouverais le temps de sortir avec quelqu'un.

Jackson m'a rendu mon ordinateur portable et la batterie. — Laissez-le hors de l'étui encore quelques heures, remettez la batterie et essayez.

— Merci. J'ai essayé d'infuser le mot de toute ma gratitude, non seulement pour l'aide avec l'ordinateur mais aussi pour avoir parlé en ma faveur pour le poste de directrice adjointe.

Il m'a fait un clin d'œil et s'est retourné pour escorter Natalie hors du café.

Larissa m'a foudroyée d'un regard glacial qu'elle devait retenir depuis une heure.

— Écoutez, je suis vraiment désolée, ai-je commencé.

Elle a vérifié que les Jones avaient bien quitté le bâtiment. D'une voix glaciale, elle a dit : — Si vous voulez être considérée pour le rôle de directrice adjointe, vous devez hausser votre niveau, Miriam. Humiliez-moi encore une fois, et je devrai vous laisser partir.

— Mais je…

Elle s'est penchée plus près, et sa voix est tombée à un

murmure. — J'alerterai toutes les associations de la Baie à votre sujet. Même le refuge pour animaux ne vous laissera pas nettoyer la merde des chats. Compris ?

J'ai cillé devant sa grossièreté inhabituelle. — Je... bien sûr. C'était vraiment un accident.

Elle m'a adressé un sourire glacial. — Les femmes comme nous ne peuvent pas se permettre des ratages comme celui d'aujourd'hui. Suivez mon conseil : quelle qu'en soit la cause, rayez-la de votre vie.

— Absolument. J'ai hoché la tête. Ça, je pouvais le lui promettre.

Elle a traversé le café dans un nuage de parfum coûteux et un cliquetis de talons à semelles rouges.

J'ai fixé la pile de serviettes tachées de café que Jackson avait laissée autour de mon ordinateur portable.

Une serveuse s'est précipitée vers moi. — Ça fera neuf quatre-vingt-dix.

— Neuf quatre-vingt-dix ? Je n'avais même pas pris un café noir ou un biscotti sans gluten. Néanmoins, j'ai attrapé mon portefeuille.

— La nana blonde n'a pas payé son latte écrémé.

Je lui ai tendu un billet de dix, puis quelques billets d'un dollar.

— Merci. La serveuse a balayé les tasses vides et les serviettes sur son plateau et a tourbillonné au loin.

Il fallait s'y attendre que Larissa soit trop préoccupée par la gestion d'une fondation de plusieurs millions de dollars pour se soucier des détails d'un latte à dix dollars. La prochaine fois que je la verrais, je n'en dirais pas un mot. Je considérerais ça comme un investissement pour le poste de directrice adjointe.

Que je voulais. Vraiment.

Rien ne m'empêcherait de réussir ce gala et de lui prouver, ainsi qu'à Jackson Jones, que j'avais l'étoffe d'une directrice adjointe.

J'ai ramassé mon ordinateur portable parfumé au café.

Même Mateo Rivera ne m'arrêterait pas.

J'ai ramassé mon ordinateur portable parfumé au café.

Même Mateo Rivera ne m'arrêterait pas.

3

MATEO

J'AI MONTRÉ ma carte d'identité à Bernard, à l'entrée de la résidence privée de ma tía.

— T'as des papiers pour ton ami ? a plaisanté le garde.

— Lui ? ai-je demandé en désignant du pouce le bonhomme de neige en plastique de plus de deux mètres qui dépassait de la vitre arrière de ma Jeep. Il n'a pas besoin de papiers. C'est Frosty le bonhomme de neige. Une putain de célébrité !

Pendant que Bernard rigolait, j'ai engagé lentement ma Jeep après le portail et j'ai grimpé la colline jusqu'à la maison de tía.

Mon gars de la sécurité n'était pas dans son SUV à l'extérieur, comme il aurait dû l'être. Ils ne l'étaient jamais.

Alors, j'ai sorti Frosty moi-même et je me suis faufilé entre les autres décorations sur sa pelouse de la taille d'un terrain de football, une rallonge orange enroulée sur mon épaule. Je suis passé devant les décorations gonflables géantes, un Père Noël qui pouvait faire « ho, ho, ho » et une boule à neige avec un palmier festif à l'intérieur. J'ai tapoté le nez d'un des rennes en plastique qui tiraient le traîneau d'un deuxième Père Noël. Finalement, je suis passé avec difficulté devant celle dont j'étais sûr que ses voisins étaient les plus ravis : une crèche grandeur nature éclairée par des projecteurs, avec une paire de chèvres en résine, une vache, un âne, deux moutons couchés et un debout. Les Rois mages attendaient toujours de l'autre côté de la pelouse pour l'Épiphanie en janvier.

Quand j'ai trouvé l'endroit dégarni dont elle s'était plainte la semaine dernière, j'ai posé Frosty et je l'ai arrimé avec deux piquets. Puis j'ai branché son câble et j'ai trouvé une prise libre sur le boîtier électrique extérieur surchargé. J'ai serré la croix en or autour de mon cou et j'ai adressé une prière silencieuse avant de brancher le câble dans la prise. J'ai remercié silencieusement le ciel quand Frosty illuminé n'a pas fait sauter les plombs de tout le quartier. Non, son jardin rempli de merdes de Noël brillait plus que jamais.

De rien, chers voisins riches.

En époussetant mes mains, j'ai grimpé les marches de son porche et j'ai sonné.

Carlo a ouvert la porte, des miettes parsemant sa polaire noire. Il n'a même pas pris la peine d'avoir l'air désolé, pas comme il l'aurait fait si ça avait été ma cousine qui l'avait trouvé à l'intérieur de la maison au lieu d'être dehors, à surveiller son cabrón d'ex.

— Salut, patron.

— Des biscuits aux épices ? ai-je demandé en montrant les miettes.

Le haut de ses joues s'est empourpré tandis qu'il les balayait soigneusement dans sa paume.

— Ce sont mes préférés.

— Les miens aussi. Elle est dans la cuisine ?

— Ouais. Une clope ? a-t-il proposé en sortant son paquet de la poche de sa polaire.

— Non merci.

Quand il a porté la cigarette à ses lèvres et haussé les sourcils, j'ai de nouveau secoué la tête, bien que mes doigts me déman-geaient de la lui arracher pour tirer une bouffée. J'avais vu le nez de Mimi se plisser quand j'étais entré chez elle la veille. Comment elle avait failli vomir.

J'avais laissé mes nerfs prendre le dessus et j'avais tiré trois bouffées rapides devant son appartement. Arrêter, c'était putain de difficile quand chaque taffe ravivait une douzaine de souvenirs heureux, passés avec mon papá dans sa tabacaria.

J'ai fourré une main dans ma poche et j'ai posé l'autre sur la porte d'entrée.

— Je vais juste faire une ronde de périmètre.

Carlo s'est glissé dehors, et j'ai verrouillé la porte derrière lui, même si je comptais ressortir tout de suite. Ordres de ma cousine.

J'ai suivi les odeurs de vanille, de clou de girofle et de cannelle jusqu'à la cuisine. Ça m'a rappelé la maison de tía Camelia sur l'île, à l'époque de Noël. Elle nous donnait toujours des friandises à emporter, à Papá et à moi. Mon corps a eu un sursaut au souvenir que je ne passerais pas Noël avec ma famille élargie sur l'île.

Mais tía Rosa était aussi de la famille, et j'ai affiché un sourire pour elle. Elle transférait des biscuits d'une plaque de cuisson sur une longueur de papier sulfurisé posée sur son comptoir.

— Hola, tía.

Avec un déhanchement faussement désinvolte, je me suis approché d'elle et je l'ai embrassée sur la joue.

— Mateo.

Sa voix était remplie d'une chaleur onctueuse.

— Je suis contente que tu sois passé. Ne me laisse pas oublier de t'en donner pour la maison.

J'en ai piqué un sur le comptoir et je l'ai croqué.

— Je n'y penserais même pas. Tu veux voir ce que je t'ai apporté ?

— Tu m'as apporté quelque chose ?

Ses yeux bruns étincelants, elle s'est essuyé les mains sur une serviette.

— Un cadeau de Noël en avance.

J'ai pris son manteau dans son placard et je l'ai aidée à enfiler les manches. Dehors, son regard s'est dirigé droit sur le bonhomme de neige.

— Il est parfait ! s'est-elle exclamée en tapant dans ses mains comme si elle avait six ans et non soixante.

— Il faut que tu le voies depuis la rue.

Je lui ai tendu le coude, elle a passé son bras dans le mien, et nous avons descendu les marches pour nous promener jusqu'au bout du trottoir.

Pendant qu'elle admirait le nouvel ajout à sa ménagerie de Noël, j'ai jeté un œil aux maisons de chaque côté. Des lignes de guirlandes claires, droites comme des i, soulignaient les pignons des toits, les fenêtres et les porches. Leurs deux portes étaient décorées de somptueuses couronnes de conifères qui devaient coûter plus cher que mes courses du mois. Pas un seul gonflable ou une seule décoration de jardin en plastique en vue.

Mais ils n'oseraient jamais appeler le syndic de copropriété pour se plaindre de la mère de Cooper Fallon.

— Gracias, hijo.

Elle a tiré sur ma manche, et je me suis penché pour recevoir son baiser.

— Ce n'est rien, ai-je marmonné.

— Ce n'est pas rien.

Elle a posé ses mains sur mes joues pour que je la regarde dans les yeux.

— Tu es un bon garçon, Mateo.

Mais je n'ai pas pu soutenir son regard. Pas après ce que j'avais fait à la présentation de Mimi plus tôt aujourd'hui. Mes doigts sont allés pour tourner la bague à ma main droite, mais elle n'était pas là.

Elle a saisi ma main.

— J'aimerais que tu puisses te voir comme moi je te vois. Comme Miguelito te voit.

— Miguelito ? ai-je reniflé. Il pense que je suis un p… ah, un tonto.

— S'il pensait que tu étais un tonto, il ne t'aurait pas amené ici pour faire de toi mon chef de la sécurité.

— On sait tous les deux que tu n'as pas besoin de sécurité.

— Ah, a-t-elle fait avec un clin d'œil. Nous, on le sait. Mon fils, non. Alors il te paie, tu passes du temps avec ta tía préférée. C'est ce qu'il appellerait un accord gagnant-gagnant.

J'ai essayé de lui adresser un sourire, mais tía voyait toujours clair dans mon jeu.

Elle a fait claquer sa langue.

— Rentrons. Je vais faire du café pour aller avec les biscuits, et tu me diras ce qui te tracasse.

Dans sa cuisine, ma tía a remué du sucre dans une tasse de café fort et noir.

— Qu'est-ce qui s'est passé avec Miriam hier soir ? Elle avait l'air d'avoir un peu trop bu à la fête. Lito et Ben s'inquiétaient pour elle.

— Ils m'ont demandé de la suivre.

J'ai reposé le biscuit que j'étais sur le point d'engloutir.

— Tu savais qu'elle allait à un enterrement de vie de jeune fille ? Si j'avais su, j'aurais apporté plus que mes poings nus pour la défendre de tous ces mecs en rut.

Elle a secoué la tête en fronçant les sourcils.

— Une despedida de soltera. Son amie Breina se marie le week-end prochain. Ben et Miguelito y vont.

Je ne m'en étais souvenu que lorsque j'avais vu Breina enfoncer le diadème en plastique scintillant dans les boucles sombres de Mimi et draper l'écharpe sur ses seins magnifiques. J'ai souri en me remémorant la façon dont Miriam avait étreint son amie, sa formalité habituelle s'évanouissant alors qu'elle lui déposait un baiser baveux sur la joue. Qu'est-ce que je ne donnerais pas pour que ça me soit destiné. Et ça l'avait été, pendant un court moment la nuit dernière.

— Elles ont pas mal bu, mais elles étaient ensemble, et ça allait. Jusqu'à ce que leurs mecs se pointent.

Un grognement a rendu ma voix rauque.

— Ils ont ramené ses amies chez elles et ont laissé Mimi toute seule. Et les connards qui tournaient autour toute la nuit ont convergé.

— Mais tu étais là.

Rayonnante, tía a tapé dans ses mains.

— Tu l'as sauvée, comme un caballero.

— Je n'en suis pas si sûr.

J'ai baissé la tête, me souvenant comment je m'étais caché derrière un journal jusqu'à ce que les amies de Mimi partent.

— J'avais mes lunettes, pas une armure.

— Oh.

Son visage s'est décomposé.

— Mais même avec ces lentes feos, personne ne peut te résister.

— Personne sauf Mimi.

Pourtant, pendant un petit moment la nuit dernière, ses yeux pétillants et ce sourire d'une luminosité inattendue n'avaient été que pour moi. Elle avait semblé voir au-delà de mon apparence lisse pour percevoir l'essence de qui j'étais. Et ce qu'elle voyait lui plaisait. Nous avions parlé de tout : à quel point elle aimait faire du bénévolat à la fondation, à quel point elle admirait la directrice. Bien que, d'après ce que Mimi avait dit, Larissa semblait être une garce manipulatrice et retorse. Elle avait même parlé de son malaise d'être la dernière de son groupe d'amis à ne pas être en couple.

J'avais espéré faire quelque chose pour ce dernier point. Mais quand je m'étais pointé ce matin avec mon sac plein d'espoir de buñuelos, il ne m'avait pas fallu longtemps pour comprendre qu'elle avait un trou de la taille de Mateo dans ses souvenirs de beuverie. Et après que j'aie ruiné sa présentation, elle me détestait encore plus qu'avant.

— Elle ne se souvenait pas. C'est tout moi, ça. Oubliable, ai-je marmonné.

— Oubliable ? Jamais, cariño.

Tía a posé une main douce sur mon bras.

— Je suis juste contente que, quand l'alcool a délogé le bâton qu'elle a dans le cul, elle ait enfin vu à quel point tu es merveilleux.

— Tía ! ai-je glapi.

— C'est vrai. Cette fille a besoin de se détendre. Je sais, je sais.

Elle a balayé mes protestations d'un geste de la main.

— Elle te plaît. Mais tu dois admettre qu'elle est un peu… coincée.

— Déterminée.

Elle a secoué la tête.

— Ambitieuse.

— Elle fait du bénévolat à la fondation de Jackson Jones. Elle ressemble plus à Ben qu'il n'y paraît.

Ma tante n'avait pas l'air convaincue.

— Parfois, je pense que Ben a hérité de tout le cœur de cette famille.

Les doigts picotants, j'ai bondi et j'ai attrapé les plaques de cuisson. J'ai fait couler de l'eau savonneuse dans son évier et j'ai frotté les résidus de graisse et les miettes de biscuits incrustées. Non, Mimi avait montré beaucoup de cœur la nuit dernière, surtout quand elle…

— Tu penses que je devrais lui dire ? Pour le… le baiser ?

J'avais presque du mal à croire que c'était arrivé. Mais j'en avais vu la preuve ce matin, dans l'irritation de barbe qu'elle avait essayé de camoufler avec du maquillage. Comment avait-elle pu oublier ? Je n'oublierais jamais la façon dont elle avait supplié mon nom juste avant que ses lèvres douces ne se posent sur les miennes. Son goût — tequila, douceur et cannelle — quand je m'étais ouvert à elle. La forme de son corps dans mes bras, toutes ces courbes douces que je voulais tracer avec mes mains et ma langue.

— Ne devrais-tu pas ?

Tía s'est approchée de moi à l'évier et a posé une main sur mon dos.

— Non. Surtout pas après aujourd'hui. Après avoir ruiné sa présentation.

La colère qui brillait dans ses yeux m'avait intimidé. Une Miriam Levy-Walters en colère était d'une beauté redoutable.

— Tu devrais te rattraper. Ensuite, tu pourras lui parler de la nuit dernière.

Elle a frotté un cercle sur mon dos.

— Tu as eu tellement de tristesse dans ta vie, hijo. Tu mérites de trouver le bonheur. Et si c'est Mimi que tu veux, fonce. Personne ne peut résister à ton charme.

— Mimi le peut, ai-je grommelé en m'attaquant à une tache collante sur la dernière plaque de cuisson.

— Alors, mets le paquet.

— Je ne peux pas. Chaque fois que j'essaie, je foire tout.

Comme quand j'avais déchiré son papier.

— Souviens-toi qu'elle est humaine, elle aussi. Pas une sainte sur un autel.

— Vraiment ?

Et je ne plaisantais qu'à moitié.

— Elle travaille à plein temps et, en plus, elle est bénévole à la fondation. Et c'est la femme la plus intelligente que j'aie jamais rencontrée.

— Toi aussi, tu es intelligent. Tu n'as pas besoin d'un diplôme universitaire prestigieux pour le prouver. Tu prends soin de Miguelito et de moi.

J'ai reniflé.

— Lito peut prendre soin de lui-même. Et Ben aussi. Et bien sûr que je prends soin de toi. Tu es ma tía préférée.

Et ce qui me restait de plus proche d'un parent, n'ai-je pas ajouté. Elle le savait.

— Tu es un bon garçon. Digne d'elle. Montre-le-lui. Aide-la

comme tu aides tout le monde. Alors, ça ne s'est pas bien passé aujourd'hui.

Elle a haussé les épaules.

— Réessaye.

Je supposais que je devais bien ça à Mimi après avoir foutu en l'air sa présentation.

— D'accord. Je le ferai. Je peux avoir des biscuits en plus, s'il te plaît ?

Elle a attrapé une boîte en plastique dans le tiroir.

— C'est mon garçon. Séduis-la avec de la nourriture.

4

MIMI

QUAND LE PHOTOGRAPHE en a eu fini avec nous, les demoiselles d'honneur, j'avais mal aux joues à force de garder ce sourire rigide que j'avais collé sur mon visage.

Bree et Josh, qui devaient rester pour encore plus de photos, avaient l'air tout aussi frais qu'au moment où ils s'étaient vus pour la première fois cet après-midi, quand il avait jeté un coup d'œil sous son voile et qu'ils n'avaient pas pu s'arrêter de rire. Maintenant, ils se regardaient dans les yeux, partageant des secrets tandis que l'obturateur de l'appareil photo cliquetait. Leur bonheur était vraiment indécent.

Non pas que j'étais jalouse.

J'avais un super boulot et une opportunité encore meilleure avec la fondation si j'arrivais à impressionner Larissa avec mon travail sur le gala. J'aurais aimé qu'elle puisse voir la réception de mariage de Bree au Conservatory of Flowers. Bree et Josh avaient voulu quelque chose dans un jardin en plein air, mais il aurait fait trop froid pour leur mariage fin décembre. J'avais donc suggéré le conservatoire. Les serres étaient chaudes et débordaient de couleurs et de parfums.

C'était ma meilleure idée d'événement depuis que j'avais demandé à la mère de la reine de notre bal de promo, une influenceuse en herbe sur les réseaux sociaux, de décorer le gymnase de l'école comme une vitrine et promis que chaque participant la taguerait et la repartagerait. On a eu le bal de promo le plus bling-bling de tous les temps.

On avait utilisé le budget de décoration économisé pour louer une fontaine de chocolat. Ce n'était pas mon idée — j'étais allergique au chocolat — mais je l'avais approuvée. Et au final, je l'ai regretté. Une bande de lycéens ivres et du chocolat fondu ne font pas bon ménage. En tant que présidente du comité du bal, j'ai personnellement reçu des dizaines de factures de pressing de parents en colère.

Mon estomac a gargouillé. Je n'avais rien mangé depuis une tasse de café et une bouchée de viennoiserie pendant qu'on se faisait coiffer ce matin. J'ai décliné l'offre d'un serveur d'une coupe de champagne et je me suis dirigée vers le buffet d'apéritifs.

Avant même que je puisse attraper ne serait-ce qu'une tartelette au fromage, l'odeur trop familière de Paco Rabanne a submergé le parfum terreux et végétal de la serre et m'a retourné l'estomac. Je me suis figée, à environ deux mètres de la table du buffet, souhaitant que le palmier en pot à ma droite soit assez touffu pour pouvoir m'y cacher. Mais c'était une petite chose chétive, et ses frondes douces n'offraient ni couverture ni défense. Je me suis retournée, sachant qui serait là.

Autrefois, je trouvais son sourire mignon, mais maintenant, il avait l'air mielleux, un éclair de dents blanchies. Il était impeccable comme toujours, son costume repassé et sa cravate nouée avec son habituel demi-Windsor.

Il a redressé ses lunettes rondes et a passé son bras autour de la taille d'une femme. Elle était menue, pesant probablement quarante-cinq kilos toute mouillée, avec un nez en trompette et des cheveux lisses et soyeux. C'était comme si Byron avait délibérément choisi mon opposé exact.

— Mimi. C'est drôle de te voir ici, a-t-il dit, en se redressant pour me regarder dans les yeux. Avec mes talons, j'étais à la même hauteur que lui.

J'ai dégluti pour essayer d'humidifier ma bouche. J'aurais aimé ne pas avoir refusé le champagne.

— Je fais partie du cortège nuptial. J'ai désigné ma robe de demoiselle d'honneur en satin bleu marine comme s'il ne le savait pas déjà. — Qu'est-ce que tu fais ici ?

Il a serré la femme contre lui. — Voici Tanya. C'est la cousine de Josh. Le monde est petit.

— Le monde est petit, ai-je répété.

Tanya a souri d'un air incertain.

Rien de tout cela n'était de sa faute, et maintenant elle faisait partie de la famille de Bree. J'ai tendu la main. — Enchantée de te rencontrer, Tanya. Je suis Mimi. Bree et moi sommes meilleures amies depuis nos onze ans.

Sa main était molle dans la mienne, et je me suis soudain sentie de trop. Trop énergique, trop grande, trop bruyante. L'incertitude qui m'avait anéantie après que Byron m'avait volé ce poste s'est réinsinuée dans mon cœur, froide et piquante. Il ne s'était jamais soucié de moi. J'avais été une imbécile de penser qu'il le pourrait.

— Tu nous manques chez SquawkClip, a-t-il dit. Personne n'arrive à boucler le mois aussi vite que toi.

Les picotements se sont calmés. — Mer…

— Tu aurais dû rester dans l'équipe. Je t'aurais prise comme assistante.

— Attends. Quoi ? J'ai cligné des yeux si fort que mes faux cils se sont emmêlés. — Ton assistante ?

— Tu pourrais être mon bras droit. J'ai sept personnes sous ma responsabilité maintenant.

Ma poitrine s'est soulevée avec tous les mots que je voulais dire. Crier. Je méritais ce poste. Même Byron m'avait dit que je le méritais. Mais il avait utilisé son réseau dans mon dos et l'avait pris pour lui.

J'ai tout gardé pour moi. Je ne pouvais pas faire de scène au mariage de Bree. Pas devant Tanya, qui faisait maintenant partie de sa famille.

— Je suis heureuse là où je suis. Je suis comptable senior dans une équipe fantastique. Et je crois en la mission de Synergy.

— SquawkClip est le site de vidéos sociales le plus branché et le plus exclusif qui soit. Tout le monde veut une invitation.

— Je sais. Je l'avais vu gagner en popularité et en mentions dans les médias depuis que j'étais partie. Mais je m'étais toujours sentie comme une hypocrite en travaillant dans une entreprise qui promouvait des flux vidéo sur invitation, créés par de belles personnes. Mon moi adolescente aurait consommé ces vidéos comme des chips et se serait sentie tout aussi nauséeuse après.

Byron a haussé les épaules. — Dommage que ton bénévolat t'ait toujours détournée de ton travail rémunéré. Tu monteras plus haut si tu restes concentrée sur l'essentiel. C'est ironique qu'en tant que comptable, tu sois si peu soigneuse avec ton propre temps et ton argent.

J'ai pincé les lèvres pour retenir les mots de colère. *Sois gentille pour Bree.* J'ai jeté un coup d'œil à Tanya.

Il a remonté ses lunettes sur son nez. — Si tu changes d'avis et que tu veux revenir, appelle-moi.

L'idée de travailler pour Byron ou pour l'entreprise qui l'avait choisi à ma place a allumé un feu dans mes entrailles. Pourtant, j'ai souri. — Bien sûr.

— Hé, a dit Ben en se glissant jusqu'à moi sur ses chaussures de ville, un peu essoufflé. Il avait dû courir en m'apercevant en train de parler à mon ex. Sa lèvre s'est retroussée. — Byron.

— Ben. Byron a incliné le menton. Même s'ils faisaient à peu près la même taille, il réussissait à le regarder de haut. Quand nous sortions ensemble, il n'avait jamais eu le courage sce dire quoi que ce soit, mais il était évident qu'il méprisait le manque de diplôme universitaire et de travail qualifié de Ben.

Il ne savait pas que Ben avait maintenant à la fois un diplôme et une belle carrière. Ni mon frère ni moi ne prendrions la peine de l'éclairer. Byron n'en valait pas la peine.

Il a regardé de l'un à l'autre. — Tu es ici avec ton frère ?

Je me suis mordu la lèvre pour ne pas grimacer. — Non, je…

Cooper s'est approché de nous, deux coupes de champagne à la main. Il en a tendu une à Ben et m'a offert l'autre. Je l'ai prise, reconnaissante d'avoir quelque chose à agripper qui ne soit pas le cou de Byron.

Le visage de Ben s'est illuminé. — Chéri, je te présente Byron, l'ex de Mimi. Et… ?

— Tanya, ai-je dit.

Cooper leur a serré la main. — Enchanté de vous rencontrer. Je suis Cooper.

Byron en est resté bouche bée. — Cooper *Fallon ?*

Cooper lui a adressé un sourire pincé et a entrelacé ses doigts avec ceux de mon frère. Oui, j'avais été surprise aussi, quand Ben s'était mis en couple avec son patron milliardaire, qui faisait la une des journaux financiers une semaine sur deux.

Byron a cligné des yeux. — Alors, avec qui es-tu ici, Mimi ?

Les picotements froids sont revenus, même dans la chaleur de la serre. Pourquoi n'avais-je pas pensé à amener quelqu'un, n'importe qui ? Mon dernier coup d'un soir, ce type que j'avais rencontré au rayon des plats surgelés un soir après le travail, en novembre. Comment s'appelait-il ? Van ? Vin ? J'avais jeté son numéro à la poubelle.

Si seulement je n'avais pas été si ivre le week-end dernier, j'aurais manqué ma chance avec mon homme mystérieux. J'ai posé la coupe de champagne derrière un broméjia aux pointes rouges.

— Je suis ici toute seule, ai-je dit.

Au même moment, Ben a dit : — Elle est ici avec nous, et a avancé sa mâchoire. — Tu la laisseras tranquille si tu sais ce qui est bon pour toi.

C'était tout mon frère, toujours guidé par son cœur. — Ben…

— Est-ce qu'il t'embête, Mimi ? a demandé Cooper.

— N-non, a dit Byron. Je voulais juste dire bonjour.

— Ça, c'est fait, a dit Ben en se plaçant devant moi. Maintenant, du balai.

Byron a redressé ses lunettes et m'a fusillée du regard comme si la surprotection de mon frère était de ma faute. Puis il a tourné sur ses mocassins et s'est éloigné, entraînant Tanya derrière lui.

— Ce n'était pas…, ai-je commencé.

— Ça va, ma chérie ? a demandé Ben. Tu es devenue si pâle, je me suis inquiété.

— Je vais bien. Il m'a surprise. C'est tout.

— Tant mieux. Il n'en vaut pas la peine.

Mon regard a alterné entre Ben et son fiancé. — Vous vous amusez bien, tous les deux ?

Cooper a esquissé un rapide sourire. — Bien sûr.

— Il ment. Ben a passé son bras sous celui de Cooper. — Fais attention à maman. Elle a parlé à la mère de Bree, et maintenant elle a la fièvre du mariage. Elle a essayé de nous mettre la pression pour qu'on fixe une date. Le sourire de Ben était forcé. — On n'est pas encore prêts pour ça.

Il faudrait que je lui demande plus tard pourquoi il avait l'air d'avoir été forcé à manger l'un des bouquets des demoiselles d'honneur. — Elle ne m'embêtera pas. Elle a toujours dit que je devais d'abord établir ma carrière. Et puis, vous êtes pratiquement mariés.

— Je pense que mes fiançailles ont dû lui détraquer quelque chose. Elle demandait où Bree avait eu sa robe.

J'ai dégluti. La serre chaude et le parfum des lys submergeaient mes sens. — J'ai besoin de prendre l'air.

— Tu veux qu'on vienne ? Mon frère a fait un pas vers moi.

J'ai levé les mains. — Non. J'ai juste besoin d'une minute pour moi.

J'ai tourné sur mes escarpins qui me pinçaient les pieds et je me suis faufilée à travers les invités radieux, les couples main dans la main célébrant l'amour, vers la sortie. Je n'étais pas encore prête à me marier. Mais peut-être que Bree avait raison. Peut-être que je n'étais plus si heureuse d'être célibataire. Ça aurait été vraiment bien d'avoir quelqu'un pour passer son bras autour de moi quand Byron m'a confrontée. Quelqu'un pour me soutenir face à son mépris.

Quelqu'un de gentil et d'attentionné comme mon Homme Mystère.

D'une manière ou d'une autre, j'avais gâché ça. Il n'y avait pas de nouveau numéro dans mon téléphone. J'avais retourné mon appartement et n'avais rien trouvé d'autre qu'une paille vert néon en forme de pénis et un préservatif encore dans son emballage « Les mauvaises décisions font de belles histoires ».

J'ai poussé la porte et je suis sortie pour remplir mes poumons d'air frais et frais.

Mais l'air n'était pas frais. Un homme se tenait à six mètres de là, dans la zone fumeurs, une cigarette pincée entre ses lèvres.

Ses larges épaules et son tee-shirt noir étaient d'une familiarité à vous fendre le cœur, impossible de prétendre que je ne le connaissais pas.

Adieu mon moment pour me ressaisir.

5

MATEO

À L'ÉPOQUE où je travaillais dans la boutique de mon papá, je savais toujours quand quelqu'un était sur le point d'essayer de voler une cartouche ou un cigare dans la boîte près de la caisse. Même si j'avais le dos tourné, les poils de ma nuque se hérissaient.

C'est ce que j'ai ressenti à cet instant.

Lentement, je me suis détourné de l'endroit où j'admirais les camélias. J'ai retiré la cigarette de mes lèvres et j'ai expiré un long filet de fumée bleue.

Mimi se tenait à la porte de la véranda, frissonnante. Sa robe sans manches avait la couleur d'une nuit sans lune sur mon île natale.

Je me suis précipité vers le cendrier, le renversant presque dans ma hâte. — B-bonjour.

Elle a plissé le nez. — Est-ce que tu me suis ?

— Euh… J'ai redressé le cendrier et j'ai jeté le mégot dans la fente. Ah, non. Je raccompagne Ben et Miguelito.

Elle a croisé les bras sur sa poitrine, ce qui était dommage. Le décolleté en cœur mettait ses seins incroyablement en valeur.

Même si j'avais plus de chances de dire quelque chose d'intelligent si je ne matais pas ses seins magnifiques.

— Je croyais que tu étais dans la sécurité, pas chauffeur.

J'ai haussé les épaules. — Je fais ce que mon cousin me demande.

Elle a détourné le regard, et j'ai remarqué que ses doigts tremblaient. Ils avaient fait la même chose l'autre matin, quand elle avait refusé de manger les buñuelos que j'avais apportés.

— Est-ce que ça va ? ai-je demandé. Tu as mangé quelque chose ? Ou… ou est-ce que tu as froid ? Merde, pourquoi avais-je laissé ma veste dans la voiture ? J'ai fait quelques pas vers elle. J'avais une envie folle de l'envelopper dans mes bras comme elle m'avait laissé le faire ce soir-là, au bar.

— Ça va, je vais bien. Elle a levé les mains devant elle comme pour repousser un mauvais esprit.

Je devais puer le cendrier. J'ai reculé d'un pas.

Ses épaules se sont abaissées. — Merci pour les biscuits aux épices que tu as envoyés avec Ben. Ils étaient délicieux.

— De rien. Ma tía est la meilleure cuisinière que je connaisse.

Quand elle a de nouveau frissonné, j'ai dit : — Tu devrais rentrer au chaud. À moins que tu veuilles que je te prête ma veste ? Elle est dans la voiture.

Elle a secoué la tête.

— Tu as faim ? Je vais te chercher une assiette. J'ai indiqué de la tête les portes derrière elle.

Elle a reniflé. — Tu ne t'en sortirais jamais vivant. Pas habillé comme ça. Elle a décrit un cercle de la main en direction du T-shirt noir que je portais chaque fois que je travaillais pour mon cousin.

J'ai lissé le tissu, comme si je pouvais le transformer en costume-cravate par magie. Peut-être qu'alors elle me respecterait. Elle me regarderait comme elle l'avait fait samedi soir dernier.

Non, j'avais merdé. J'avais été ce que j'étais toujours. Une distraction amusante. Quelqu'un qu'on oublie. Pas quelqu'un qu'on garde.

— Désolé de ne pas être assez bien habillé. Je ne m'attendais pas à…

— Non, je voulais dire… Elle a pincé les lèvres. Je parlais de la façon dont tes muscles ressortent dans ce T-shirt.

Je n'ai pas pu m'en empêcher. J'ai bandé les muscles. C'était aussi automatique que de respirer.

Mais Mimi n'a pas réagi comme les gens le faisaient d'habitude. Elle ne l'avait jamais fait.

— J'ai besoin de quelques minutes seule, a-t-elle dit, avec une vulnérabilité que je ne lui avais jamais vue. Tu vois ?

— Pas vraiment. Je déteste être seul. J'ai esquissé un sourire ironique. Mais j'allais lui donner la seule chose qu'elle demandait. Je comprends. Je vais aller m'asseoir dans la voiture.

Ses sourcils bruns se sont froncés, mais j'ai fait ce que j'avais dit. Je me suis retourné et j'ai regagné le SUV. Je me suis enfermé à l'intérieur et j'ai essayé de ne pas la regarder, là, debout, frissonnante, appréciant davantage d'être seule que ma compagnie.

6

MIMI

LA FRUSTRATION de Ben s'est manifestée dans l'agitation de ses mains avant qu'il ne m'attrape par les épaules pour m'embrasser sur la joue.

— Merci d'être venue.

Je l'ai serré dans mes bras.

— N'importe quoi pour toi, Benny.

Une semaine après le mariage de Bree, j'avais abandonné mon rituel de nettoyage d'appartement du dimanche matin pour répondre à son SMS de détresse, et il m'a retrouvée sous l'auvent dégoulinant à l'extérieur du centre communautaire où il faisait souvent du bénévolat.

— Attention, c'est intense, Mimi. Respire un bon coup.

Je ne savais pas si ses derniers mots s'adressaient à lui-même ou à moi, mais j'ai aspiré une goulée d'air froid tandis qu'il ouvrait les portes doubles en métal du gymnase avec un geste théâtral.

À l'intérieur, on aurait dit qu'un match des Warriors était en cours. Des cris et des grincements de baskets résonnaient sur le parquet et les murs en parpaings. Des adolescents — les plus bruyants — se hurlaient dessus en groupes. Un groupe s'adonnait à des joutes, les plus petits juchés sur les épaules de leurs amis et se frappant avec des frites de piscine. Au milieu d'eux, un match de basket improvisé et un match de foot se déroulaient simultanément.

Dans le coin le plus éloigné, Mateo a glissé ses larges épaules dans un cercle à l'allure menaçante qui se formait autour d'une quelconque agitation.

— J'étais censé avoir cinq bénévoles, m'a crié Ben à l'oreille.

— Ils sont tous restés au lit ? ai-je crié en retour. Je commençais à regretter de ne pas en avoir fait autant.

— Gastro. Ils sont tous allés à la même fête le soir de Noël. Dieu merci, toi et Mateo êtes là.

J'ai plongé la main dans la poche de mon imperméable pour attraper mon porte-clés avec le sifflet de sécurité, mais je suis tombée sur autre chose de rond et de métallique. Je l'ai glissé sur mon pouce pour ne pas le perdre et j'ai fouillé dans mon autre poche.

Quand j'ai porté le sifflet à mes lèvres, Ben a su qu'il devait reculer. Pas les jeunes les plus proches de nous. J'ai poussé un cri perçant, et ils ont plaqué leurs mains sur leurs oreilles.

— Hé ! J'ai dû le crier plusieurs fois et le ponctuer de quelques autres coups de sifflet stridents, mais les matchs de ballon se sont arrêtés. Mateo a finalement calmé la bagarre dans le coin, et les visages de cinquante adolescents se sont tournés vers moi.

Quand j'ai eu leur attention, j'ai beuglé :

— Écoutez Ben. C'est lui le responsable.

Ben a sagement demandé à Mateo et aux joueurs de l'aider à organiser les jeunes en équipes pour des courses de relais idiotes. Je suis allée à l'autre bout du gymnase où les introvertis s'étaient mis à l'écart et je les ai gentiment encouragés à faire équipe. Si ça n'avait pas été pour mon frère, j'aurais été tentée de les rejoindre sur les gradins et de sortir ma fanfiction préférée sur Steve et

Bucky sur mon téléphone, mais c'était la journée de Ben. Il veillerait à ce que tout le monde s'amuse.

Ce n'est que des heures plus tard, quand les jeunes ont eu dépensé leur énergie initiale et se sont formés en groupes pour une activité manuelle et pour discuter, que je me suis enfin appuyée contre un tapis de gym accroché au mur. La lumière du soleil de l'après-midi traversait les hautes fenêtres en faisceaux et a étincelé sur mon pouce, me rappelant la présence de la bague. Car c'est bien ce que c'était, une bague. Une alliance en or rayée qui semblait avoir déjà bien vécu.

Qu'est-ce que ça foutait dans ma poche ?

Je l'ai examinée en plissant les yeux, et la façon dont elle captait la lumière a fait sauter un verrou dans mon cerveau, comme un pied-de-biche sur une fenêtre collée par la peinture. Mon Homme Mystère, ses yeux bleus sombres et sérieux derrière ses lunettes, pressant le cercle chaud dans ma paume.

— Garde-la en lieu sûr, avait-il dit. Pour moi.

Je l'ai caressée du bout du doigt. Je m'en étais bien mal occupée, en l'oubliant dans la poche de mon manteau. Au moins, je l'avais encore. Mais comment étais-je censée la rendre à mon Homme Mystère ? J'avais vérifié les contacts de mon téléphone une centaine de fois. Il n'y avait aucune entrée pour *Homme, Mystère* ou *Inconnu, aux Yeux Bleus,* ni même *Kent, Clark.*

— Salut.

J'ai sursauté et j'ai instinctivement couvert mon pouce et la bague avec mes doigts. Si Mateo savait ce qui s'était passé à l'enterrement de vie de jeune fille de Bree, il me la jouerait spécialiste de la sécurité et me ferait un sermon sur le fait de rencontrer des hommes dans les bars quand j'étais pompette.

Je l'ai dévisagé, en essayant de masquer mon irritation. Fantasmer sur mon Homme Mystère était encore mieux que la fanfic Stucky la plus torride, et il venait de m'interrompre.

— Pourquoi tu me parles ? ai-je fait en retroussant la lèvre. Il y a au moins cinq de ces filles qui ont plus de dix-huit ans et qui sont assez âgées pour que tu les dragues. Ne te gêne surtout pas pour moi.

Ses yeux bleus se sont plissés comme si je l'avais frappé, et une pointe de culpabilité m'a tordu le ventre. Pourquoi étais-je toujours aussi garce avec lui ? Il ne le méritait pas. Pas toujours, en tout cas.

Il m'a adressé un sourire pincé.

— Je suis venu te remercier d'avoir aidé Ben aujourd'hui. Je m'inquiétais pour lui avec tous ces jeunes voyous.

— Des jeunes voyous ? me suis-je hérissée. Ce sont juste des gamins. Ils ne vont plus à l'école depuis une semaine et demie pour les vacances, et ils grimpent aux murs. Comme toi et moi à cet âge.

— Hé. Il a reculé d'un pas et a mis ses mains devant sa poitrine. Je ne voulais pas te vexer. J'étais un voyou comme ça, moi aussi. Je sais exactement à quel point la situation aurait pu dégénérer.

— Oh. Bien sûr. Ce n'était pas difficile d'imaginer une version adolescente de Mateo. Son physique de jeune premier, son flirt facile et ses mouvements désinvoltes le faisaient paraître plus jeune qu'il ne l'était.

Comme si je l'avais dit à voix haute, il a rougi.

— Je… ah. Merci d'avoir apporté ton sifflet et d'avoir été la voix de l'autorité dont ils avaient besoin.

— Pas de problème. Ben sait qu'il peut m'appeler quand il a besoin de moi.

Mateo a hoché la tête, et soudain, son visage a perdu son air juvénile. Ces yeux bleus m'ont scrutée d'une manière qui me rappelait… quelque chose. Probablement le regard laser de son cousin. Ma peau a picoté de mon crâne jusqu'à mes orteils. J'ai fourré ma main avec la bague dans la poche de mon jean.

— Mateo ! a crié Ben de l'autre côté du gymnase. Un coup de main ?

J'ai détourné les yeux de Mateo. Ben se tenait à côté d'un râtelier de ballons de basket, mais deux jeunes se renvoyaient le dernier pour ne pas le lui donner. Ça avait l'air d'être pour s'amuser, mais j'étais contente que Mateo soit là pour équilibrer les forces du côté de Ben.

— Excuse-moi, a dit Mateo, mais j'ai deux idiots à remettre dans le droit chemin.

Il est parti en petites foulées, le grincement de ses baskets sonnant comme un avertissement. Les jeunes ont tendu le ballon à Ben dès qu'ils ont vu le costaud Mateo approcher.

Après le départ des jeunes et une fois que Mateo est parti chercher la voiture, Ben s'est laissé tomber à côté de moi sur le sol du gymnase.

— Fatiguée ? Je sais que la journée a été intense.

— Non, ça va. J'ai roulé des épaules. Comment je peux t'aider ?

— En rien. Il a fait un geste vers le gymnase vide, les ballons, les hula hoops et les vieilles trottinettes bien rangés sur leurs râteliers. Tu viens dîner chez nous ?

Dîner avec Cooper et probablement Mateo me paraissait pénible.

— Et si on allait au restaurant ? Juste nous deux ?

— Un endroit avec une terrasse chauffée pour que je puisse amener Coco ?

Rien que de penser au chien de Ben — et à ses poils — m'a fait picoter les yeux.

— Je t'ai aidé toute la journée. Pas de terrasse. Pas de chien.

Ben a eu un hoquet théâtral.

— Coco est un amour de chien. La seule raison pour laquelle ce n'est pas ton meilleur ami, c'est que tu es allergique.

— Laisse-moi te dire que le brouillard des antihistaminiques ne m'a pas manqué depuis que tu as déménagé. Je me suis figée. Les antihistaminiques.

— Je crois que je me suis droguée toute seule, ai-je dit.

— Quoi ? Aujourd'hui ? Ben a scruté mes yeux.

— Le soir de ta fête. J'ai pris mes antihistaminiques avant d'aller à ta fête, puis je suis allée à l'enterrement de vie de jeune fille de Bree. Je pense que les médicaments ont amplifié les effets de l'alcool. J'étais bien éméchée, et je… je ne me souviens pas de grand-chose.

Il a pâli.

— Tu penses qu'il s'est passé quelque chose ?

— Je me suis réveillée seule chez moi, encore habillée. Rien ne semblait… anormal.

Il a poussé un soupir de soulagement, puis il a affiché un sourire en coin.

— Rien d'anormal ? Je *suppose* que c'est une bonne chose. Quoique tu aurais bien besoin d'un peu plus *d'imprévu* dans ta vie.

— C'est toi qui dis ça. J'ai croisé les bras. J'aime ma vie bien rangée.

Ben a grommelé quelque chose qui ressemblait étrangement à *vie ennuyeuse.*

— Hé, tu es pratiquement marié à la personne la plus organisée que j'aie jamais rencontrée. Il n'y a rien de mal à être organisé.

Ses yeux ont pétillé de malice.

— Pas quand ça va de pair avec un corps de rêve et une langue qui…

— Le patron du patron de mon patron, lui ai-je rappelé en grimaçant. Où veux-tu aller ?

— Un resto à burgers bien gras, a-t-il dit sans hésiter. Je ne peux jamais manger ça quand Cooper est là. Tu sais, son corps est un temple et tout ça. Enfin, c'*est* vrai. Un air rêveur a envahi son visage. Et j'y célèbre la messe comme un dévot le dimanche.

J'ai secoué la tête.

— Attends, où est Cooper ?

— Il a dû aller à Singapour. Ben a soupiré.

— La semaine après Noël ?

Il a haussé les épaules.

— C'est un ponte de l'industrie, tu sais. Le capitalisme ne prend pas de vacances.

— Comment s'est passé votre premier Noël ensemble ?

— Bien. Il a souri. On est allés chez Rosa, et elle a préparé une nourriture incroyable. Je ne pourrais même pas te dire ce qu'était la moitié des plats, mais c'était délicieux. Il s'est frotté le ventre. Mateo a fait un pudding de pain à tomber par terre. Je n'aime même pas le bread pudding. *Pudín de pan*, ils ont appelé ça.

— Mateo, ai-je grommelé. Il était partout. Au mariage de Bree quand j'avais besoin d'une minute seule. Dans mon appartement quand je devais préparer ma présentation. Une bouffée de chaleur est montée de ma poitrine à mon cou. Je n'avais pas encore rattrapé le terrain que j'avais perdu avec Larissa à cause de ma présentation ratée. Quand je lui avais envoyé les chiffres mis à jour, sa réponse avait été laconique. Et ne faisait aucune mention du poste de directrice adjointe.

— Je ne comprends pas pourquoi tu ne l'aimes pas. Il est sexy, plein d'esprit, et à peu près le mec le plus gentil que tu puisses rencontrer.

— Plein d'esprit ? J'ai reniflé. J'ai vérifié les portes du gymnase, mais nous étions toujours seuls. Le type est un gros tas de muscles qui peine à aligner deux phrases.

— Je ne sais pas de quoi tu parles. Il a raconté des blagues chez Rosa et nous a tous fait mourir de rire.

J'ai secoué la tête.

— Je suppose que je vais devoir te croire sur parole. D'ailleurs, ce type me déteste.

— Te déteste ? Il n'arrêtait pas de parler de toi. De ta beauté, sur ton trente-et-un au mariage de Bree. De ton intelligence.

J'ai reniflé.

— Tu devais avoir un peu trop abusé du punch de Noël. Jamais il n'a parlé de moi comme ça. Il pense que je suis une grosse intello.

La première fois que j'avais rencontré Mateo, peu après son déménagement à San Francisco pour diriger le service de sécurité de Cooper, j'avais été tellement bouleversée — je ne savais pas que des gens aussi magnifiques existaient en dehors des films de super-héros et des magazines de fitness — que j'avais lâché une de mes blagues de matheuse, celle sur les mathématiciens infinis.

Il m'avait regardée, bouche bée, pendant une seconde, puis il avait dit quelque chose sur le temps qu'il faisait. Ça m'avait rappelé — douloureusement — Byron. Comment il avait toujours froncé les sourcils à mes jeux de mots mathématiques. Il disait que ça me donnait l'air ridicule, comme si j'en faisais trop.

Et Mateo pensait la même chose. Que j'étais une grosse tête. Et pas une jolie. Je le surprenais toujours à regarder les parties de moi que Byron détestait — mes fesses, mes cuisses épaisses. Byron m'avait offert un jeu de bandes de résistance pour mon anniversaire une année. *Dégommeurs de Fessier*, disait l'étiquette.

Mateo, tout en muscles, a dû juger que mon fessier avait besoin d'être dégommé, lui aussi.

Mais j'en avais fini de parler de Mateo. Quelque chose me tracassait au fond de mon esprit chaque fois que je pensais à lui.

— Rappelle-moi quand tu commences ton nouveau travail.

— Ce n'est vraiment que la continuation du stage que je faisais. Mais ma date de début officielle, à temps plein, c'est le quatre.

— Regarde-toi, Monsieur Maturité, l'ai-je taquiné. Un diplôme et un travail d'adulte.

— Hé, être assistant de direction est un travail d'adulte !

Pas selon Maman. Mais je ne l'ai pas dit. Elle ne mettait jamais la pression à Ben comme elle le faisait avec moi. Elle savait que les femmes avaient la vie plus dure que les hommes. Comme elle me l'avait dit cent fois, parce que je ne pissais pas debout, je devais travailler plus dur pour faire mes preuves, pour gagner ce qu'on leur donnait sans y penser. Même mon frère Ben avait transformé un parcours professionnel en dents de scie, la licence la plus longue du monde, et un petit coup de pouce de son petit ami milliardaire en un super job dans une fondation, faisant exactement ce qu'il voulait. Tandis que moi, j'avais travaillé gratuitement pendant un an, sacrifiant mes soirées et mes week-ends, et je peinais à convaincre Larissa que j'étais digne d'être embauchée.

— Et toi ? a-t-il demandé. Des nouvelles du côté du travail ?

— En fait… Je me suis mordu la lèvre. Il y a un poste à temps plein qui se libère à la fondation de Jackson.

— Avec tout ton bénévolat, plus ton expérience en finance, ça devrait être dans la poche pour toi.

— Je ne sais pas. Je n'ai pas fait très bonne impression sur Larissa. Ni sur Jackson. Et c'est un poste de directrice adjointe. Je ne suis qu'une comptable senior chez Synergy.

— Tu veux que je parle à des gens ? Je pourrais demander à Cooper de parler à Jackson. Ou je pourrais le faire moi-même. On le voit tout le temps avec sa famille.

J'ai détaillé Ben, de sa chemise à son jean. C'était un *pli*, ça ? Même ses baskets n'avaient aucune éraflure. Ben avait quelqu'un pour s'occuper de ses vêtements. Et un vrai travail dans une fondation qui aidait les enfants à risque. Elle était plus grande et mieux établie que celle de Jackson, donc ce n'était pas un poste de directeur adjoint comme celui que je visais. Pas encore. Pourtant, à bien des égards, mon petit frère m'avait surpassée.

Je ne pouvais pas profiter de ses relations pour avancer. Non, je n'allais pas me mentir. J'étais trop fière pour accepter l'aide qu'il m'offrait. Trop fière pour admettre que j'avais besoin de l'aide de mon petit frère.

— Non, merci. Je vais me débrouiller toute seule.

— Tu es sûre ? Ça ne me poserait aucun problème. Les gens de ce milieu le font tout le temps.

— Ben. J'ai eu un petit rire. Tu fais partie de ce milieu, maintenant. Mais ça ira, merci. Je trouverai un moyen d'impressionner Larissa et de décrocher ce poste toute seule.

— Je sais que tu peux y arriver. Et je suis si fier de toi d'avoir fait ce changement. Ça aurait été facile de continuer à gravir les échelons chez Synergy. Il faut du courage pour être honnête avec soi-même sur ce qu'on attend de sa carrière.

— Certains jours, j'ai l'impression que c'est une mauvaise idée. Tu sais, nous, les comptables, on est un groupe plutôt conservateur. J'ai essayé de rire, mais le son est resté coincé dans mon estomac.

— Tu vas y arriver, a-t-il dit. Et si quelqu'un mérite d'être heureuse, c'est bien toi.

Va dire ça à Larissa. Et à l'Homme Mystérieux qui avait disparu de ma vie aussi vite qu'il y était entré.

J'ai caressé la bague à mon pouce. Un indice. Même si j'étais trop réaliste pour penser que même mon Homme Mystérieux pourrait me rendre heureuse pour toujours.

Mais le poste à la fondation ? Si je le décrochais, je prouverais ma valeur à Maman. À tout le monde.

Et alors, je serais satisfaite.

———

J'AVAIS ACCROCHÉ la bague en or de mon Homme Mystérieux à une chaîne autour de mon cou. C'était pour la mettre en sécurité, comme je l'avais promis, pas parce que j'aimais son poids chaleureux niché contre mon cœur.

À dix-sept heures trente, le premier jour de travail de la nouvelle année, je l'ai caressée là où elle reposait sous mon chemisier noir trop grand tandis que Larissa balayait du regard la salle de conférence du rez-de-chaussée de Synergy et soupirait.

— J'aimerais tant que l'on trouve un bureau permanent pour la fondation. Mais tous les bâtiments que j'ai visités sont si quelconques et ternes.

— Je suis sûre que vous trouverez quelque chose qui vous plaira. Tôt ou tard. Même si cela faisait un an qu'elle cherchait, et je commençais à penser que ses exigences étaient trop élevées. D'ici là, je peux avoir une salle chez Synergy quand je veux. Et le café est gratuit.

Ses narines se sont dilatées comme si elle sentait le café de fin de journée au goût de brûlé, mais elle a dit :

— Vous faites de votre mieux.

Cela ressemblait presque à un compliment, mais ce n'était pas assez pour mon moi avide et en quête de reconnaissance. J'ai ouvert la bouche pour lui proposer de lui apporter un soda ou ce que je pourrais dénicher dans la salle de pause, mais elle m'a interrompue.

— Miriam, je crois que j'ai peut-être accidentellement quitté le café l'autre jour sans payer. Vous avez réglé ma note ?

Le latte à dix dollars.

— Oui, mais ce n'était rien, ai-je menti.

— Je paie mes dettes. Envoyez-moi votre pseudo PayMo par texto, et je vous rembourserai.

— D'accord, bien sûr. Mais en parlant de remboursement, j'ai encore besoin du reçu de…

— Hé, désolée, je suis en retard. Natalie est entrée à la hâte, impeccable comme toujours dans un blazer et un pantalon en laine blancs… blancs ! Elle était bâtie comme un mannequin, plus grande et plus mince que moi, et on aurait dit qu'elle venait de descendre d'un podium. Un sac Prada rouge vif se balançait à son épaule.

— Aucun problème. Le sourire de Larissa pour Natalie était chaud et collant comme une brioche à la cannelle. Nous sommes ravies que vous ayez pu vous joindre à nous.

Natalie a serré la main de Larissa, puis la mienne. Son grand sourire était contagieux.

— Contente de te revoir, Mimi. Jackson m'a envoyé tes prévisions budgétaires. Le niveau de détail était impressionnant.

Une lueur chaude a commencé juste en dessous de la bague sur mon sternum et s'est propagée dans ma poitrine. Ce n'était pas comme la fois où l'une des filles populaires avait découvert que j'étais bonne en maths et avait fait semblant d'être mon amie pour que je l'aide en trigonométrie. Ça n'avait rien à voir avec la gratitude fugace de Larissa. L'éloge sincère de Natalie a poussé mes joues à former un sourire.

Elle a posé son sac sur la table de conférence et en a sorti des papiers.

— Je suis venue avec quelques idées pour le gala. Et une

proposition de budget. Elle m'a lancé un autre sourire rapide et complice.

Larissa s'est assise en bout de table.

— Miriam, pouvez-vous m'apporter une bouteille d'eau ? Voulez-vous quelque chose, Natalie ?

— Oh. Natalie a froncé le front. Non, merci. J'attendrai que tu reviennes pour commencer, Mimi.

Larissa a agité la main.

— Ne vous en faites pas pour ça. On la mettra au courant plus tard. Miriam apprend vite.

Mes poings se sont serrés. Je me suis rappelé que j'étais sur le point de lui proposer d'aller lui chercher quelque chose et j'ai détendu mes doigts. D'ailleurs, elle venait de me faire un compliment.

— Je reviens tout de suite, ai-je dit. J'ai couru jusqu'à la salle de pause et j'ai pris trois bouteilles d'eau dans la réserve du frigo. Je supposais que dans une organisation aussi modeste que la fondation, une directrice adjointe pouvait aussi servir d'assistante polyvalente. Mais quand j'avais obtenu mon diplôme de comptabilité et que j'avais passé l'examen d'expertise comptable, je n'avais pas imaginé vouloir un travail où j'irais chercher de l'eau. Et maintenant, je le faisais gratuitement. Un frisson a parcouru ma peau.

Quand je suis revenue, Natalie et Larissa avaient les têtes penchées l'une vers l'autre, regardant quelque chose sur l'ordinateur portable de Larissa.

— Tu vois ? Je t'avais dit que le country club marcherait, disait Larissa. Il a tout l'espace dont nous avons besoin.

— Bien sûr. C'est un peu impersonnel, mais on peut l'égayer avec des fleurs. Bravo d'avoir trouvé quelque chose avec un préavis aussi court, a dit Natalie.

Les lèvres de Larissa se sont pincées, mais elle a hoché la tête.

— Nous pouvons mettre à jour notre contrat avec le fleuriste. Miriam s'en occupera. Elle excelle dans les tâches administratives.

Je n'aurais pas dû m'en offusquer. Après tout, je n'étais que la bénévole financière pour la fondation et, par extension, pour le gala. Et je ferais tout ce qu'il faudrait pour que le gala soit une réussite. Pourtant, ma poitrine s'est serrée.

Natalie m'a jeté un coup d'œil.

— Je parie que tu aimerais aussi participer aux aspects créatifs, Mimi. Tu veux m'aider à choisir le menu ? Ce sera difficile de trouver un traiteur avec un si court préavis, mais la partie dégustation sera amusante.

La chaleur s'est ravivée en moi. Enfin, une chance de contribuer à quelque chose de significatif.

— Bien sûr. Tu as des idées ?

Elle a fait glisser un papier vers moi.

— J'ai des devis de cinq traiteurs. Est-ce que ça correspond au budget ?

J'ai jeté un coup d'œil aux chiffres. Tous sauf un étaient dans mon budget prévisionnel.

— Le premier est un peu élevé, mais les autres semblent corrects.

Un coin de sa bouche s'est relevé en un sourire en coin, la faisant ressembler à son frère.

— Je pense que je peux les convaincre de baisser le prix si ce sont nos préférés. Je préférerais ne pas les éliminer tout de suite.

— C'est juste. Je sais que nous devons organiser une soirée de qualité, mais nous devons aussi limiter les dépenses pour que l'argent aille aux enfants.

Natalie a souri.

— Des donateurs bien nourris sont des donateurs heureux. Et généreux.

— Leur générosité est-elle positivement corrélée à la quantité de nourriture ? Ma blague de matheuse a fait un flop. Les deux femmes m'ont regardée d'un air vide. Je veux dire, si on double la commande de nourriture, peut-être qu'ils seraient deux fois plus généreux.

Natalie m'a adressé un faible sourire.

— En fait, à ce genre d'événements, les gens passent plus de temps à faire du réseau qu'à manger. Mais ils aiment que la nourriture soit jolie.

— D'accord. Je ne sais pas si je suis douée pour choisir de la jolie nourriture que les riches ignoreront, mais je vais essayer.

Les sourcils blond cendré de Larissa se sont froncés.

— J'ai besoin que vous preniez cela au sérieux, Miriam. Ce gala est important pour la fondation.

— Bien sûr ! J'ai essayé de rassembler mes mots. J'y consacrerai cent pour cent de mon attention. Ce qui n'était pas tout à fait vrai. J'avais besoin d'au moins un pour cent de mon attention pour me lever et bouger. Cinq autres pour cent pour manger et maintenir mon hygiène. Et au moins quarante pour cent pour mon vrai travail à l'étage. Mais Larissa ne semblait pas comprendre les chiffres.

C'est pourquoi elle avait besoin de moi. Même si elle aurait préféré que ce ne soit pas le cas.

Peut-être que je n'aurais pas dû être si prompte à faire partie des matelots que Jackson avait appelés. J'avais plus de chances de progresser si je faisais profil bas et que je sortais des chiffres.

Travailler sur le gala était un risque. Si c'était un succès, Jackson saurait que j'avais aidé. Et avec son soutien, Larissa aurait du mal à refuser ma candidature au poste de directrice adjointe. Mais si nous plantions le gala, Larissa ferait de moi son bouc émissaire, et il lui serait facile de mettre sa menace à exécution et de s'assurer que je sois refusée dans n'importe quelle autre fondation caritative.

Le risque, ce n'était pas mon truc. C'est pour ça que j'étais devenue comptable, en premier lieu. Toutes les entreprises avaient besoin de comptables. Le salaire était bon et l'emploi stable.

Mais la stabilité ne suffisait plus. Je voulais quelque chose de plus. Un épanouissement. Le sentiment de faire le bien dans le monde. D'aider des enfants.

J'ai de nouveau jeté un coup d'œil à Larissa. Son front était toujours froncé. Puis j'ai attrapé le sourire plein d'espoir de Natalie, si semblable à celui de son frère.

— Je ne vous décevrai pas, ai-je promis.

Natalie m'a prise dans ses bras.

— Ça va être génial. Avec ton sens des finances, mon œil pour le design et le… leadership de Larissa, a-t-elle dégluti, on ne peut pas échouer.

— Les membres du comité auront des responsabilités le soir du gala. Miriam, vous devrez vous habiller… de manière appropriée. Le regard bleu et froid de Larissa a parcouru mes cheveux crépus de fin de journée jusqu'à ma tunique noire ample et mon pantalon noir informe.

— Je suis sûre qu'elle a quelque chose à se mettre, a dit Natalie précipitamment. Ou… ou je peux t'emmener faire du shopping ! Ça sera super amusant !

Les vêtements et les sacs de créateurs n'étaient pas mon truc — comptable, vous vous souvenez ? — mais je savais pertinemment que le sac que Natalie avait jeté si nonchalamment sur la table coûtait dans les quatre chiffres. Une virée shopping avec Natalie Jones s'annonçait coûteuse et humiliante.

— J'ai quelque chose à me mettre, ai-je menti. Ben m'aiderait. Il me proposait toujours de me relooker. Je ne le laisserais pas faire, mais il pourrait m'aider à trouver une robe de soirée qui ne coûterait pas plus cher que mon loyer.

— Super ! Natalie a frappé dans ses mains. Son téléphone a vibré sur la table, et elle l'a regardé. Autre chose à voir aujourd'-hui ? Mon frère est là pour venir me chercher.

— Jackson ? C'était une façon étrange de le dire, vu qu'il avait travaillé dans le bâtiment toute la journée.

— Non, mon autre frère, Andrew. Je l'emmène dîner.

— En parlant de dîner, n'oubliez pas de me donner le nom de votre cavalier pour le gala, mesdames, a dit Larissa.

— Un cavalier ? Ça ressemblait au genre de calcul que je n'aimais pas. La bague semblait me brûler la peau.

— Quelqu'un pour s'asseoir avec vous au dîner. Les membres du comité seront répartis à différentes tables pour que les donateurs aient accès à nous. Vous voudrez sûrement un visage amical à vos côtés.

Je n'avais pas le temps de sortir avec quelqu'un, encore moins de trouver quelqu'un à amener à un événement. Ben viendrait avec moi ? Mais à quel point serait-ce pathétique d'y aller avec mon frère ?

Pas aussi pathétique que d'arriver seule, comme je l'avais fait au mariage de Bree.

— Je… je ne vois personne.

— Pas besoin de voir quelqu'un pour amener un cavalier. Elle a pincé les lèvres. Tentez-les avec un repas gratuit.

Mes joues sont devenues glaciales. Bien sûr, j'aimais un repas gratuit autant que n'importe qui, mais c'est *ça* qu'elle pensait de moi ? Parce que je n'appartenais pas à son monde de filles riches, elle me méprisait. C'est pour ça qu'elle ne voulait pas travailler avec moi ?

— Je peux te trouver un cavalier, a dit Natalie. Je connais plein de mecs. Ou… de filles ?

La chaleur a de nouveau envahi mon visage.

— Merci. Aussi gentille que soit son offre, les hommes que Natalie connaissait me regarderaient probablement d'encore plus haut que Larissa. Laisse-moi quelques jours pour faire jouer mon réseau — et par « réseau », j'entendais les quelques numéros que j'avais gardés de mes coups d'un soir — et je te dirai si j'ai besoin d'aide.

— Bien sûr, rien ne presse. Natalie a souri.

— Le gala est dans six semaines. Le jour de la Saint-Valentin. N'attendez pas trop longtemps, ou tous les meilleurs seront pris. Larissa a eu un petit rire.

Génial. Je savais au fond de moi que nous organisions l'événement le 14 février, mais jusqu'à ce qu'elle le souligne, je n'avais pas pensé au fait de devoir inviter quelqu'un le jour de la Saint-Valentin. N'importe quel homme sain d'esprit fuirait à toutes jambes. Et normalement, j'encouragerais un homme à se méfier de la célibataire désespérée pendant une fête commerciale.

Mais cette fois, la célibataire désespérée, c'était moi.

7

MATEO

LA SÉDUIRE PAR LA NOURRITURE.

Appuyé contre le bloc de boîtes aux lettres dans le minuscule hall de l'immeuble de Mimi, je serrais contre ma poitrine le sac en toile que ma tía m'avait donné, en espérant le garder au chaud. Il ne serait plus aussi digne d'une opération séduction après un tour au micro-ondes, mais on approchait dangereusement du moment où le fameux pollo guisado de tía serait froid.

Un couple de hipsters mignons m'avait laissé entrer dans l'immeuble. J'aurais pu utiliser la clé que Ben m'avait prêtée pour entrer et commencer à faire réchauffer le plat au four. Chez moi, sur l'île, on faisait ce genre de choses tout le temps. Mais Mimi avait érigé de hauts murs autour d'elle, et je devais respecter ses limites autant que possible.

Bon sang, j'avais une de ces envies de fumer. J'ai regardé avec envie par la porte vitrée. Ce serait si facile de sortir et d'en allumer une, de calmer mes doigts qui tremblaient. Mais je sentirais la cigarette, et Mimi détesterait ça. De plus, je m'étais promis d'arrêter. J'étais assez fort pour y arriver, d'ailleurs, même après toutes ces années.

Où était-elle ? Mon cousin était un cadre ambitieux chez Synergy, et il était généralement à la maison à dix-neuf heures. Je lui parlerais de la façon dont son entreprise faisait trimer Mimi.

Même si je doutais qu'elle apprécie.

La porte d'entrée s'est ouverte, et elle est entrée d'un pas léger, ses boucles sombres lui tombant sur le visage et son manteau flottant, grand ouvert. Le bout de son nez était rouge, mais sa peau rayonnait. Elle était un rayon de soleil perçant les nuages omniprésents.

Je me suis décollé du mur et j'ai serré le sac plus fort. — Bonsoir. Le travail s'est bien passé ?

— Mateo ? Ses magnifiques yeux bruns se sont écarquillés. — Qu'est-ce que tu fais là ? Ben va bien ? Ses yeux étaient cerclés de rouge par la fatigue. Il fallait absolument que je parle à mon cousin.

— Il va bien. Je suis venu pour toi. Je t'ai apporté à dîner. C'est ma tía qui l'a fait.

Son estomac a gargouillé, et elle a posé une main dessus. — Waouh, ça me semble génial. Elle a reniflé. — Ça sent bon, en plus. Qu'est-ce que c'est ?

— Ah-ah, l'ai-je taquinée. — C'est une surprise. Je peux te le monter ?

La petite ride de froncement qu'elle avait entre les sourcils chaque fois qu'elle me regardait est apparue. — Je suppose. Mais pourquoi tu n'as pas envoyé de texto avant ?

J'ai grimacé. Miguelito disait la même chose alors que je vivais juste de l'autre côté de son allée et de celle de Ben. — Désolé. Je n'ai jamais eu besoin d'envoyer de texto à qui que ce soit chez moi. Dans la petite ville où je vivais, les gens se pointaient simplement sur le pas de la porte des autres.

— Eh bien, on ne fait pas ça à San Francisco. La prochaine fois, utilise ton téléphone.

Ces minuscules claviers de téléphone n'étaient pas faits pour mes gros doigts. Mes textos étaient toujours pleins de fautes de frappe que la correction automatique massacrait, et sans mes

lunettes, je les manquais parfois. Mais pour Mimi, j'essaierais. — Tout ce que tu veux, bella.

Quand elle a froncé les sourcils, je me suis dégonflé. D'habitude, mes taquineries faisaient sourire les gens. Mais Mimi voyait
clair dans mon jeu de séduction. Rien ne marchait avec elle. Rien
de ce que j'essayais, en tout cas.

Je lui ai emboîté le pas dans les escaliers, et nous sommes
montés au deuxième étage. J'ai attendu pendant qu'elle insérait sa
clé dans la serrure et allumait les lumières.

Son appartement était identique à la dernière fois que j'y étais
allé, le matin où j'étais venu prendre de ses nouvelles après sa
soirée arrosée. Mais comme je venais de chez ma tía, avec son
foisonnement de bougies, de crèches et de Pères Noël, il semblait
dépouillé. Même moi, j'avais mis une guirlande de lumières
multicolores de solderie au-dessus de la cheminée dans ma petite
maison. Mais Ben m'avait dit que leur famille était juive, et je
l'avais regardé allumer la menorah chez lui et Miguelito il y a des
semaines.

Son appartement était net et fade, pas un livre ou un bibelot
qui dépassait. Le mobilier était beaucoup plus frugal que celui de
la maison d'amis de Miguelito. La seule couleur de l'endroit
provenait des affiches de super-héros collées sur ses
murs — Wonder Woman, Doctor Strange, Thor, et d'autres.

J'ai posé la nourriture sur le comptoir de la cuisine. — Ça te
dérange si je fais réchauffer ?

— Non. Tiens, je vais te montrer où sont les choses.

— Ne t'inquiète pas. Je sais me débrouiller dans une cuisine.
À moins que tu ne manges casher ? Je ne voudrais pas mélanger
ta vaisselle pour la viande et celle pour les produits laitiers.

Ses yeux fatigués se sont illuminés une seconde, puis se sont
plissés. — Non. Je ne mange pas de porc, mais je n'ai pas deux
services de vaisselle. Utilise ce que tu veux. Je vais me changer.

Elle est partie, et j'ai expiré. Avant les fêtes, elle m'avait crié
dessus. Peut-être que mon vœu de Noël avait été exaucé.

Je n'allais pas gâcher ce miracle de Noël. J'ai sorti une casserole pour le ragoût et je l'ai mise sur la cuisinière, puis j'ai trouvé un plat à gratin et j'ai mis le riz au four pour le réchauffer. Le pudín de pan est aussi allé au four. Nous commencerions par la salade verte que j'avais préparée.

J'ai trouvé ses assiettes et ses couverts et j'ai mis la table, pliant les serviettes en rectangles impeccables comme j'imaginais que Mimi les aimait. J'ai placé les fourchettes et les couteaux précisément parallèles. Juste au moment où je disposais le bouquet que j'avais apporté dans un vase, Mimi est entrée dans la cuisine.

— Waouh, a-t-elle dit. Elle portait des pantoufles, du genre qui font un bruit de frottement quand on marche, ainsi qu'un legging gris et un sweat-shirt trop grand de l'UCSF. Ses cheveux étaient attachés en une fontaine de boucles lâches sur le dessus de sa tête.

Bon sang, elle avait l'air prête à se glisser au lit. J'aurais aimé avoir le droit de le faire.

— Waouh, ai-je fait écho.

— Oh, euh, désolée. Ses joues fraîchement lavées ont rougi. — Une habitude. La journée a été longue. Elle a croisé les bras sur sa poitrine. Avait-elle enlevé son soutien-gorge ?

J'ai tenu une manique devant moi pour cacher l'érection qui se raidissait contre ma cuisse. *Séduis-la par la nourriture, tonto.*

— Tout est prêt. Assieds-toi, et je vais servir.

— Merci. Elle a penché la tête comme si elle essayait de me cerner, mais elle a traîné les pieds jusqu'à la table et s'est assise.

J'ai servi du riz et du ragoût dans deux assiettes et les ai apportées à la table. — C'est du poulet, pas du porc, ai-je dit.

— Merci. Elle s'est adossée à la chaise en bois rigide. — Ça sent vraiment très bon.

— Ma tía est une excellente cuisinière. Presque aussi bonne que mon père l'était. Je me suis assis sur la chaise en face d'elle.

— L'était ? Elle n'a pas pris sa fourchette, mais a inspiré au-dessus de l'assiette fumante.

Merde, pourquoi avais-je parlé de lui ? La nourriture me le ramenait toujours à l'esprit. — Il est mort.

— Je suis désolée. Elle a fait ce que les gens font, la pitié adoucissant ses yeux.

Je ne voulais pas de sa pitié. Même si je voulais tout le reste d'elle. — Ça fait longtemps. Dix ans. Et j'étais adulte quand c'est arrivé. Comment s'est passée ta journée de travail ?

Elle a cligné des yeux, puis ses lèvres se sont pincées. — Bien. Elle a pris sa fourchette et a enfourné une bouchée de riz et de ragoût.

— Vraiment ? Tu n'as pas l'air d'avoir passé une bonne journée. Et tu es restée si tard.

— Le travail s'est bien passé. C'est la réunion de la fondation après qui n'était pas terrible. Elle a refermé ses lèvres sur la bouchée de nourriture, et ses yeux se sont révulsés. Elle a mâché et avalé. — Mon Dieu, c'est délicieux.

— Qu'est-ce qui s'est passé à la réunion de la fondation ? Ce n'était pas encore à propos de ta présentation, n'est-ce pas ?

— Non, non. Elle a mâché une autre bouchée de ragoût et a fredonné. — On a ce grand gala qui arrive. Tu sais, une soirée en grande pompe. Je me suis portée volontaire pour faire partie du comité d'organisation. C'est, euh, assez important pour la fondation. En plus, je dois vraiment aller au gala. Genre, en tenue de soirée. Elle a frotté le poignet effiloché de son sweat-shirt.

— Tu ne veux pas y aller ?

— Non. Enfin, si, je veux. Ce sera génial pour le réseautage. Jackson Jones sera là, et je veux l'impressionner. Il y a ce poste que je pourrais obtenir. Un poste à plein temps avec sa fondation, et je pense qu'il est en faveur de me le donner.

— Un travail mieux payé ? San Francisco coûte cher. Tout le monde a besoin de plus d'argent. Sauf mon cousin et ses amis milliardaires.

Elle a bu une gorgée d'eau et a souri, ses lèvres scintillant d'humidité. J'ai rapidement levé mon regard vers ses yeux, mais ils étaient tout aussi distrayants avec leurs paupières tombantes et endormies qui me rappelaient la nuit au bar, quand elle m'avait embrassé à en perdre haleine.

— C'est probablement le même salaire que je gagne chez Synergy. Mais c'est un travail qui a du sens. La fondation aide les enfants. Les enfants neurodivergents. J'avais un ami en grandissant… Bref, je veux en faire partie. Je veux réussir, mais je veux aussi que mon travail aide les gens.

Une chaleur a bouillonné dans ma poitrine. J'étais tombé amoureux de la beauté de Mimi et de son esprit vif, mais maintenant j'apprenais qu'elle avait aussi un cœur tendre. C'était un ange.

— Mais… Elle a pris sa fourchette et a séparé un morceau de pomme de terre du ragoût, mais ne l'a pas piqué. — Non seulement c'est une tenue de soirée — et je ne porte pas de robes de soirée — mais je suis censée amener un cavalier.

— Les vêtements, c'est facile, surtout dans une ville comme San Francisco.

— Pas quand on est faite comme moi. Elle a fait un geste vers son sweat-shirt ample.

— Tu étais sublime au mariage de ton amie. Tu as des formes magnifiques. Celles d'une femme, pas d'un cure-dent.

Ses joues sont devenues aussi rouges que les roses dans le vase. — Hum… merci. Mais le shopping peut être un défi.

J'ai bombé le torse. — Je t'emmènerai faire du shopping. Je te trouverai un magasin avec des robes que tu adoreras.

Elle a haussé un sourcil. Clairement, j'avais sauté par-dessus le mur de protection qu'elle gardait autour d'elle.

— Je… je veux dire, si tu veux. Ou je peux demander à ma tante.

Elle a tordu ses lèvres sur le côté. Un peut-être. Je pouvais travailler avec ça. Qu'est-ce que je ne donnerais pas pour la voir dans une robe de soie moulante.

— Et ! La pensée a jailli dans mon esprit trop vite pour que je la retienne. — Je viendrai avec toi. Au gala.

Ses yeux se sont écarquillés. J'étais allé trop loin. J'avais fracassé ce mur comme un marteau. — Je veux dire, en tant que ton cavalier. Un ami.

Elle s'est mordu la lèvre, et je ne pouvais pas. M'arrêter. De la fixer. Je me suis souvenu comment elle avait mordillé ma lèvre cette nuit-là. Quel goût elle avait. Mais elle ne se souvenait de rien de tout ça. Je devais trouver un moyen de retrouver ce moment, et mon instinct me disait que le gala était la clé.

— Je ne sais pas…

— J'ai un smoking. Ce n'était pas vrai, mais mon cousin en avait tout un portant dans son placard, et nous faisions la même taille. — Et je suis très sociable.

Ses deux sourcils sombres se sont levés d'un coup. C'était la pure vérité, même si je n'étais que maladresse avec Mimi.

— Et ! Si je la laissais dire le mot *non,* tout serait fini. Je devais continuer à parler pour qu'elle n'ait pas la chance de le dire. — Je suis un danseur fantastique.

Elle a relâché sa lèvre, et elle est redevenue rouge et brillante. Elle a plissé les yeux vers moi. — C'est un euphémisme ?

Je me suis efforcé d'afficher un sourire narquois et sexy, mais il a probablement fini par avoir l'air crispé. — Tu veux que ça en soit un ?

— Non. Non. Ses joues sont devenues rouges, pas d'un rouge tacheté comme quand Ben rougissait, mais d'un voile lisse de magenta sur ses joues et son front. — Mais danser ? Tu penses qu'on doit danser à ce truc ?

— Devoir ? Non. Devrions-nous ? Absolument. Il n'y avait rien que je voulais plus que la tenir dans mes bras, son visage si proche qu'il en devenait flou. J'aurais envie de sortir mes lunettes pour étudier ses traits comme je l'avais fait au bar.

— Je ne danse pas.

Un coin de ma bouche s'est relevé, et les mots ont coulé comme de l'eau. — Hermosa, je te mettrai en valeur.

Son regard a glissé vers ma bouche. Elle s'est léché les lèvres. Puis, à ma grande surprise, elle a souri. — Je suis censée te croire sur parole ?

Gracias a Dios. Mes talents de séducteur étaient de retour. J'ai haussé les sourcils. — Une démonstration t'intéresse ?

— Ici ? Maintenant ? Ses yeux ont balayé la minuscule cuisine.

— Quand tu voudras. Ben peut se porter garant pour moi. On a dansé sur l'île.

Sa bouche s'est arrondie en un *O*. — Tu es gay ?

— Bisexuel. Mais je te promets, je n'ai jamais embrassé ton frère. J'y avais pensé la première fois que je l'avais rencontré, mais j'ai vite découvert que même s'ils n'étaient pas encore ensemble avec Miguelito, mon cousin le considérait déjà comme sien. Et quand j'ai rencontré Mimi, j'ai découvert que Ben n'était qu'une pâle ombre de sa vibrante sœur. En un instant, je suis tombé amoureux de ses courbes généreuses, de ses lèvres pleines et corail, de l'intelligence pétillante de ses yeux bruns profonds.

Elle a plissé les yeux vers moi. Que pouvais-je lui offrir d'autre ?

— Je t'apporterai à manger. Quand tu voudras. J'ai fait un geste vers son assiette presque vide. — Et... et j'arrêterai de fumer.

— Juste pour que je t'emmène à ce gala ? Elle a penché la tête. — Qu'est-ce que tu y gagnes ?

Je devais avancer avec précaution dans le champ de mines qu'elle avait installé à l'intérieur de ses murs. — Une chance de bien m'habiller, de parler aux gens, et de passer du temps avec toi. De plus, manger avec une amie, c'est mieux que de manger seul.

Elle est restée silencieuse pendant quelques secondes. Puis quelques secondes de plus. Finalement, elle a dit : — D'accord. C'est le jour de la Saint-Valentin. Mais ça ne veut rien dire. Compris ? Nous sommes juste deux personnes, qui se mettent sur leur trente-et-un pour un repas gratuit. Un repas gratuit lié au travail.

— Des amis, ai-je dit, en tendant ma main par-dessus la table.

Elle a blotti sa petite main douce dans la mienne. J'ai lutté contre l'envie de porter ses doigts à mes lèvres et, à la place, j'ai serré sa main une fois.

— Marché conclu, a-t-elle dit.

À contrecœur, j'ai relâché sa main et j'ai rendu mon visage impassible pour cacher la joie qui menaçait de l'étirer en un sourire niais. — Marché conclu.

8

MIMI

J'ÉTAIS en train de disposer des copies du budget du gala quand Natalie est entrée d'un pas furieux, avec dix minutes d'avance, le claquement de ses bottes hautes résonnant sur le parquet de la salle de conférence du rez-de-chaussée de Synergy. J'aurais eu l'air d'une petite fille qui jouait à se déguiser avec de telles bottes — si tant est qu'ils en fabriquaient pour mollets larges — mais sur Natalie, elles lui donnaient une allure incroyablement grande et élégante.

— Viens par là, a-t-elle dit en agitant les doigts. J'ai besoin d'un câlin.

J'aurais aimé pouvoir la détester, mais j'en étais incapable.

— Salut, Natalie. J'ai redressé la copie du budget sur la place de Larissa et je me suis penchée pour la serrer dans mes bras. Elle n'était pas aussi osseuse qu'elle en avait l'air, et son étreinte m'a fait du bien. Je n'avais pas réalisé à quel point Ben et ses généreux câlins me manquaient depuis qu'il avait déménagé.

Natalie m'a serrée fort, puis s'est détendue. Après quelques secondes, elle m'a relâchée et nous nous sommes écartées. Avec ce qui a semblé être un effort considérable, elle a souri. — Bonsoir.

— Quelque chose ne va pas ?

— Juste mon frère et sa tête de mule. Il… laisse tomber.

— Qui, Jackson ?

— Évidemment. Andrew est le type le plus adorable et le plus raisonnable que tu puisses rencontrer. Enfin, à l'exception de sa vie amoureuse désastreuse. Mon frère Jackson, en revanche, me donne parfois envie de hurler.

— C'est à propos du gala ? On doit faire un changement ? J'ai attrapé la copie du budget. Mieux valait ne pas contrarier le fondateur avec un mauvais choix. J'étais doublement exposée. Il pouvait s'en prendre à moi à mon vrai travail et à celui que j'espérais obtenir. Non pas que je pensais que Jackson était rancunier. Jusqu'à présent, il n'avait fait que me soutenir.

Byron avait été comme ça aussi, cela dit, jusqu'à ce qu'il me morde comme un serpent.

Natalie a secoué les mains. — Non, on n'a rien à faire. C'est quelque chose que je voulais qu'il fasse. Mais ce n'est pas grave. Ça va s'arranger.

— D'accord. Si tu en es sûre. J'ai reposé les documents à la place de Larissa.

— Vous voilà. Une voix grave est venue du couloir. Mateo a rempli l'embrasure de la porte de ses larges épaules et de sa taille impossible. Il tenait un sac en papier brun dans chaque main, les tendons saillants sur ses avant-bras nus.

Bon sang, pourquoi est-ce que je regardais ses avant-bras ? Le danger venait de sa bouche. Qu'allait-il dire pour me mettre dans l'embarras devant Natalie ?

Regarder sa bouche était aussi une erreur, comme je l'avais appris la semaine dernière dans ma cuisine, le soir où j'avais accepté de l'emmener au gala en tant que mon cavalier. Ses lèvres étaient pleines et pulpeuses, et quand il m'avait décoché ce sourire en coin sexy, mon cerveau sensé s'était déconnecté. Au lieu de me souvenir de toutes les raisons pour lesquelles c'était une mauvaise idée, je m'étais concentrée sur ses lèvres, me demandant si elles seraient aussi douces qu'elles en avaient l'air si j'allongeais un doigt pour les toucher.

Quand elles se sont retroussées en un sourire, j'ai détourné les yeux d'un clignement. Ne pas regarder sa bouche ! En fixant le papier froissé dans ma main, je me suis souvenue de la raison de notre présence : une réunion du comité du gala. Et Mateo n'avait rien à faire ici.

— Qu'est-ce que tu fais là ?

Il a soulevé les sacs, ses bras se contractant. Une odeur délicieuse a flotté dans la salle de conférence. — Ben a dit que vous aviez une réunion ce soir. J'ai apporté à manger.

Dîner en tête-à-tête avec Mateo était une chose, mais exposer Larissa, qui ne m'aimait déjà pas, aux maladresses de Mateo était une très mauvaise idée. Peu importait à quel point il avait été gentil l'autre soir.

J'ai posé une main sur la manche de son t-shirt de compression noir moulant et je l'ai poussé pour le faire sortir. Mon Dieu, son bras était comme de la pierre. Une pierre qu'on aurait envie de lécher.

— On en a parlé, ai-je chuchoté. Tu étais censé m'envoyer un texto.

— C'est ce que j'ai fait, a-t-il grondé.

J'ai attrapé mon téléphone dans ma poche. — Tu m'as envoyé un texto, *En étant sonnet.* Qu'est-ce que ça pouvait bien vouloir dire ?

Il a grimacé. — Le correcteur automatique et moi, on ne s'entend pas. Je voulais dire : « J'apporte le dîner », mais…

— Non. Ça va aller. Merci. Je suis sûre que tu peux apporter ça à Cooper et Ben. Je n'ai pas faim. Alors que je m'approchais de lui pour le raccompagner hors du bâtiment, mon estomac a protesté par un gargouillement si fort que tout le monde à l'étage a dû l'entendre.

— Ah. Mais tu ne sais pas ce que j'ai apporté. Et tu ne veux pas être irritable pendant ta réunion parce que tu as faim. Il a légèrement secoué les sacs, et l'odeur d'oignons et de poivrons m'a fait signe.

Mon estomac a de nouveau gargouillé, mais je l'ai fait taire en appuyant mon poing contre mon ventre. J'aurais aimé qu'il ne soit pas si grand et que je n'aie pas à autant pencher la tête en arrière pour le regarder dans les yeux. — Je ne suis pas irritable.

— Tu en es sûre ? a-t-il dit doucement. Ou est-ce autre chose qui te tracasse ?

Ce ton doux dans sa voix, si invitant, si modeste, me donnait envie de lui raconter tous mes problèmes. À quel point j'étais épuisée d'équilibrer un travail à plein temps avec du bénévolat. À quel point j'essayais de plaire à Larissa en recevant si peu en retour. Pourquoi fallait-il qu'il soit si… si *gentil* ?

— Qu'est-ce que c'est que ça ? Je n'avais pas remarqué que Larissa était arrivée derrière Mateo.

Merde. Maintenant, Larissa allait devoir rencontrer Mateo et voir à quel point il était gauche. Elle l'interdirait probablement de tous les futurs événements de la fondation, en particulier le gala. Il fallait que je le fasse partir d'ici. J'ai posé une main sur son torse et j'ai poussé. Mais j'étais comme un moustique essayant de déplacer un mammouth.

— Querelle d'amoureux. Natalie a croisé les bras sur sa poitrine en s'appuyant contre l'encadrement de la porte de la salle de conférence.

— Quoi ? J'ai tourné la tête vivement pour la regarder. Qu'avait-elle entendu ?

— Salut, le petit ami canon de Mimi. Elle a eu un sourire narquois.

— Ce n'est pas mon…

— Je suis Natalie Jones. Ignorant ma protestation, elle a tendu la main.

Mateo a posé l'un des sacs et lui a serré la main. — Mateo Rivera. Il s'est tourné vers Larissa et lui a serré la main. — Et vous devez être la Larissa dont j'ai tant entendu parler.

Les joues de Larissa sont devenues roses, et elle a semblé se flétrir. Et puis elle a émis un son que je n'avais jamais entendu sortir de sa bouche parfaitement dessinée. Elle a gloussé, sa main s'attardant dans la sienne. — Larissa Lane.

Putain. De. Merde. Je devais reprendre la situation en main. Et ça signifiait me débarrasser de Mateo. — Mateo était sur le point de partir. On se voit plus tard, Mateo.

— De quoi tu parles ? Natalie a posé une main sur l'avant-bras de Mateo, et pour une raison quelconque, cela a fait grincer mes molaires. — Il nous a apporté le dîner. Je ne laisserai rien d'aussi délicieux s'en aller.

Mateo a retiré sa main de l'emprise de Larissa et s'est retourné vers Natalie, un coin de sa bouche se relevant et une vraie fossette creusant sa joue.

— Ce délice ne va nulle part, a-t-il dit.

Waouh. Même son éclat par ricochet était intense.

Larissa s'est faufilée autour de lui pour entrer dans la salle de conférence, et quand elle a pris la position d'autorité au fond de la pièce, son masque froid était de retour. Déhanchée, elle a posé les mains sur ses hanches dans une posture de pouvoir. Elle a haussé un sourcil. — Vous êtes avec Miriam ?

J'ai entendu l'incrédulité dans son ton, et pendant une seconde, j'ai eu envie de le revendiquer, de lui montrer que ce n'était pas parce que je préférais me fondre dans le décor, faire du bon travail et être reconnue pour ça que je ne pouvais pas attirer un homme. Mais à qui voulais-je faire croire ça ? Mateo était tout ce qu'il ne me fallait pas. Je ne croyais pas que ça pourrait marcher entre nous. Larissa, qui était à la fois perspicace et brillante, ne le croirait jamais.

Alors que j'ouvrais la bouche pour dire *non*, Mateo a dit : — C'est exact. Nous allons au gala ensemble.

Larissa a penché la tête comme si elle n'y croyait pas tout à fait. Mais elle a dit : — Bien. Je suis contente que vous ayez pu trouver quelqu'un, Miriam.

Avant que je puisse sortir un *on est juste amis* de ma bouche, Natalie a parlé.

— Et il a apporté à manger. Qu'est-ce que tu nous as apporté, Mateo ?

— Des empanadas d'un super restaurant colombien près d'ici. J'ai pris du bœuf, du poulet, de la pomme de terre et du fromage. Pas de porc. Il m'a lancé un regard rapide.

Mon estomac a émis un gargouillis plein d'espoir. J'aurais mangé de la nourriture non casher si ça avait senti aussi bon.

— Qu'est-ce qu'on attend ? a demandé Natalie. Mangeons pendant la réunion.

La situation m'avait complètement échappé. Et ça me donnait la démangeaison de grincer des dents. Je les ai serrées. Nous étions censées nous réunir pour le budget du gala. J'en avais trois copies impeccables. Un dîner-réunion avec Larissa et Mateo avait quatre-vingt-cinq pour cent de chances de tourner au désastre. Mais il n'y avait rien à faire alors que Mateo posait les sacs sur la crédence et commençait à sortir des barquettes de nourriture.

Natalie poussait des « oh » et des « ah » à chaque sélection. Même Larissa jetait un œil dans les plats en aluminium. Mateo leur a préparé à chacune une assiette selon leurs spécifications. L'arôme délicieux a rempli la salle de conférence, et j'ai dégluti.

Natalie et Larissa se sont assises avec leur nourriture, et avant que je comprenne comment reprendre le contrôle de la réunion, Mateo m'a présenté une assiette. — Assieds-toi, a-t-il dit. Mange. Et ensuite, parle.

Je me suis assise à ma place habituelle, à la gauche de Larissa. Mateo a placé des bouteilles d'eau devant chacune de nous, puis s'est assuré que nous avions un sachet de couverts et une serviette.

— Je vais vous laisser entre vous, mesdames, a-t-il dit.

— Non, reste, a dit Natalie. Prends une chaise. Et une assiette. Tu ne peux pas simplement livrer de la nourriture et partir. Passe quelques minutes avec nous. Pas vrai, Mimi ?

— Euh, bien sûr. J'étais certaine à soixante et onze pour cent que cela se terminerait en désastre, mais je n'étais pas assez monstrueuse pour manger la nourriture qu'il avait apportée et le renvoyer sans rien.

Il a haussé un sourcil vers moi, et comme je n'ai pas protesté, il s'est fait une assiette et s'est assis sur la chaise à ma gauche.

J'ai regardé mon assiette. Elle était absolument magnifique, une paire d'empanadas à six heures, du riz et des haricots à dix heures et à deux heures. Une petite coupelle de salsa verte nichée au centre.

— Oh. Mon. Dieu. C'est délicieux. Natalie a pris une autre bouchée et a levé les yeux au ciel. — Qui a fait ça, et est-ce qu'ils font traiteur pour de grands événements ?

Mateo a eu un petit rire. — Tres Hermanas dans le Tenderloin. Et, oui, ils font traiteur. Ma tía a dit qu'ils font tout le temps des mariages à son église. Elle connaît les propriétaires.

— Il nous les faut. Tu ne penses pas, Mimi ? a dit Natalie.

— Mais… mais… on a déjà choisi un traiteur. Elle et moi, on s'était gavées lors de rendez-vous successifs tout le week-end, et elle avait même réussi à faire baisser le prix du plus cher pour qu'il rentre dans notre budget. — J'ai émis le chèque pour l'acompte.

Larissa a dit : — Je ne leur ai pas encore donné.

— Vous ne l'avez pas fait ? ai-je demandé. Je vous ai donné le chèque lundi.

Elle a agité une main comme si un chèque à cinq chiffres ne signifiait rien. — Je pense que nous devrions parler à ces gens. La cuisine latino-américaine sera unique et une expérience plus mémorable. Nous pouvons planifier les décorations autour de ce thème. Je pense à des fleurs en papier, des piñatas, des maracas…

— Ou…

La voix de Mateo à côté de moi m'a surprise, et j'ai renversé ma bouteille d'eau. Heureusement, je l'ai redressée avant qu'elle ne renverse plus que quelques gouttes sur ma copie du budget. Qui était maintenant obsolète. Je l'ai épongée avec ma serviette.

— Vous pourriez décorer avec des orchidées. Ou, si c'est trop cher, des œillets et des roses aux couleurs vives. Ça donnera une sensation fraîche et tropicale sans être trop extravagant.

J'ai aspiré une bouffée d'air. — On a déjà budgétisé les décorations et les fleurs aussi.

Larissa a balayé ma protestation d'un geste. — On peut s'arranger avec la décoratrice. N'est-ce pas, Natalie ?

— Pas de problème. Gina a dû gérer assez de caprices de ma mère pour pouvoir s'adapter à ça. Elle s'est retournée vers moi. — Je suis sûre qu'on peut faire rentrer ça dans le même budget. Ça ne te fera pas trop de travail en plus, promis.

— J'ai besoin de gens qui sont créatifs et flexibles, a dit Larissa, sa voix piquante. Je pense que Mateo serait peut-être plus adapté au comité du gala que vous, Miriam.

— Attendez, a-t-il dit. Je n'essaie de prendre la place de personne.

Mon estomac s'est contracté. La situation était bien trop familière. Un homme débarquant et prenant un poste pour lequel j'avais durement travaillé. Peut-être que Mateo ne l'avait pas fait exprès, mais nous en étions là. Encore une fois. J'ai baissé les yeux sur mon assiette. La nourriture avait eu un goût merveilleux au début, mais maintenant l'amertume remplissait ma bouche.

J'ai repoussé mon assiette. — Je ne voulais pas dire que… Je m'en occuperai. Renégocier les contrats et mettre à jour le budget prendrait du temps que je n'avais pas prévu, but l'approbation de Larissa ne tenant qu'à un fil, je travaillerais vingt-quatre heures sur vingt-quatre, sept jours sur sept s'il le fallait.

Lentement, pendant que Larissa et Natalie finissaient leurs assiettes, ils ont tous les trois défait la planification que nous avions faite la semaine précédente et le budget que j'avais minutieusement élaboré.

La goutte d'eau qui a fait déborder le vase, c'est quand Mateo a dit : — Je connais un groupe de bachata fantastique. Un collègue avec qui je travaille, Carlo, joue de la trompette avec eux pendant son temps libre.

— Nous avons définitivement payé l'acompte pour le groupe de jazz, ai-je dit.

— On peut s'en défaire, a dit Larissa. Perdre l'acompte vaudrait le coup pour créer une expérience authentique.

— Mais c'est cinq cents dollars que les enfants n'auront pas.

— Miriam. Larissa m'a lancé un regard sans expression. — C'est une infime partie du budget global du gala. Je vous dis toujours qu'il faut avoir une vue d'ensemble. C'est ce dont j'ai besoin chez une directrice adjointe.

J'ai grimacé. Merde, ce n'était pas Mateo qui m'avait coulée. Je l'avais fait moi-même.

— L'attention aux détails est importante, a dit Mateo. Je suis sûr que vous en avez besoin aussi.

J'ai tourné la tête brusquement pour le regarder, et le large sourire qu'il adressait à Larissa a vacillé.

— N'est-ce pas ? a-t-il dit, son regard ne quittant pas le mien.

— Je suppose, a dit Larissa. Mais aucun de nous n'a pris la peine de se tourner vers elle. Ses yeux bleus pétillaient de quelque chose de chaleureux, comme un ciel bleu clair de septembre. Mon esprit a flashé sur une autre paire d'yeux bleus qui m'écoutaient, qui me reconnaissaient. Mon Homme Mystère. J'ai souhaité pour la douzième fois ne pas l'avoir perdu. Qu'il soit là, à côté de moi, à la place de Mateo.

Mateo n'était qu'un autre homme comme Byron, ne pensant qu'à lui-même sans se soucier de ce que je voulais. Je ne comprenais pas encore le plan de Mateo, mais il se mettait en travers du mien. Mon Homme Mystère n'aurait jamais débarqué ici pour démanteler tous mes plans.

Il s'est éclairci la gorge. — Le groupe de Carlo cherche à percer. Ils vous feraient probablement un bon prix. Pour la visibilité. Je pourrais leur en parler ?

— Oui, s'il vous plaît. L'autorité était de retour dans la voix de Larissa. — Rappelez-moi de vous donner ma carte, Mateo.

— Bien sûr. Avec ce qui a semblé être un effort immense, il a détaché son regard de moi pour le poser sur Larissa.

— Et vous serez à ma table au gala, a-t-elle dit.

— Tant que c'est la même table que celle de Miriam, a-t-il dit. N'oubliez pas, je suis son cavalier.

Le silence s'est étiré assez longtemps pour que je regarde à nouveau Larissa. Ses lèvres se sont pincées d'une manière qui annonçait généralement des ennuis pour moi.

Puis elle a adressé à Mateo — pas à moi — un sourire qui semblait douloureux. — On peut s'arranger.

Merde. Mateo et Larissa à la même table au gala ? Des voyants d'alerte clignotaient dans mon cerveau. — Mais vous aviez dit…

Ses yeux se sont plissés de manière menaçante. — On peut s'arranger, Miriam.

Les muscles de Mateo se sont contractés à côté de moi. — Je devrais vous laisser, charmantes dames, à votre planification.

Malgré les protestations de Natalie et de Larissa, il a ramassé les assiettes vides et la mienne, à moitié pleine. Il a emballé les restes et a promis de les laisser dans le réfrigérateur de la salle de pause pour que Larissa les emporte chez elle.

Je n'ai pas manqué son sourire aguicheur alors qu'elle glissait sa carte dans sa main.

Avec un dernier regard cryptique dans ma direction, Mateo est sorti d'un pas décidé, emportant avec lui l'odeur de la nourriture délicieuse que je n'avais pas pu manger.

Quand il est parti, le bourdonnement des néons m'a vidée de l'intérieur. Ce devait être l'épuisement qui me faisait me sentir si terne et apathique.

— Alors. La malice dansait dans les yeux bleus de Natalie. — Toi et Mateo.

— Je pensais que vous ne voyiez personne, a dit Larissa.

— Ce n'est pas le cas. Enfin, Mateo est mon cavalier pour le gala, mais… Mais qu'étions-nous ? Nous avions dit que nous étions amis, mais nous n'étions même pas ça.

— C'est tout nouveau ! Natalie a tapé dans ses mains. — J'adore cette sensation de début de relation. Les papillons dans le ventre, le sexe débridé…

— Du sexe ? Il n'y a pas de sexe ! On est juste…

Natalie a reniflé. — Vous étiez pratiquement en train de faire l'amour contre le mur, dehors. Si vous n'avez pas encore couché ensemble, ça ne saurait tarder plus d'un rendez-vous.

Non. Non, non, non. J'avais déjà connu ça. Avec Byron. Avant d'apprendre que sortir avec quelqu'un avec qui je travaillais se terminait par un cœur brisé et une trahison. Et maintenant, Mateo et moi travaillions ensemble au sein du comité. Ce que j'espérais transformer en un emploi permanent à la fondation. — Un rendez-vous ? Nous…

Larissa m'a coupé la parole. — Nous pourrions avoir besoin de son aide maintenant que nous optons pour un thème latino-américain.

— Mais Mateo n'est pas latino-américain. Il est…

— Est-ce que ça a de l'importance ? a dit Larissa. C'est du pareil au même. Nous avons besoin de lui, Miriam. Ne gâchez pas tout.

Eh bien, merde. Notre rendez-vous-entre-amis-pour-le-gala avait explosé pour devenir quelque chose qui pourrait faire ou défaire le poste que je voulais si désespérément. Je ne pouvais pas me permettre de tout gâcher.

9

MATEO

J'AI FAIT un signe de la main à Carlo sur le porche de ma tía en sortant de ma Jeep. Il a levé vers moi une tasse fumante, une de ces tasses rouge vif de la cuisine.

Parfait. Je pourrais lui annoncer la nouvelle d'hier soir en personne.

— Hola, Carlo, ai-je dit en montant sur le porche.

Pendant qu'on papotait, il a allumé une cigarette et m'en a proposé une autre de son paquet. Ça a été facile de refuser. Je ne voulais pas sentir la fumée quand je rendrais visite à Mimi au bureau ce soir pour lui dire que le groupe de Carlo était partant.

Hier soir, quand j'étais entré en pleine réunion, je l'avais surprise en train de regarder mes lèvres. Ce rendez-vous au gala allait nous rapprocher. Ma gêne en sa présence commençait à se dissiper. Je pouvais enfin la faire tomber sous mon charme, comme je voulais le faire depuis que je l'avais rencontrée pour la première fois.

Je pourrais à nouveau embrasser ces lèvres.

Mais on n'en était pas encore là. Tout entre nous était aussi fragile que les bibelots précieux du vaisselier de ma tía.

Surtout que j'avais le terrible pressentiment de l'avoir contrariée lors de sa réunion, hier soir. Comme elle ne mangeait jamais assez, j'avais voulu lui donner à manger. Mais j'en avais trop fait, et la situation avait complètement déraillé. Je n'avais pas eu l'intention de suggérer qu'ils changent le traiteur, les décorations et l'animation. Et je n'avais absolument pas voulu finir au sein du comité. Mais l'éclat dur dans le regard de Larissa m'indiquait que si je me défilais maintenant, les choses ne feraient qu'empirer pour Mimi.

C'était ma chance de l'impressionner, de lui prouver que je n'étais pas le raté qu'elle croyait que j'étais. De me faire pardonner pour le désastre que j'avais fait de sa présentation. De reconstruire ce lien qu'elle avait oublié.

Quand Carlo a écrasé sa cigarette, j'ai demandé :

— Alors, tu fais quoi pour la Saint-Valentin ?

Il m'a adressé un large sourire suffisant et a battu des cils dans ma direction.

— Tu m'invites à sortir ?

J'ai reniflé et désigné d'un geste ses cheveux grisonnants et sa bedaine.

— T'es tellement pas mon genre.

Il a mis la main sur son cœur.

— Tu me blesses.

— Va te faire foutre. Bon. Ton groupe…

— On a un concert ce soir-là. On fait la première partie de Banda Reina del Lirio au Fillmore.

— Non, non, non. Annule. J'ai un concert pour vous.

— L'annuler ? Ses yeux aux paupières lourdes se sont écarquillés. On a réservé ce concert l'année dernière.

— Écoute, je paierai la pénalité, quelle qu'elle soit. Mais j'ai besoin que tu fasses ça pour moi. Jouez à l'événement de la Fondation Jones. C'est une œuvre de charité pour les enfants neurodivergents. T'as pas un neveu dyslexique ?

Il a levé les yeux au ciel.

— Putain, Mateo. Tu sais où frapper pour faire mal. Il faut que j'en parle aux gars.

— Vraiment ? Après que je t'ai dégoté ce boulot pépère ? Où tía t'apporte son chocolat chaud spécial ? Je sentais la cannelle, même malgré l'odeur de fumée persistante de sa cigarette.

— C'est bon. Il a poussé un grand soupir. Je vais convaincre les gars. C'est bien payé, n'est-ce pas ?

— À ce propos… J'ai grimaqué. Il va falloir que tu donnes l'impression que c'est une bonne affaire. Je compenserai la différence. Promis. C'était une bonne chose que Cooper me loge gratuitement dans sa maison d'amis. Cette faveur pour Mimi allait me coûter cher.

— ¡Dios mío! Tu me tues, mon pote. Mais… Il a tendu les paumes. Je le ferai. Et maintenant, on est quittes. Compris ?

— Claro. Maintenant, file. Tu n'es plus de service. Tout a été calme la nuit dernière ?

— Calme comme la mort, mec. Ce n'est pas que je n'apprécie pas le boulot, mais tu ne penses pas que la surveillance de quartier et le système de sécurité suffiront à le tenir à l'écart ? Carlo a indiqué du menton la caméra pointée sur la porte d'entrée.

— D'après ce que j'ai entendu, l'ex de Rosa est un sacré cabrón persistant. Il s'est pointé au bureau de Cooper l'été dernier.

— Ah. Vaut mieux pas qu'il montre sa sale gueule pendant que je suis de service. Il a fait craquer ses doigts d'un air menaçant. Personne ne cherche des noises à notre Rosa.

J'ai hoché la tête.

— Rentre chez toi. Et emporte ton mégot. Je ne voudrais pas que Cooper le voie. Avec ma chance, Miguelito penserait que c'est le mien, et il ne me lâcherait jamais avec ça.

Il a sorti une serviette en papier de sa poche et a ramassé le bout de sa cigarette. Puis il m'a tendu la tasse et a trotté jusqu'à son camion.

J'ai frappé à la porte d'entrée, puis je suis entré avec ma clé, en appelant :

— ¡Hola, tía!

— Mateo ? Sa voix était aiguë et tendue, venant de la cuisine.

Merde, était-elle tombée ? J'ai chassé de mon esprit un souvenir horrible de mon père, allongé sur le sol de sa chambre la première fois que la tumeur avait court-circuité son cerveau.

J'ai sprinté jusqu'à la cuisine et balayé du regard les quatre coins de la pièce, mais ma tía n'était pas étalée sur le carrelage. Elle se tenait sur la pointe des pieds sur son escabeau, essayant d'atteindre le plus haut placard.

Mon cœur a ralenti son rythme effréné alors même que je me précipitais à ses côtés.

— Descends de là, tía. Tu vas tomber.

Ce n'est que lorsqu'elle a eu les deux pieds en sécurité sur le sol que j'ai recommencé à respirer.

— Pourquoi ferais-tu une chose pareille ? Tu aurais dû appeler Carlo ou moi.

— C'est moi qui l'ai rangé là-haut. Je devrais être capable de le descendre.

— Tu as besoin de quoi ? J'ai regardé dans le placard.

— Le molcajete. Je prépare du poulet avec du mole poblano.

J'ai trouvé le bol en pierre et je l'ai posé sur le comptoir, en salivant déjà.

— Tu le prépares aujourd'hui ?

Elle a levé la main pour me tapoter la joue.

— C'est ton plat préféré, n'est-ce pas ?

— Oh que oui. J'ai souri. Ce n'était pas un plat que j'avais mangé en grandissant, mais tía avait appris la recette d'une de ses amies latinas ici en Californie, et j'en étais vite devenu accro. On a quelque chose à fêter. J'ai un rendez-vous avec Mimi.

— Vraiment ? ¡Que fantástico! Bien sûr que tu en as un. Elle serait folle de te refuser. Je veux tout savoir. C'est grâce à la nourriture que j'ai envoyée ?

— Eh bien, ça et sa patronne. Quoique, est-ce vraiment sa patronne si c'est un poste de bénévole ? Bref, elle travaille sur cette grande fête, et j'ai accidentellement débarqué dans une de leurs réunions. De fil en aiguille, non seulement je leur ai trouvé un traiteur et le groupe de Carlo—

— Ah ! Elle a tapé dans ses mains. Tu les as charmés, n'est-ce pas ?

— Ben, oui, je suppose.

— C'est bien mon garçon, un caballero encantador. Elle m'a tapoté la joue. Alors, c'est quoi le problème ?

J'étais resté un moment devant la porte de la salle de conférence. Même si Mimi admirait Larissa, je ne lui faisais pas confiance, et je voulais m'assurer qu'elle se comporterait bien.

— Elles… elles pensent qu'on sort ensemble. Genre, pas seulement qu'on va à cette fête ensemble en tant qu'amis comme on l'avait dit, mais qu'on sort vraiment ensemble.

Les sourcils de Tía se sont haussés.

— Miriam a accepté ça ?

Ça m'avait choqué, moi aussi.

— Oui. Et c'est le plus étrange. Elle est devenue si… si *soumise* devant Larissa. Elle n'est jamais soumise.

— Hum. Elle a enlevé une peluche de mon pull. Parfois, les gens peuvent se comporter différemment avec différentes personnes. Des gens qu'ils pensent avoir de l'autorité sur eux.

J'ai attrapé son poignet. Hors de question que je la laisse se sentir gênée d'avoir supporté les abus de Mick Fallon pendant toutes ces années.

— Tía.

— Mais qu'est-ce qui se passe *bordel de merde* ? a tonné la voix de Miguelito derrière moi, me faisant sursauter.

— Putain, Lito, ai-je haleté. Mon cœur s'était logé dans ma pomme d'Adam.

— Ne jure pas devant ma mère. Il s'est penché et lui a embrassé la joue. Ça va, Mamá ?

— Bien sûr que ça va. Elle lui a donné une tape sur le torse. Tu nous as presque fait faire une crise cardiaque à tous les deux. Qu'est-ce qui se passe ?

— Ce cabrón a oublié de fermer la porte d'entrée à clé.

— Je l'ai appelé dès qu'il a ouvert la porte. Il pensait que j'avais des ennuis.

— Tu avais des ennuis ?

— Bien sûr que non.

Il m'a fusillé du regard.

— Combien de fois je te l'ai dit…

— Toujours fermer la porte à clé. Je sais, je sais. J'ai frotté l'endroit au-dessus de mon cœur qui battait la chamade. Pourquoi ne l'avais-je pas fermée à clé ? Je savais pertinemment qu'il ne fallait pas risquer la sécurité de ma tía.

— Il était juste là avec moi, a-t-elle argumenté. Il m'aurait défendue.

— Et s'il avait ramené son gang avec lui, hein ? Mateo seul n'aurait pas pu te protéger.

— J'aurais essayé, ai-je grommelé.

— Il me défendrait. Et j'appellerais les secours.

Mon cousin a plissé les yeux, et l'obscurité de son regard a effacé le joli bleu.

— Plus d'erreurs.

J'ai expiré bruyamment.

— Compris.

Elle a tiré sur la manche de son manteau.

— Pourquoi es-tu ici un jour de travail, Lito ?

— Je voulais te demander… Il m'a lancé un regard noir. Mateo, vérifie la maison pour être sûr que personne n'est entré.

— Mais, Lito, il fait partie de la famille. Qu'as-tu à lui cacher ?

Comme si elle n'avait pas parlé, il a dit :

— Alors, patrouille le périmètre.

J'ai redressé les épaules.

— Compris, chef. Cependant, en m'éloignant, je me suis demandé à voix basse ce qui avait bien pu se coincer dans son cul bien serré.

Mais alors que je fouillais les rosiers avec l'arme de mon choix, une batte en aluminium, j'ai dû admettre qu'il avait eu raison de me critiquer. Si j'avais pu ramener mon père, je l'aurais protégé jusqu'à mon dernier souffle. Et si j'avais eu un homme dangereux contre qui le protéger, comme c'était le cas pour mon cousin, j'aurais probablement été tout aussi obsédé par la sécurité.

J'avais merdé. Mon cousin avait raison de ne pas me faire confiance. Je savais depuis que j'étais petit qu'il y avait quelque chose qui n'allait pas chez moi. Je n'étais pas aussi intelligent que les autres enfants, pour commencer. Et pour continuer…

J'ai chassé cette pensée. Quelle importance, de toute façon ? Rationnellement, je savais que ce n'était pas de ma faute, mais un murmure sombre dans mon subconscient me rappelait que si j'avais valu la peine de rester, ma mère ne nous aurait pas quittés.

J'ai soulevé la batte et l'ai tapotée contre ma paume gauche. Je n'étais plus ce petit garçon brisé. J'étais devenu un charmeur, exactement comme ma tía l'avait dit. Les gens m'aimaient bien maintenant. Et peut-être, juste peut-être, que Mimi pourrait finir par m'aimer aussi.

10

MIMI

NOUS VENIONS d'atteindre le dernier point de l'ordre du jour de la réunion du comité du gala — l'animation — quand Larissa m'a regardée en fronçant les sourcils. — Où est Mateo ?

— M-Mateo ? Je ne l'avais pas vu depuis notre dernière réunion. Je préférais ça. Ne pas être près de lui signifiait que je ne risquais pas de tomber dans le panneau de son faux charme. En plus, je n'avais pas eu l'occasion de lui dire que Larissa et Natalie pensaient que nous sortions ensemble. J'étais sûre à quarante-trois pour cent que tout ça se tasserait et que je n'aurais jamais besoin de le lui dire. Quarante-trois, arrondi à cinquante si on n'utilisait qu'un seul chiffre significatif. Et une certitude de cinquante pour cent, c'était suffisant pour les prévisionnistes météo.

— Il est censé nous faire un point sur le groupe de mariachis, a dit Larissa.

Natalie a pris la parole. — Je ne pensais pas que c'était un groupe de mariachis.

— Ce n'en est pas un ? Mateo a dit que c'était un groupe latino authentique. Nous avons besoin d'un groupe, Miriam. Où en est-on ? Vous sortez bien avec lui, n'est-ce pas ?

Malgré le poids écrasant de la décevoir, de potentiellement perdre ma chance d'obtenir ce poste de directrice adjointe, je pouvais au moins maintenant mettre fin au malentendu. — En fait…

— Bonsoir, mesdames. Mateo est entré nonchalamment dans la salle de conférence. — Désolé, je suis en retard. Je viens de finir le travail et j'ai dû foncer depuis l'ouest de la ville. Qu'est-ce que j'ai manqué ?

Il a fait un clin d'œil à Larissa, dont les joues ont rosi. Bon sang, une partie de son éclat a dû m'atteindre, parce que j'ai eu un peu chaud. Ou peut-être que c'était le pull en laine noir que j'avais mis. Je l'ai décollé de ma poitrine.

— Nous étions… Larissa s'est éclairci la voix pour en chasser le trouble. — Nous sommes prêtes à écouter votre rapport sur le groupe.

Il a appuyé une hanche contre la table de conférence. — Ils sont partants.

— Super. Et c'est un groupe de mariachis ?

— Non. Ils jouent de la bachata. Vous allez adorer. C'est comme s'ils faisaient l'amour à vos oreilles. La danse est sensuelle, comme la salsa. Il s'est levé et a fait une démonstration, un mouvement de balancement d'un côté à l'autre en roulant des hanches.

Instantanément, j'ai senti le contact fantôme de son bassin frôlant le mien. Sa main puissante au creux de mes reins. Le frottement rugueux de sa cuisse se pressant entre mes jambes. Le murmure de son souffle sur ma nuque surchauffée. J'ai laissé mon pull retomber contre ma peau moite.

Larissa s'est adossée à sa chaise en clignant des yeux. — D'accord, alors.

— Chouette ! Mimi et Mateo pourront lancer la danse. Natalie a tapé dans ses mains.

— Quoi ? J'ai tourné brusquement la tête vers elle. Mateo avait dit que nous devrions danser, mais j'avais espéré qu'il se trompait.

— Lancez le mouvement. Ce sera amusant quand tout le monde se joindra à vous.

Amusant ? — Mais je ne danse pas.

— Bien sûr que si, vous danserez. La voix de Larissa n'admettait aucune contestation. — Jackson sera impressionné, n'est-ce pas, Natalie ?

Elle a souri. — Il adore danser.

— Cependant, si vous n'êtes pas à la hauteur, vous pourriez travailler en coulisses. Mateo peut prendre votre place au sein du comité. Larissa a haussé ses sourcils blonds.

Je savais ce que *en coulisses* signifiait. Même si c'était ce que je préférais naturellement, cela voulait aussi dire aucune visibilité auprès de Jackson Jones. Ma dernière chance d'obtenir le poste de directrice adjointe s'envolerait comme une bouffée de fumée de la cigarette de Mateo.

— Vous avez besoin d'elle dans le comité, a grondé Mateo. — Mimi et moi sortons ensemble. Si elle part, je pars. Et j'emmène le traiteur et le groupe avec moi.

Quoi ? Pourquoi avait-il dit ça ? Ma certitude de quarante-trois pour cent est tombée à zéro. Mon estomac s'est noué.

Les yeux de Larissa se sont écarquillés. — Ce n'est pas la peine. Miriam dansera, n'est-ce pas, Miriam ?

— Bi-bien sûr. Pour le poste de directrice adjointe, pour avoir la chance de travailler pour des enfants toute la journée, tous les jours, je me glisserais dans un justaucorps à paillettes et lèverais la jambe comme les Rockettes.

La voix de Mateo est restée basse. — Je n'aime pas qu'on menace Mimi. N'oubliez pas, nous sommes indissociables.

Un lourd silence a envahi la salle de conférence jusqu'à ce que Natalie dise : — Vous avez entendu ? C'était mes ovaires qui explosaient. Mimi, si jamais toi et Mateo vous vous séparez, je brûle ma copie du code des filles. Il est à moi.

— Ah, mais ça n'arrivera jamais, a dit Mateo, un sourire fendant son expression sérieuse. Sa grande main s'est posée sur mon épaule et l'a pressée juste là où un nœud de tension s'était formé. — J'ai su dès la première fois que je l'ai vue que Mimi serait mon amour pour toujours.

J'ai levé les yeux vers lui, stupéfaite. Pourquoi faisait-il ça pour moi ? Qu'avait-il à gagner en assumant la responsabilité supplémentaire de l'organisation du gala ? En racontant ce mensonge sur son *amour pour toujours* pour me garder dans la course pour le poste à la fondation ?

— Waouh, a dit Natalie. — Je crois que c'est la chose la plus romantique que j'aie jamais entendue en dehors d'un film.

Son téléphone a vibré sur la table, et elle l'a pris. Elle a froncé les sourcils en le regardant. — SOS par SMS de mon frère Andrew. Je dois y aller. Mais je crois qu'on avait fini ? Elle a haussé les sourcils en direction de Larissa, et comme celle-ci ne s'y est pas opposée, elle a redressé ses papiers puis les a fourrés dans son sac.

Larissa a froncé les sourcils. — Mais on devait aller au practice de golf ce soir.

— Désolée. Mon frère, d'habitude si simple à vivre, a des problèmes compliqués. Je dois l'empêcher de faire quelque chose qu'il regrettera. Natalie s'est dirigée vers la porte. — À la prochaine.

J'aurais aimé avoir l'assurance de dire non à Larissa. De lui tourner le dos comme Natalie l'avait fait. Mais j'avais plus besoin de Larissa qu'elle n'avait besoin de moi. Je ne pouvais rien lui refuser si je voulais être considérée pour le poste de directrice adjointe.

Larissa a affiché un sourire aussi faux que ses cils. — Et vous deux ? J'ai déjà réservé le poste. Pourquoi ne pas vous joindre à moi ? C'est ma tournée pour montrer qu'il n'y a pas de rancune.

Je n'ai pas cru une seconde à son expression repentante. De plus, elle verrait clair dans la comédie de notre relation si elle nous observait, Mateo et moi, en tête-à-tête. Elle saurait qu'une fois les contrats avec le groupe et le traiteur signés, elle pourrait nous virer tous les deux du comité sans aucune répercussion.

— Je ne joue pas, ai-je dit.

Mateo a écarté les mains. — Moi non plus.

Mes épaules se sont détendues de soulagement. J'avais eu à moitié peur que Mateo veuille y aller avec Larissa. Maintenant, lui et moi allions prendre des chemins séparés. Après avoir mis au clair cette absurdité d'*amour pour toujours*.

Larissa s'est levée de sa chaise. — Pas besoin de savoir jouer au golf pour taper des balles sur un practice. Allez, ce sera amusant. Et, Miriam, le golf est une compétence que vous devriez acquérir si vous voulez un jour réussir dans les affaires.

— Qu-pourquoi ? Les compétences en communication, je comprenais. La comptabilité, le marketing, les connaissances opérationnelles, je comprenais. Mais pourquoi savoir frapper une petite balle blanche était-il un prérequis pour l'avancement professionnel ?

Elle a haussé un sourcil. — Vous et moi n'avons pas le privilège de Jackson et Natalie de voir les portes s'ouvrir grâce à notre nom. Nous devons trouver des moyens plus subtils d'influencer les gens. On conclut plus d'affaires sur un terrain de golf que dans une salle de conseil.

— Ça ne me semble pas juste. *Ni équitable.*

Elle a haussé les épaules. — C'est comme ça. Votre mère est avocate, n'est-ce pas ?

— Comment le saviez-vous ?

— Je me fais un devoir de me renseigner sur les gens avec qui je travaille. Je parie qu'elle joue au golf.

J'ai plissé le nez. — En fait, oui. Est-ce que Maman croyait ce que disait Larissa ? Appréciait-elle le golf non pas pour le sport mais pour l'influence qu'il lui donnait ? Je devrais le lui demander vendredi au dîner.

— Maintenant, venez. Je vais vous montrer tout ce que vous avez besoin de savoir.

Son regard s'est attardé sur Mateo, et même si nous ne sortions pas vraiment ensemble, mes mains se sont crispées en poings. Puis je les ai aplaties contre mon pantalon noir et me suis levée. Il pouvait flirter avec qui il voulait. Ce qui se passait entre nous n'était pas réel.

D'ailleurs, j'avais un plus gros problème : le golf. Je n'allais influencer personne positivement en me ridiculisant sur le practice. Mais si ma meilleure tentative pour frapper une balle de golf pouvait m'ouvrir la voie vers le poste que je voulais à la fondation, je porterais même un de ces ridicules bérets à pompon.

Mateo le ferait probablement aussi. Et il réussirait à le rendre sexy.

DANS LE PARKING SOUTERRAIN, Mateo m'a ouvert la portière de sa Jeep et m'a aidée à grimper à l'intérieur.

S'arrêtant à l'arrière du véhicule, il a porté son téléphone à son oreille. Il y a parlé brièvement, a écouté un instant et a passé une main dans ses cheveux. Ses lèvres ont encore bougé, puis il a raccroché. Annulait-il ses projets ? Avait-il un rendez-vous ce soir ?

Il a ouvert la portière côté conducteur et est monté sans effort dans le haut véhicule.

— Écoute, je… je suis désolée pour ça. J'ai tortillé mes doigts sur mes genoux. — Ça va probablement être horrible.

— Bah. Il a haussé les épaules en sortant de la place de parking. — Comme Larissa a dit, c'est comme ça.

— Eh bien, hum, merci de le faire. Tu es sûr que tu n'avais rien d'autre à faire ce soir ? Un rendez-vous ?

Il s'est tourné pour me regarder, plissant les yeux. — Non.

Je me suis affalée sur le siège. — Et je suis désolée qu'elles se soient fait une fausse impression sur nous. D'une manière ou d'une autre, Natalie s'est mis dans la tête qu'on sortait ensemble, et je ne l'ai pas corrigée. Et puis toi… tu as marché dans le jeu. Pourquoi ?

Il s'est concentré sur un virage serré vers la sortie. Une fois la Jeep redressée, ses yeux ont balayé à gauche et à droite, vérifiant qu'aucune voiture ne sortait à l'improviste. Finalement, il a dit : — Je veux t'aider, Mimi. Te soutenir au sein du comité d'organisation, développer notre amitié et notre rendez-vous, tout ce dont tu as besoin.

— Est-ce que c'est à cause du jour où tu as renversé du café sur ma présentation ?

S'arrêtant à la sortie du garage, il m'a jeté un regard. — Peut-être.

Ah, la culpabilité. J'étais reconnaissante que ma mère ne me l'ait pas inculquée. — Ne t'en fais pas. Vraiment. Et tu n'as pas à faire semblant pour moi.

Il a gardé le regard sur la route, mais un coin de ses lèvres s'est relevé. — Ce n'est pas une corvée.

— Vraiment ? Parce que ça semble être beaucoup. Je ne l'aurais pas fait pour lui. Ni pour personne d'autre que Bree ou Ben.

Il a haussé les épaules. — Si tout ce que j'ai à faire, c'est de prétendre qu'on couche ensemble, ce n'est pas si terrible.

— Coucher ensemble ? ai-je couiné. Soudain, il n'y avait plus assez d'oxygène dans la voiture. J'ai dirigé les bouches d'aération vers mes joues en feu. — On doit coucher ensemble ? Peut-être qu'on devrait se mettre d'accord sur notre histoire.

Voilà encore ce sourire en coin. — Bella, si tu sors avec moi, on couche ensemble.

Le grondement profond de sa voix a déclenché une pulsation entre mes jambes. J'ai serré les cuisses. — Non. C'est tout nouveau, je ne suis pas encore prête. On ne fait que sortir ensemble.

Il m'a jeté un coup d'œil. — Mais je t'ai déjà embrassée, n'est-ce pas ?

— Je… je suppose. Un baiser, c'est assez anodin.

— Et s'embrasser langoureusement ? On l'a fait ?

— Attends, tu demandes où on en est ? On est au lycée ou quoi ?

Ses larges épaules se sont tendues. — Non, je vérifiais juste à quel point je devais te toucher.

Me toucher ? J'ai attrapé le bouton de la climatisation et l'ai tourné à fond dans le bleu. — Te toucher n'est pas nécessaire.

— Pourquoi ? Les contacts physiques te rendent sensible ?

Le sifflement de sa question a effleuré ma peau comme un souffle chaud, déclenchant des picotements en moi. J'ai appuyé sur la commande de la vitre pour l'abaisser jusqu'à ce qu'un air glacial me fouette les joues. — Sensible ?

— Je veux dire, est-ce que ça te dérange ?

— Pas… pas spécialement.

— Alors se tenir la main ne serait pas un problème pour toi ? Je pense qu'elles s'attendraient à ce qu'on se tienne la main.

— Je suppose que ça va.

— Peut-être un contact sur ton épaule, ou ta joue ?

J'étais tentée de passer la tête par la fenêtre comme un chien. Arriver en sueur au practice n'était pas une bonne image. Mais les cheveux en bataille non plus. Je me suis éclairci la gorge. — Ça va aussi, je pense.

— Bien. Il a souri. — Je peux faire avec ça.

Un soulagement frais m'a envahie lorsqu'il est entré dans le parking d'un lieu que je connaissais bien : le Pine Hills Golf Club, où nous organisions le gala grâce aux relations de Larissa.

Le golf m'était peut-être inconnu, mais ça devait être plus facile que d'être en voiture avec Mateo à parler de contacts physiques.

Nous nous sommes garés à côté de la BMW de Larissa, et Mateo a fait tout un cinéma pour m'aider à descendre de sa Jeep, comme le ferait un vrai petit ami. De mon côté, j'ai fait un effort. J'ai agrippé la main qu'il m'offrait et lui ai souri. — Merci.

— Bien sûr. Bébé.

J'ai grincé des dents à ce petit nom. Ça sonnait si faux de sa part, adressé à moi.

Larissa a ouvert son coffre. — Mateo, vous m'aidez avec mes clubs ?

D'un seul mouvement puissant, Mateo a soulevé le sac rose poudré de sa voiture et l'a jeté sur son épaule comme s'il ne pesait rien.

Elle nous a conduits à l'intérieur du manoir de style néo-colonial espagnol en stuc blanc qui servait de club-house. — Comme nous allons discuter du gala, la fondation couvrira la location de vos clubs.

— Oh, non, ai-je dit. — Je ne pourrais pas demander à la fondation de payer pour ça.

— On le passera en frais. Pas de problème.

— Mais les associations ne paient pas d'impôts. Il n'y a rien à déduire.

— C'est dans un but professionnel légitime, Miriam. C'est comme les réunions que nous avons pour le petit-déjeuner.

— Mais… Je me suis mordu la lèvre. Quand j'organisais les réunions de la fondation, je le faisais chez Synergy, car c'était gratuit et qu'ils offraient le café et des en-cas sans frais.

Larissa était responsable à la fois de la fondation et du poste que je convoitais, alors je me suis tue.

Pourtant, j'ai refusé que la fondation paie pour la location des clubs, alors j'ai tendu ma carte de crédit à la femme à l'accueil. Ça a coûté plus cher que je ne le pensais — ou que ça n'aurait dû —, mais je réduirais mes commandes de plats à emporter pour équilibrer mon budget.

Pendant que nous choisissions nos clubs, Larissa est allée au vestiaire. Elle en est ressortie vêtue d'une jupe de golf courte et de chaussures à crampons. Ses longs cheveux blonds étaient relevés en une queue de cheval guillerette au-dessus d'une visière blanche. Nos clubs et un seau de balles à la main, Mateo et moi l'avons suivie jusqu'à la longue étendue de gazon vert. Des arbres bordaient les côtés et marquaient l'extrémité du terrain. Une rangée de golfeurs, principalement des hommes, étaient alignés dans des espaces délimités par des filets.

Sur le carré d'herbe abîmée où elle s'est arrêtée, un bel homme blond aux pommettes saillantes l'a saluée en lui faisant la bise.

— Regardez qui est là ! Larissa lui a passé le bras sous le sien en se tournant vers nous. Flavio, je te présente Miriam, de la fondation, et son petit ami, Mateo. Les garçons, voici Flavio, mon fiancé.

Mateo a serré la main de Flavio. Comme Mateo, il était grand, athlétique et blond, mais les traits de son visage étaient plus durs, plus anguleux. Ses yeux bleus n'étaient ni doux ni bienveillants, mais brillants et durs comme des saphirs. Cependant, quand il parlait, il avait un accent italien que je devais admettre sexy.

Quand je lui ai serré la main, l'odeur de son eau de Cologne m'a percutée comme un camion-poubelle. J'ai éternué. Larissa m'a lancé un regard d'acier, et j'ai reniflé en m'éloignant de son fiancé.

Tandis que Flavio s'installait au tee et que Larissa posait à côté de lui, Mateo m'a tirée à l'écart derrière un autre groupe de golfeurs.

— Tu n'avais pas besoin de payer pour mes clubs. J'aurais pu payer ma part. Ou j'aurais payé pour nous deux.

— Non. C'est de ma faute si tu es obligé d'être ici, alors que tu pourrais être en train de faire autre chose… — avec quelqu'un d'autre ? — C'est à moi de payer.

— Tu as fait une grimace — Mateo a tordu ses lèvres et froncé les sourcils, imitant ce que mon visage avait dû faire — quand Larissa a dit que la fondation allait payer. Pourquoi ?

J'ai gratté le gazon avec ma ballerine. — Chaque dollar que la fondation récolte devrait aller aux enfants. Pour des programmes de lutte contre le harcèlement. Ou des colonies de vacances. Pas pour le golf. Je ne veux pas prendre l'argent de leurs programmes.

— Et pourtant, tu veux un poste rémunéré à la fondation ?

— C'est différent. La fondation a besoin d'employés pour fonctionner. Elle ne peut pas tourner uniquement avec des bénévoles.

— La plupart des bénévoles ne sont pas aussi assidus que toi.

La chaleur m'est montée aux joues. — Je crois en la mission de la fondation. Et j'aime bien faire mon travail.

Il a hoché la tête. — Dans tout ce que tu fais.

J'ai plissé les yeux en le regardant. Il parlait comme s'il me connaissait. Comme s'il me voyait vraiment.

— Allez, vous deux, a dit Larissa. Mateo, je vais vous montrer en premier.

Mateo l'a laissée positionner ses pieds au tee. Puis elle a ajusté sa prise sur le club, se tenant bien à l'intérieur de son espace personnel. J'ai vérifié la réaction de Flavio. Il s'appuyait nonchalamment sur son club, saluant de temps en temps les autres golfeurs. Pas du genre jaloux, donc.

Finalement, Larissa s'est mise devant Mateo et lui a montré un swing. Était-il vraiment nécessaire de tortiller son cul comme ça ?

Mais Mateo ne la regardait pas. Il gardait les yeux sur la balle, a armé son coup dans un mouvement fluide de ses épaules puissantes, et a frappé. La balle a fendu l'air, restant en suspension plus longtemps que je ne l'aurais cru possible, et a rebondi en plein milieu du green.

Larissa a protégé ses yeux du soleil et a suivi la trajectoire de la balle. — Impressionnant.

Mateo a souri. — Votre démonstration a été un succès.

Elle s'est pavanée un instant. — Viens là, Miriam. C'est ton tour.

D'une manière beaucoup plus professionnelle, elle m'a coachée sur ma posture et ma prise. Pourtant, tout semblait maladroit, et quand j'ai levé le club, elle a hurlé : — Non, non, garde ton bras gauche tendu !

Je me suis figée et j'ai regardé mon bras gauche, qui s'était plié pendant la montée. J'ai abaissé le club et j'ai réessayé. Cette fois, je me suis concentrée sur le fait de garder les coudes tendus pendant que je frappais. Mais j'ai complètement raté la balle. Elle est restée sur le tee.

Mes joues ont brûlé tandis que Larissa partait d'un grand éclat de rire. — Je ne me moque pas de toi, a-t-elle dit en épongeant des larmes sous ses yeux. C'est arrivé à tout le monde.

— On dirait bien que tu te moques de moi, ai-je marmonné dans ma barbe. Génial. J'avais pris un risque en venant essayer le golf avec la personne que j'espérais avoir comme patronne, et j'avais l'air ridicule. Allait-elle me tenir rigueur d'être une déception au golf ? Cet échec allait-il entacher tout ce que je faisais d'autre ? Des larmes de frustration me sont montées aux yeux. Je les ai chassées en clignant des paupières. Je devrais m'en tenir à la comptabilité et laisser le sport aux autres.

— Si je peux me permettre. Mateo s'est placé derrière moi et a calé mes épaules de ses grandes mains. Peut-être qu'un autre amateur peut aider.

Il a un peu écarté mes pieds et m'a fait pointer mon pied gauche vers l'extérieur. Puis il m'a demandé de faire pivoter mes hanches vers la droite en levant le club. Je me sentais maladroite à cent pour cent.

Toujours derrière moi, il a posé ses mains sur les miennes sur le club. Ensemble, nous l'avons levé à nouveau, puis il m'a semblé que la gravité prenait le relais, tirant le club vers la balle et au-delà. La balle s'est envolée sur le green, pas aussi loin que celle de Mateo, mais elle a dépassé d'autres balles posées sur l'herbe.

— J'ai réussi ! On a réussi ! Il avait toujours ses mains sur mes bras, alors je me suis retournée et je l'ai serré dans mes bras, et il m'a semblé que c'était la chose la plus naturelle du monde quand ses bras ont entouré mon dos à leur tour.

— Merci, lui ai-je murmuré à l'oreille. Désolée, j'aurais dû te demander avant de te prendre dans mes bras. C'est d'accord que je te serre ?

— Bien sûr. Son doux murmure à mon oreille contrastait avec le picotement de sa barbe naissante contre ma mâchoire, et j'ai frissonné.

— Tu as dit que tu ne jouais pas, ai-je chuchoté à mon tour.

— Je ne joue plus au golf, mais j'ai joué une ou deux fois sur l'île. Le week-end, je travaillais comme caddie au club.

— Un pro ! D'une manière ou d'une autre, mes doigts s'étaient emmêlés dans les ondulations à l'arrière de sa tête. Ses cheveux étaient doux et épais, un coussin pour mes doigts. Tu n'es pas du tout un débutant, n'est-ce pas ?

Il a eu un petit rire. — J'ai laissé Larissa croire à sa propre supposition.

J'ai froncé les sourcils et me suis un peu reculée pour voir son visage. Ses yeux bleus s'étaient plissés aux coins dans une expression douce. Avais-je fait la même chose, moi aussi, à propos de Mateo ? Avais-je supposé qu'il était un grand et beau gosse un peu simplet et avais-je laissé cela guider mon comportement ?

Il m'avait laissé faire. Nous avait laissé faire toutes les deux. Il avait dissimulé ses capacités, sa vraie nature, derrière un masque de dragueur. Que cachait-il d'autre ? Et pourquoi sentait-il le besoin de le faire ? Une colère défensive, comme lorsque cet imbécile d'Anthony s'était moqué de Bree en cinquième, a bouillonné dans ma poitrine. J'ai agrippé les cheveux de Mateo comme si je voulais le secouer pour avoir essayé d'être moins que ce qu'il était.

— Pas de démonstrations d'affection, s'il vous plaît. La voix de Larissa m'a surprise. J'avais oublié un instant que nous n'étions pas seuls. Pas sur le parcours.

Merde. J'avais oublié où nous étions, et je le tenais avec mes mains emmêlées dans ses cheveux comme si nous étions sur le point de nous embrasser. Les baisers n'étaient absolument pas autorisés dans notre fausse relation. Ni sur le terrain de golf. — Désolée, ai-je marmonné.

Mateo a fait tout le contraire. Il m'a tournée facilement dans ses bras pour que mon dos se niche contre son torse. Ses bras se sont enroulés autour de mon ventre. — Vous me comprenez ? Flavio, vous devez être de mon côté.

Flavio a levé les yeux de son téléphone juste assez longtemps pour nous adresser un sourire narquois.

C'était ridicule d'apprécier d'être blottie dans les bras de Mateo. Tout ce que nous faisions — du trajet ensemble dans sa voiture à son ignorance feinte — était du cinéma pour Larissa. Pas la réalité. De plus, nos démonstrations d'affection devant les gens de son club pourraient l'embarrasser.

Je me suis tortillée pour me libérer de son emprise. — Larissa a raison. On est censés, euh, frapper.

— D'accord. Mateo s'est éloigné de quelques pas et a croisé les bras. Frappe. Je vais profiter de la vue.

Je me suis repositionnée au tee et j'ai regardé le green. Il n'y avait pas grand-chose à voir. Une longue étendue d'herbe plate bordée de quelques conifères chétifs. De quoi parlait-il ? J'ai tourné la tête par-dessus mon épaule pour le regarder.

Son regard était rivé sur mon postérieur dans mon pantalon de travail noir et extensible.

Je me suis éclairci la gorge.

Son regard a remonté paresseusement la courbe de ma colonne vertébrale jusqu'à mon visage. Son sourire était obscène et entièrement destiné à Larissa et Flavio. — Ne t'inquiète pas, ma puce. Ils comprennent.

Les joues en feu, j'ai reporté mon attention sur la balle. Tout cela n'était qu'une comédie, son *ma puce* me l'avait rappelé. Il n'aimait pas vraiment mon apparence et ne voulait pas me tenir dans ses bras. Je ne le voulais pas non plus.

Pendant que je m'acharnais sur mon lot de balles de golf, Larissa a dit : — Alors, dites-moi, Mateo. Comment est-ce que Miriam et vous, vous vous êtes mis ensemble ?

J'ai encore raté la balle. Merde, nous n'avions pas convenu d'une histoire pour notre relation. J'ai ouvert la bouche pour inventer quelque chose, mais il m'a devancée.

— Je crois que vous savez que mon cousin et sa sœur sont ensemble ? Il a attendu son hochement de tête avant de continuer. C'était l'anniversaire de Ben, et il y avait une réunion de famille. Ma tante, les parents de Mimi, quelques cousins de Ben et Mimi. Quelques amis. Jackson Jones était là avec sa femme et leurs enfants.

Je m'en souvenais. L'anniversaire de Ben était en juillet. Mateo venait juste d'arriver de l'île pour diriger l'équipe de sécurité de Cooper. Les milliardaires — et leurs petits amis — avaient besoin de sécurité, je suppose.

— Donc Ben, que je connaissais de sa visite sur l'île d'où je viens, m'a présenté sa sœur. Elle était si radieuse ce jour-là, le soleil brillant sur ses cheveux sombres comme du feu.

J'ai levé les yeux au ciel avant de lever mon club pour frapper. C'était tout Mateo, ça, à tout romancer. Mes cheveux étaient en bataille ce jour-là, et j'avais oublié de mettre un élastique à mon poignet pour les attacher.

— J'ai donc fait mon numéro habituel. Papoter. Un peu de drague. Elle m'a même raconté une blague.

— Une blague ? Mimi ? Larissa a ri.

— Je m'en souviens encore. J'ai dû chercher sur Internet parce que je ne l'avais pas comprise sur le moment. Vous voulez l'entendre ?

— Absolument.

— Mimi, tu veux la raconter ? m'a-t-il demandé.

Je me suis appuyée sur mon club. Il s'en souvenait ? — Non, raconte-la.

— D'accord. Alors, un nombre infini de mathématiciens entrent dans un bar. Le premier mathématicien dit au barman : « Je vais prendre une bière. » Le deuxième dit : « Une demi-bière, s'il vous plaît. » Le troisième demande un quart de bière. C'est la partie que je n'avais pas comprise. Pourquoi demander un morceau de bière ? Il a eu un petit rire. Mais le barman, lui, comprend. Il pose deux bières devant eux tous. Et tous les mathématiciens — souvenez-vous, ils sont un nombre infini — s'exclament : « C'est tout ce que vous nous donnez ? » Le barman répond : « Allez, les gars. Connaissez vos limites. »

Larissa, comme je m'y attendais, est restée là, bouche bée. Flavio s'était complètement éclipsé.

— Plus tard, j'ai demandé à mon cousin intelligent ce que ça voulait dire. Il a dit que c'est une fonction de calcul. Et j'ai cherché plus tard et j'ai appris ce qu'étaient les limites de fonctions. Je ne suis jamais allé jusqu'au calcul infinitésimal à l'école. N'empêche, je savais que c'était une blague. Alors j'ai contre-attaqué avec ma propre vanne — un jeu de mots.

— Un jeu de mots ? a demandé Larissa avec un demi-rire.

— J'ai dit que ce serait dur de *brouillard*-blier ma première fois à San Francisco.

Elle a gémi. — C'est horrible !

J'ai grimaqué, non pas à cause du jeu de mots, mais à cause du souvenir. J'avais pensé qu'il se moquait de ma blague de nerd. Snob que j'étais, je n'avais pas réalisé qu'il n'avait pas eu les mêmes opportunités scolaires que son cousin.

Mateo m'a fait un clin d'œil. — J'ai peut-être suggéré que j'avais besoin de quelqu'un pour me tenir chaud. Mes conneries habituelles.

J'avais supposé qu'il se moquait de moi avec sa fausse drague. J'avais des formes depuis la puberté, et mon travail de bureau avait ajouté un peu de rembourrage supplémentaire sur mes fesses. Les mecs qui ressemblaient à Mateo ne draguaient pas les femmes qui me ressemblaient. Ou les femmes qui racontaient des blagues de calcul. C'était un Adonis, et j'étais… juste votre comptable d'entreprise ordinaire.

— Et c'est tout ? a demandé Larissa. Vous êtes ensemble depuis ?

— Non. J'ai senti sa fanfaronnade se dégonfler un peu derrière moi. Elle m'a envoyé bouler. Elle m'a dit d'acheter une meilleure veste.

— J'étais sérieuse. Tu portais une chemise à manches longues en guise de veste. J'ai frappé la balle, et elle a rebondi sur le green.

— C'était en juillet ! Mais c'est ma Mimi. Toujours aussi raisonnable. Après ça, je n'arrivais plus à trouver quoi que ce soit à lui dire. Tout ce qui sortait était douloureusement maladroit. Elle m'a brisé.

Je me suis retournée. — Je ne t'ai pas brisé.

Il a écarté les mains. — Si, tu l'as fait. Tu ne te souviens pas à quel point j'étais ridicule avec toi après ça ?

— Pas vraiment. J'avais supposé qu'il me trouvait indigne de sa drague ou de son attention.

Il a joint ses mains sur son cœur comme si je lui avais tiré dessus. — Tu pensais que j'étais toujours comme ça ?

J'ai haussé les épaules.

— Mimi, Mimi. Secouant la tête, il a marché nonchalamment vers moi, a passé un bras autour de mes épaules et, après une brève hésitation, a déposé un baiser sur ma tempe. Tu es ma kryptonite. Seulement toi.

Larissa nous a gratifiés d'un sourire malicieux. — J'imagine que c'est un cas classique où les opposés s'attirent.

J'ai levé les yeux vers le visage de Mateo. Nous étions des opposés, c'est certain. Il était grand et magnifique. J'étais petite et d'apparence banale. J'avais supposé qu'il me prenait pour une geek, indigne de son attention, mais peut-être que je m'étais trompée sur ce point.

Et maintenant, il venait de me sauver la mise en prétendant être mon petit ami et en ajoutant même une histoire extravagante qui faisait pâmer Larissa. J'allais lui devoir une fière chandelle — une très grosse — quand tout cela serait terminé.

11

MATEO

QUELQUES JOURS après avoir réussi à ne pas mettre Mimi dans l'embarras devant Larissa au practice de golf, j'étais, comme dirait mon cousin Lito, prudemment optimiste.

Et puis merde.

Je trépignais comme un gamin en route pour un anniversaire pendant que je montais dans l'ascenseur aux parois de verre jusqu'à l'étage de Mimi, dans le bâtiment Synergy, en portant mon précieux paquet. En tant que chef de la sécurité du PDG, Cooper Fallon — ou, comme je l'appelais, mon cousin Lito —, j'avais un badge de Synergy, et je n'avais pas besoin d'escorte pour surprendre ma belle avec à manger.

J'avais marqué des points avec le pollo guisado et les empanadas, alors je rejouais la carte de la nourriture avec une valeur sûre dans mon sac en toile : le poulet mole de ma tía.

Elle devait avoir faim. Elle ne pensait jamais à manger. Elle m'offrirait un de ces sourires prudents, comme celui qu'elle m'avait fait au golf quand je lui avais montré comment frapper la balle. Elle me laisserait peut-être même l'embrasser à nouveau. Je l'avais fait pour faire bonne impression auprès de Larissa et, franchement, un peu pour moi aussi, vu que Mimi n'avait pas été si revêche ce soir-là. Puis, quand mes lèvres avaient touché la peau douce de sa tempe, ça m'avait paru si naturel que j'avais eu envie de déposer des baisers tout le long de son cou.

Évidemment, je ne l'avais pas fait. Ça aurait été aller trop loin pour Mimi. Et certainement beaucoup trop devant sa patronne.

Mais aujourd'hui, je pourrais peut-être m'en tirer avec un baiser sur la joue, une autre bouffée de ce parfum de vanille qu'avait sa peau. Écraser mes envies de cigarette avait été facile ; chaque fois que mes doigts tremblaient d'envie d'en fumer une, je me rappelais son parfum chaud et épicé, et l'envie disparaissait. Tout ce que je voulais, c'était une autre chance de me rapprocher d'elle. Un effleurement de ma main sur sa hanche. Mon dieu, j'avais tellement hâte de danser avec elle au gala.

Les portes de l'ascenseur se sont ouvertes, et je suis sorti à l'étage de Mimi. Des têtes se sont tournées alors que je passais devant les cubicules aux cloisons basses, et chaque employé que je croisais preniflait avec espoir. Le temps que j'arrive au bureau de Mimi, tous les yeux de l'étage me dévisageaient de derrière des fougères ou des côtés d'écrans d'ordinateur.

— Salut, ai-je dit doucement pour ne pas la surprendre.

Elle a sursauté quand même, se cognant le genou contre le dessous de son bureau. Le frottant par-dessus son pantalon noir, elle a pivoté pour me faire face. Ses yeux se sont écarquillés.

— Qu'est-ce que tu fais là ? a-t-elle chuchoté.

— Je t'ai apporté à déjeuner. J'ai soulevé le sac en toile à hauteur de ses yeux.

Son regard a filé vers l'heure dans le coin de son écran. — Il est deux heures.

— Tu as déjà mangé ?

Son estomac a gargouillé, et elle a posé sa main sur son large pull gris. — Non.

J'ai fait claquer ma langue. — C'est pour ça que tu es si... J'ai serré la mâchoire.

Elle est restée assise une seconde en silence, les yeux plissés.

Puis elle a jailli de son cubicule et m'a fait signe de la suivre vers la salle de pause des employés. Dans la petite cuisine blanche, elle s'est retournée brusquement vers moi. — Si *quoi*, exactement ?

Je n'allais surtout pas réutiliser le mot *irritable* avec elle. Pas alors qu'elle me grognait dessus comme une lionne affamée.

— Intelligente ? ai-je dit. D'avoir attendu que je t'apporte à déjeuner ?

Elle s'est passé une main sur le visage. — Ce n'est pas ce que tu allais dire. Elle a inspiré et dégluti. — Qu'est-ce que tu as apporté ?

— Ah. Je l'avais encore conquise avec la nourriture. Trois sur trois. — Le poulet mole spécial de tía.

— Du mole ? Elle a reculé d'un pas comme si je venais de lui dire que je lui avais apporté une tarentule vivante. — Il y a quoi dedans ?

J'ai gloussé en sortant la boîte en plastique. — Je pensais que tu étais une aventurière culinaire. Tu ne m'as pas demandé ce qu'il y avait dans le pollo guisado.

— C'est parce que je ne pensais pas qu'il pouvait y avoir du chocolat dedans. Et je suis allergique au chocolat. Est-ce que ta tante met du chocolat dans son mole ?

— Je… je ne sais pas. Je ne l'ai jamais vue le préparer. Je n'y ai jamais pensé.

— Les gens qui ont des allergies alimentaires doivent toujours penser à ce qu'il y a dans leur nourriture, a-t-elle lancé sèchement.

Merde, Ben m'avait prévenu qu'elle était allergique au chocolat, mais il ne m'était pas venu à l'esprit qu'elle pourrait faire une réaction au mole. Ce plat était absolument magique. Mais je l'ai remballé dans le sac. Empoisonner Mimi me ferait perdre tous les points que j'avais gagnés.

— Je suis désolé. Je vais aller te chercher autre chose. Qu'est-ce qui te ferait plaisir ?

— Rien. Ça va.

— Non, ça ne va pas. Tu es… Je me suis mordu la langue avant que le mot *irritable* ne m'échappe.

Ses sourcils ont disparu sous sa frange bouclée. Elle a mis les mains sur ses hanches. — Je sors boire un verre avec mon amie Bree ce soir. Je mangerai quelque chose à ce moment-là.

— Oh. Ah. Les mots se bousculaient sur ma langue. Qu'est-ce que je pouvais dire qui ne la ferait pas réagir au quart de tour ? — Tu es sûre que c'est une bonne idée ?

— De quoi, de sortir avec mon amie ?

J'avais vu de mes propres yeux à quel point Bree avait été une *bonne amie*. Quand son fiancé était venu la chercher, elle était sortie en titubant sans un regard pour Mimi, qui était pratiquement effondrée sur le bar. Je ne supportais pas de penser à ce qui aurait pu lui arriver, seule dans un bar plein de types qui auraient volontiers profité d'une femme aussi belle — et aussi saoule — que Mimi.

Mais j'avais été là, et je l'avais protégée de ces types. Nous avions parlé comme nous ne l'avions jamais fait auparavant. Ni depuis. J'avais appris à la connaître. J'étais tombé un tout petit peu amoureux cette nuit-là. Et elle aussi avait eu l'air de m'apprécier, pour une fois.

Bon sang, comme j'aurais aimé qu'elle se souvienne du lien que nous avions forgé. Mais j'aurais été un idiot de lui en parler. Elle ne me croirait jamais. Elle devait s'en souvenir par elle-même.

— Sois prudente, d'accord ? Assure-toi de manger quelque chose avant. Et bois beaucoup d'eau.

— C'est quoi ce délire, Mateo ? Je suis une grande fille. Je peux prendre soin de moi-même.

— Pas quand tu bois. Ma vue s'est brouillée en me rappelant comment ce type au bar avait tendu la main vers son épaule. J'avais eu envie de la lui arracher. — Tu ne tiens pas l'alcool, ai-je grogné.

Ses yeux s'écarquillèrent, et elle regarda par-dessus mon épaule en glapissant : — Tiens, Monique. C'est bientôt l'heure de notre réunion ?

— En effet. Une grande femme noire à la mâchoire carrée

plissa les yeux en nous regardant. — Je venais juste me resservir un café.

— J'arrive tout de suite. *C'est ma patronne,* m'a-t-elle articulé en silence.

Merde ! J'avais encore foutu le bordel dans sa vie. Mais je ne trouvais rien à dire pour arranger les choses.

— Je crois que je vais y aller. J'ai coincé le sac avec la nourriture empoisonnée sous mon bras.

— Je crois que tu devrais, dit-elle d'un ton sombre.

Alors que je filais la queue entre les jambes, mon visage me brûlait même dans la fraîcheur de l'après-midi de San Francisco. Elle ne me pardonnerait jamais de l'avoir traitée d'ivrogne devant sa patronne.

Je ne méritais pas d'être pardonné. Je ne la méritais pas.

Tout ce que je pouvais faire, c'était la seule chose pour laquelle j'étais doué : la protéger.

12

MIMI

— ALORS, de quoi tu te souviens, exactement, de ton enterrement de vie de jeune fille ? ai-je demandé en faisant tourner le vin dans mon verre. C'était la première fois que je voyais Bree depuis sa lune de miel, et nous étions à notre table préférée près de la fenêtre, dans notre bar habituel du mercredi soir, celui qui servait les amuse-gueules à moitié prix jusqu'à dix-neuf heures. Le match des Sharks hurlait sur les télévisions au-dessus du bar, et l'endroit était bondé de maillots turquoise.

Les yeux de Bree se sont écarquillés, puis elle a cligné des paupières. — Oh, de tout. On s'est tellement amusées ! On était toutes là, sauf toi. Tu étais en retard. Et tu es arrivée pompette. Tu te souviens ?

— Oh, ça, je m'en souviens. Même si je n'avais pas réalisé à quel point j'étais saoule. Je venais de la fête de fiançailles de mon frère.

— C'est vrai ! a lancé Bree en me pointant du doigt, avant de siroter son martini. Ensuite, on a bu quelques verres, puis quelqu'un a dit qu'on devrait aller dans l'autre bar.

C'était une des collègues de Bree. Alors on s'était toutes entassées dans quelques VTC pour aller sur Divisadero Street. Je me souvenais de ça. C'est là que j'avais retrouvé l'Homme Mystère.

— Ce bar était démentiel, a-t-elle dit, mais ensuite il s'est fait tard et les gens ont commencé à partir. Elle a fait la moue.

— C'est toi qui es partie, ai-je fait remarquer. J'ai attrapé un triste bâtonnet de mozzarella froid, mais je m'étais déjà gavée d'ailes de poulet et de champignons frits. Mon estomac ne pouvait plus rien avaler. Je l'ai reposé dans l'assiette.

— Ouais, Josh est arrivé et il a ramené mon cul d'ivrogne à la maison. Elle a gloussé. Tu n'es pas rentrée ?

— Pas à ce moment-là. Un type est venu me parler. Il avait des lunettes. Je *crois* qu'il était super canon. Tu ne te souviens pas de lui ?

— Je suis peut-être mariée, mais j'ai des yeux. Il y avait ce type mignon, ici, ce soir-là. Sans lunettes, par contre. Elle a tapoté la table, puis ses yeux se sont écarquillés. Je me souviens ! Il s'est pointé au deuxième bar quelques minutes après nous. Mais il n'est pas venu nous voir. Il s'est juste assis dans un coin avec un journal. Mon Dieu, j'aurais tellement voulu qu'il vienne.

— Tu es mariée, tu te souviens ? Est-ce que son type mignon aurait pu être mon Homme Mystère ? Je ne me souvenais pas de grand-chose de son visage — sauf des lunettes — mais je me souvenais de ce qu'il m'avait fait ressentir. Il m'avait écoutée quand je lui avais dit à quel point je voulais être comme Larissa. Il m'avait dit qu'il avait, lui aussi, un patron pour qui il avait une admiration sans bornes. Nous avions créé un lien.

— Alors, tu es rentrée avec cet Homme Mystère ?

— Je ne crois pas. Je me suis réveillée seule, chez moi. Toute habillée. Mais j'avais ça. J'ai tiré sur la chaîne autour de mon cou pour sortir la bague que j'avais trouvée dans ma poche. L'alliance en or, toute simple, était marquée comme si elle avait été portée longtemps. Mais je me rappelais que l'Homme Mystère était jeune, à peu près de mon âge.

— Une alliance ? Les yeux de Bree se sont agrandis. C'est pas vrai, Mimi ! Tu t'es mariée à Vegas ?

J'ai ri. — Je ne crois pas qu'on ait eu le temps d'aller à Vegas. Et peu importe ce qui se passe dans les comédies romantiques, je suis quasi certaine qu'ils ne te laissent pas te marier si tu es complètement ivre morte. Même à Vegas. Je crois qu'il me l'a donnée pour que je la garde en sécurité. Pour… pour… Ses mots flottaient juste hors de ma portée.

J'ai glissé la bague sur mon pouce et l'ai fait tourner. C'était clairement une bague d'homme, bien trop grande pour n'importe lequel de mes doigts.

— Waouh. Et maintenant tu dois le retrouver pour la lui rendre. C'est comme la pantoufle de verre de Cendrillon ! Elle a penché son verre et a bu les dernières gouttes d'alcool. Ensuite, tu devras l'épouser.

J'ai reniflé.

— Je suis sérieuse. C'est, genre, le destin ou un truc comme ça.

— Je crois que tu as regardé trop de téléfilms de Noël sur les chaînes de romance.

— Ouais, a-t-elle dit d'un air rêveur. Mais c'est toujours le mec qui est un comptable coincé et qui n'a pas l'esprit de Noël.

— Je n'ai pas besoin d'avoir l'esprit de Noël. Je suis juive.

— Il n'y a pas beaucoup de juifs dans ces films.

— Non.

— Mais… a-t-elle fait traîner, de cette façon qui, je le savais, annonçait qu'elle venait d'avoir une idée terrible. Comme au lycée, quand elle m'avait demandé de faire diversion pendant qu'elle arrachait l'autocollant promotionnel de la vitrine du Taco Bell avant de s'enfuir avec. *Pourquoi* l'avait-elle voulu à ce point ? Elle avait finalement renoncé à essayer de me l'expliquer et était sortie sans son adhésif de vitrine. Quinze ans plus tard, je ne comprenais toujours pas l'intérêt.

— Mais ? l'ai-je encouragée.

— Peu importe qu'on soit juives. On peut quand même aimer

ces films romantiques. Ceux où la femme veut que le festival des fêtes se déroule sans accroc, et où l'homme veut tout raser pour construire une station de ski, et où ils tombent amoureux quand même et, dans la dernière scène, ils emmènent leurs enfants au festival.

J'ai plissé le nez. — Ça a l'air horrible. Une station de ski ne serait-elle pas meilleure pour l'économie de la ville ? Ils pourraient emmener leurs enfants au ski.

Elle a eu le souffle coupé. — Je croyais que tu abandonnais le côté obscur et que tu transformais ton bénévolat en travail ! Que tu devenais l'une de nous !

Je lui ai offert un demi-sourire. — Tout le monde ne peut pas être infirmière en pédiatrie et sauver des vies tous les jours. Le monde a aussi besoin de comptables.

— On peut être comptable et quand même voir le romantisme dans le monde.

— Ah oui ? J'ai passé une main sur la guirlande clinquante à l'air triste suspendue sous la fenêtre, et quelques brins argentés et ternis sont tombés sur la table. Cinq des ampoules de la guirlande lumineuse multicolore qui bordait la fenêtre s'étaient éteintes. Pourquoi n'avaient-ils pas enlevé tout ce bordel il y a trois semaines ?

Bree a ramassé les brins tombés et les a disposés en une étoile à six branches sur la table. — Je crois qu'il y a de l'espoir pour toi. Une fois qu'on aura trouvé ton Homme Mystère, il actionnera ton interrupteur à romance.

— C'est un euphémisme ?

Elle a souri. — Oui, tout à fait. Je suis sûre que ton Homme Mystère est un très talentueux…

— Bree ! J'ai jeté un coup d'œil à la table voisine, occupée par des femmes d'une soixantaine d'années. L'une d'elles portait des lunettes à monture rouge, une tiare en plastique et un boa en plumes rose vif. Comme Bree et moi, elles ne prêtaient aucune attention au match à la télévision.

— … causeur, j'allais dire.

— Ce n'est pas ce que tu allais dire.

Elle a haussé les épaules. — C'est du pareil au même. Les deux commencent par la lettre C. Tu veux un autre verre ?

J'ai regardé mon verre presque plein. Pourquoi fallait-il que Mateo ait raison ? L'idée de boire plus de vin me retournait l'estomac.

— Attends ! C'est lui ! C'est le type mignon ! a crié Bree en pointant derrière moi.

J'ai pivoté sur ma chaise pour regarder, mais les Sharks ont dû faire quelque chose d'excitant, car la moitié du bar s'est levée et a applaudi. J'ai scruté les visages criards à la recherche d'hommes à lunettes, mais aucun d'eux n'était mon Homme Mystère. Quand la salle s'est calmée, j'ai demandé : — Tu le vois encore ?

— Non, je l'ai perdu de vue quand les Sharks ont marqué. Je ne le vois plus maintenant. Désolée.

— Il ressemblait à quoi ?

— Grand, baraqué, blondasse. Une mâchoire à se couper avec. Elle a soupiré.

En Californie, ça aurait pu être n'importe qui. D'un acteur lambda à Cooper Fallon, en passant par le fiancé de Larissa. — Est-ce qu'il portait des lunettes ?

— Non. Je t'ai dit que mon type mignon n'avait pas de lunettes. Elle a jeté un œil à son téléphone. En parlant de ça, Josh est en route. Tu veux qu'on te dépose ?

— Oui, s'il te plaît. Si elle avait vu mon Homme Mystère, je serais restée. Mais il n'était pas là.

— Comment suis-je censée le retrouver pour lui rendre ça ? J'ai retiré la bague de mon pouce et je l'ai remise en sécurité entre mes seins. Si je le trouvais, il pourrait être mon cavalier pour le gala. Mes souvenirs étaient flous, mais je soupçonnais qu'il avait été un beau parleur. Il ne m'aurait jamais traitée d'alcoolique devant ma patronne.

— Tu devrais poster une annonce « Rencontres Manquées » sur Craigslist.

J'ai haussé les sourcils. — Ça se fait encore, ce truc ?

— Carrément ! Même si certaines annonces sont un peu dérangeantes. Elle a grimacé.

— Bree, c'est quoi ce bordel ? Pourquoi tu épluches les Rencontres Manquées ?

— C'est comme ça que j'ai rencontré Josh. Je ne te l'avais pas dit ?

— Tu avais dit que tu l'avais vu au supermarché et que tu étais tombée sur lui dans un café. C'était le destin, tu avais dit.

Ses joues ont rosi. — J'ai peut-être posté l'annonce après le supermarché. Et le café était peut-être notre premier rendez-vous.

— Oh. Mon. Dieu. Je dois dire que c'est un peu flippant et beaucoup moins romantique que l'amour prédestiné.

— Hé, j'ai juste suivi le conseil que ta mère nous donnait toujours. Fonce pour obtenir ce que tu veux. Bref, penses-y. L'annonce Rencontres Manquées.

J'ai reniflé.

Bree a fait signe pour avoir l'addition. — Ce type vaut le coup d'essayer, non ?

J'ai soupiré en me remémorant cette nuit magique. Enfin, pas exactement en me la remémorant. Mais je me rappelais le sentiment de chaleur qu'il m'avait procuré. D'être vue et comprise. Pendant quelques heures, nous avions été le centre de l'univers l'un de l'autre.

Merde. Le romantisme de Bree finissait par déteindre sur moi après toutes ces années.

J'ai balayé le bar du regard une dernière fois. Les seules lunettes étaient sur la grand-mère à côté de nous.

Mais la bague sur sa chaîne était un espoir. Une promesse. Mon Homme Mystère et moi nous retrouverions. Peut-être à temps pour le gala.

Mateo était un dragueur, pas un romantique. Il papillonnait d'une personne à l'autre, utilisant sa langue de miel sur chacune d'elles. Peu importe ce qu'il avait dit au practice de golf devant Larissa, peu importe le nombre de repas qu'il m'apportait, son cœur n'était pas engagé, et il n'était certainement pas investi dans notre fausse relation. Il comprendrait si je lui posais un lapin.

Il trouverait quelqu'un d'autre à draguer, à qui apporter de la nourriture, avant la fin de la journée.

Et ce ne serait pas grave. Parce que j'aurais mon Homme Mystère.

13

MATEO

J'AI OUVERT la porte du bar à vin et j'ai balayé la salle du regard à la recherche du comité d'organisation du gala. Mimi me tournait le dos, mais j'aurais reconnu ses boucles brunes n'importe où. En les voyant, mon cœur s'est mis à battre la chamade. Pourquoi est-ce que je m'infligeais ça ? Pourquoi avais-je laissé Larissa me traîner dans une situation où je devais voir Mimi trois fois par semaine, alors que chacun de ses regards désapprobateurs était comme un coup de poignard dans la poitrine ?

Larissa m'a fait un signe de la main et je me suis péniblement avancé vers leur table.

Je le faisais parce que Mimi voulait ce poste à la fondation plus que tout. Parce qu'elle voulait consacrer tout son temps, et pas seulement ses heures après le travail, à aider les enfants.

Et parce que je ferais n'importe quoi pour elle.

Si mes amis sur l'île pouvaient me voir maintenant, à suivre une femme comme un petit chien, ils se moqueraient bien de moi. *L'espadon a enfin mordu à l'hameçon*, lanceraient-ils en rigolant. Bon sang, j'aurais ri moi-même, il y a un an, si on m'avait dit que je me retrouverais dans un bar à vin chic à organiser une fête dont je n'avais rien à faire et à laquelle je ne pourrais jamais me permettre d'assister, tout ça pour une femme.

Mais mon cœur s'en fichait.

— Mateo ! Larissa s'est levée et m'a fait la bise. Enfin, ça aurait dû être une bise, mais ses lèvres se sont attardées une seconde de trop, assez longtemps pour que sa main glisse de mon épaule à ma poitrine. Elle m'a serré le pectoral.

J'ai attrapé sa main et l'ai retirée de mon corps, la ramenant doucement le long de son flanc. — Bonjour, Larissa. Natalie. Mimi.

— Vous êtes en retard, a dit Larissa avec une légère moue sur ses lèvres roses. Nous avons choisi les fleurs sans vous.

— Vous êtes des femmes brillantes, vous n'avez pas besoin de moi pour choisir des fleurs. Elles n'avaient besoin de moi pour rien, mais j'allais jouer le jeu si Larissa, qui tenait l'avenir professionnel de Mimi entre ses mains, pensait que si. J'ai jeté un regard vers Mimi, mais elle gardait les yeux rivés sur la feuille de calcul qui illuminait l'écran de son ordinateur portable. — Et aucune fleur n'est aussi ravissante que vous trois.

Larissa a battu des cils. — Dommage que je doive y aller maintenant. J'ai rendez-vous au salon de coiffure. Elle a secoué sa crinière de cheveux blonds et lisses, un appel évident à un autre compliment.

Je me suis exécuté. — Vous êtes parfaite. Aucun salon ne pourrait vous rendre plus belle.

Elle a souri, satisfaite, et a posé sa main sur mon bras. — Vous êtes si gentil. Merci.

J'ai décollé sa main de mon biceps et j'ai transformé le geste en poignée de main. — Bonne soirée, Larissa.

— Au revoir, les filles. À lundi. D'un mouvement de cheveux, elle a disparu.

— Elle n'a pas dit qu'elle était fiancée ? a demandé Natalie, les yeux fixés sur mon bras, là où Larissa l'avait serré.

Mimi a fusillé du regard sa feuille de calcul. — Mmm-hmm. On a rencontré son fiancé.

Était-elle jalouse ? Elle ne m'aimait même pas. Ou peut-être que si ?

La jalousie pour un faux rendez-vous pouvait être ma porte d'entrée. J'ai posé ma main sur son épaule. — Ne sois pas jalouse, ma belle. Tu sais que mon cœur ne bat que pour toi.

Elle a dévisagé ma main comme si elle voulait la secouer. Maintenant que Larissa était partie, allait-elle abandonner notre comédie ? J'espérais que non. Je n'étais pas prêt à arrêter de la toucher.

— La nuit ne fait que commencer, mesdames. On devrait prendre un autre verre ? J'ai tiré la chaise de Larissa plus près de Mimi et je m'y suis glissé. J'ai laissé ma main glisser de son épaule à son dos jusqu'à ce qu'elle repose sur la courbe sexy de sa taille.

Quand elle l'a laissée là, mon cœur a raté un battement.

— J'ai une meilleure idée. Natalie s'est penchée en avant, les coudes sur la table. — Allons danser.

Mimi s'est raidie sous ma main. — Danser ? Je ne danse pas.

— Mais il faut qu'on apprenne. Pour le gala. La bachata. Natalie a remué les épaules. — J'ai regardé une vidéo en ligne, but ce n'est pas pareil que d'avoir un professeur.

Autant que j'en avais envie, je n'ai pas osé lui serrer la taille. Mais j'aurais carte blanche, et on s'y attendrait même, pour poser mes mains sur elle quand on danserait. — Qu'est-ce que tu en dis, Mimi ? On s'entraîne un peu ce soir ?

Elle a froncé les sourcils. — Tu ne peux pas danser avec nous deux. Pourquoi est-ce que toi et Natalie…

— Mon frère Andrew vient me chercher, a dit Natalie en sautillant sur sa chaise. Je vais lui demander de venir avec nous. Danser avec nous, c'est mieux que de se morfondre dans son appartement.

— Parfait, ai-je dit. Je connais une boîte dans le Mission District.

— Génial. Et voilà Andrew ! Natalie s'est levée d'un bond et a jeté ses bras autour d'un type blond à peu près de ma taille, mais plus mince. Le pantalon de son costume en laine coûteux était plissé au niveau des hanches, comme s'il avait passé la journée assis à un bureau. Sa peau pâle donnait l'impression qu'il n'avait pas vu la lumière du jour depuis un mois. La finance, j'ai deviné.

— Mateo, Mimi, je vous présente Andrew.

Je me suis levé pour serrer la main de son frère. Sa poigne était ferme et sèche, et il a soutenu mon regard avec toute son attention. Ses lèvres étaient pleines et sensuelles comme celles de son frère, mais ses yeux bleus aux longs cils avaient la même forme que ceux de Natalie. Un beau gosse, tout à fait mon type. Mais personne n'était mon type quand Mimi était dans les parages.

— Mateo, a-t-il dit. Nat m'a parlé de vous.

— Vraiment ? J'ai affiché un grand sourire. J'espère qu'en bien ?

— Elle dit que vous avez été un champion pour ce projet de gala. Et que vous et Mimi êtes hashtag-couple-de-rêve. Il a mimé des guillemets avec ses doigts, puis a tendu la main à Mimi.

Je les ai regardés ensemble. Andrew était probablement l'homme idéal de Mimi. Intelligent, riche, travaillant dans son domaine. Mais leur poignée de main a été brève, et il s'est tourné vers sa sœur.

— Prête à y aller ? a-t-il demandé.

— Plus que prête. Mais tu ne me ramènes pas à la maison. On va danser !

— Danser ? Ses sourcils blonds cendrés se sont envolés.

— Ça va être sympa. Ça te changera les idées…

Il l'a attirée contre lui dans une demi-étreinte et lui a frotté les cheveux avec ses phalanges. — Rien de tout ça, Nutter Butter.

— Oh, mon Dieu, Andrew. J'ai vingt-cinq ans, pas douze. Elle s'est dégagée de lui et a passé ses doigts dans ses cheveux ébouriffés. Ses joues étaient roses et ses sourcils froncés dans une feinte d'agacement, mais son sourire était aussi éclatant que le soleil.

Je n'ai jamais eu de fratrie, mais ma cousine Sara et moi nous taquinions comme ça. Une vague de mal du pays m'a submergé. Danser était exactement ce dont j'avais besoin.

Je me suis frotté les mains. — Allons-y. Je conduis Mimi, et tu prends Natalie, Andrew ?

J'ai donné à Natalie le nom de la boîte, et ses pouces ont volé sur son téléphone. — On se retrouve là-bas !

Dehors, sur le trottoir, Mimi marchait péniblement à mes côtés. — Tu n'es vraiment pas obligé de faire ça. Je peux dire à Natalie que je ne me sens pas très bien.

— Tu ne te sens pas bien ? J'ai jeté un œil vers elle alors que nous traversions la rue pour rejoindre ma Jeep. Comme Andrew, elle avait l'air d'avoir bien besoin d'une journée au grand air.

— Non, je vais bien. C'est juste que…

— Qu'est-ce qu'il y a ? J'ai ouvert sa portière et lui ai offert ma main pour l'aider à monter sur le siège surélevé.

Elle l'a agrippée et s'est hissée sur le marchepied. Comment pouvait-elle ne pas sentir le picotement de l'énergie qui circulait entre nous ? Mais elle s'est simplement installée sur le siège et a capté mon regard. — Je n'ai jamais voulu que ça prenne de telles proportions. Tout ce que je voulais, c'était une chance de faire mes preuves auprès de Larissa. Pas de t'entraîner dans une fausse relation avec en prime l'organisation d'une fête. Et la danse. Je suis sûre que tu es fatigué de ta journée de travail.

— Toi aussi. Je voulais tracer sa mâchoire délicate, sentir sa joue se courber en un sourire. Mais nous étions seuls, et il n'y avait personne pour qui faire semblant. — Je veux le faire. Ça va être amusant de danser. Tu verras. En plus, on doit s'entraîner pour le gala.

Ses yeux se sont plissés comme si elle souffrait. — On est obligés de danser devant tous ces gens ?

— Ne t'inquiète pas. Tu auras l'air à l'aise. Je te le promets. J'ai refermé sa portière. J'avais toujours été doué pour les activités physiques : le baseball, le surf, la danse. Je n'avais jamais regretté mes faiblesses dans d'autres domaines, comme l'école. Pas avant Mimi.

Elle est restée silencieuse pendant le trajet jusqu'à la boîte, alors j'ai mis de la musique pour que le rythme nous imprègne.

Quand j'ai regardé de son côté, elle tapotait le tempo sur l'accoudoir avec ses doigts. Bien. J'ai ondulé des épaules.

La boîte était un endroit où Carlo jouait parfois, mais il n'y avait pas de groupe live ce soir, seulement une DJ. Des lumières rose vif et jaunes clignotaient sur la scène où elle se déhanchait au son de la musique derrière sa table de mixage. Un couple virvoltait à côté d'elle, bien plus doué que moi. En bas de la scène, des lignes de personnes s'entraînaient sur leurs pas dans un espace ouvert au milieu de la piste de danse. Des couples plus aventureux tourbillonnaient sur les bords.

Nous avons retrouvé Andrew et Natalie au bar. Natalie nous a tendu deux shots d'un liquide rouge foncé et étrangement familier.

— Qu'est-ce que c'est que ça ? Mimi l'a examiné avec une suspicion bien justifiée.

— La spécialité du jeudi soir. Le barman a appelé ça de la Mama Juana.

J'ai ri. Chez moi, on appelait ça le Viagra liquide. Ma tante Camelia en faisait une version avec du vin rouge, du miel local et des herbes qu'elle cultivait dans son jardin, et elle jurait que j'avais été conçu après qu'elle en ait servi lors d'un méchoui familial. J'ai haussé les sourcils en direction d'Andrew. — Faites attention. C'est, euh, puissant.

— Quoi ? a-t-il crié par-dessus la musique.

— Fais pas ta chochotte. Bois. Natalie lui a donné un coup de coude et a bu son verre d'un trait. Il l'a suivie.

J'ai trinqué avec Mimi. — Salud.

Son sourire était nerveux. — L'chaim.

Nous avons descendu les shots aigres-doux.

— C'est dégoûtant. On dirait du sirop pour la toux.

Ce n'était pas aussi bon que celui de tía Camelia. La bouteille derrière le bar avait un ridicule chapeau de paille en guise de bouchon. Mais sa forte teneur en alcool pourrait détendre Mimi.

— Un autre ? a grimacé Natalie.

— Je vais d'abord vous apprendre les pas. Une Mimi détendue

serait une bonne chose, mais je ne voulais pas avoir à la sortir d'un autre bar en la portant.

Prenant la main de Mimi, je me suis faufilé à travers les couples qui dansaient jusqu'aux danseurs en ligne au centre de la piste. Nous nous sommes placés derrière celui du fond et nous avons regardé un instant.

— OK, regarde, c'est un-deux-trois-tape, puis vers la droite, cinq-six-sept-tape. Petits pas, et garde les pieds bas.

Je me suis placé entre Mimi et Natalie. Faisant de petits pas exagérés, j'ai démontré le jeu de jambes, et le temps que je termine la première série, Natalie se balançait à mes côtés. Mimi et Andrew restaient aux extrémités, à regarder.

— Allons-y, ai-je crié. Prenant la main de Mimi, j'ai marché en traînant des pieds vers elle, l'incitant à bouger les siens. Hésitante, elle a commencé le mouvement. — Bien, bien, l'ai-je complimentée.

Suivant la ligne devant nous, je leur ai montré comment danser en avant, puis je leur ai enseigné les tours. Natalie a saisi le rythme comme si c'était naturel pour elle.

Pas Mimi. Elle oubliait de taper, manquait le changement de direction et me heurtait l'épaule. Elle a tapé du pied de frustration. — Je t'ai dit que je ne dansais pas !

— C'est pas grave. J'ai pivoté, tournant le dos aux autres lignes, et je lui ai fait face. J'ai tendu les paumes de mes mains et j'ai hoché la tête pour qu'elle pose les siennes sur les miennes.

— Vers la gauche, ai-je dit, en me déplaçant vers ma droite pour lui faire miroir.

Elle a observé nos pieds pendant quelques séries.

Finalement, quand son corps a bougé en rythme, j'ai serré ses mains. — Regarde-moi.

Ses magnifiques yeux bruns reflétaient les lumières roses au-dessus de la scène. Ses lèvres bougeaient, comptant silencieuse-ment les pas. On travaillerait là-dessus plus tard.

— Tu te débrouilles super bien. Quand je te serre les mains, avance. Quand j'ai senti la ligne derrière moi bouger, j'ai resserré ma prise sur elle et, en reculant, je l'ai tirée vers moi.

— Maintenant, en arrière. Nous avons inversé le mouvement. Bientôt, nous nous déplacions en phase avec le bloc de danseurs. D'un côté à l'autre, d'avant en arrière, tour, tour.

Ce n'était pas Carmen Miranda, ni même J-Lo, mais son jeu de jambes ne fléchissait pas, et ses hanches se balançaient d'une manière qui a tendu mon pantalon. Ou peut-être que c'était la Mama Juana.

Quand la musique a changé, je l'ai retirée de la ligne pour l'amener vers les couples qui dansaient.

— Attends, qu'est-ce que tu fais ?

— On t'a appelée en renfort, ai-je dit. Tu es prête pour la cour des grands.

— Non, pas du tout ! Je suis encore un petit poisson.

— Maintenant, tu mélanges la natation et le baseball. C'est de la danse, et tu es prête.

Nous avons commencé par un simple va-et-vient, et je me suis retrouvé sur le porche de *mi abuela*, en train de danser avec mes cousines. L'air confiné de la boîte n'avait rien à voir avec la brise marine de chez moi. Pourtant, je fredonnais la chanson à mi-voix et je regardais Mimi les paupières mi-closes.

Son regard flottait sous mon menton. Je supposed que c'était là qu'il devait être, puisque je lui signalais les tours avec mes épaules et les pirouettes avec un mouvement de ma paume contre la sienne. Mais je voulais son regard sur mon visage, dans mes yeux, pour pouvoir deviner ce qu'elle pensait, si elle aimait danser avec moi.

Elle a dit quelque chose, mais la musique était trop forte. Je me suis penché plus près. — Qu'est-ce que tu as dit ?

Ses joues ont rougi. — J'ai dit que tu étais un très bon danseur.

— Ah, merci. Mais je ne suis pas aussi bon qu'eux. J'ai indiqué du menton le couple sur scène. Il faisait tourner sa partenaire sous son bras, puis il tourbillonnait sous leurs mains jointes. Ils bougeaient ensemble comme s'ils partageaient un même esprit, comme deux parties d'un même corps.

— Peut-être pas, a-t-elle dit à mon oreille, mais avec toi, je me sens en sécurité. En confiance.

Une chaleur m'a envahi. — C'est comme ça que ça devrait être. Je suis la vigne, qui te soutient. Tu es la fleur, belle et parfumée.

Elle a plissé le nez. — Belle ? Certainement pas.

— Tu es une orchidée. Exotique et délicate. J'ai inhalé le parfum de vanille de ses cheveux.

— C'est toi qui es beau, a-t-elle dit. Tout le monde te regarde.

Je n'ai pas pris la peine de regarder. — Non, Mimi, c'est toi qu'ils regardent. Tu es hypnotique.

Son regard s'est ancré dans le mien, des étincelles dorées illuminant les profondeurs sombres comme un clair de lune sur l'océan.

— Pourquoi es-tu si gentil avec moi ? Son regard a glissé du mien. — Gentil avec… avec tout le monde.

Je l'ai écartée du chemin d'un couple qui arrivait en tournoyant. — Lequel des deux, Mimi ? Suis-je gentil avec tout le monde, ou avec toi ?

— Les deux. Mais surtout avec moi ?

J'ai gloussé, puis j'ai mis mes lèvres près de son oreille pour qu'elle soit sûre d'entendre. — Je suis content que tu l'aies enfin remarqué.

— Mais je ne comprends pas. Qu'est-ce que tu y gagnes ? Quel est ton but ?

— Mon but ? J'ai reculé. — Je veux seulement… Était-elle prête à entendre la réponse ? Que je ne voulais *qu'elle* et rien d'autre ?

Ses pas ont flanché. Perdu dans ses yeux, j'ai marché sur quelque chose de mou. Quand j'ai baissé les yeux, j'ai vu que j'avais écrasé le bout de sa ballerine. J'ai sauté en arrière, mais Mimi a fermé les yeux de douleur.

J'ai arrêté de bouger et j'ai remonté mes mains sur ses épaules. — Désolé ! Désolé, je suis si maladroit. Ça va ?

— Je vais bien. Mais elle gardait son poids en appui sur l'autre pied, pas celui que j'avais écrasé comme un rustre.

— Faisons une pause, ai-je dit. Tu peux marcher ?

Elle a relevé le menton. — Bien sûr que je peux.

Pourtant, j'ai gardé mon bras autour d'elle en la guidant hors de la piste de danse. Je l'ai aidée à se percher on un tabouret à côté d'une table haute.

— Je peux te prendre un verre ?

— Juste de l'eau, s'il te plaît.

Quand je suis revenu à la table avec deux bouteilles d'eau glacée, elle avait sorti son téléphone. — Mon VTC est presque là.

— Ton VTC ? C'est moi qui te ramène.

— Non, j'ai commandé une course. J'ai déjà pris assez de ta soirée. Je dois travailler demain.

— Non, Mimi. Je te ramène à la maison.

— Non. Reste si tu veux. Je suis sûre que tu peux trouver une meilleure partenaire de danse que moi. Merci de nous avoir emmenés. C'était… Elle s'est levée sans finir sa phrase.

— Mimi, je suis vraiment désolé. Je peux t'apporter de la glace ? De l'aspirine ?

— Non, merci. Elle a posé sa main sur la mienne un instant, légère et fraîche comme la bruine de San Francisco. Puis elle est partie, me laissant dans la boîte sombre, la sueur refroidissant ma peau.

Nous avions eu une connexion sur la piste de danse. Je savais que c'était le cas. Elle m'avait regardé dans les yeux comme si elle me voyait vraiment, comme si elle m'appréciait.

Et puis j'avais tout gâché. Je m'étais dégonflé au moment où j'aurais dû lui dire ce que je ressentais. Ce que je voulais.

Elle. Rien qu'elle.

14

MIMI

J'ADORAIS AVOIR Ben pour le dîner de Shabbat. Non seulement ça me rappelait un grand nombre de vendredis soirs de mon enfance, mais je pouvais aussi compter sur lui pour créer une diversion ou deux quand ma mère devenait trop envahissante.

Son fiancé, Cooper, en revanche ? J'aurais presque préféré qu'il doive retourner à Singapour. Au moins, il ne serait pas assis en face de moi à la table de la salle à manger de mes parents, avec ses cheveux blonds, ses yeux bleus et ses larges épaules qui me rappelaient avec trop de force son cousin.

Celui que j'avais fui la nuit dernière.

J'avais cru comprendre Mateo. J'avais cru qu'il faisait partie de ces mecs dont la beauté n'est que superficielle. Que sous cette magnifique enveloppe, il n'y avait qu'un vide insipide. Ou, comme Byron, une cruauté sans cœur.

Mais il m'avait ébranlée jusqu'à la moelle.

Il m'avait amenée à en dire plus que je n'en avais l'intention. Je lui avais dit que je me sentais en sécurité avec lui.

Il avait répliqué en me disant que j'étais belle. Byron m'avait aussi appelée comme ça, mais au final, il s'était servi de ses mots doux pour prendre, prendre et encore prendre, jusqu'à m'avoir complètement épuisée.

Que voulait Mateo ? Son regard sur la piste de danse avait été affamé. Et déroutant.

— Mimi, puis-je vous verser un peu de vin ? La voix de Cooper m'a surprise. J'ai cligné des yeux. Ma mère me tuerait si elle savait que je ne tenais pas compagnie à notre invité pendant qu'elle, mon père et Ben finissaient de préparer le dîner dans la cuisine.

Même si l'idée de tenir compagnie au patron du patron de mon patron était plutôt intimidante.

— Un demi-verre, s'il vous plaît. Qu'allait penser Cooper du vin casher doux et de nos traditions familiales du vendredi soir ? Bien que Ben et lui soient ensemble depuis plus de six mois, c'était la première fois que Ben imposait à Cooper un dîner de Shabbat chez les Levy-Walters. D'habitude, le vendredi soir, soit Cooper venait de rentrer de voyage et était fatigué, soit ils sortaient en amoureux, soit Ben venait seul.

C'était une grande soirée pour mon frère et son fiancé.

Cooper a rempli mon verre à moitié. Ce n'est qu'à ce moment-là que j'ai remarqué qu'il buvait de l'eau gazeuse. En y repensant, le champagne qu'il avait bu à leur fête de fiançailles avait semblé plus clair que celui dans le verre de Ben. Et je ne l'avais pas vu boire quoi que ce soit au mariage de Bree et Josh.

Était-il possible de survivre à un dîner de famille sans alcool ?

— Jackson Jones m'a dit quelque chose l'autre jour, a-t-il dit.

— Ah oui ? Son meilleur ami et associé lui avait-il parlé du poste de directrice adjointe ? Ou lui avait-il dit que j'avais foiré ma présentation du budget plus tôt ce mois-ci ? Monique lui avait-elle dit que j'étais une ivrogne ? J'ai englouti mon vin, souhaitant que ce soit quelque chose de plus fort.

— Il a dit que vous sortiez avec mon cousin Mateo.

Oh. Merde. Pourquoi m'étais-je imaginé que notre mensonge resterait confiné au comité du gala ? Et si Cooper le savait, ça voulait dire que Ben le savait. Et ce ne serait qu'une question de temps avant que…

Ma mère a eu un hoquet de surprise derrière moi. — Mimi, tu sors avec quelqu'un ? Pourquoi tu n'en as pas parlé quand on s'est appelées cette semaine ?

Oh, juste parce que c'était complètement faux, et que j'espérais qu'elle ne le découvrirait jamais. Mais si j'avouais le mensonge, est-ce que Cooper remettrait les choses au clair avec Jackson ? Ensuite, Jackson le dirait à Natalie, qui pourrait le laisser échapper devant Larissa. Si Larissa l'apprenait, je serais virée du comité du gala — et hors course pour le poste à plein temps — en un instant.

J'ai grimacé. — C'est… c'est nouveau.

— Raconte-moi tout. Ma mère a posé brutalement le plat de hallah et s'est laissée tomber sur une chaise.

— Euh… J'ai jeté un regard à Cooper, qui a eu la décence de paraître coupable. J'ai envisagé de lui dire la vérité, que tout ça n'était qu'une ruse. J'aurais probablement dû opter pour ça. Mais ses yeux bruns et ronds étaient si pleins d'espoir, et son sourire affichait une joie anticipée que je n'avais pas le cœur de briser. Il faudrait bien que je le fasse un jour. Mais ce soir, j'allais la laisser savourer cette excitation qui la faisait se pencher en avant, les coudes sur la table.

— Mateo, le cousin de Cooper, et moi, on se voit. Sans engagement. Rien de sérieux.

— Tu veux dire, genre, du sexe sans lendemain ? Des sex-friends ? Un plan c…

— Non ! Mon Dieu, non, maman. J'ai fermé les yeux très fort pour ne pas avoir à la regarder, ni elle, ni Cooper. Le patron du patron de mon patron.

— Alors… Je connaissais ce ton. Il n'y avait plus moyen d'échapper à l'interrogatoire.

— On est allés jouer au golf l'autre jour avec Larissa et son petit ami. On est allés danser l'autre soir. Et on va au gala ensemble le mois prochain. Rien de sérieux.

Pourtant, pendant un instant sur la piste de danse, ça avait semblé très sérieux. Jusqu'à ce que je me souvienne que nous n'étions pas un couple et que je panique. J'étais contente qu'il m'ait marché sur le pied. La douleur m'avait rappelé que nous étions comme l'huile et l'eau. Deux aimants de même polarité. Des uns et des zéros.

— Du golf, de la danse et un gala ? Ce ne sont pas des choses que tu fais d'habitude, Mimi. Tu es sûre que ce n'est pas sérieux ?

— Certaine. Je promets que ça ne nuira pas à ma carrière. Pas comme… J'ai serré les dents. Je ne voulais *surtout pas* ressasser ma dernière relation ratée. Certainement pas devant Cooper.

— Ah, Mimi. Voir ton frère si heureux avec Cooper m'a donné une nouvelle perspective.

Derrière moi, Ben a reniflé. Il a contourné la table et a posé deux bols de soupe. — Plutôt, le mariage de Bree t'a donné des idées. Des visions de tulle, de roses blanches et de danser la hora. Admets-le.

Ma mère a pincé les lèvres. — Je veux que mes deux enfants soient heureux. J'ai croisé la mère de Breina à la synagogue la semaine dernière. Elle a dit qu'ils essaient d'avoir un bébé.

— Bree et moi venons de sortir boire un verre cette semaine ! ai-je dit. Jamais de la vie ils essaient de tomber enceintes.

— Elle a plus de trente ans. Ils devront bientôt s'y mettre.

— Maman !

— Quoi ? Je pensais que vous vouliez toutes les deux des enfants.

— Un jour. Pas maintenant, avant que je ne sois bien installée dans ma carrière.

Elle a lorgné mon ventre comme s'il avait une date de péremption estampillée dessus. — Tu sais que je veux ce qu'il y a de mieux pour toi. Maintenant, parle-moi de Mateo.

Ben a ri. — Comme chien et chat, ces deux-là.

Cooper a attrapé la main de mon frère et l'a arrêté d'un regard lourd de sens. — Non, mon cœur. Ils sortent ensemble.

— Quoi ? Il s'est perché sur le genou de Cooper. — Toi et Mateo ?

Cooper a étudié mon visage. Pourquoi n'en avait-il pas parlé à Mateo ? Il aurait pu remettre son cousin les idées en place. Et alors je ne serais pas en train de parler de ma fausse relation avec ma mère, qui n'allait jamais lâcher l'affaire. Si Cooper n'était pas le patron du patron de mon patron, j'aurais sauté par-dessus la table pour l'étrangler. Je ne mentais jamais à mon frère.

Mais maintenant, je devais continuer. — Oui.

— C'est *nouveau* et *sans engagement*, a dit ma mère. Quoi que ça puisse vouloir dire.

— Oh. Les lèvres de Ben se sont pincées en une moue réprobatrice. Il n'avait pas besoin de dire un mot. Je savais qu'il pensait au bol de préservatifs à côté de mon lit et aux coups d'un soir qui défilaient dans mon appartement toutes les quelques semaines. Il aimait vraiment Mateo, et ce *Oh* signifiait qu'il pensait que Mateo était l'un de ces mecs que je ramenais à la maison quand j'étais excitée et que je mettais à la porte avant le lever du soleil.

Mais je ne pouvais pas faire ça avec Mateo. Il faisait partie de la vie de mon frère. De sa famille.

Merde, pourquoi n'y avais-je pas pensé avant ? Pourquoi avais-je laissé faire ça ?

Maudite Larissa, maudite organisation du gala, et maudite son obsession pour Mateo et son thème latino-américain.

Ben et ma mère ne l'ont pas vu, mais Cooper a articulé en silence, *Désolé*, vers moi. À voix haute, il a dit : — En parlant du gala, Jackson dit que vous faites un travail fantastique au sein du comité d'organisation.

Le nœud dans mon ventre s'est détendu d'un cran. — C'est gentil de sa part de le dire. C'est sa sœur Natalie qui fait le plus gros du travail, et je l'aide. Plus les tâches financières habituelles.

— J'ai cru comprendre qu'il y avait un poste de directrice adjointe à pourvoir à la fondation, et que votre nom a été mentionné, a-t-il dit.

Cooper avait entendu ça ? Est-ce que ça signifiait que Larissa me considérait sérieusement ? — J'avais entendu ça aussi.

— Qu'est-ce que c'est que ça ? Les sourcils foncés de ma mère ont disparu sous sa frange brushée. — Une directrice ?

Je n'avais pas l'intention qu'elle en entende parler avant d'avoir obtenu le poste, mais ça valait le coup pour détourner l'attention de l'interrogatoire sur Mateo. — *Directrice adjointe.* Et ce n'est pas encore fait. Loin de là. Mais il y a un poste, et j'ai dit à Larissa que j'étais intéressée.

— Est-ce que ça paie plus que ce que tu gagnes chez Synergy ? Son regard était perçant.

Je ne voulais absolument pas avoir cette conversation devant Cooper. — Euh, je… J'ai grimacé et lancé un regard à Cooper.

— Nous serions désolés de vous perdre, a-t-il dit, son expression illisible. Mais nous comprenons que nos employés ont besoin de poursuivre leurs passions, et parfois cela se trouve en dehors de Synergy. Bien que j'aime à penser que la fondation de Jackson fait toujours partie de la famille Synergy.

La tension a quitté ma nuque. — Merci. Mais, comme je l'ai dit, ils y réfléchissent encore. Larissa a fait passer un entretien à une candidate extérieure la semaine dernière. Je dois l'impressionner avec mon travail sur le gala.

— Es-tu sûre qu'une organisation à but non lucratif est la bonne direction ? a demandé ma mère. Ça pourrait te faire sortir du secteur privé. Freiner ta progression de carrière.

Je me suis frotté la poitrine à l'endroit où une nouvelle pointe de douleur était apparue. — C'est ce que je veux. Dans quelques années, une fois que j'aurai plus d'expérience, je pourrai passer directrice.

— Mais tu es comptable senior maintenant, prête à passer à un poste de direction. Et Synergy est une excellente entreprise. Stable. Elle a souri à Cooper.

— Je sais, et ils ont été formidables avec moi. Mais je pense que ma passion est dans les organisations à but non lucratif. Surtout pour aider les enfants. La fondation fait un travail formidable avec les enfants atteints du syndrome de la Tourette et d'autres troubles neurologiques.

Ma mère a hoché lentement la tête. Elle se souvenait comment je rentrais de l'école, tremblante de rage, chaque fois qu'un gamin se moquait de Bree.

— C'est une opportunité fantastique. Ben s'est levé. Tu vas t'en sortir à merveille.

Je lui ai souri. Nos passions étaient similaires, et son travail dans une fondation qu'il aimait m'avait inspirée à réfléchir à mes propres objectifs de vie. À les réévaluer. À être une meilleure version de moi-même.

— Je vais aider papa à apporter le reste de la nourriture, a dit Ben, en contournant la table vers la cuisine.

J'ai repoussé ma chaise, reconnaissante de l'occasion de m'échapper. — Je vais t'aider.

— Non. Reste. Un peu de repos te ferait du bien, a-t-il dit avec un sourire affectueux. Tu t'es épuisée entre le travail et le bénévolat.

Je lui ai rendu son sourire. Mon frère était le plus adorable. Même si l'espace était restreint et que je n'avais aucune intimité, il me manquait maintenant qu'il avait quitté mon canapé pour le luxueux manoir de Cooper.

— Laissez-moi aider. Cooper a repoussé sa chaise et s'est levé.

— Non, vous êtes notre invité. Ma mère a agité la main en direction de son futur gendre. Et puis, on a presque fini.

— On ne trouve plus de personnel compétent par ici, a grommelé mon père en apportant le rôti.

— Désolé, papa, a dit Ben en retournant dans la cuisine.

Ma mère a dit : — On s'est laissé emporter en parlant du nouveau travail de Mimi. Et du fait qu'elle voit Mateo, le cousin de Cooper.

— Tu vois quelqu'un ? Il a posé le rôti.

Mes joues sont devenues brûlantes. — C'est…

— Nouveau, a dit trema mère en levant les yeux au ciel. Et *sans engagement*.

— Est-ce qu'il te traite bien ? a demandé mon père.

À part essayer de déclencher mon allergie au chocolat. Il avait été étonnamment gentil pour le golf et pour le gala. — Oui.

Il m'a adressé un sourire rapide. — Alors je suis content pour toi.

— Merci, papa.

— Et c'est quoi cette histoire de nouveau travail ?

— Papa. Mes joues sont devenues encore plus chaudes. Pourquoi devions-nous parler de ça devant Cooper ? C'est juste une possibilité.

Il a pointé une manique de four dans ma direction. — Je veux en savoir plus sur cette *possibilité* quand nous serons tous assis. Jeannie, finissons d'apporter les plats. Lui et ma mère ont disparu dans la cuisine. Ben les a suivis.

— Désolé d'avoir lancé le sujet, a dit Cooper. Je ne savais pas que vous ne leur en aviez pas parlé.

— Ce n'est rien. Ils s'inquiètent pour moi, vous savez ? Il ne le savait probablement pas. De quoi les parents de Cooper Fallon auraient-ils à s'inquiéter ? Il dirigeait une entreprise prospère du Fortune 1000 et était fiancé à un homme qu'il aimait.

— Je comprends. Ils veulent vous protéger.

J'ai eu un petit rire. — Plutôt me pousser. Maman m'a appris très tôt que les femmes doivent avoir les outils pour se protéger.

— C'est exact. Ma mère est revenue en trombe avec un plat de pommes de terre bouillies. L'intelligence, la motivation et la confiance en soi. C'est ce qu'il faut pour réussir dans un monde d'hommes. Elle a transpercé Cooper d'un regard de défi.

— Absolument. Je sais que je suis très privilégié, et j'essaie d'aider ceux qui ne le sont pas.

— C'est vrai. Ben a apporté les petits pois et les carottes. Il a posé le bol, puis a embrassé la joue de Cooper. Il soutient tous les refuges pour femmes de la Baie.

Il devait y avoir une histoire derrière ça. J'ai observé le visage de Cooper, mais il ne trahissait rien d'autre que de l'amour pour mon frère.

Mon père a apporté la salade. — À table.

— Les prières d'abord, lui a rappelé ma mère.

Même les chants et les prières de Shabbat n'ont pas distrait ma mère de son interrogatoire. Après que nous ayons béni la Hallah et que tout le monde en ait mangé un morceau, elle m'a fixée de l'autre côté de la table. — Adam, Mimi envisage de quitter son poste en comptabilité pour travailler pour une organisation à but non lucratif.

— Maman, je ne quitte pas vraiment la comptabilité. Je transpose mes compétences dans le secteur associatif.

— Tu vas conserver ton titre d'expert-comptable ? a demandé mon père. Tu as travaillé si dur pour l'obtenir.

— Bien sûr. J'ai frissonné à l'idée de repasser l'examen. Je ne fais qu'ajouter d'autres responsabilités.

— C'est un bon choix de carrière. Cooper a poussé son verre de vin vers Ben. Il n'en avait bu qu'une gorgée après le Kiddouch. Mimi peut évoluer dans d'autres domaines — opérations, gestion, développement — auxquels elle ne serait normalement pas exposée dans une plus grande entreprise comme Synergy.

— Mais chez Synergy, elle a la stabilité, a dit ma mère. Un plan de carrière défini.

— Maman, a interrompu Ben. Les choses sont différentes maintenant. Ce n'est plus comme quand tu as commencé ta carrière. Quand tu gravissais les échelons. Les gens aujourd'hui sont plus mobiles. Ouverts à différents parcours professionnels. Ils se démènent. Il m'a souri de l'autre côté de la table.

Ma mère a haussé un sourcil. — Ne me fais pas ton « OK Boomer ». Je suis de la Génération X. On s'est battus pour tout ce qu'on a. J'ai dû me battre et jouer des coudes pour dépasser tous les Boomers bien établis dans mon cabinet. Ces hommes blancs avec des femmes à la maison qui s'occupaient de la maison et des enfants. Mimi sait que c'est plus difficile pour nous. Personne ne s'occupe d'elle, prêt à la hisser au niveau supérieur. Elle devra attraper chaque barreau elle-même et le gravir. Mais… — elle a souri à Cooper — Synergy prend soin de ses employés. Est-ce que cette toute nouvelle organisation à but non lucratif fera de même ?

— Je suis sûr que Jackson s'en est occupé. Même en le disant, la mâchoire de Cooper s'est contractée, démentant ses paroles confiantes.

— Peut-être que Mimi n'est pas aussi intéressée par les avantages sociaux qu'elle ne l'est par le fait d'aider les gens. De faire le bien dans le monde, a dit Ben. Je suis fier d'elle de vouloir aider les enfants.

— Oh, merci, Benny. J'ai levé mon verre de vin vers lui. Il m'a fait un clin d'œil et a fait de même.

— Néanmoins, a dit Cooper, je serais heureux de parler à Jackson du plan de carrière et de la rémunération...

— Non. Mon cœur a bondi dans ma gorge. Que penseraient Jackson — et Larissa — de moi si Cooper jouait de son influence ? Merci. Je vérifierai tout ça avant d'accepter une offre. Promis. J'ai hoché la tête en direction de ma mère.

— C'est gentil de votre part de le proposer, Cooper. Je suis heureuse que Benny vous ait trouvé. Ma mère a rayonné en direction de Cooper.

Je ne pouvais pas détacher mes yeux de Ben. Son expression douce de bonheur, d'un pur bonheur incroyable, ne ressemblait à rien de ce que j'avais jamais vu sur son visage.

Il avait toutes les raisons de se sentir ainsi. Il avait le travail épanouissant dont il avait toujours rêvé, plus un fiancé qu'il adorait et qui, de toute évidence, vénérait le sol sur lequel il marchait. Il avait l'amour et la stabilité financière. Mon petit frère était au sommet de cette foutue pyramide des besoins de Maslow.

Et où étais-je, moi, la grande sœur qui avait toujours semblé avoir tout sous contrôle ? Toujours en bas de l'échelle, à travailler sur ma sécurité financière. Sans espoir d'amour.

Je m'étais toujours moquée de mon frère parce qu'il tombait amoureux si facilement. Mais maintenant, en le voyant si merveilleusement heureux, une petite partie de moi voulait ce qu'il avait.

J'ai tapoté ma boule de matzah avec ma cuillère. Je n'aurais jamais cru être jalouse de mon petit frère. Mais je l'étais.

— J'espère que tu trouveras quelqu'un comme Cooper, a dit ma mère, exprimant mes propres pensées. Enfin, peut-être pas aussi bien que Cooper. Elle a ri nerveusement. Un jour, quand tu seras bien installée dans ta carrière.

Aussi peu de souvenirs que j'avais de l'enterrement de vie de jeune fille de Bree, je me souvenais de ce que mon Inconnu Mystérieux m'avait fait ressentir. C'était la même chose que ce que dégageait le regard de mon frère : je me sentais vue et chérie.

— Peut-être un jour, ai-je dit.

15

MATEO

JE SERRAIS le bouquet dans le petit hall de l'immeuble de Mimi. Les fleurs de frangipanier blanc crème, avec leur cœur d'un jaune timide, voulaient dire que j'étais désolé. Désolé pour ce que j'avais bien pu faire sur la piste de danse pour la faire fuir. Et je n'étais pas prêt à abandonner. Pas encore.

Chaque fois que Papá faisait quelque chose qui irritait Maman, il lui apportait ces fleurs. Ça avait toujours marché. Jusqu'au jour où ça n'a plus fonctionné.

Aucun de nous n'a jamais su pourquoi elle est partie. Ce que j'avais fait, ce que nous avions fait, pour qu'elle fasse ses valises et quitte l'île au beau milieu de la nuit. Papá l'a appelée plusieurs fois, mais après son écrasante trahison, il ne s'est plus jamais présenté à sa porte avec des fleurs.

Peut-être que son erreur a été de rester sur l'île avec moi. Quand nous avons appris qu'elle était morte, il a eu l'air si anéanti que je n'ai jamais eu le courage de lui demander s'il regrettait de ne pas s'être battu davantage pour la récupérer.

Mimi, avec sa beauté, son intelligence, son cœur, valait la peine qu'on se batte pour elle. Si seulement je pouvais arrêter de me mettre des bâtons dans les roues et lui prouver que j'en valais la peine, moi aussi.

Avant que j'aie eu le courage de sonner à son interphone, elle est sortie, enroulant une écharpe en tricot beige autour de son cou. Elle a levé les yeux vers moi, surprise.

— Qu'est-ce que tu fais ici ?

Merde, j'avais encore oublié d'appeler ou d'envoyer un texto.

— Je suis venu te voir. Pour m'excuser. Pour le mole. Pour tout. En agitant le bouquet, je l'ai presque frappée au nez. J'ai grincé des dents. *Détends-toi, Mateo.* — Comment va ton pied ?

— Il va bien. C'est pour moi ? Elle a reculé alors que je lui tendais les frangipaniers.

— Pour toi. Un rayon de soleil par temps maussade. Une fine brume était suspendue entre nous, ne tombant pas tout à fait, mais à peine plus épaisse que le brouillard de San Francisco. Elle scintillait dans ses cheveux et formait de minuscules perles sur son manteau de laine.

Elle a pris le bouquet et l'a reniflé prudemment. — Comment savais-tu que le frangipanier est ma fleur préférée ?

— Vraiment ?

— Oui, ce sont des fleurs directes. Sans chichis. Simples.

— Comme moi, ai-je plaisanté.

Ses yeux se sont plissés une seconde. — Mateo, tu es tout sauf direct. Tu es comme… comme une de ces orchidées à froufrous. Vistoyante. Difficile à garder à la maison.

J'ai mimé un poignard s'enfonçant dans mon cœur. — Aïe.

— Tu vois ce que je veux dire. Ses joues ont rosi. — Tu es trop beau pour un usage quotidien. Comme le plat à hallah peint à la main de ma mère.

Un compliment ? Un point pour Mateo. Je ne sentais plus la bruine. Tout n'était que soleil tropical et parfum de frangipanier.

— Tu sors ? ai-je demandé. *Stupide, Mateo.* Bien sûr qu'elle sortait. Elle venait de quitter son immeuble.

— Je suis bénévole aujourd'hui. Pour la fondation. Il y a un événement à la bibliothèque. Les enfants lisent des histoires à des animaux du refuge.

— Tu as pris tes médicaments contre les allergies ?

— Bien sûr, j'ai… attends. Comment savais-tu que j'étais allergique aux chiens ?

Elle me l'avait dit le soir au bar. Elle m'avait dit beaucoup de choses et elle avait tout oublié. Ce secret me pesait sur la poitrine. — Ben m'a dit que c'est pour ça que tu ne vas pas souvent chez eux.

— Oh. Eh bien, oui, j'en ai pris. Elle a tiré sur une mèche de cheveux coincée dans son écharpe.

Il y en avait une autre de coincée, et j'ai eu envie de la lui libérer, mais je n'ai pas osé la toucher. J'ai fourré mes mains dans les poches de mon manteau.

— Je devrais y aller, a-t-elle dit.

— Bien sûr. Merde, elle allait me détester de la mettre en retard. Mimi détestait être en retard. — Tu veux que je les monte dans ton appartement ? ai-je indiqué en montrant les fleurs.

— Non, je… je vais les emmener avec moi. Je suis sûre que je peux trouver un vase ou un verre d'eau pour les y mettre à la bibliothèque.

J'avais vraiment marqué des points avec les fleurs. Ça m'a donné le courage de demander : — Je peux t'accompagner à la bibliothèque ?

Elle a penché la tête. — En fait, on a toujours besoin de plus de bénévoles. Tu pourrais rester une heure ou deux et tenir un animal du refuge pendant qu'un enfant te lit une histoire ?

— Absolument ! Mimi me proposait de l'accompagner ? Mon sourire devait être ridiculement large. — Et on a même vérifié mes antécédents.

— Ton propre cousin a vérifié tes antécédents avant de t'engager dans son équipe de sécurité ?

Oui, ce salaud. La famille ne signifiait rien pour lui. Mais bon, vu que c'était moi, il n'avait pas tort. — Ouais, et mon casier est vierge.

— D'accord, alors. Allons-y. Elle s'est retournée et a marché d'un pas vif sur le trottoir.

Je l'ai rattrapée facilement avec mes longues enjambées. — Ce que tu fais est admirable, Mimi.

— Quoi ? Tu veux dire, être comptable ? Elle m'a regardé de biais. — Ou passer une heure ou deux un samedi à aider des enfants à prendre confiance dans leur lecture ?

— Les deux. Je ne suis jamais allé à l'université. Je lui avais dit ça le soir au bar, mais elle ne s'en souvenait pas. — Ta carrière est impressionnante. Et en plus, ce que tu fais pour la fondation et tes autres activités de bénévolat, ça montre ton engagement.

— Merci. Elle a humé les fleurs blotties dans son bras. — Ben a fait tellement plus. Il s'est lancé dans le secteur associatif avant moi. Je ne fais que suivre les traces de mon petit frère.

— Non, ce n'est pas vrai. Tu traces ta propre voie. À ta façon. Elle m'avait tout raconté ce soir-là.

Elle a fredonné, sans être d'accord ni en désaccord avec moi.

Pourquoi ne le voyait-elle pas ? — Tu as une telle volonté. Tu peux faire tout ce que tu décides.

Elle a reniflé. — N'importe qui peut faire ça.

— Pas n'importe qui. Pas moi. Nous nous sommes arrêtés à un passage piéton.

Comme si elle avait arraché la pensée de mon cerveau, elle a demandé : — Pourquoi n'es-tu pas allé à l'université ?

— Je voulais. J'avais toujours prévu de le faire. J'avais même une bourse de baseball. Mais mon père est tombé malade lors de ma dernière année de lycée. On n'avait toujours été que tous les deux, tu sais ? Après le départ de ma mère. J'ai cherché sa bague, mais bien sûr, elle n'était pas à mon doigt. J'ai fourré mes mains dans les poches de ma veste. — Je ne pouvais pas aller à l'université et le laisser, pas après tout ce qu'il avait fait pour moi. Il avait besoin d'aide dans son magasin. Et à la maison quand il est devenu trop malade pour travailler. Alors je suis resté.

— Qu'est-ce qui s'est passé ?

Le feu est passé au vert et je me suis engagé sur le passage piéton. Je lui avais aussi raconté tout ça, pendant les deux heures où nous avions parlé. Mais ça ne me dérangeait pas de le répéter. Chaque fois que je le disais, c'était un peu plus facile. — Il est mort quelques années plus tard. Et ses traitements coûtaient cher. Je n'avais pas d'argent pour l'université. J'étais trop vieux pour jouer au baseball à ce moment-là.

Son épaule a frôlé la mienne. — Je suis désolée. Pour ton père. Ben est allé à l'université en reprise d'études, tu sais. Tu pourrais aussi.

J'ai haussé les épaules. — Je suis heureux de faire ce que je fais. J'aide mon cousin. Je protège ma tante, qui a toujours veillé sur moi. Je n'ai pas besoin de l'université pour faire ça.

Elle m'a de nouveau regardé de biais. Mais il n'y avait aucun jugement dans son ton quand elle a dit : — Je suppose que non.

Elle s'est arrêtée devant la bibliothèque. — Tu es sûr de vouloir faire ça ? La littérature n'est pas exactement captivante. Ce sont surtout des livres d'images.

— Bien sûr. *N'importe quoi pour toi.*

Mimi m'a aidé à m'inscrire comme bénévole, puis le bibliothécaire nous a installés sur des coussins par terre. Comme Mimi était légèrement moins allergique aux chats, nous en avons demandé une paire. Elle a eu une grosse chatte tigrée marron nommée Mme Butternut, et on m'a donné un chaton noir nommé Roger. Roger ne semblait pas intéressé à s'asseoir tranquillement à côté de moi et à ronronner comme le faisait Mme Butternut avec Mimi. Il a tapoté ma main avec ses petites griffes acérées, puis il les a plantées dans mon tee-shirt et a grimpé vers mon cou.

— Oh, non, a dit Mimi en riant. Il va déchiqueter ton tee-shirt.

— Déchiqueter ma peau, plutôt. Les griffes de ce petit salaud étaient des rasoirs.

— Tiens, prends ce jouet. Je ne pense pas que Mme Butternut en voudra. Elle m'a tendu une baguette en plastique avec quelques plumes attachées par une ficelle.

Dès que j'ai agité le jouet, Roger a bondi. Je l'ai soulevé hors de sa portée, et il a sauté pour l'attraper. Pendant que nous attendions qu'un enfant aimant les chats se présente, j'ai fait danser la plume pour lui, et il a bondi dessus encore et encore, tandis que Mimi gloussait de façon inhabituelle.

Bientôt, nos manigances ont attiré l'attention d'un petit garçon avec d'épaisses lunettes. Il a glissé un livre d'images sous son bras.

— Comment s'appelle ton chat ? a-t-il demandé.

— Il s'appelle Roger.

— Comme un pirate ? Jolly Roger ?

J'ai soulevé le chaton pour le regarder dans les yeux, puis je l'ai tourné vers le gamin. — Il a une tête de pirate, je trouve.

Le gamin a ri. Puis il a tendu la main à Roger, qui a cogné sa tête contre sa paume. Il a caressé la tête du chaton. — Ce n'est pas un pirate très coriace.

— Je suppose que quand on est aussi mignon que lui, on n'a pas besoin d'être coriace pour voler le butin de quelqu'un.

Mimi a reniflé, mais j'ai gardé un air sérieux. — Tu veux t'asseoir avec moi et lui lire une histoire ?

— Ouais, d'accord.

Il s'est assis à côté de moi sur le coussin et a croisé les jambes. Doucement, j'ai placé Roger sur ses genoux. Après sa chasse à la plume, le chaton semblait content de se pelotonner, la tête sur la cuisse du gamin.

Le gamin a ouvert le livre en grand et a fait une pause. — Ah, je suis dyslexique. Ça veut dire que je ne suis pas un lecteur très rapide.

— Ce n'est pas grave, ai-je dit. Je ne suis pas très rapide non plus. Et j'ai besoin de ça. J'ai sorti mes lunettes de ma poche. J'en avais besoin pour lire depuis que j'avais trente ans. Je les ai mises et j'ai souri au gamin. Les miennes n'étaient pas aussi épaisses que les siennes, mais nous avions ça en commun. Il m'a souri en retour.

Mimi a aspiré une bouffée d'air à côté de moi. Ugh, j'avais

oublié que j'aurais besoin de sortir mes lunettes de lecture. Ma tía disait qu'elles étaient moches. J'ai jeté un coup d'œil à Mimi pour m'assurer qu'elle ne m'avait pas vu les mettre, mais c'était le cas. En fait, elle me fixait, la bouche ouverte comme si elle avait vu un fantôme.

oublié que j'aurais besoin de sortir mes lunettes de lecture. Ma tía disait qu'elles étaient moches. J'ai jeté un coup d'œil à Mimi pour m'assurer qu'elle ne m'avait pas vu les mettre, mais c'était le cas. En fait, elle me fixait, la bouche ouverte comme si elle avait vu un fantôme.

16

MIMI

J'AI SERRÉ Mrs. Butternut contre moi jusqu'à ce qu'elle miaule et se tortille. J'ai desserré mon étreinte, mais j'avais besoin de m'agripper à quelque chose parce que

mon

monde

venait

de

basculer.

Dès que Mateo a chaussé ces lunettes en écaille de tortue, les souvenirs ont déferlé.

Moi, penchée vers lui, nos coudes se touchant sur le comptoir du bar. Nos épaules s'entrechoquant alors qu'on riait, jusqu'à ce que je finisse par m'affaler contre lui et qu'il me soutienne.

Cette nuit-là, je lui ai confié des choses. Tout sur Bree et pourquoi je voulais un poste à plein temps à la fondation. Sur l'admiration que j'avais pour Larissa, mais sans jamais parvenir à l'impressionner. Sur ma mère et mon désir de la rendre fière.

Lui aussi m'a confié des choses. Sa mère qui les avait quittés quand il était jeune — si jeune ! Mateo et son père qui s'étaient épaulés après ça. Comment il s'occupait de son père. À quel point il l'aimait. Et il avait retiré la bague de son doigt…

La bague. En effet, la base de son annulaire droit était plus pâle, là où une bague aurait dû se trouver. J'en ai caressé le contour sur la chaîne autour de mon cou, sous mon pull. Il me l'avait donnée pour que je la garde en sécurité. Pour que je me souvienne de cette nuit.

Pour que je me souvienne de lui.

J'avais juré de m'en souvenir, malgré la tequila.

Pourtant, j'avais rompu cette promesse.

Je l'avais oublié. J'avais tout oublié. Sauf le vague souvenir d'un homme à lunettes qui m'avait fait rire. Un homme qui, du moins c'est ce que mon esprit embrumé par la tequila avait pensé, pourrait valoir la peine de bousculer ma vie bien réglée.

Mateo s'est penché sur le livre pour écouter le petit garçon qui lui lisait un passage d'une voix hésitante. Il caressait la fourrure de Roger lentement, d'un air absent, hypnotique.

Il n'avait même pas remarqué que mes œillères étaient tombées. Que je le voyais, maintenant. Que quand je ne lui crachais pas mon venin, il était doux, posé et gentil.

Mateo était mon Homme Mystère.

Et j'étais la femme qui l'avait snobé. Qui avait cherché quelque chose de différent, quelqu'un de mieux, alors qu'un homme bien s'était tenu juste en face de moi, offrant son amitié. Et peut-être plus.

Mrs. Butternut s'est enroulée et m'a mordillé la jointure de l'index. Pas fort, mais assez pour attirer mon attention sur la petite fille qui m'attendait patiemment. Elle portait des leggings violets vifs et un sweat *Max et les Maximonstres*.

— Je peux lire un livre à ton chat ? a-t-elle demandé.

J'ai cligné des yeux. J'étais là pour lire aux enfants, pas pour mater Mateo. Mon séisme intérieur n'avait fait trembler le sol que pour moi.

— Bien sûr. Voici Mrs. Butternut, et moi c'est Mimi. Comment tu t'appelles ?

— Tara. J'aime les livres sur les animaux.

Elle a brandi son livre, qui avait un chien sur la couverture.

— Moi aussi.

J'avais toujours rêvé d'avoir un golden retriever, mais nous n'en avions jamais eu à cause de mes allergies.

Tandis que Tara se blottissait contre moi, Mrs. Butternut s'est étirée contre sa cuisse. J'ai jeté un regard furtif à Mateo.

Il m'observait derrière ses lunettes. Si vous m'aviez demandé le mois dernier si les lunettes étaient sexy en soi, je vous aurais répondu que non. Mais sur Mateo, elles attiraient mon regard sur ses iris bleu océan, magnifiés, et les longs cils qui les couronnaient. Sous la simple monture en plastique, sa mâchoire était brute, assez forte pour encaisser les coups que la vie lui avait portés. Douce, avec une barbe naissante dont je connaissais la sensation, pour avoir passé ma main sur ses joues cette nuit-là, gratté du bout des doigts ses poils drus.

De l'irritation qu'elle avait laissée sur mes joues quand il m'avait embrassée.

J'ai porté la main à ma lèvre supérieure, comme si la marque de sa barbe y était encore présente.

Rompant notre échange de regards, je me suis brutalement ramenée au moment présent. J'ai hoché la tête et me suis exclamée aux bons passages de l'histoire du chien. J'ai félicité Tara quand elle a eu fini.

Juste au moment où je pensais qu'elle allait emporter son livre vers le prochain animal, elle a demandé :

— Mrs. Butternut habite avec toi ?

— Non. Je suis allergique. Les chiens et les chats me font éternuer.

— Avec qui elle habite ?

— Elle vit au refuge pour animaux.

Le visage de Tara s'est décomposé.

Je me suis empressée d'ajouter :

— Je suis sûre que c'est un très bon refuge. Elle n'est pas tout le temps dans une cage.

Du moins, je l'espérais.

Mais c'était la pire chose à dire.

— Elle vit dans une *cage* ? Elle est toute seule ? Elle a des parents ? Ou des jouets ?

— Je... je ne...

Je n'avais jamais mis les pieds au refuge, pas une seule fois. Mes yeux se seraient fermés à force de gonfler.

Mateo s'est penché.

— Mrs. Butternut peut aller dans la salle de jeux où il y a des jouets. Et elle est assez grande pour ne plus avoir besoin de ses parents. C'est une grande fille. Elle peut veiller sur les plus petits, جيسـ Roger ici.

Il a soulevé le chaton noir endormi dans l'une de ses immenses mains.

Est-ce qu'il savait vraiment ces choses ? Était-il allé au refuge ? Je l'espérais. J'espérais que l'histoire qu'il racontait à Tara était vraie.

— Roger ne vit pas avec ses parents ?

Oh non. La voix de Tara avait monté dans les aigus, atteignant un ton strident qui ressemblait à la clarinette dont Ben jouait au collège.

— Non. C'est pour ça qu'il cherche une famille pour l'adopter.

Le regard de Mateo s'était assombri.

Mateo aussi avait perdu ses parents. D'abord sa mère quand il était jeune. Puis son père. Était-ce pour ça qu'il travaillait pour son cousin ? Qu'il protégeait sa tante ? Pour ce lien avec la famille ?

Tara a tendu un doigt pour caresser Roger entre les oreilles. Il a ronronné dans son sommeil.

— Je sais ! Je vais demander à ma maman et à mon papa si on peut l'adopter !

Fantastique. Le problème qui me tourmentait allait disparaître.

— Ce serait parfait, ai-je dit. Pourquoi ne vas-tu pas demander à tes parents tout de suite ? Tiens...

J'ai pris le chaton de la main de Mateo et l'ai déposé dans les mains en coupe de Tara.

— Tiens-le bien pendant que tu vas les voir. Marche ! lui ai-je crié alors qu'elle s'éloignait en sautillant.

— Problème résolu.

Je me suis tournée vers Mateo. Mais il fronçait les sourcils.

— Quoi ?

— Je ne suis pas sûr que tu puisses le résoudre si facilement. Roger est un être vivant qui va devenir membre de la famille de quelqu'un. Et les familles ne se forment pas toujours aussi facilement que les chiffres de ton budget. Tu sais ce qu'on dit sur les chats noirs. Malchanceux. Indésirables.

Il fixait un point sur la moquette.

— C'est juste de la superstition.

Pourquoi parlait-on d'un chat alors que mes souvenirs de cette nuit venaient de refaire surface ?

— Laisse-moi rendre Mrs. Butternut à son référent. Ensuite, tu pourras me raccompagner chez moi ?

Il s'est ressaisi pour sourire, dévoilant ses dents de star de cinéma, droites, blanches et juste un tout petit peu imparfaites. Bien que quelque chose assombrissait encore l'éclat habituel de ses yeux bleus.

— Ce serait un plaisir.

———

PENDANT TOUT LE trajet jusqu'à mon appartement, j'ai pensé à une douzaine de façons de l'interroger sur cette nuit au bar. Et j'ai rejeté chacune d'elles. Pourquoi ne m'avait-il pas rappelé notre conversation, notre connexion ? Pourquoi m'avait-il laissé le traiter comme un inconnu, et un inconnu agaçant qui plus est ? Pourquoi avait-il encaissé sans broncher tout ce que je lui avais balancé ?

Je n'avais pas encore trouvé le courage lorsque nous sommes arrivés à mon immeuble, et je ne pouvais pas le laisser partir sans rien dire.

— Tu montes une minute ?

La surprise a traversé son visage.

— Bien sûr, a-t-il dit.

Il a tenu la porte ouverte, puis l'a refermée solidement derrière nous. En silence, il m'a suivie à l'étage.

J'avais eu l'intention de l'inviter à entrer, de lui offrir une bière, puis de trouver un moyen de lui parler de ce dont je me souvenais, mais dès que j'ai inséré ma clé dans la serrure de ma porte, mon esprit a été envahi par les souvenirs de ce matin-là, après l'enterrement de vie de jeune fille : son apparition soudaine avec le sac de la boulangerie, la chasse à la figue de Barbarie, le café renversé et ma présentation ruinée.

Bien sûr, il avait été maladroit, mais il essayait seulement d'être gentil. Et moi, j'avais été une brute. Aucune gueule de bois, pas même un graphique en secteurs déchiré, ne justifiait ça.

Les mots ont jailli de ma bouche.

— Pourquoi ? Pourquoi est-ce que tu m'as laissée faire ?

— Te laisser faire quoi ?

Sous les néons du couloir, cette ombre était de retour dans ses yeux, prudente. Hésitante.

Je détestais ça. Détester avoir éteint cette lueur en me comportant comme une connasse finie. Qu'il s'attende à ce que je sois impolie avec lui. Que d'une certaine manière, il sente qu'il le méritait.

— Te rabaisser. Être une telle garce.

Je me suis appuyée contre la porte.

— Après que nous… après que tu… après tout ça.

Ses yeux se sont agrandis.

— Tu te souviens ?

— Ouais. D'habitude, je ne suis pas comme ça. Tellement saoule que j'oublie des choses, je veux dire.

Une prise de conscience aiguë m'a transpercée, et j'ai grimacé. Qu'avait-il pensé de moi ? Je devais être complètement ivre morte ce soir-là.

— J'avais pris un antihistaminique ce jour-là et… Tu as dû me prendre pour une idiote. Tu as pris soin de moi. Tu l'as fait pour Ben ? Parce que Cooper te l'a demandé ?

— Ils pensaient tous les deux que c'était une bonne idée que je garde un œil sur toi. Mais, Mimi, je l'ai fait pour toi. Parce que je tiens à toi.

— Mais tu ne tenais pas à moi à l'époque, n'est-ce pas ?

Il fallait que tout ça ait un sens. Que je superpose le Mateo coincé et silencieux que j'avais connu avant, celui qui flirtait avec tout le monde sauf moi, à l'homme gentil qui avait pris de mes nouvelles après ma soirée, qui m'avait proposé de m'accompagner au gala parce que j'avais besoin d'un cavalier.

— Bien sûr que si.

Ses yeux bleus sont devenus doux et ronds.

— Tu es la personne la plus intelligente que je connaisse. Pleine d'assurance. Belle. J'aime être avec toi. Même quand je n'arrive pas à te suivre. Même quand tu n'es pas très contente de moi.

Il a baissé la tête.

Non. L'homme à qui j'avais parlé au bar était suave, drôle et gentil. Et je ne lui ferais plus jamais se sentir inférieur.

— Viens là.

Je lui ai attrapé la main et l'ai tiré à travers l'embrasure de la porte, dans mon appartement. Me tenant à distance de bras, j'ai mis les mains sur mes hanches pour m'empêcher de le toucher.

— Je suis désolée.

Je fixais un point au centre de sa poitrine.

— J'ai fait une erreur. Je t'ai mal jugé. Et j'ai été cruelle. Peux-tu me pardonner ?

Ses bras étaient plus longs que les miens. Il a tendu la main et, d'un doigt épais, m'a relevé le menton.

— Il n'y a rien à pardonner.

Ses yeux étaient tachetés d'or comme des bassins de marée des Caraïbes à midi. Comme une piscine peu profonde, la surface de Mateo était opaque, réfléchissante, cachant la vie, l'intelligence, qui grouillaient en lui. J'avais refusé de voir au-delà de l'extérieur brillant. Je n'avais pas pris la peine de regarder à l'intérieur, d'explorer ce qu'il dissimulait.

Il y avait tellement plus en Mateo Rivera que le dragueur décontracté. Il y avait le petit garçon blessé, abandonné by sa mère. Le jeune homme effrayé qui avait renoncé à ses rêves d'université pour s'occuper de son père malade. L'adulte triste et seul qui avait tout abandonné et traversé quatre fuseaux horaires parce que son cousin le lui avait demandé.

L'homme gentil qui avait sauvé une connaissance ivre de potentiels prédateurs dans un bar. Qui l'avait embrassée jusqu'à ce qu'elle se sente moins seule, l'avait ramenée chez elle et l'avait laissée dessoûler.

Qui n'avait jamais dit un mot quand elle avait oublié de le remercier.

— Merci, ai-je murmuré.

Mon regard est descendu sur ses lèvres. Elles étaient pleines et roses. Je me suis souvenue de leur douceur quand je l'avais embrassé cette nuit-là. Je me suis souvenue du piquant de sa barbe naissante contre ma joue. Je me suis souvenue de sa grande main dans mes cheveux, me tirant plus près. Je me suis souvenue de la pression ferme de sa poitrine et du grand cœur qui galopait à l'intérieur.

Tout ce que je voulais, c'était recommencer. Sobre, cette fois, pour me souvenir de son goût, des sons qu'il faisait, pour pouvoir tout cataloguer. Pour ne jamais oublier.

Il s'est rapproché jusqu'à ce que sa main berce ma mâchoire. Je me suis hissée sur la pointe des pieds, mais j'étais encore trop petite pour l'atteindre, même avec mes bottines à talons.

— Tu veux bien m'embrasser ? Encore ? ai-je demandé.

— Oui.

Il s'est penché jusqu'à ce que ses lèvres flottent à une fraction de centimètre des miennes.

— Oui, a-t-il murmuré.

Enfin, sa bouche s'est posée sur la mienne, légère comme un papillon.

— Oui, a-t-il chuchoté, en caressant mes lèvres.

Notre premier baiser au bar avait été comme ça. Doux et timide. Une question et une réponse. Hésitant. Retenu.

De mon côté, j'ai infusé le baiser des nombreuses excuses que je lui devais. Pour mes pensées et mes actions cruelles. Pour avoir oublié ce que nous avions partagé et avoir souhaité autre chose que l'homme qui me défendait, qui m'aidait à impressionner Larissa, qui se laissait entraîner dans l'organisation d'une soirée chic. Qui avait fait tout ça pour moi.

J'ai passé mes bras autour de son cou et l'ai tiré plus près, mes doigts taquinant les boucles à la base de sa nuque. J'ai glissé ma langue contre la commissure de ses lèvres et me suis frayé un chemin, le goûtant. Menthe poivrée et vive. Et quelque chose d'épicé. Du clou de girofle, peut-être, ou cette épice que mon père utilisait pour faire son gâteau aux pommes spécial pour Roch Hachana.

Il a ronronné comme Roger le chaton et m'a laissé l'envahir, sa langue glissant contre la mienne, me faisant basculer légèrement en arrière sur son bras. Je me suis accrochée, le retrouvant encore et encore, enivrée par ses baisers, perdue dans son goût. Mes genoux tremblaient et mes mollets vibraient, étirés sur la pointe de mes pieds. Si seulement j'étais plus grande, je pourrais me presser contre lui, frotter mes tétons picotants contre sa poitrine, enfourcher sa cuisse et la chevaucher pour apaiser la pulsation entre mes jambes. Mais avec notre différence de taille, tout ce que je pouvais faire, c'était le tirer plus fort, plus près, et lui montrer avec ma langue ce que je voulais faire quand nos vêtements auraient disparu.

Finalement, à bout de souffle, je me suis reculée et j'ai inspiré.

— Wow.

Il a embrassé le coin de ma bouche. Ma mâchoire. Mon lobe d'oreille. Il a soufflé dans mon oreille :

— ¡Caray!

— Et… et maintenant ?

— Tu me demandes à moi ? C'est toujours toi qui sais quoi faire, Mimi. Qu'est-ce que tu veux maintenant ?

Mon corps avait besoin de lui, nu et dans mon lit.

Mais mon cerveau était plus sage. J'avais pris mon antihistaminique, et ça obscurcissait mon jugement. Comme quand je m'étais mise KO par accident le jour des deux fêtes. Je devais y aller doucement.

Mateo ne pouvait pas être l'un de mes coups d'un soir.

Il faisait partie de la famille de Ben. De sa vie. Je ne pouvais pas l'emmener dans mon lit — ou sur mon canapé — pour une seule nuit, peu importe à quel point mon pouls battait pour lui. Cela ne pouvait que mal finir, avec des contournements gênés lors des événements familiaux, l'expression concernée de Cooper, et Ben essayant d'arranger les choses et de rendre tout le monde heureux à tout prix.

Je devais être sûre que c'était ce que je voulais. Et y aller doucement.

Est-ce que je voulais une relation avec Mateo ?

Si nous étions prudents, il n'avait pas à être une distraction de mes objectifs. J'étais plus sage maintenant que je ne l'avais été avec Byron. Je ne laisserais plus personne me détourner de ma trajectoire.

Déjà, Mateo m'avait aidée à atteindre mes objectifs. Il était mon cavalier pour le gala. Et il avait aidé à l'organisation, en nous trouvant un traiteur et un groupe de musique. Je pourrais même m'amuser au gala, grâce à Mateo.

Il méritait plus qu'un coup d'un soir. Et je méritais quelque chose de أكثر, moi aussi. Une chance d'être heureuse. D'avoir un... partenaire ?

— Sortons ensemble. Ce soir.

Je mettrais des vêtements qui ne seraient pas couverts de poils de chat, et mes idées s'éclairciraient. Alors je pourrais prendre une décision rationnelle sur le fait de coucher avec lui. Sur toutes les complications que cela entraînerait.

— Ah.

Il a grimaçé.

— Je travaille ce soir. Et demain soir ?

— Dimanche soir ? Je travaille le lendemain…

— On commencera tôt. Je te ramènerai à la maison pour vingt-deux heures. Promis.

— D'accord.

Vingt-quatre heures pour reprendre mes esprits, c'était intelligent. Je me suis hissée sur la pointe des pieds et j'ai pressé un baiser sur ses lèvres.

— C'est un rendez-vous.

17

MATEO

— NE TOUCHE PAS à la crèche ! m'a crié ma tante depuis l'autre bout de sa pelouse.

— Il ne me viendrait pas à l'idée de toucher à la crèche, ai-je répondu sur le même ton, en la contournant soigneusement tout en traînant le bonhomme de neige géant vers la cabane de jardin. Pas avant la Chandeleur. Rentre à la maison, ma tante. S'il te plaît.

— Tu vas tout ranger dans la cabane ?

— Oui. Par ordre alphabétique. Maintenant, rentre et ferme la porte à clé. Sinon, Miguelito va me tuer.

— Tu sais bien que je ne le laisserais pas toucher à un seul de tes cheveux. Fais attention avec Frosty. J'ai reçu tellement de compliments à son sujet.

— J'en suis sûr. J'ai jeté un coup d'œil à la maison de ses voisins juste au moment où leur éclairage extérieur s'est allumé, baignant le manoir d'une lumière aseptisée, ni trop jaune, ni trop bleue. Leurs décorations de Noël et leur couronne artificielle géante avaient été retirées le 2 janvier. Il était hors de question que les compliments viennent d'eux, surtout dans la deuxième quin-zaine de janvier. J'ai attendu qu'elle referme la porte d'entrée, puis je me suis traîné jusqu'à l'arrière de la maison pour rejoindre la cabane, où j'ai calé le bonhomme de neige à côté du traîneau du Père Noël.

Quand je suis revenu devant la maison pour récupérer les rennes, ma tante a de nouveau ouvert la porte. J'ai levé les yeux vers le ciel nuageux et j'ai supplié Santa María d'éloigner mon cousin de chez sa mère.

— Mon garçon, entre. J'ai fait des churros con chocolate.

Le chocolat chaud et les churros de ma tante valaient bien tous les ennuis que Miguelito pourrait me causer.

Alors que j'étais assis en face d'elle à sa table de cuisine, plongeant un churro graisseux, presque trop chaud pour le toucher, dans une tasse de cacao noir, elle a porté sa tasse à ses lèvres sans boire. — Comment ça se passe avec Miriam ?

C'était le moment que j'attendais — et que je redoutais — depuis le début de l'après-midi. Une vague de chaleur a envahi mon visage, y compris mes lèvres, où je sentais encore l'empreinte des siennes, comme une marque au fer rouge.

Quand j'ai mordu dans le churro, la cannelle et le chocolat ont explosé sur mes papilles. J'ai savouré cette bouchée sucrée dans ma bouche. Je ne m'étais pas souvent laissé tenter sur mon île tropicale, mais dans le froid glacial de San Francisco, cette gourmandise était un réconfort. Après l'avoir avalé, je l'ai fait suivre d'une gorgée de chocolat épais.

— Ça se passe bien, ai-je dit. On a un rendez-vous demain soir.

Elle a haussé les sourcils. — Un rendez-vous ?

— Elle s'est souvenue. De la soirée au bar. Qu'on a... parlé. — On s'était embrassés là, au bar, mais je n'allais pas dire ça à ma tante. Pour autant qu'elle sache, j'étais un bon garçon catholique.

— Tu as déjà couché avec elle ?

— Quoi ?

— Mateo. Les récits de tes aventures sexuelles me sont parvenus jusqu'ici, aux États-Unis. Tu n'es pas du genre à attendre un rendez-vous. Et encore moins la bénédiction d'un prêtre.

Le bout de mes oreilles s'est enflammé. — Ma tante !

— Alors, c'était comment ?

— On n'a pas… Je ne ferais pas… pas avec Miriam.

— Oh ? Ses sourcils se sont de nouveau haussés. Qu'est-ce qu'elle a de différent ?

— Elle est… — Je me suis adossé au coussin. — Spéciale.

— À part être insensible à tes charmes, impolie et méprisante, qu'est-ce qui la rend spéciale ?

— Elle n'est pas impolie ! Elle est intelligente. Et drôle quand elle veut. Et elle se soucie des enfants. Hier, on a fait du bénévolat à la bibliothèque et on a écouté des petits enfants lire. À des chats. Même si Mimi y est allergique.

Elle a bu une gorgée. — Mais est-ce qu'elle se soucie de *toi* ?

— Je… je crois ? — Dans son appartement, elle m'avait embrassé comme si elle le pensait vraiment. Et avant ça, à la bibliothèque, avec ce gamin assis à côté d'elle et le chat sur ses genoux, son regard était devenu tout doux et chaleureux. Comme le chocolat de ma tante. J'avais espéré qu'elle imaginait un avenir où ce serait notre propre enfant assis entre nous, notre propre chat sur ses genoux.

Trop ? Trop vite ? Quand j'avais vu cette lueur de reconnaissance, de souvenir, sur son visage, j'avais tout imaginé avec gourmandise. Une bague de fiançailles. Une robe blanche. Son ventre arrondi par notre bébé.

Je n'avais jamais rien voulu de tout ça. Les flirts et les coups d'un soir sans lendemain m'avaient toujours suffi.

Jusqu'à Mimi.

Elle a froncé les sourcils. — Tu es un homme merveilleux, Mateo. Tout le monde t'apprécie. Mais…

— Mais ? Je me suis préparé.

— Mais tu ne connais pas ta propre valeur. Tu laisses les gens profiter de toi. Mon fils, par exemple.

— Miguelito, c'est la famille. Il veille sur moi. Il ne profiterait jamais de moi. — Même en le disant, je savais que ce n'était pas vrai. Lito tenait à moi, bien sûr. Mais pour lui, j'étais un second couteau. Sa mère et Ben, même son ami Jackson, étaient au sommet de son affection. Ils ne pouvaient rien faire de mal, et il aurait remué ciel et terre pour les protéger. Moi ? Pas vraiment. Pourtant, n'était-ce pas une preuve de ma faiblesse que je le laisse me marcher sur les pieds ? — Il me paie bien. Et il me laisse vivre dans sa dépendance.

La pitié a adouci le regard de Rosa. — *Niño*. Tu vaux tellement plus que ça. Ne laisse personne, ni Miriam, ni mon fils, te convaincre du contraire. Tu ressembles tellement à ton père. Mon frère avait un grand cœur. Il l'a donné trop facilement.

— Tu parles de ma mère, là, tu sais. — Mon ton était léger, mais une bouffée de chaleur m'a empourpré les joues.

Elle a fait un signe de croix. — Je ne veux pas dire de mal d'une morte — que Dieu ait son âme — mais elle ne vous méritait ni l'un ni l'autre.

Peut-être que c'est nous qui ne la méritions pas. Dans mes souvenirs, c'était un ange aux longs cheveux blonds, aux yeux bleus pétillants et au rire cristallin. Comment quelqu'un comme elle aurait pu ne pas me mériter ?

— Penses-y. Et demande-toi si Miriam vaut la peine de risquer ton grand cœur attentionné. Tu m'entends ?

— *Sí, señora.*

Elle a bu une gorgée de son chocolat chaud, puis a fixé le fond sombre de la tasse. — Combien de temps tu restes ?

— Mon service se termine à six heures demain matin.

— Non. Je veux dire aux États-Unis. Quand est-ce que tu rentres chez toi ?

J'ai haussé les épaules. — Je n'y ai pas pensé. Ça me va de travailler pour Lito.

— Tu sais que je n'ai pas besoin de protection.

— Si. Miguelito a dit que Mick…

— J'ai vécu avec cet homme pendant presque vingt ans. Tu ne penses pas que je peux me protéger de lui ?

— Eh bien, je… — Je me suis gratté la nuque. Une fois, elle et Miguelito étaient venus sur l'île pour une visite quand j'étais adolescent, il avait un œil au beurre noir, et j'aurais juré que ma tante avait un bleu à la mâchoire. Elle portait des manches longues, même sous la chaleur tropicale. Et maintenant, Miguelito avait de l'argent. Parfois, l'argent causait autant de problèmes qu'il en résolvait.

— Tu avais une vie sur l'île, a-t-elle dit. Des amis. Qu'est-ce que tu as ici ?

Mimi. J'avais Mimi ici. Mais est-ce que je l'avais vraiment ?

— Je t'ai, toi, ma tante. Et mon cousin. Et peut-être qu'après notre rendez-vous de demain, j'aurai aussi Mimi.

Tout ce que je voulais dans la vie, c'était une famille. De l'amour.

Et ce jour-là, j'ai eu l'impression que c'était à portée de main.

18

MIMI

DIX MINUTES après le début de mon premier rendez-vous avec Mateo, je commençais à remettre en question ma décision de fréquenter des hommes.

Pour l'instant, il avait emmêlé son doigt dans ma créole et avait failli l'arracher de mon lobe en m'aidant à retirer mon manteau ; il avait poussé ma chaise contre la table avec une telle force que j'avais percuté le bord, faisant trembler les assiettes et attirant les regards de tous les clients de ce restaurant chic ; et il avait renversé mon premier verre de vin – Dieu merci, j'avais commandé du blanc – en essayant de faire signe au serveur pour lui demander s'ils pouvaient régler la température parce que j'avais trop chaud.

Pourtant, il avait réussi à draguer le serveur, qui avait fait un clin d'œil à Mateo en déposant une paire de figues enroulées de bacon devant lui. *C'est pour la maison*, avait-il dit comme si je n'étais même pas là.

Ce restaurant me mettait mal à l'aise. Il était rempli de mecs de la tech et de leurs rencards manucurés, moulés dans des robes en Lycra. Les mecs, maladroits et sans-gêne, utilisaient des ordres secs, forts de leur fric, pour masquer leur propre malaise. Leurs cavalières minaudaient et gloussaient, essayant de conclure l'affaire pour pouvoir déguster des repas préparés par un chef à domicile l'année suivante.

Peut-être que tout ça était une erreur.

J'avais pris notre rendez-vous au sérieux. Je portais l'une des rares jupes de ma garde-robe, une jupe noire évasée qui m'arrivait juste au-dessus des genoux, avec un chemisier blanc. Certes, je l'avais achetée pour l'enterrement de ma bubbe, alors le chemisier ne laissait entrevoir aucun décolleté, contrairement aux tenues des rencards des mecs de la tech. Mais j'avais mis des talons, bon sang. Des talons qui me serraient les orteils et me rendaient grincheuse. D'accord, encore plus grincheuse. Quand il a décroisé les jambes, Mateo m'en a accidentellement donné un coup sous la table.

J'ai siroté ma deuxième coupe de vin et j'ai essayé d'interpréter le menu pour trouver un choix approprié pour un premier rendez-vous. Poisson ou poulet ? Tout était accompagné d'une réduction, d'une écume ou d'une mousse et semblait plus compliqué qu'une de mes formules de tableur.

Je me suis éclairci la gorge. — Tu... euh, viens souvent ici ?

Mateo m'a adressé un sourire pincé par-dessus son menu. Il portait ses lunettes, et une petite chaleur a envahi mes entrailles. — C'est ma première fois ici. C'est Cooper qui me l'a recommandé quand je lui ai dit que j'avais besoin d'un endroit où emmener une personne spéciale pour un rendez-vous.

Je me suis éventée avec le menu. — Est-ce qu'il a dit ce qui était bon ici ?

— Le filet.

Filet, ça sonnait cher. Et c'était servi avec des champignons, ce qui me faisait frissonner. J'ai parcouru à nouveau le menu et j'ai bu une gorgée de vin, puis j'ai levé les yeux vers mon cavalier. Il serrait si fort le porte-menu en cuir épais qu'il en tremblait. Il avait refusé de boire un verre puisqu'il conduisait. Mateo regardait avec une envie non dissimulée par la fenêtre, où deux hommes fumaient des cigarettes.

Ma mauvaise humeur s'est envolée. On était dans le même bateau. Et on était tous les deux malheureux.

— Hé. — J'ai tendu la main par-dessus la table et je l'ai posée sur la manche en laine douce de son pull. — Tu veux qu'on s'en aille ? Je n'ai pas besoin d'un repas aussi chic. Je pourrais… euh… cuisiner ? — L'étendue de mes talents culinaires se limitait à faire bouillir des pâtes et à les napper de sauce en bocal, mais ce serait forcément mieux que de rester assis, guindés à cette table pendant deux heures. — Ou on pourrait aller chercher une pizza.

— Ça ne te plaît pas ici ? — Derrière ses lunettes, ses yeux bleus se sont arrondis.

— Je… je ne voulais pas dire… — *Merde.* — Non. Les restaurants qui n'affichent pas les prix sur le menu me filent de l'urticaire.

Ses épaules se sont détendues. — C'est horrible, n'est-ce pas ? Je préparerai le dîner si la nourriture simple ne te dérange pas.

— La nourriture simple me semble parfaite.

Après une brève prise de bec au sujet de l'addition, il a payé mon vin et nous sommes remontés dans sa Jeep. Il conduisait prudemment, sans accélérations brusques ni freinages secs, sa tête pivotant de droite à gauche. J'ai donc été surprise quand il a dit : — Je suis désolé.

— Désolé ? De quoi ?

— Pour le restaurant. Je voulais te faire plaisir. T'impressionner. Au lieu de ça, je t'ai mise mal à l'aise. On dirait que je ne sais rien faire de bien quand je suis avec toi. — Ses doigts se sont resserrés sur le volant.

Et à cet instant, je ne l'ai pas imaginé comme le type suave et dragueur qu'il était avec tout le monde, ni comme le lourdaud maladroit et empoté qu'il devenait avec moi. Avec ma gomme mentale, j'ai effacé toutes ces couches pour atteindre l'homme effrayé et solitaire qui se cachait en dessous. Celui dont la mère l'avait abandonné et dont le père était mort trop tôt. Celui qui utilisait une façade mielleuse pour s'entourer de gens afin de ne pas être seul.

Même si ma famille se mêlait un peu trop souvent de mes affaires, c'était un réconfort de savoir qu'ils étaient là chaque fois que j'avais besoin d'eux. J'étais contente que Ben ait adopté Mateo comme un membre de sa famille.

J'ai attendu qu'il s'arrête à un feu rouge, puis j'ai posé une main sur son épaule. — Tu n'as pas besoin de faire autant d'efforts. Je suis déjà impressionnée, sinon je ne serais pas là.

Il s'est tourné vers moi. — Vraiment ?

J'ai hoché la tête.

Se penchant par-dessus la console, il a attrapé ma nuque et m'a attirée vers lui pour un baiser bref et fougueux. Quand nos lèvres se sont séparées, ses yeux brillaient comme des éclairs bleus. — Merci. D'avoir dit ça. Je ne te décevrai pas.

Il a emmêlé ses doigts dans les miens, et quand la voiture derrière nous a klaxonné, il a avancé, en tenant toujours ma main.

Quelques minutes plus tard, il a gravi la colline menant à l'allée de la somptueuse villa de Cooper, en bordure du quartier de Pacific Heights, où les maisons avaient un peu plus d'espace pour respirer. De jour, on aurait pu voir l'océan.

— Ne t'emballe pas. — Ses lèvres se sont tordues. — Je vis dans la maison d'amis.

— Tu vis avec Cooper ?

— Oui. On a décidé que ça offrirait un niveau de protection supplémentaire pour ton frère.

— Ben ? — Mes entrailles se sont glacées. — Pourquoi penses-tu que quelqu'un voudrait faire du mal à Ben ?

Il a haussé les épaules, dirigeant la Jeep dans une allée étroite qui passait derrière la maison principale. — Je ne le pense pas. Je pense que ce qui s'est passé sur l'île était une erreur. Un incident isolé. Mais mon cousin protège ceux qu'il aime.

— Attends, que s'est-il passé sur l'île ?

— Ben ne te l'a pas dit ?

— De toute évidence, non. — Il était revenu de son escapade

avec Cooper le cœur brisé parce que son petit ami n'avait pas pris sa défense quand il aurait dû. Mais physiquement, il allait bien.

— Un homme l'a attaqué. On pense qu'il était seulement censé suivre Mi… Cooper. Quelque chose à propos de son entreprise. Mais ensuite, le type a commencé à faire n'importe quoi. C'est ce petit chien, Coco, qui a sauvé ton frère.

— Il a dit ça. Que Coco l'avait sauvé. Mais je pensais qu'il parlait de quelque chose d'émotionnel.

— Coco a mordu le type assez fort pour qu'il boite pendant des semaines. L'agresseur les a suivis aux États-Unis, d'après mon cousin. Mais ensuite, on a perdu sa trace ici à San Francisco. Alors Lito aime m'avoir près de lui. Juste au cas où.

— Moi aussi, alors. — J'ai serré sa main, heureuse que mon frère ait quelqu'un pour veiller sur lui. — Merci de le protéger.

— C'est un plaisir. Je tiens à lui. Ton frère est un homme bon.

Mateo a garé la voiture sur les pavés de béton qui séparaient la maison principale de la modeste maison d'amis. Le plus petit bâtiment était assorti à la villa, avec son stuc de couleur claire et ces moulures rectangulaires qui ressortaient sous le toit. Les lumières extérieures de la maison principale éclairaient une rangée de grands buissons qui protégeaient la maison d'amis de ses grandes fenêtres.

Je me suis penchée par-dessus la console pour l'embrasser sur la joue. — Merci de veiller sur nous deux. Mais ce n'est pas pour ça que je suis là. Tu comprends ? Je suis là parce que tu me plais.

Il a tourné la tête et a pris ma mâchoire en coupe, me maintenant en place. Il a effleuré mes lèvres des siennes. — Tu me plais aussi.

Un soleil a fleuri dans ma poitrine. Mais au moment où je me suis penchée en avant pour approfondir le baiser, mon estomac a gargouillé.

Il a gloussé. — Plus de baisers avant que je t'aie nourrie.

Il m'a ouvert la portière et m'a aidée à descendre de la Jeep. Puis il a utilisé un clavier numérique pour déverrouiller la porte d'entrée et m'a laissée entrer la première. La maison était compacte, bien que plus grande que mon deux-pièces. À droite se trouvaient une cuisine moderne et une salle à manger. Droit devant, un salon confortable avec un bureau dans le coin. Et à gauche, un couloir qui, je supposais, menait à une ou deux chambres.

Le mobilier était moderne, dans des tons de gris sobres qui convenaient mieux à quelqu'un de froid et professionnel comme Cooper Fallon qu'à un Mateo ensoleillé et haut en couleur. Et c'était immaculé. Pas une paire de chaussures ni un t-shirt qui traînait, et la table en verre de la salle à manger était brillante et sans traces.

L'exception était une longue traînée de ce qui ressemblait à du papier toilette, qui partait du couloir, traversait le salon, passait par-dessus le canapé et disparaissait dans la cuisine.

— Est-ce que tu t'es fait bombarder de papier toilette ? ai-je demandé.

Il a fait claquer sa langue. — Roger.

Quelque chose a tinté dans le couloir, puis un éclair noir a surgi et s'est enroulé autour de la jambe de Mateo.

— C'est… ?

Il a ramassé le minuscule chaton. — J'ai vérifié ce matin après avoir fini mon service, et la petite fille…

— Tara.

— La famille de Tara a adopté un autre chat. Ce grand chat tigré que tu avais hier.

— Mrs. Butternut ? — Elle avait été douce et calme ; je comprenais pourquoi ils l'avaient choisie plutôt qu'un chaton turbulent.

— Le refuge a dit que les chats noirs ne se font pas toujours adopter. Alors je l'ai fait.

— Oh. — Bien sûr qu'il l'avait fait. La protection de Mateo s'étendait aussi aux animaux orphelins.

— Tes allergies ! — Les yeux de Mateo se sont écarquillés. — Je n'y ai même pas pensé… Je file à la pharmacie chercher tes médicaments. Ou je peux le mettre dans le garage ?

— Non. — J'ai pris une inspiration expérimentale et je l'ai

expirée. — Pour l'instant ça va. J'ai des cachets dans mon sac. On verra comment ça se passe, d'accord ?

— D'accord. Mais si tu commences à te sentir mal…

— Je te le dirai. Promis. — J'ai caressé l'une des grandes oreilles de chauve-souris de Roger, et il a fermé les yeux en ronronnant.

Mateo a soulevé Roger jusqu'à le regarder droit dans les yeux. — Écoute, je sais que je t'ai manqué, mais il n'y a aucune raison de te comporter comme ça. — Il s'est tourné pour qu'ils fassent face au désastre de papier toilette. — Je reviendrai toujours pour toi. Compris ?

Roger a penché la tête vers la main de Mateo. Mateo l'a gratté sous le menton. — D'accord.

Pendant ce temps, j'étais sur le point de fondre en une flaque d'eau, là, sur le tapis gris de l'entrée. — Tu veux que je nettoie ça pendant que tu le nourris ou je ne sais quoi ?

— Non. Assieds-toi. — Il m'a conduite jusqu'à une chaise grise sans accoudoirs qui faisait face à l'îlot de cuisine. — J'ai du vin – rouge et blanc –, du rhum et du whisky. Que voudrais-tu ?

— Du vin blanc, s'il te plaît. — La dernière chose dont j'avais besoin, c'était de renverser du vin rouge sur les meubles de Cooper Fallon.

Mateo a posé Roger sur le tapis, puis a mis en boule le papier toilette. Il m'a versé un généreux verre de vin blanc d'une petite cave à vin encastrée dans l'îlot avant de se servir un verre de rhum avec quelques glaçons. Il a regardé dans le réfrigérateur.

— Poulet et riz, ça te va ?

— Bien sûr.

Quand il a retiré son pull, son t-shirt blanc est remonté, me laissant entrevoir les muscles dessinés de sa taille avant qu'il ne le rabaisse. Le simple col ras du cou épousait son corps, dévoilant ses biceps, ses triceps et les muscles de son dos dont je ne connaissais pas le nom, mais qui lui donnaient une forme d'entonnoir jusqu'à sa taille fine.

J'ai bu une grande gorgée de vin rafraîchissante et je me suis éventée.

Il a sorti un autocuiseur d'un placard inférieur pour le poser sur le comptoir. Il m'a fait un clin d'œil. — Ma tía aurait une crise cardiaque si elle voyait cette monstruosité, mais je l'adore.

— Qu'est-ce qu'il a de si spécial ? — Bree ne jurait que par la friteuse à air qu'elle avait reçue en cadeau de fiançailles, mais comme je devais chercher sur Google *comment faire cuire un œuf* à chaque fois, je ne méritais pas d'appareils spécialisés.

Il a branché l'autocuiseur, a ajouté un filet d'huile et a commencé à couper des oignons et des poivrons sur le comptoir. Ses avant-bras étaient au premier plan, et je les ai reluqués, fascinée par les muscles et les tendons tendus.

Sans lever les yeux, il a dit : — Pourquoi l'autocuiseur est-il spécial ? Il est efficace. Rapide.

— C'est comme ça que tu aimes ? Rapide ? — J'ai refermé la bouche d'un coup sec. D'où sortaient ces mots ?

Il a arrêté son couteau et m'a souri par-dessus son épaule. — Parfois. Mais j'aime savourer mes repas. — Son regard m'a balayée. — M'attarder à table.

— M'attarder. — Il a regardé tandis que je croisais mes jambes dans l'autre sens et que je les serrais l'une contre l'autre pour calmer le picotement au creux de mon ventre.

— Un festin peut prendre des heures. — Sa voix était un ronronnement grave.

— Des heures, ai-je soupiré.

— Tu aimerais un avant-goût ? Un amuse-bouche ?

— Un… un quoi ? — Une goutte de sueur a perlé entre mes seins et a glissé le long de mon ventre.

— Une… bouchée. Une promesse de ce qui va suivre ?

Le mot *suivre* sonnait plutôt bien. Était-il possible de jouir avec des préliminaires verbaux ? Si quelqu'un pouvait y arriver, c'était bien Mateo. — J'apprécie en effet une bouchée bien placée.

Il a posé le couteau et a pris un torchon pour s'essuyer les mains. Ces mains massives que je voulais sur moi.

L'appareil a sonné, me faisant sursauter.

— Ou, a-t-il dit avec un sourire malicieux, on peut laisser monter l'anticipation.

— Quoi ? Pourquoi ?

— Ce que je veux te faire demandera de l'endurance. Et l'endurance nécessite du carburant.

— Mais… — Je me suis balancée sur mon siège, chassant la pulsation entre mes jambes. — On est obligés d'attendre ?

Il a versé les oignons et les poivrons hachés dans la marmite, puis il s'est tourné vers moi. — Tu te souviens de ce que je t'ai dit ce soir-là ?

Le souvenir est devenu net, comme si j'ajustais le cadran de la radio AM/FM de la vieille Volvo de mon père. Il a ramené avec lui une pointe de déception.

— Ce soir-là, je voulais que tu restes à mon appartement. Avec moi. Je t'ai fait une proposition, et tu as dit non. — L'humiliation m'avait transpercée. J'avais cru que nous avions une connexion, et puis il m'avait repoussée. Est-ce qu'il ne me trouvait pas attirante ? Probablement pas, avec mon haleine de tequila et…

— Mimi. Est-ce que tu te souviens de ce que j'ai dit ?

— Tu veux dire quand tu as refusé de me baiser ?

Il a attrapé une spatule en silicone dans un pot sur le comptoir et a remué les légumes qui grésillaient. — Je crois que je l'ai dit plus poliment que ça.

J'ai fouillé dans ma mémoire. Sous les sentiments blessés, le rejet écrasant. Il avait souri d'un côté de la bouche et avait repoussé une boucle de cheveux de mes yeux. *Mimi, quand on couchera ensemble, je veux que tu te souviennes de chaque instant. De chaque orgasme. Je ne veux jamais que tu oublies ce que je te fais ressentir en toi.*

J'ai frissonné. — Euh, rafraîchis-moi la mémoire ?

Il a de nouveau esquissé ce sourire. Il voyait clair dans mon jeu. Mais, comme toujours, il a fait ce que je lui demandais. — J'ai dit que je me souviendrais de ma première fois avec toi pour le reste de ma vie, et je voulais que tu t'en souviennes aussi.

La pulsation entre mes jambes a entamé un chant : Ma-te-o, Ma-te-o, Ma-te-o. On n'avait même pas besoin d'aller jusqu'à la chambre. On pourrait s'envoyer en l'air sur le canapé.

— N'empêche, je n'étais pas très contente de toi. Pour être tout à fait honnête, j'étais blessée.

— J'en suis désolé. Mais je ne pouvais pas. Pas quand tu étais si…

— Bourrée ? — Mes joues se sont échauffées. J'avais tout oublié. Sa gentillesse. Notre connexion. Et j'avais été une garce avec lui le lendemain quand il était venu prendre de mes nouvelles.

— C'est pour ça que tu m'as donné ça. — J'ai tiré la bague de l'encolure de mon chemisier et je l'ai tendue, à plat dans ma paume. — Pour me souvenir. J'aurais pu la perdre.

Il a souri. — Mais tu ne l'as pas fait. Tu ne perds pas les choses, Mimi. Et puis, j'avais besoin d'une excuse pour venir te voir le lendemain. — Son sourire s'est estompé. — Même si tu avais oublié.

— Je me suis souvenue. Je me suis souvenue d'un homme magnifique dont la gentillesse m'a fait tourner la tête. Je ne me suis juste pas souvenue que c'était toi.

J'ai fait tourner la bague entre mes doigts, caressant les rayures qui ternissaient son éclat. Puis j'ai passé la main derrière mon cou et j'ai ouvert le fermoir. J'ai retiré la bague de la chaîne et je l'ai posée sur l'îlot, entre nous.

Il a remué la marmite. — Tu ne veux pas la garder un peu plus longtemps ?

— La garder ? N'est-ce pas celle de ton père ?

— C'était la sienne.

Je n'aimais pas la façon dont il fronçait les sourcils en regardant la marmite, alors j'ai demandé : — Ton père était un Casanova, lui aussi ?

Cela lui a valu un sourire alors qu'il enfilait la bague à son doigt. — Un séducteur sans vergogne. Mais ça ne voulait rien dire. Il a porté la bague bien après que ma mère a cessé de l'aimer. Nous, les hommes Rivera, on est comme ça. Loyaux.

— Et dragueurs.

— Avec tout le monde, sauf toi. Ça ne marchait pas avec toi.

— Tu n'as pas eu de mal à me draguer au bar ce soir-là.

— Ça, — il a enfin levé les yeux, — c'était différent. C'était plus que de la drague. On avait une connexion. Et c'est toi qui as commencé.

— C'est vrai ? Ça ne me ressemble pas.

— Il y avait un type qui te draguait. Je suis venu vérifier que ça ne te dérangeait pas.

— C'était le cas ?

Sa mâchoire s'est crispée. — Tu n'étais en état de te faire draguer par personne.

— Oh. — J'ai baissé les yeux vers mon verre de vin.

— Mais tu étais détendue d'une manière que je ne t'avais jamais vue. Alors on a commencé à parler et…

— Et ?

Il a haussé les épaules. — Le reste appartient à l'histoire.

Une histoire dont je me souvenais enfin.

Il a mis le poulet dans l'autocuiseur, a verrouillé le couvercle et l'a mis en marche. Il est allé à l'évier pour se laver les mains. — On a vingt minutes. Et je propose qu'on utilise ce temps pour danser.

— Danser ? Tu m'as promis un avant-goût. Un amuse-je-ne-sais-quoi.

Lentement, il s'est séché les mains, me dévorant du regard. — Tu ne sais pas ? La danse, ce sont des préliminaires.

19

MIMI

IL A PRIS son téléphone et bientôt, une musique au rythme séduisant et syncopé s'est échappée d'enceintes dissimulées. Il a attrapé ma main et m'a entraînée au centre de la pièce.

— Tu te souviens que je suis nulle à ça, pas vrai ? La honte de ses cours de rattrapage à la boîte de nuit m'est montée aux joues. Natalie n'avait pas eu besoin de leçons particulières.

Il a tenu mes mains comme il l'avait fait l'autre soir. — Souviens-toi des pas. D'un côté à l'autre. Facile. Commence par le pied gauche.

C'était un peu plus facile avec seulement Roger comme public. J'ai fait un pas vers la gauche et j'ai imité ses mouvements. Gauche, droite, gauche, tap. Droite, gauche, droite, tap. Au bout d'une minute, j'ai laissé la musique imprégner mes hanches dans une imitation guindée de la façon dont les femmes bougeaient à la boîte de nuit.

— C'est ça. Maintenant, un tour.

— Un tour ?

— Continue de bouger les pieds. Maintenant. Quand je lève ta main, tu tournoies vers la gauche.

— Tournoyer ?

— Tu peux le faire, querida. Il a levé ma main droite, a relâché sa prise sur mes doigts, puis a pressé sa paume contre la mienne. — Tourne.

Je me suis tournée pour faire face à la porte d'entrée.

— ¡Ay, ay ! Reviens.

— Désolée ! Mon visage me brûlait alors que je me retournais brusquement pour lui faire face.

— Ne t'excuse pas. Tu apprends. Tu te débrouilles très bien.

— Je vais avoir l'air d'une idiote au gala. Larissa va…

— Ne t'inquiète pas pour Larissa. Regarde-moi. Je te ferai signe. Je te promets que je ne te mènerai pas en bateau.

Je lui faisais confiance. Il s'était occupé de mon frère. Il s'était occupé de moi au bar. Et il s'était prêté à toute cette mascarade de fausse relation, juste pour m'aider. Alors j'ai levé les yeux de nos pieds, de nos mains, et j'ai regardé son visage. Sa mâchoire forte et carrée et ces yeux magnifiques qui ressemblaient plus à une piscine chauffée par le soleil qu'à l'océan gris et orageux.

— Maintenant, a-t-il dit. Il a levé nos mains et les a aplaties l'une contre l'autre. Je me suis détournée en deux pas et je suis revenue dans les deux suivants. Son bras a entouré mon dos, et soudain, nous dansions tout près l'un de l'autre. — Parfait.

Et ça l'était. Mes hanches se balançaient, et quand j'ai levé les yeux vers lui, son souffle a effleuré ma joue. Ses pieds se sont immobilisés, et il s'est penché plus près.

— Qu'est-ce que ce signal signifie ? Qu'est-ce que je dois faire ?

Ses mains ont glissé sur ma taille. — Embrasse-moi.

Il s'est penché et ses lèvres se sont posées sur les miennes. Ce n'était pas un baiser fougueux comme dans la voiture. C'était aussi languide et sensuel que la musique. J'ai fait glisser mes mains sur sa poitrine jusqu'à ses épaules pour le serrer plus fort contre moi. Bien que nos pieds ne bougeaient pas, cela faisait partie de la danse. Nos lèvres, nos langues ont continué là où nos corps s'étaient arrêtés. Je me suis pressée contre lui, prolongeant la séduction de la danse.

Soudain, j'ai envié cette femme souple sur la scène de la boîte de nuit qui avait levé sa jambe et l'avait enroulée autour de la cuisse de son partenaire. J'aurais pu apaiser la douleur au creux de mon ventre. Mais j'avais plus d'une chance sur deux de basculer et de l'entraîner au sol avec moi, alors j'ai déversé tout mon besoin dans notre baiser.

Il s'est retiré trop tôt.

— D'autres cours de danse ? J'ai fait la moue avec ma lèvre inférieure gonflée.

— Non. Il a secoué la tête en direction de la cuisine. — Le dîner est prêt.

Bien que l'autocuiseur bipait, je l'entendais à peine par-dessus la musique et le sifflement de mon pouls dans mes oreilles.

— Du carburant ?

— Du carburant. Il a fait un clin d'œil.

Je me suis lavé les mains dans les toilettes pendant qu'il terminait de préparer la nourriture.

Alors qu'il s'apprêtait à porter les deux assiettes parfumées vers la salle à manger, je l'ai arrêté.

— On peut manger ici, sur l'îlot ?

— Vraiment ? Il a froncé les sourcils. — Mais je n'ai pas nettoyé...

— Je préférerais ne pas salir ta jolie table. J'ai jeté un coup d'œil au verre impeccable. — Et c'est plus intime.

— D'accord, alors. Il a posé les assiettes et a récupéré les couverts sur la table. Il a placé une fourchette et un couteau précisément là où ils devaient être. Après que je me sois assise sur le tabouret haut, il a déplié une serviette en tissu sur mes genoux. — As-tu tout ce dont tu as besoin ?

J'ai souri à mon chef et partenaire de danse blond aux yeux bleus. — Tout.

Il a serré un poing sur son cœur, a levé les yeux au ciel et s'est mordu la lèvre.

— Tu vois ? ai-je dit en le pointant d'un doigt indigné. — Tu *peux* flirter avec moi.

Il a posé une hanche sur son tabouret. — Flirter ? Attends que je te montre mon regard de braise. Il a haussé ses sourcils couleur sable vers moi, puis a baissé ses paupières à moitié. Un sourire taquin a soulevé un coin de sa bouche.

— Oh mon Dieu. J'ai posé une main sur le centre de ma poitrine, là où mon cœur battait comme les ailes d'un colibri. — Le regard de braise.

Il a rejeté la tête en arrière et a ri. — Tu vois ? Tu m'as brisé. Ce regard de braise aurait fonctionné sur n'importe qui d'autre. Pas sur ma Mimi.

Il s'est figé comme s'il voulait effacer ces trois derniers mots. Sans jamais rompre notre regard, j'ai pris mon verre de vin et je l'ai vidé. Puis j'ai léché le vin au coin de ma bouche. Il a suivi le mouvement de ma langue.

— Mateo. Quand j'ai prononcé son nom, ses yeux se sont rivés sur les miens. — Je pense que c'est toi qui es à moi.

— On verra ça. Sa voix est tombée dans un registre plus grave. — Après le dîner, quand je te montrerai ce que j'ai prévu pour le dessert.

Ma bouche s'est asséchée quand je l'ai imaginé étendu sur le canapé, ses lèvres pulpeuses et tous ces muscles à ma disposition. J'ai ouvert la bouche, mais aucun mot n'en est sorti.

— Encore du vin ? a-t-il demandé en penchant la bouteille vers mon verre.

— S'il te plaît. J'ai posé mes doigts sur la base du verre, pour me reconnecter à la réalité. Le dîner d'abord, puis le dessert.

Pendant que nous mangions, il m'a raconté des histoires de la boutique de tabac de son père. Sur les habitués et les variétés qu'ils préféraient. Les mélanges de Virginie, doux et estivaux. Les parfums légers et fruités du Cavendish. Le Latakia épicé. Je pouvais presque le sentir flotter sur une brise chaude des Caraïbes.

Pour la première fois, j'ai compris pourquoi il fumait. Cela le reliait à son père et lui rappelait les souvenirs de leurs brèves années ensemble.

La nourriture aussi. Elle avait le goût des épices et d'un amour sain. Le genre d'amour qui prend soin des gens, qui les nourrit. Qui devenait un souvenir des bons moments passés.

Je n'oublierais jamais le simple repas que Mateo m'avait préparé. Rien d'extraordinaire, pas d'attentes ni d'exigences, juste de la nourriture alors que j'avais faim. Si je ne faisais pas attention, j'allais tomber amoureuse de la cuisine de cet homme et ne plus jamais vouloir manger autre chose.

Après avoir savouré le dernier morceau juteux de poulet, j'ai posé ma fourchette dans mon assiette et j'ai tendu la main vers son plat vide. — Tu as cuisiné. Je vais faire la vaisselle.

— Non, non, non. Il s'est levé et a attrapé son assiette. — Tu es mon invitée.

— Alors nous le ferons ensemble. Je n'ai peut-être pas beaucoup de talents en cuisine, mais je suis une pro de la brosse à vaisselle.

— Ah. Il a ramassé mon assiette. — La magie de l'autocuiseur. Tout va au lave-vaisselle.

Pourtant, j'ai rincé les assiettes, et il les a chargées dans le lave-vaisselle. La musique de bachata jouait toujours, plus doucement maintenant, entraînante et sensuelle. J'aurais aimé avoir pris espagnol au lycée comme Ben au lieu de latin. J'aurais aimé comprendre les paroles qui accompagnaient le rythme qui coulait dans mes veines.

Pendant que je rinçais l'évier, les mains de Mateo se sont posées sur mes hanches. — Tu es une naturelle, a-t-il chuchoté à mon oreille.

— Une naturelle ? Pour faire la vaisselle ?

— Non. Pour danser.

Ce n'est qu'à ce moment-là que j'ai réalisé que j'avais balancé mes hanches en travaillant. Ses mains ont encouragé le mouvement, puis il a pressé son bassin contre mes fesses jusqu'à ce que nous nous balancions ensemble. Continuant à me guider avec son corps, il a retiré ses mains de mes hanches, a attrapé la serviette et m'a séché les mains avec. Puis il a tendu la main vers l'étagère au-dessus de l'évier, a pompé une bouteille de lotion et l'a étalée sur ma peau, la massant sur mes poignets et mes doigts.

— C'est agréable, ai-je murmuré.

— On ne fait que commencer, a-t-il ronronné à mon oreille, sa barbe de trois jours chatouillant le lobe de mon oreille.

Il a embrassé le côté de mon cou. J'ai penché la tête sur mon autre épaule pour lui offrir plus de peau à caresser de ses lèvres. Ses mains ont glissé de mes hanches sur mes côtes pour bercer le dessous de mes seins.

— Ça va ? a-t-il demandé, sa voix un grondement sourd contre le point où battait mon pouls.

— Encore, ai-je gémi.

Il a lissé ses mains sur moi. Bien que ses mains fussent grandes, mes seins en débordaient. Ses pouces ont frotté mes tétons, les encourageant à durcir, pleins de désir.

— Ça fait si longtemps que je veux te toucher, a-t-il murmuré dans mon cou.

— Touche-moi.

Ses mains ont quitté mes seins pendant une seconde déce-vante, jusqu'à ce qu'il tire le bas de ma blouse hors de ma jupe et la fasse remonter sur mon torse, par-dessus ma tête et l'enlève. Il l'a posée soigneusement sur le comptoir avant de baisser les yeux par-dessus mon épaule. Son souffle s'est coupé. — Magnifique.

J'ai regardé ce qu'il voyait. J'aurais aimé pouvoir porter des soutiens-gorge en dentelle, sexy. J'étais sûre que Larissa et Natalie en avaient des tiroirs pleins. Le mien était en polyester-coton blanc et robuste, avec des bretelles épaisses et de soutien. Il n'y avait rien de magnifique là-dedans.

Mais Mateo a traité l'engin avec révérence, passant ses doigts sur le tissu, même les bretelles, enveloppant, pressant, explorant jusqu'à ce que, pleine de désir, je m'appuie contre lui, ne sachant pas comment je tenais encore debout.

Il a suivi la bande jusqu'à mon dos. — Je peux ?

— S'il te plaît. C'est sorti comme un murmure rauque.

Il a libéré la tension et a retiré le soutien-gorge de ma poitrine. Mes seins se sont affaissés, lourds, et ce n'était pas la première fois que je maudissais leur poids et la force de la gravité.

Mais Mateo a frotté ses mains sur ma peau là où la bande s'était enfoncée et a soulevé mes seins, passant le bout de ses doigts sur mes tétons et les pinçant. — Je veux les vénérer. Toujours.

J'ai levé les bras jusqu'à ce que mes mains se joignent derrière son cou. — Vénère-les, alors.

Sans prévenir, il m'a fait pivoter dans ses bras jusqu'à ce que mes fesses reposent contre le bord de l'évier. J'ai surpris son expression affamée juste avant que sa bouche ne descende sur mon téton droit, léchant, suçant, mordillant. La tension s'est étendue de mes seins jusqu'au point de picotement entre mes jambes, jusqu'à ce que j'oublie où nous étions, jusqu'à ce que j'oublie mon propre nom.

Il a relevé la tête et m'a regardée en face, tout en pinçant distraitement mon autre téton. — Peux-tu jouir comme ça ?

— Je... je ne sais pas. Ça ne m'est jamais arrivé, mais...

Il n'a pas attendu que je finisse, mais a reporté son attention sur mon autre sein, me faisant monter plus haut. J'ai frotté mes cuisses l'une contre l'autre pour atteindre la pression qui montait au bas de mon ventre, si proche. Finalement, alors qu'il serrait les dents et suçait, longtemps et fort, j'ai trouvé ma libération. J'ai arrêté de respirer en frissonnant, coincée entre lui et le comptoir. Il a retiré mon téton de ses lèvres et l'a lapé jusqu'à ce que les répliques se calment.

— Jamais ? a-t-il murmuré enfin.

De l'air frais a caressé ma poitrine échauffée. — Pas comme... pas comme ça. Ça doit être la danse.

Il a fredonné, et un sourire suffisant a soulevé ses lèvres humides. Il a fait glisser ses mains le long de mes flancs. — J'aime cette jupe. Je pense qu'on va la laisser.

Puis ses mains se sont glissées sous ma jupe, caressant ma

culotte. Il a gémi en traçant du doigt les échancrures hautes et le creux en dentelle à la taille. — Heureusement que je ne savais pas pour ça avant. J'aurais joui dans mon pantalon. Mais maintenant, il faut l'enlever.

Les mots avaient à peine quitté ses lèvres qu'il s'est accroupi, faisant glisser ma culotte le long de mes jambes. Une main derrière mon mollet m'a encouragée à sortir une jambe, puis l'autre, jusqu'à ce que je sois nue, à l'exception de ma jupe évasée.

Il m'a regardée de ses genoux. — Toujours d'accord ? Tu penses que tu peux jouir à nouveau ?

— Peut-être ?

Ce sourire suffisant est réapparu juste avant qu'il ne passe ses grandes mains à l'intérieur de mes cuisses jusqu'à ce qu'elles se rejoignent à mon entrejambe. Tout ce que je pouvais faire, c'était m'agripper au comptoir derrière moi pendant qu'il passait un doigt dans mon humidité puis le portait à sa bouche. Il a levé les yeux au ciel et a secoué la tête. — Tu vas me tuer, Mimi.

Il a passé la tête sous ma jupe. Ses épaules ont écarté mes jambes alors qu'il agrippait mes fesses avec ses mains massives. Puis il m'a touchée. Je ne pouvais rien voir d'autre que la forme de sa tête bougeant sous ma jupe, et d'une certaine manière, cela rendait la chose plus érotique, ne pas savoir avec quoi il me touchait – ses doigts, sa langue, son nez. Ni comment. Un baiser, une caresse, une lente glissade à l'intérieur.

Mon corps, chaud de plaisir, lui a rendu la tâche si facile. Mon deuxième orgasme m'a submergée dès que ses doigts se sont enfoncés en moi pendant qu'il suçait mon clitoris. Une main forte m'a soutenue alors que tout ce que je voulais, c'était m'effondrer comme une marionnette dont on aurait coupé les fils.

C'était trop, et j'ai pressé son épaule. Il est ressorti de sous ma jupe, le bas de son visage luisant. Il s'est léché les lèvres. — Mimi, quand je t'aurai dans mon lit… Il a secoué la tête.

Je n'ai pas pu résister à la promesse à moitié faite ni au renflement contre sa jambe. — Allons-y maintenant.

Il a appuyé son menton contre mon ventre. — J'ai promis de te ramener à la maison pour vingt-deux heures. Tu travailles demain.

— Non. Le mot est sorti comme une plainte embarrassante. Tout ce que je voulais, c'était plus de temps, plus d'intimité avec ce dieu du sexe. Et le démolir aussi complètement qu'il m'avait démolie. — Je mettrai mon réveil. Tu pourras me ramener chez moi tôt.

— Non, Mimi, je ne devrais pas.

— S'il te plaît ? J'ai posé mes mains sur ses joues.

Il a tourné son visage pour embrasser l'intérieur de mon poignet. — Tout ce que tu veux.

Il m'a conduite dans le couloir jusqu'à sa chambre.

20

MATEO

JE FIXAIS MON LIT, où j'avais si souvent fantasmé sur Mimi. La toucher, la câliner, la baiser. Était-ce la réalité, ou étais-je encore en train de rêver ? Est-ce que je venais de faire jouir Mimi Levy-Walters deux fois dans la cuisine, et était-elle maintenant réellement dans ma chambre ? Lentement, je me suis retourné.

Elle se tenait là, paraissant minuscule dans le grand encadrement de la porte, vêtue seulement de sa jupe. Je le savais parce que sa culotte était en ce moment fourrée dans ma poche et pourrait bien disparaître comme par magie plus tard.

Elle a croisé les bras sur sa poitrine, mais ils ne cachaient pas les trésors avec lesquels je m'étais familiarisé plus tôt. — Mateo ?

— Oui ? J'ai détourné mon regard de la courbe arrondie de son sein pour le plonger dans ses yeux bruns et inquiets.

— Tu n'as pas… de regrets ?

J'étais un idiot de rester là, à me rengorger de ma bonne fortune, alors que j'aurais dû lui montrer à quel point j'étais reconnaissant qu'elle soit chez moi, dans ma chambre. J'ai marché d'un pas décidé jusqu'à elle et j'ai doucement décroisé ses bras. — Non,

non, *mi tesoro*. J'étais… en train de savourer mon repas. Je me suis penché et j'ai embrassé ses lèvres douces.

Quand j'ai relevé la tête, ces lèvres s'étaient retroussées en un doux sourire. — Ça te dérange si j'utilise ta salle de bain ?

— C'est par ici. Je lui ai fait signe en direction de la salle de bain attenante et j'ai trouvé une brosse à dents et un dentifrice neufs dans le placard. Puis j'ai fermé la porte et je suis retourné dans la chambre.

J'ai tiré sur le bas de mon t-shirt. Devrais-je être nu quand elle sortirait ? Ou habillé ? J'ai jeté un œil à l'horloge. Vingt et une heures trente. Je devrais vraiment la laisser dormir. Même si elle n'avait pas l'air d'avoir envie de dormir. Pas tout de suite. Ma queue pulsait contre ma braguette.

Elle était si parfaite. Si réceptive. Malgré toutes mes tentatives maladroites et humiliantes en sa présence, j'avais enfin fait quelque chose de bien. Quelque chose qui lui avait plu.

Quelque chose qui nous avait plu à tous les deux. Je sentais encore son goût. Je me suis léché les lèvres. Peut-être que je me régalerais d'elle à nouveau avant qu'elle ne parte. Pas peut-être ; c'était une certitude. Quelque chose de magique se passait ce soir. Combien de temps la magie durerait-elle ? Quelques minutes de plus ? Des heures ? C'était trop espérer qu'elle continue après que je l'aie ramenée chez elle.

Je ne voulais jamais que ça s'arrête.

Le nuage chaud du désir s'est dissipé de mon esprit comme le soleil du matin qui brûle la brume.

Je ne voulais jamais que cette nouvelle intimité avec Mimi prenne fin.

Elle était dans ma vie. Dans ma maison. Et je voulais qu'elle y soit. Pour toujours.

Aucun de mes amis de l'île ne le croirait. J'avais enchaîné les conquêtes dans notre ville, dans les villes voisines, dans la grande ville. Les gens du coin comme les touristes. Comme cadeau de départ, mes amis m'avaient offert une boîte géante de préservatifs pour ma tournée des chambres à coucher de San Francisco. J'avais estimé que la boîte durerait un mois.

Je ne l'avais pas ouverte.

Et maintenant, la raison de mon célibat auto-imposé me désirait aussi. Elle avait dit « *s'il te plaît* ».

Mon t-shirt collait à la sueur froide qui perlait sur ma poitrine. Je l'ai tiré par-dessus ma tête, je l'ai plié et je l'ai posé sur la commode.

Depuis ma première fois avec Anna Perez dans sa chambre, sous un poster des One Direction – et ma deuxième une semaine plus tard dans les vestiaires du lycée avec la bite de son cousin Yefri dans la bouche –, j'avais toujours pensé que plus, c'était mieux. Plus de sexe, plus de partenaires, plus de plaisir.

Pas question de se languir d'une seule personne comme mon père.

J'ai levé les yeux au ciel. Dieu, le destin, quelle que soit la puissance supérieure qui ressentait le besoin de foutre le bordel dans ma vie, m'avait bien eu.

J'avais trouvé la personne qu'il me fallait. Tout comme Papá.

Est-ce qu'elle resterait ?

Au bruit de la porte de la salle de bain qui s'ouvrait, je me suis retourné vivement pour lui faire face.

J'en suis resté bouche bée. La peau nue de Mimi scintillait à la lumière de la lampe, ses courbes éclairées par endroits et ombrées à d'autres. Ses boucles flottaient librement sur ses épaules. Elle avait des cernes bleutés sous les yeux qu'elle devait avoir dissimulés avec son maquillage, qu'elle avait enlevé. Ses cils étaient toujours sombres, et ses lèvres étaient d'un rose poudré.

Elle était magnifique, nue et à moi. Au moins pour la nuit.

Ses bras ont tressailli comme si elle voulait se couvrir, mais j'ai marché jusqu'à elle et j'ai saisi ses mains. Les portant à mes lèvres, j'ai murmuré : « *Mi tesoro.* » Elle était mon trésor, ma vie, mon paradis.

Sa peau a rougi de ses joues à sa poitrine. — Tu as des préservatifs ? a-t-elle demandé. Sinon, j'en ai un dans mon sac. Elle a incliné la tête vers la porte de la chambre.

— J'en ai. Où avais-je bien pu ranger la boîte que mes amis m'avaient envoyée ? Je leur avais dit en plaisantant que j'allais me taper tout San Francisco et même tout l'État de Californie. Et puis j'avais rencontré Mimi, et je n'avais plus voulu toucher personne d'autre qu'elle.

— Une seconde, ai-je dit.

J'ai d'abord essayé la salle de bain, en évitant mon reflet dans le miroir et la preuve saillante de mon excitation dans mon pantalon. J'ai ouvert et fermé chaque placard, mais la boîte n'y était pas. Putain ! Je me suis passé les mains dans les cheveux.

De retour dans la chambre, j'ai embrassé Mimi, laissant mes mains errer sur ses fesses tandis que je la tirais vers moi. Sa main a atterri sur ma hanche, puis a glissé plus bas, trop près de mon érection tendue.

— Un instant. J'ai reculé et je suis tombé à genoux à côté du lit. J'ai tiré ma valise et l'ai ouverte.

Gracias a Dios.

J'ai soulevé la boîte bien haut comme si c'était la Coupe du monde, puis, les joues en feu, je l'ai posée sur le lit. J'ai repoussé la valise dessous.

J'étais à genoux face au lit, et je pouvais penser à un bon usage pour cette position. J'ai fait signe à Mimi. — Viens t'asseoir.

Elle a suivi mon ordre, même si elle a eu besoin d'un peu d'aide pour grimper sur le lit surélevé. J'ai posé mes mains sur ses genoux. — Je peux ?

Elle a posé ses mains derrière elle, puis, hochant la tête, elle a écarté les jambes. La lumière de la lampe a illuminé ce que j'avais appris au toucher plus tôt, sous l'obscurité de sa jupe.

— Ah, Mimi, ai-je dit, une fierté irrépressible me faisant sourire, tu es de nouveau toute mouillée pour moi.

J'ai fait glisser mes pouces de l'intérieur de ses cuisses jusqu'à ses lèvres et son clitoris. Puis j'ai lapé son essence sur sa peau comme du miel. Mimi a gémi et s'est abaissée sur ses coudes pour me regarder faire.

Je l'ai écartée et je me suis enfoncé à l'intérieur avec ma langue, imitant la pulsation lancinante de ma queue pour lui montrer ce que je lui ferais plus tard. Et, mon Dieu, et si je lui montrais ma collection de jouets ? Lequel me laisserait-elle utiliser sur elle ? Serais-je un jour assez audacieux pour lui demander d'en utiliser un sur moi ?

Concentre-toi, Mateo. Elle était étalée devant moi, là, maintenant, et j'avais tous les outils nécessaires pour lui donner du plaisir.

— Mateo, je…

Je me suis relevé de son centre et j'ai remplacé ma langue par un doigt qui poussait paresseusement. — Qu'est-ce qu'il y a, *cariño* ?

— J'ai besoin de toi. En moi. Je ne crois pas que je puisse…

Je lui ai léché le clitoris tout en continuant à travailler mon doigt à l'intérieur d'elle. — Tu ne crois pas que tu puisses faire quoi, ma belle ?

Elle a roulé les yeux vers le haut et a laissé échapper un gémissement. — Je ne sais pas combien de fois de plus je peux jouir, et je veux jouir avec toi en moi.

— Ah. Je lui ai embrassé le bouton gonflé. Je pense que tu peux jouir autant de fois que nous le voulons tous les deux. Ceci – le sexe – était mon domaine. Je savais très bien comment plaire à une partenaire, surtout une aussi réceptive que Mimi. Une fois de plus avec mes doigts et ma bouche, et ensuite tu pourras avoir ma bite.

— Mais je ne…

Elle n'a pas eu besoin de finir sa phrase, car j'avais trouvé l'endroit qui la laissait sans voix. Elle a poussé un cri aigu qui ressemblait presque à mon nom combiné au cri d'une ocelote.

Elle a repoussé mon visage, ma main. — Assez, a-t-elle sangloté. C'est trop.

— Ah, *cariño*. J'ai grimpé sur le lit et je l'ai prise dans mes bras. Tu es si belle quand tu jouis. Je te tiens. Ça va.

Elle était toute molle dans mes bras. Je lui ai embrassé le front et l'ai trouvé humide de sueur. J'ai desserré mon étreinte. — Tu as trop chaud ? Tu as besoin d'espace ?

— Non. Elle s'est blottie plus près. Je suis exactement là où je veux être.

Cette fois, ce n'était pas ma queue mais mon cœur qui a eu un violent soubresaut, battant contre mes côtes. — Moi aussi.

Je l'ai soulevée dans mes bras et j'ai gratté du bout des doigts pour rabattre les couvertures. Je l'ai allongée sur le lit, j'ai enlevé mon pantalon et je me suis glissé derrière elle, priant pour que mon érection se calme afin de pouvoir m'endormir. Mimi devait aller travailler tôt, et j'avais un service de nuit chez ma tante le lendemain. Nous avions tous les deux besoin de repos.

Mais Mimi avait d'autres idées. Elle a entrelacé ses doigts avec les miens, puis les a portés à ses seins pour les envelopper. Ensuite, elle a pressé ses fesses contre ma queue. — On m'a promis un autre orgasme avec toi en moi, a-t-elle murmuré. Mais je suis trop béate pour bouger.

— Ce n'est rien. On n'est pas obligés. Même si ma queue avait d'autres idées. C'était de l'acier dans mon caleçon.

— Non, Mateo. Elle s'est frottée contre moi, et des points lumineux ont dansé devant mes yeux. Je le veux.

L'embrassant dans le cou, de son épaule à son lobe d'oreille, j'ai terminé en lui pinçant le téton. — Alors tu l'auras.

J'ai baissé mon caleçon et je l'ai enlevé d'un coup de pied. J'ai attrapé la boîte de préservatifs au pied du lit, je l'ai déchirée et j'en ai sorti un. Je l'ai déroulé doucement, me forçant à ne pas jouir trop vite.

J'ai caressé la courbe appétissante de sa fesse, puis j'ai glissé une main sous elle, la maintenant contre moi. De mon autre main, j'ai soulevé sa jambe et l'ai accrochée autour de la mienne. J'ai fait glisser mes doigts dans son humidité – mon Dieu, son excitation était incroyablement infinie – puis je me suis guidé soigneusement jusqu'à ma destination.

Nous avons tous les deux haleté quand j'ai fini ma poussée. Dans cette position, je ne pouvais pas entrer entièrement, mais c'était suffisant pour atteindre le point que j'avais trouvé plus tôt avec mes doigts. Une main posée sur son clitoris, je pompais des hanches. Elle fredonnait de plaisir.

Chaque glissement à l'intérieur d'elle provoquait des picotements le long de ma colonne vertébrale. La respiration de Mimi s'est accélérée tandis que je lui serrais le téton et que je lui frôlais le clitoris. Mais j'en avais besoin de plus. J'avais besoin de la sensation enivrante de la peau qui claque contre la peau. J'avais besoin d'être enfoncé jusqu'aux couilles en elle.

Lentement, je me suis retiré.

Je l'ai poussée vers l'avant jusqu'à ce qu'elle soit à plat ventre sur le lit. Soulevant ses hanches, je me suis agenouillé derrière elle. Elle a glissé ses bras sous l'oreiller, un demi-sourire d'anticipation sur le visage. Pendant un instant, j'ai admiré la façon dont la lumière de la lampe dorait la courbe de ses fesses et les lèvres charnues qui m'appelaient. Et puis, saisissant ses hanches, je me suis glissé à l'intérieur.

Hanches contre fesses, j'ai trouvé le paradis. Je me suis frotté contre elle, ne voulant pas quitter le confort que j'avais trouvé. Lentement, je me suis retiré, puis je suis rentré d'un coup. Mimi a laissé échapper un long gémissement.

— Ça va comme ça, *mi tesoro* ?

— Putain. Oui. Elle a mis une main entre nous, là où nous étions joints, et une étincelle a filé droit dans mes couilles. Sa main a quitté mon corps pour se toucher. Elle a gémi. Plus, Mateo.

J'ai saisi ses hanches et j'ai fait ce qu'elle demandait. J'ai poussé une, deux, trois fois. Mon Dieu, j'étais proche. Mais je ne jouirais pas avant elle. Je me suis concentré sur la longue ligne de sa colonne vertébrale et la façon dont la lampe la séparait en une moitié claire et une moitié sombre. J'ai levé une main et j'ai tracé la ligne d'ombre.

— Plus fort, a-t-elle grogné en se cambrant contre moi.

J'étais foutu. J'allais mourir ici même, dans ce lit, sur cette femme qui m'avait retourné. Je lui ai obéi, saisissant ses hanches et les soulevant pour rencontrer mes coups de reins. Notre peau claquait, en contrepoint de ses gémissements. Mes couilles se sont resserrées.

— Mimi, je…

Elle s'est raidie et m'a interrompu avec un gémissement plaintif. Je me suis immobilisé, la laissant se vider de son orgasme, savourant la contraction qui a brouillé ma vue. Puis j'ai poussé à nouveau, et une fois de plus, et une libération bénie et bienheureuse m'a vidé. J'ai laissé échapper un long juron admiratif.

Les jambes de Mimi tremblaient, et je l'ai doucement allongée sur le lit en me retirant. J'ai caressé ses fesses une dernière fois avant de la couvrir et d'aller à la salle de bain pour jeter le préservatif.

Elle dormait déjà quand je l'ai prise dans mes bras et que je me suis blotti derrière elle.

En l'espace d'une soirée, elle était devenue mon monde entier.

Je ne voulais jamais la laisser partir.

21

MIMI

JE ME SUIS RÉVEILLÉE dans un lit qui n'était pas le mien, mais il était chaud, doux et rassurant. Le grand corps de Mateo était enroulé autour de moi, un de ses bras musclés passé sur ma taille. J'ai suivi du doigt une veine sur son avant-bras, parcourant les poils rêches dorés par la lumière du soleil.

La lumière du soleil ?

Oh, merde.

J'ai balancé son bras, repoussé les couvertures et bondi hors du lit. Pourquoi n'y avait-il pas de réveil dans sa chambre, et pourquoi mon alarme ne s'était-elle pas déclenchée ?

Attrapant ma jupe par terre, j'ai ignoré son « Mimi ? » endormi et j'ai foncé, complètement nue, dans le salon. Mon soutien-gorge et mon chemisier étaient sur le sol de la cuisine, et je les ai ramassés en me dirigeant vers la porte d'entrée, où j'ai trouvé mes chaussures et mon sac à main avec mon téléphone à l'intérieur, qui sonnait encore faiblement.

Roger a sauté sans bruit sur le comptoir de la cuisine et m'a observée de ses yeux jaunes.

Sept heures et demie. Merde. J'étais censée retrouver Larissa et

Natalie chez Synergy il y a une demi-heure. Si je me dépêchais, je pourrais y arriver avant qu'elles ne partent. D'une main, j'ai ouvert une application de VTC, et de l'autre, j'ai enfilé ma jupe.

— Prête pour que je te ramène ? La voix de Mateo m'a fait sursauter, et j'ai laissé tomber mon téléphone. Il avait enfilé un jean et un haut thermique à manches longues. Il était absolument à croquer, mais j'avais déjà trop traîné.

— Pas le temps. Je suis en retard. J'ai lutté pour mettre mon soutien-gorge et l'ai agrafé dans le dos. Où étaient passés mes sous-vêtements ?

Il s'est frotté les yeux. —Jésus, je suis désolé. Je ne savais pas que tu avais une réunion tôt. Je te conduis au travail.

— C'est un truc pour la fondation. Avec Larissa. Me glissant dans mon chemisier, j'ai couru à la salle de bains. Pas de sous-vêtements ici non plus. Au moins, je m'étais lavé le visage avant de me coucher. Pendant que je faisais pipi, j'ai frotté le dessous de mes yeux avec le bout de mes doigts pour enlever les dernières traces de mascara. Je me suis lavé les mains et passé rapidement la brosse à dents dans ma bouche.

Mateo avait déjà mis ses chaussures et tenait ses clés à la main quand je suis revenue en sprintant dans le salon. Pendant que j'enfilais mes chaussures, il s'est penché. —Tu es magnifi—

— Pas le temps ! J'ai levé la main. D'abord ma présentation, et maintenant ça. Pourquoi est-ce que je fichais toujours tout en l'air quand Mateo était dans les parages ?

Il a ouvert la porte, et nous avons couru jusqu'à sa Jeep. Il a essayé de m'ouvrir la portière, mais j'ai dit : —C'est bon. Vas-y !

Obéissant, il s'est glissé sur le siège conducteur. Ce n'est qu'après avoir coincé ma jupe sous mes fesses nues et bouclé ma ceinture de sécurité qu'il a engagé la Jeep dans l'allée étroite, passant devant la maison de Cooper pour rejoindre la rue. —Au bureau ?

— Oui, on se retrouve dans la salle de conférence du rez-de-chaussée. J'ai vérifié mon téléphone et grimacé en appuyant sur le bouton pour écouter le message vocal de Larissa.

Bonjour Miriam, nous devions nous voir à sept heures. Est-ce que vous venez toujours ? Nous devons approuver le budget aujourd'hui.

— Le budget ! Merde !

— Qu'est-ce qu'il y a ? Mateo m'a jeté un regard.

— Je n'ai pas mon ordinateur portable. Je ne peux faire aucune mise à jour du budget pendant la réunion. Tu as du papier ? Un crayon ?

— Vérifie dans la boîte à gants. Tu ne peux pas le faire sur ton téléphone ?

— Oh. Peut-être ? Mon tableur serait minuscule. Je suppose que je pourrais essayer. J'ai fouillé dans le compartiment et en ai sorti un bout de crayon et un bloc-notes à spirale.

— Débrouille-toi avec le tableur sur ton téléphone. Pendant ce temps, je vais faire un saut à ton appartement pour récupérer ton ordinateur.

— Vraiment ? Tu ferais ça pour moi ?

— Bien sûr, cariño.

— Merci. J'avais envie d'embrasser sa joue mal rasée, de m'attarder au creux de son cou où il sentait divinement bon, mais il conduisait. Je me suis calée dans mon siège et j'ai sorti mes clés de mon sac. Je les ai posées dans le porte-gobelet. —Tu me sauves la vie.

Mateo connaissait les raccourcis et les moyens d'éviter les embouteillages de San Francisco aux heures de pointe et, plus tôt que je ne l'espérais, nous sommes arrivés au bureau. Attrapant mon téléphone et mon sac à main, je lui ai fait un bisou sur la joue et je suis sortie de la Jeep.

J'ai entendu un hoquet étranglé et je me suis retournée. Mateo fixait mes fesses.

— Ta jupe. Il a passé une main sur sa bouche. —Tu peux la baisser un peu ?

Merde, j'avais dû lui offrir une vue imprenable en descendant. Je l'ai lissée, devant et derrière. —C'est mieux ?

Il a secoué la tête mais a dit : —Oui. À tout à l'heure.

Tenant soigneusement ma jupe et priant pour que le vent ne

me fasse pas exposer mes fesses à mes collègues matinaux, j'ai filé vers la salle de conférence.

Larissa et Natalie faisaient face à l'écran au fond de la pièce, où Natalie projetait un plan d'étage depuis son ordinateur portable. Quand je suis arrivée bruyamment à la porte, elles ont pivoté pour me regarder.

Natalie a réprimé un sourire, mais Larissa a haussé un sourcil pas amusé du tout. —Ravie que vous ayez pu vous joindre à nous. Natalie était en train de me présenter les dispositions pour le lieu de l'événement, mais nous allons ensuite nous occuper du budget. Vous avez bien les chiffres ? Elle a fixé avec insistance ma pochette, manifestement trop petite pour contenir quoi que ce soit d'utile.

— Oui. Je suis prête. C'était un mensonge, mais j'ai ouvert le tableur sur le minuscule écran de mon téléphone pendant que Natalie finissait de parler du vestiaire et de la loge pour les intervenants.

Mateo n'était pas encore revenu lorsque Larissa a demandé la présentation du budget, et elle a froncé les sourcils quand j'ai commencé à leur exposer les chiffres.

— Attendez, m'a-t-elle interrompue. —Vous n'avez pas de documents imprimés ou quelque chose à nous montrer à l'écran ?

— Non… pas pour l'instant. Ma voix tremblait. Pourquoi avais-je laissé Mateo me faire l'amour au point d'en oublier mes responsabilités, mes objectifs ? La nuit dernière, je ne me souvenais même plus de mon propre nom, encore moins que je devais faire une présentation à sept heures le lendemain matin.

Larissa a tapé des mains sur la table de conférence. —Alors pourquoi êtes-vous là ? Si je ne peux pas compter sur vous, ça ne va pas marcher, Miriam.

— Elle a les chiffres. Natalie a fait un signe de tête vers le téléphone dans ma main. —Mimi, pourquoi ne les écris-tu pas sur le tableau blanc ?

— Excellente idée. Mais il s'est avéré que c'était une très

mauvaise idée. Mes cuisses nues ont fait un bruit de succion sur la chaise de la salle de conférence quand je me suis levée.

— Oups. Mes joues se sont enflammées. Rapidement, j'ai lissé ma jupe et je me suis tournée vers le tableau blanc.

— J'attends des membres de la fondation qu'ils aient une apparence professionnelle, Miriam. Cette jupe est beaucoup trop courte.

Le feutre a grincé sur le tableau. —Oui, bien sûr, Larissa, ai-je marmonné.

— Ah, bonjour à mon trio de choc préféré. Le ton de Mateo était jovial, mais j'y ai perçu une tension.

— Mateo ! La voix de Larissa a pris une inflexion aguicheuse. —Qu'est-ce que vous faites ici ? Vous aviez dit que vous deviez travailler.

Lentement, je me suis tournée vers la porte. Mateo avait un sac en toile sur une épaule et ma sacoche d'ordinateur sur l'autre. Dans une main, il tenait un porte-gobelets en carton avec quatre verres, et dans l'autre, un sac de la boulangerie du coin.

— Je me suis dit que vous aimeriez un petit-déjeuner pour votre réunion matinale. Il a posé les cafés et le sac, puis a fait la bise à Larissa sur chaque joue. Natalie s'était levée pour examiner les offrandes, mais elle lui a tendu la main pour la lui serrer.

Il s'est approché de moi près du tableau blanc et a murmuré : —J'ai apporté une tenue de rechange. Et une culotte. Puis il m'a déposé un baiser sonore sur la joue.

Plus fort, il a dit : —Je m'excuse. C'est moi qui ai mis Mimi en retard ce matin. Je ne pouvais pas laisser partir mon ange. Si vous aviez ce visage sur l'oreiller à côté de vous, le pourriez-vous ?

Une bouffée de chaleur m'est montée aux joues. —Mateo, ai-je grondé.

Il a attrapé la main qui s'apprêtait à lui frapper le biceps et l'a portée à ses lèvres. —Mi tesoro.

— Je fonds, a dit Natalie.

Larissa a dit : —Vous pouvez vous rattraper en vous joignant à nous.

— Me joindre à vous ? Un froncement de sourcils a traversé son visage si rapidement qu'elle l'avait peut-être manqué. Mais après la nuit dernière, j'avais un nouveau capteur pour les expressions de Mateo, et il n'avait pas l'air ravi.

— Nous avons besoin d'un avis sur le menu. Je n'ai pas réussi à choisir quel dessert servir.

C'était un mensonge. Nous avions choisi le flan la semaine dernière, mais si ça pouvait la distraire, j'étais ravie de la laisser faire. Mateo m'a tendu ma sacoche d'ordinateur, et j'ai allumé mon appareil et l'ai connecté au projecteur pendant qu'ils discutaient des mérites du flan par rapport au tres leches.

Quand ils se sont décidés —à nouveau— pour le flan, je me suis raclé la gorge. —Je suis prête à vous présenter les chiffres du budget maintenant.

— Oh, bien. Larissa a eu un rire aigu et faux. —Si seulement Mateo avait la bosse des maths, nous n'aurions pas du tout besoin de vous.

Je me suis figée, ma voix s'est éteinte. Si elle n'avait pas besoin de moi, cela signifiait sans doute que j'étais aussi rayée de la liste pour le poste de directrice adjointe. Pourquoi diable étais-je même ici, à faire autant d'efforts ?

Pour les enfants, me suis-je rappelée sombrement. Pour les filles comme Bree. Pour eux, je continuerais à essayer, à échouer, et je ferais tout ça gratuitement.

— Larissa. La voix de Natalie était douce mais ferme.

— Elle était en retard et n'était pas préparée jusqu'à ce que Mateo arrive. Larissa m'a lancé un regard d'acier. —Je pourrais engager n'importe quel comptable pour faire ce qu'elle fait.

— Ah, a dit Mateo, sa voix comme du gravier. —Mais vous n'avez pas engagé un comptable. Mimi fait ce travail bénévolement, par pure gentillesse. Elle le fait pour les enfants. Sur son temps libre. Je pense que vous auriez du mal à trouver quelqu'un d'aussi talentueux que Mimi prêt à faire ça.

J'étais contente d'avoir enlevé mon mascara, car il aurait coulé sur mon visage. J'ai essuyé sous mes yeux et j'ai adressé à Mateo un sourire embué pour exprimer ma gratitude. Il comprenait. Il me voyait.

Larissa a levé les yeux vers l'écran, la mâchoire crispée. —Très bien. Vous avez une autre chance. Donnez-nous les chiffres.

Mon corps s'est glacé. Comme une flaque d'eau gelant lentement depuis la surface, ma peau s'est tendue et les larmes de gratitude qui perlaient dans mes yeux se sont asséchées. Je suis devenue une colonne de glace froide et dure. Malgré la défense de Natalie et de Mateo, j'étais sur un terrain glissant. Tout ça parce que je m'étais laissée distraire de mon objectif. Non seulement ma chance d'obtenir le poste de directrice adjointe m'échappait, mais je laissais aussi tomber les enfants.

Mes coups d'un soir ne restaient pas assez longtemps pour que je manque presque des réunions importantes et que j'arrive mal préparée. Aucun d'eux ne m'avait fait paraître inutile devant la personne qui pourrait potentiellement m'embaucher. Ils restaient sagement du côté non professionnel de ma vie.

Franchir la frontière professionnelle était une chose que Mateo avait en commun avec Byron. Il était partout dans ma vie : impliqué dans mon travail, membre de ma famille, et maintenant, il mettait le feu à ma vie amoureuse.

Il m'avait apporté une foutue culotte. Au bureau. C'était une limite que je n'avais jamais franchie. Même pas avec Byron.

La voix de ma mère m'a chuchoté à l'oreille. Je ne pouvais pas montrer une telle faiblesse à nouveau. Pas si je voulais le poste à la fondation. Pas si je voulais continuer à aider les jeunes comme Tara à la bibliothèque.

Et je voulais tout ça. J'allais le prouver à Larissa.

Même si... j'ai jeté un coup d'œil à Mateo, qui sirotait son café et regardait l'écran avec attente, comme s'il se souciait vraiment du budget du gala... maintenant, je le voulais lui, aussi.

22

MATEO

MÊME SI TOUT ce que je voulais, c'était retrouver Mimi dans mon lit, sur le comptoir de ma cuisine, et puis merde, n'importe où tant que je l'avais, j'ai travaillé de nuit cette semaine-là. Je n'ai même pas eu besoin de mentir à Larissa pour manquer les réunions de la fondation où je volais trop la vedette à Mimi.

J'ai essayé d'envoyer des textos à Mimi, mais elle s'est montrée sèche et peu communicative, ne répondant que par monosyllabes. Le gala étant dans trois semaines, elle était très occupée, et je le comprenais. J'avais cru qu'elle avait passé un bon moment, mais je m'inquiétais. Et si notre nuit ensemble ne lui avait pas plu autant qu'à moi ?

Ou peut-être qu'elle était de nouveau furieuse contre moi. C'était la deuxième fois que, par ma faute, elle était mal préparée à l'une de ses réunions de comité. Larissa lui avait lancé des piques, critiquant la moindre petite erreur comme si elle cherchait une excuse pour ne pas l'embaucher. Pourquoi ? Mimi méritait clairement ce poste. Pourquoi supportait-elle ses conneries ?

Le vendredi matin, alors que je m'engageais dans l'allée de Miguelito, mes phares ont éclairé Ben qui promenait sa chienne

Coco dans la cour d'honneur. Son frère pourrait peut-être m'éclairer sur ce qui se passait dans sa tête.

— Ben ! ai-je lancé en passant la tête par la fenêtre de ma Jeep. Je peux marcher avec toi ?

— Bien sûr. Maintenant ?

— Mon cousin est à la salle de sport ? La dernière chose que je voulais, c'était que Miguelito me trouve seul avec Ben et devienne jaloux. Je n'aurais jamais rien tenté avec son fiancé, mais il ne m'avait pas encore pardonné mes écarts de jeunesse. En plus, mon cousin ne comprendrait pas mes peines de cœur. Il ne se languirait jamais de quelqu'un comme je le faisais pour Mimi.

— Ouais, a bâillé Ben. C'est un de ces gens du matin exaspérants.

J'ai garé la voiture et, après avoir salué Coco, je me suis mis à la hauteur de Ben. Nous avons quitté l'allée et descendu la colline en direction de la baie. Le soleil avait commencé à étendre ses rayons dans notre dos, mais j'ai remonté la fermeture éclair de ma veste jusqu'au menton. San Francisco en janvier était froid pour quelqu'un qui avait grandi sous les tropiques.

J'ai jeté un coup d'œil à Ben. Il était plus grand et plus mince que sa sœur, mais ils avaient les mêmes cheveux sombres et bouclés. Les mêmes nez forts et mentons déterminés. Sauf que lui souriait facilement, alors que les sourires de Mimi étaient aussi rares qu'une journée à trente-huit degrés à San Francisco. Sauf après un orgasme, avais-je découvert.

J'ai cligné des yeux. Mieux valait ne pas penser à la chatte de Mimi en présence de son frère.

Je me suis éclairci la gorge. — Tu vas bien ? Comment ça se passe au travail ?

— Pour l'instant, ça va. C'est agréable d'être de nouveau payé. C'était incroyable de la part de Cooper de financer mon dernier semestre d'études, mais nous, les enfants Levy-Walters, on est indépendants, tu sais.

— Je sais. C'était exactement la transition dont j'avais besoin. Pourquoi tu penses que c'est comme ça ?

Il a fait la moue. — Je suppose que c'est à cause de ma mère. Elle a travaillé dur pour ce que nous avions. Elle a surmonté beaucoup d'épreuves pour en arriver là où elle est. Les femmes avocates quittent la profession en tombant comme des mouches avec l'âge. Elle s'est battue contre le patriarcat et le sexisme omniprésents pour y rester. Elle nous a toujours dit, à Mimi et à moi, qu'il fallait prouver qu'on était les meilleurs si on voulait arriver quelque part.

Il a frotté la pointe de ses chaussures sur le chemin de gravier. — Pour moi, c'était beaucoup de pression, et j'ai un peu craqué. Pas Mimi. Elle a pris ça à cœur. Elle suit les traces de Maman, en quelque sorte. Pas dans le droit, mais dans son propre domaine.

Je lui ai donné un petit coup d'épaule. — Tu t'en es très bien sorti. Tu as obtenu exactement ce que tu voulais.

Il a jeté un regard en arrière vers le manoir. — Plus que ça, même. Je n'aurais jamais pensé que quelqu'un d'aussi incroyable que Cooper tomberait amoureux de moi.

— Tu es assez incroyable toi-même. Si mon cousin n'avait pas déjà jeté son dévolu sur Ben quand je l'ai rencontré, j'aurais peut-être essayé de le séduire. Mais aussi beau et gentil que soit Ben, Mimi avait une étincelle particulière, un éclat vif, comme celui d'une pierre précieuse taillée, auquel je ne pouvais pas résister. Même les liens familiaux ou mon puissant cousin ne m'auraient pas tenu éloigné d'elle.

— Merci. Il a fait une pause pendant que Coco reniflait un arbre décharné. Comment ça se passe avec Mimi ?

— Elle ne t'a rien dit ?

— Ouh ! Ses yeux se sont agrandis. Malin, répondre à une question par une question. Non, elle ne m'a même pas dit que vous sortiez ensemble. Pas avant que Cooper ne vende la mèche. Pourquoi ? Il s'est passé quelque chose ?

Mes joues m'ont brûlé. Ce n'était pas du tout comme ça que j'avais imaginé cette conversation. — Elle n'a vraiment rien dit ?

— Tu connais Mimi. Elle n'aime pas parler de ses sentiments et de tout ça. En plus, elle s'est terrée dans son appartement tous les soirs de la semaine dernière, à travailler sur des trucs pour le gala.

J'ai marmonné : — Pas tous les soirs.

Il a arrêté Coco sur le trottoir. — Crache le morceau.

— Je l'ai emmenée pour un rendez-vous spécial dimanche soir. Enfin, j'ai essayé. L'endroit que Miguelito m'a recommandé n'était pas vraiment… nous.

— Ce crétin ! Ses narines se sont dilatées. Il ne m'a pas dit que vous aviez un *rendez-vous spécial*.

— Je lui ai demandé de rester discret. Je ne voulais pas d'attentes, tu vois ?

— Eh bien ? Les attentes ont-elles été comblées ?

Je n'ai pas pu cacher mon large sourire. — Dépassées, même.

— Arrête ! Il m'a frappé le bras enjouement. Vraiment ?

— Vraiment. Elle est incroyable. Je crois que je… Non. Ben ne pouvait pas être le premier à savoir que j'étais en train de tomber amoureux de sa sœur. Je le dirais à Mimi elle-même quand je serais prêt. Quand elle serait prête. Quand elle n'en serait plus à m'envoyer des textos d'un seul mot.

— Alors, quel est le problème ? Pourquoi es-tu dehors dans l'aube glaciale à me parler au lieu d'être blotti au chaud à côté de ma sœur dans son lit ?

— Je viens de rentrer du travail. Et puis, elle, hum, elle ne répond pas à mes textos. On aurait dit un adolescent.

— Tu l'as appelée ? Ou tu es passé chez elle ?

— Non, j'ai travaillé de nuit cette semaine. Et elle n'est pas une grande fan de mes visites impromptues. Elle veut que je lui envoie un texto d'abord.

Ben s'est mordu la lèvre. — Parfois, Mimi — nous deux, en fait — peut s'enfermer dans sa routine. Dans son travail. C'était mon cas avant que Cooper et moi ne nous mettions ensemble. Je ne sortais presque jamais avec des amis. J'ai eu peur après mon licenciement, tu sais ? Alors je me suis juste concentré sur mes études et mon travail. Je suppose que la mentalité de ma mère prend le dessus en période de stress. Et Mimi est *stressée* en ce moment. Elle veut ce poste à la fondation plus que tout. Et elle continue d'assurer son autre travail. Elle a probablement l'impression qu'elle ne peut pas se déconcentrer. Elle panique.

— Elle a peur de moi ? Rien ne faisait peur à Mimi. Même après que j'aie ruiné sa présentation, elle s'était présentée à sa réunion avec Jackson Jones. Et elle était venue sans culotte à la réunion de lundi. Elle était féroce et inarrêtable, comme un ouragan.

— Peur de ce que ça pourrait signifier si elle se laissait aller. Si elle se laissait tomber amoureuse de toi. Il a observé Coco une seconde. Il y a eu ce type.

— Un type ?

— Byron. Elle sortait avec lui dans la première boîte où elle a travaillé. Avant Synergy. Leur manager est parti, et le contrôleur de gestion devait pourvoir le poste. Rapidement. Mimi et Byron ont tous les deux passé un entretien. Elle le méritait plus parce qu'elle était là depuis plus longtemps, qu'elle avait travaillé plus dur que lui. Pourtant, elle l'a aidé à se préparer. Il est passé le premier, et ils lui ont offert le poste sur-le-champ. Sans même parler à Mimi. Il s'est avéré qu'il leur avait dit qu'elle n'était pas prête.

— Quel connard !

— Ouais. Elle a démissionné après ça. Elle l'a largué et est allée travailler chez Synergy. Elle n'est sortie avec personne depuis. Elle ne laisse personne s'approcher, surtout au travail. Et avec les mecs qu'elle rencontre, c'est un coup d'un soir. Enfin, sauf avec toi.

Même si nous n'avions eu qu'une seule nuit. Les textos monosyllabiques de Mimi étaient-ils sa façon de me laisser tomber en douceur ? La chair de poule m'est montée sur les bras, sous mes manches. — Je ne lui ferais jamais ça, ai-je dit. Je ne suis pas comme lui.

J'ai baissé les yeux sur moi, sur la veste que Cooper m'avait donnée quand j'étais arrivé à San Francisco sans en avoir. Sur le jean et les baskets que je portais pour travailler.

J'ai tourné la bague que j'avais au doigt. Je ne travaillais pas dans un bureau comme Mimi. Contrairement à Byron, je n'avais pas de diplôme universitaire. Pas de réelles économies. Je me suis affaissé, l'épuisement de ma nuit de travail m'envahissant. — Je ne la mérite pas.

— Non ! Il m'a agrippé le bras. Non, Mateo. Tu es incroyable. Regarde-moi.

À contrecœur, j'ai levé les yeux vers lui.

— Je ne dis pas ça de tout le monde. Crois-moi, Mimi est sortie avec de vrais connards. Comme Byron. Aussi déterminée qu'elle soit, elle pense être attirée par des mecs qui lui ressemblent. Mais ce n'est pas ce dont elle a besoin. Elle a besoin de quelqu'un comme toi. Il m'a serré le bras. Quelqu'un pour prendre soin d'elle. Pour l'aider. Pour… pour l'aimer. Tu es absolument digne d'elle et ne pense *jamais* le contraire. Tu m'entends ?

Son ton féroce m'a rappelé Mimi. J'ai repensé à toutes les fois où elle oubliait de manger. Lundi, quand je lui ai apporté ses vêtements et son ordinateur portable à sa réunion. Elle avait besoin de quelqu'un comme moi pour la soutenir, surtout en cumulant ce qui équivalait à deux emplois plus du bénévolat le week-end. Je pouvais être ce dont elle avait besoin.

— Je t'entends.

— Maintenant, il s'est mordu l'intérieur de la lèvre. Qu'est-ce que tu vas faire ?

Grandir. — Je vais l'aider. Je ne sais pas encore quoi, mais je vais trouver.

— Peut-être que… il a incliné la tête, tu n'as pas besoin de *faire* quoi que ce soit pour l'aider. Juste être là pour elle. Et ne la laisse pas te repousser.

J'ai grogné, mon esprit tourbillonnant déjà sur ce dont Mimi avait besoin. Elle avait mentionné qu'elle s'inquiétait de savoir quoi porter pour le gala. Je l'aiderais avec ça. Après une sieste éclair. Parce que sur le moment, je me serais écrasé la figure sur le volant avant même d'arriver à la boutique de robes.

Ben m'a frotté le bras. — Tu vas gérer. Rappelle-toi juste que tu es exactement ce dont elle a besoin. D'accord ?

— D'accord. Mais l'étais-je vraiment ?

— Maintenant, va dormir, a-t-il dit en me poussant vers la maison d'amis. Je n'avais pas remarqué qu'il m'y avait ramené.

— Merci. Je l'ai serré dans mes bras, et Coco, comme d'habitude, a dansé à nos pieds.

— Quand tu veux. Tu es un type bien, Mateo.

Une fois chez moi, j'ai nourri Roger puis je me suis effondré sur mon lit pour quelques heures de sommeil. À mon réveil, j'avais encore des cernes sous les yeux, mais j'avais assez d'énergie pour faire un sac de voyage avec optimisme, m'assurer que Roger avait assez de nourriture pour les prochaines vingt-quatre heures sans accès au papier toilette, et remonter dans ma voiture. J'ai pris la direction du quartier de l'Excelsior.

———

UN PEU APRÈS six heures ce soir-là, j'ai sonné à l'interphone de l'immeuble de Mimi, un sac de plats à emporter dans une main et une housse à vêtements dans l'autre.

Une vague de gratitude m'a envahi quand elle a répondu. À travers le haut-parleur grésillant, je ne pouvais pas dire si son ton monocorde signifiait qu'elle était réticente à me laisser monter ou peut-être simplement fatiguée, mais elle m'a ouvert, et c'est ce qui comptait.

Quand je suis entré dans son appartement, elle était appuyée contre le comptoir de sa cuisine impeccable. Tout ce que je voulais, c'était la hisser dessus comme je l'avais fait dimanche soir et la goûter à nouveau, mais cela devrait attendre. Elle avait d'abord besoin d'autres types d'attentions.

— Salut, ai-je dit, en l'embrassant sur la joue avant de poser la nourriture sur le comptoir. Je t'ai apporté à dîner.

— Et des vêtements de rechange ? Elle a haussé un sourcil sombre en direction de ma housse. C'est audacieux.

— Ça ? J'ai souri. C'est pour toi.

— Pour moi ?

— Tu as déjeuné aujourd'hui ?

— Oui. Son estomac a gargouillé. Enfin, si on peut considérer un mini-sachet de M&M's et un sachet d'amandes à cent calories du distributeur automatique comme un déjeuner.

J'ai secoué la tête. Si elle me laissait faire, je me lèverais tôt chaque jour pour lui préparer un déjeuner nutritif. — On regardera ce que j'ai apporté plus tard. D'abord, on mange. Tu aimes la cuisine thaïlandaise ?

Son estomac a de nouveau grondé. — Oui, s'il te plaît.

J'ai posé la housse à vêtements sur son canapé, puis nous nous sommes lavé les mains et avons mis les plats sur la table de sa cuisine.

Elle est restée silencieuse pendant que nous mangions. Je l'observais, essayant de deviner si elle se concentrait sur la nourriture parce qu'elle était affamée, fatiguée ou parce qu'elle prévoyait comment me rayer de sa vie comme une dépense superflue.

Une douzaine de fois pendant le dîner, j'ai ouvert la bouche pour lui demander ce qu'elle ressentait, à quoi elle avait pensé, pour essayer de la percer à jour et de voir les émotions qu'elle cachait si bien. Mais à chaque fois, je me suis dégonflé. Je n'étais pas prêt à l'entendre si elle avait décidé que c'était fini entre nous. Pas encore. Pas avant de lui avoir montré ce que je lui avais apporté d'autre.

Après nous être rempli le ventre, j'ai mis les restes dans son frigo pour son déjeuner du lendemain.

— Prête à voir ce qu'il y a dans la housse ? lui ai-je demandé en la menant dans le salon.

— D'accord. Ses joues étaient roses, ses yeux brillants du repas que nous venions de partager. Pourtant, elle a regardé le sac avec appréhension.

Un été, j'avais travaillé dans l'atelier de tailleur de mon tío José María. Je me souvenais du fonctionnement des tailles de robe, et j'avais reproduit les mensurations de Mimi en me remémorant mes mains posées sur son corps dimanche soir. Pourtant, mes doigts tremblaient en dézippant la housse. Elle portait surtout du noir et du gris, et ses vêtements avaient tendance à dissimuler plutôt qu'à accentuer sa silhouette voluptueuse. Ce que j'avais apporté était bien loin de sa garde-robe habituelle. Si elle lui donnait une chance, si elle me donnait une chance, j'étais certain qu'elle serait sublime.

J'ai sorti la première robe, une création de tulle irisé bleu-violet.

— Qu'est-ce que c'est que ça ? Elle a retroussé la lèvre.

— Pour le gala. Il faut que tu l'essaies.

— Il faut ? Elle a haussé un sourcil. Ce n'est pas mon style.

— Essaie-la. Je la lui ai tendue. Pour moi.

Elle a hésité quelques secondes. Finalement, elle a levé les yeux au ciel. — D'accord.

Saisissant le cintre, elle s'est dirigée d'un pas boudeur vers sa chambre et a fermé la porte.

J'ai attendu cinq minutes avant de me diriger vers sa porte. — Tu as besoin d'aide pour la fermeture éclair ?

— Non. Ça va. C'est juste que… Elle a ouvert la porte et plissé un œil. Ça me va bien ?

Le tulle était froncé sur une épaule, flottant sur sa poitrine, à la romaine, avant de se resserrer à sa taille. Puis il s'évasait à nouveau sur ses hanches et formait une flaque sur le sol.

— Il faudra faire un ourlet. J'ai jeté un regard critique sur le reste. — Tu es sublime dedans.

— C'est vrai, n'est-ce pas ? a-t-elle murmuré en tournant devant le miroir bon marché de son mur pour faire tournoyer la jupe. — Je n'aurais jamais essayé quelque chose comme ça. Mais elle… elle est superbe.

Je me suis penché par-dessus son épaule nue pour lui murmurer à l'oreille :

— C'est toi qui es superbe. La robe n'est qu'un véhicule pour ta beauté.

— Oh, mon Dieu, arrête. Ses joues sont devenues rouges.

— Où est ton téléphone ? Je vais te prendre en photo.

— Dans mon sac. Tu peux prendre une photo avec ton téléphone et me l'envoyer.

— Vraiment ? j'ai sorti mon téléphone de ma poche arrière.

— Ce n'est rien. Elle s'est mise de profil et a plié un genou.

J'ai pris la photo et l'ai envoyée à Mimi. En remettant mon téléphone dans ma poche, j'ai dit :

— Tourne-toi. Je vais m'occuper de la fermeture éclair et t'apporter la suivante.

Quand elle m'a tourné le dos, j'ai descendu la fermeture éclair jusqu'à sa culotte noire. J'ai eu envie de tracer la ligne de l'élastique avec mon doigt, mais si je commençais, elle ne verrait jamais les autres robes. Alors, après un dernier regard plein de désir, je me suis détourné pour aller chercher la deuxième robe.

Je la lui ai passée par l'entrebâillement de la porte.

— Ooh, une noire, a-t-elle dit.

— Je savais que ça te plairait.

Deux minutes plus tard, elle a ouvert la porte et m'a fait signe d'entrer. Celle-ci était en brocart noir épais, avec un corsage en V et une jupe trapèze qui s'évasait sur ses jambes.

— Elle a des poches ! s'est-elle exclamée en y glissant les mains.

— Je pensais que tu aimerais.

Elle a de nouveau tournoyé devant le miroir.

— Celle-ci est vraiment plus mon style. Je veux dire, l'autre me donnait l'air d'une… d'une princesse de conte de fées, mais cette robe, elle en impose.

J'ai brandi mon téléphone.

— Balance-moi ce regard du genre *dégage de mon chemin, tu me voles la vedette, Jay-Z.*

Elle a lancé un regard féroce à l'objectif, et j'ai pris la photo.

— Tourne-toi.

Après qu'elle m'a tourné le dos, j'ai descendu la fermeture. Cette fois, j'ai laissé mes doigts effleurer la peau soyeuse du bas de son dos, et elle a frissonné.

— Encore une, ai-je murmuré.

— Mais celle-ci est parfaite.

— Encore une.

— Très bien.

Je suis revenu avec la dernière robe, lourde de sequins or rose.

— Du rose ? Sa lèvre s'est retroussée.

— Essaie-la.

Elle a secoué la tête.

— Pas question. Il n'y a pas assez de tissu. Et toutes ces paillettes de merde ? Je vais ressembler à une boule à facettes.

— Essaie-la. Je la lui ai tendue. — Fais-moi ce plaisir.

Elle n'a pas répondu, se contentant de me fermer la porte au nez.

J'ai essuyé les comptoirs de sa cuisine et j'ai lancé le lave-vaisselle. Au bout de dix minutes, comme elle n'était toujours pas sortie, j'ai toqué à la porte.

— Tout va bien ?

— Je n'arrive pas à monter la fermeture. Mais je ne crois pas que j'aime celle-ci. Elle est trop…

Comme elle ne finissait pas, j'ai demandé :

— Je peux entrer ?

— Oui. Puisque tu m'as déjà vue nue et…

La robe avait volé la fin de ses phrases, et quand je suis entré dans la pièce, c'est mon souffle qu'elle a volé.

Sous la lumière de la lampe, les sequins scintillaient comme un coucher de soleil sur l'eau. Le corsage bâillait sur sa poitrine. Je l'ai aligné avec ses épaules et l'ai lentement remonté, de sous le galbe de ses fesses jusqu'à sa nuque. Au fur et à mesure, la robe extensible s'est ajustée contre elle comme une seconde peau.

En ébouriffant ses boucles autour de ses épaules, j'ai examiné son reflet dans le miroir. La robe était un modèle portefeuille à manches longues, avec une jupe légèrement évasée qui formait une flaque à ses pieds.

— Je… je ne crois pas… Elle s'est retournée, et le haut de sa cuisse est apparu dans la longue fente.

Quand j'ai parlé, ma voix était rauque.

— Qu'est-ce que tu ne crois pas, Mimi ?

— Elle n'est pas très… professionnelle, si ?

J'ai dégluti.

— Tu es renversante. Et la robe est appropriée pour un gala comme celui-ci.

— Je ne sais pas. Elle s'est mordu la lèvre.

Je suis sorti du cadre et je l'ai prise en photo. Avec ses dents qui capturaient sa lèvre inférieure pulpeuse, elle était une dévoreuse d'hommes dans cette robe.

Me glissant plus près pour l'admirer dans le miroir, j'ai passé ma main sur ses côtes, jusqu'à sa hanche. Les sequins étaient bosselés et rugueux contre ma paume, mais la courbe de son corps était irrésistible. J'ai caressé la longue ligne de son dos, suivant la fermeture le long de sa colonne vertébrale et sur l'arc de ses fesses.

Quand elle a fredonné de plaisir, j'ai moulé mon corps contre son dos et j'ai tiré ses boucles sur un côté. Je lui ai embrassé le cou, et elle s'est affaissée contre moi. Sur un coup de tête, j'ai levé mon téléphone et pris un selfie de nous dans le miroir, sans prendre la peine de regarder l'écran pour voir si je nous avais bien cadrés. J'ai enroulé mon autre bras autour de sa taille et je l'ai fait glisser vers le haut pour enserrer son sein, le soupesant dans ma paume. J'ai pris une autre photo.

— J'imagine… j'imagine que cette robe est la gagnante pour toi ?

J'ai remonté mes baisers jusqu'au lobe de son oreille.

— Tu es exquise, peu importe ce que tu portes.

— Je pourrais porter mon sweat de fac et un legging que je serais exquise ?

— Resplendissante. Je lui ai mordillé le lobe de l'oreille, et elle a eu un hoquet.

— Un de tes henleys et mon jean pour les jours de ballonnements ?

— Ton jean pour les jours de ballonnements ? Je me suis retiré de son lobe, momentanément distrait.

— Le jean large que je porte quand j'ai mes règles et que je suis ballonnée.

J'ai caressé la courbe de son ventre et j'ai taquiné l'ouverture de la fente juste sous sa hanche.

— Là, tu cherches juste à m'exciter.

— Tu ne peux pas être sérieux.

J'ai capturé son regard dans le miroir tandis que je glissais mes doigts dans la fente pour caresser le haut de sa cuisse.

— Tu es belle à mes yeux tout le temps, Mimi. Et les jeans larges donnent plus de place à mes mains.

J'ai effleuré l'avant de sa culotte avec mon pouce, et elle a frémi.

— Ouvre la fermeture. Je veux tes mains sur moi. Maintenant.

— Sí, mi tesoro.

J'ai pris mon temps pour descendre la fermeture le long de son dos, embrassant chaque centimètre de peau que je révélais. Quand la fermeture est arrivée en bas et que le tissu a bruissé jusqu'au sol, j'ai tenu la main de Mimi pendant qu'elle sortait de la robe.

Elle avait dû mettre le soutien-gorge sans bretelles pour essayer la robe aux épaules dénudées. Il lui serrait les côtes, l'armature épousant les courbes inférieures de ses seins. Sur le dessus, le haut de sa poitrine débordait des bonnets, dévoilant la vallée profonde entre les deux.

Je n'ai pas pu résister. J'ai plongé mon nez dans cette vallée et j'ai exploré les collines soyeuses avec ma langue. Ce n'est que lorsque je les eus cartographiées que j'ai passé la main derrière elle pour dégrafer les quatre crochets qui le maintenaient. J'ai pris mon temps, défaisant les crochets un par un. Quand j'ai retiré le vêtement de sa peau, il y avait des sillons rouges là où il s'était enfoncé en elle. Je les ai embrassés, je les ai léchés de ma langue, espérant faire disparaître la douleur.

Elle a gémi mon nom.

Je suis remonté jusqu'à ses tétons comme je l'avais rendue folle dimanche soir, en mouillant l'un pour le caresser et le pincer avec mes doigts pendant que je léchais et mordillais l'autre. En grognant, elle a laissé sa tête tomber en arrière. Sa réactivité a fait durcir ma bite contre ma jambe.

Soutenant son dos, j'ai adoré l'autel de sa poitrine, traçant ses courbes, lapant sa peau perlée. Ce soir, ce fantasme de femme était à moi. À moi pour lui plaire, à moi pour l'adorer.

Son souffle s'est coupé.

— Je… je suis…

J'ai aspiré son téton dans ma bouche, en le mordant fermement. Ses jambes tremblaient, faisant frémir son corps dans mes bras. Je l'ai tenue pendant ce temps, relâchant la pression mais sans interrompre le travail de ma bouche et de mes doigts.

— Qui te fait jouir, Mimi ? ai-je grogné. Jésus, j'étais un salaud avide. Mais j'avais besoin d'entendre mon nom sur ses lèvres.

— C'est toi. C'est toi, Mateo, a-t-elle murmuré.

— J'ai besoin de toi, mi vida.

— Oui. Le mot s'est terminé par un soupir et un gémissement gourmand.

Je l'ai guidée jusqu'au lit, j'ai poussé les robes sur le sol et je l'ai allongée. Lentement, j'ai fait glisser sa culotte le long de ses jambes, m'attardant à leur jonction pour inhaler le parfum de son excitation dans mes poumons.

Le regard verrouillé au sien, j'ai retiré mon t-shirt à manches longues. Puis j'ai défait le bouton de mon jean et je l'ai laissé tomber au sol.

Ses yeux se sont agrandis.

— Tu ne portes pas de sous-vêtements ?

— Tu es scandalisée ?

— Oui. Mais elle a frotté ses jambes l'une contre l'autre.

— Ah-ah, l'ai-je taquinée en saisissant ses genoux et en les écartant jusqu'à ce qu'elle soit offerte devant moi, luisante et gonflée. — C'est moi qui m'occupe de toi ce soir.

— Alors occupe-toi de moi. J'ai besoin…

Je l'ai interrompue en passant ma langue dans sa fente. Ses genoux ont vacillé dans ma prise.

— Préservatif. Elle a hoché le menton vers la table de chevet, où un bol en verre peu profond contenait une poignée d'emballages de préservatifs colorés.

— J'aime bien. J'en ai attrapé un. — Pas besoin de fouiller dans les tiroirs.

Un coin de sa bouche s'est relevé.

— Tu peux fouiller dans mes tiroirs quand tu veux.

J'ai feint un hoquet.

— C'est ma réplique, cariño.

— Non. Elle a souri en coin. — Ta réplique, c'est : « Jusqu'où, bébé ? »

J'ai grogné en déroulant le latex, puis je me suis saisi à la base. Si elle continuait avec ce genre de discours, j'allais jouir avant même d'être en elle. Le sexe était mon domaine, et je devais reprendre le contrôle. M'agenouillant sur le lit entre ses cuisses écartées, j'ai ronronné :

— Je ne demande pas. Je vais jusqu'au bout, bébé.

Soulevant ses hanches du lit pour la positionner là où j'en avais besoin, je me suis enfoncé en elle d'un seul coup. J'ai retenu mon souffle jusqu'à ce que les feux d'artifice devant mes yeux se dissipent. Quand j'ai regardé son visage, sa bouche était béante de béatitude.

— Tes jambes autour de mon dos.

Elle a planté ses talons dans le bas de mon dos, et j'ai resserré ma prise. J'ai balancé mes hanches contre les siennes.

— Ça va comme ça ?

Elle a ouvert la bouche, mais aucun mot n'est sorti. Une première avec Mimi. Elle s'est léché les lèvres et a soufflé :

— Uh-huh.

Je me suis retiré et j'ai replongé, aussi profond que je le pouvais, frottant mon ventre contre son clitoris. Ses yeux ont papillonné, puis se sont fermés et elle s'est resserrée autour de moi. Mes yeux se sont révulsés de plaisir, la délicieuse compression autour de ma bite créant une tension en écho dans mes couilles. Le plaisir a déferlé le long de ma colonne vertébrale et s'est enroulé dans mon ventre. Putain ! Un jour, je prendrais mon temps avec Mimi.

Ce jour n'était pas aujourd'hui.

J'ai donné deux coups de reins supplémentaires jusqu'à être au bord du gouffre. J'ai posé mon pouce sur son clitoris et l'ai fait vibrer rapidement.

— Jouis avec moi, Mimi.

Elle a laissé échapper un son entre un cri et un sanglot avant que ses muscles ne me serrent. J'ai vu des étoiles quand mon orgasme a fusé à travers moi. Les jambes de Mimi tremblaient. Ou peut-être que c'était moi qui tremblais.

Toujours en elle, je l'ai poussée plus haut sur le lit jusqu'à ce qu'il y ait de la place pour mes genoux. Puis je me suis penché sur elle, en faisant attention à ne pas l'écraser, et je lui ai embrassé les lèvres, les joues, le front.

— Mi vida, ai-je murmuré.

— J'ai fait du latin au lycée, mais je connais ce mot grâce à la chanson de Ricky Martin. *Vida* veut dire vie. Tu es en train de dire que j'ai pris ta vie ? Que je t'ai tué ? La petite mort ?

Un rire embarrassé m'a échappé, soufflant les boucles humides de sa tempe.

— C'est un mot tendre. Ça veut dire… Non, j'étais allé trop loin pour reculer. — Ça veut dire que tu es ma vie.

Elle s'est redressée sur ses coudes, manquant de me cogner le nez.

— Quoi, genre, « jusqu'à ce que la mort nous sépare » ? Son expression horrifiée m'aurait fait rire si elle ne m'avait pas transpercé la poitrine et coupé le souffle.

J'ai rassemblé assez d'air pour dire :

— C'est juste une expression, tu sais ? Comme quand je t'ai appelée *bébé*, je ne voulais pas dire que tu étais un vrai nourrisson. Nerveux, je l'ai observée. Allait-elle gober ça ? Ou verrait-elle clair dans ma piètre excuse et me chasserait-elle comme elle l'avait fait avec tous les autres mecs depuis cet enfoiré de Byron ?

Elle a plissé les yeux.

— Gardons ça pour quand on sera devant Larissa.

— Attends une minute. Saisissant la base du préservatif autour de ma bite soudainement ratatinée, je me suis retiré d'elle et je me suis dirigé vers la salle de bain, le cœur battant dans ma poitrine. Après avoir jeté le préservatif et lavé mes mains tremblantes, j'ai enfilé mon jean et mon t-shirt. Mimi m'observait, toujours nue et en sueur sur le lit.

Finalement, je me suis assis sur le bord et j'ai joint mes mains pour qu'elle ne voie pas à quel point elles tremblaient. Mes poumons, ma gorge, étaient presque trop serrés pour parler. Contrôlant ma voix du mieux que je pouvais, j'ai dit :

— Ça fait partie de la ruse pour Larissa ? Coucher ensemble fait partie de notre rendez-vous au gala ? *C'est* ça, alors ?

— Non. Elle s'est assise et a posé une main sur mon bras. — Tout ce que je voulais dire, c'est que… que… Elle a posé sa tête sur mon épaule, et il a fallu toute ma force pour ne pas la toucher. — Ça m'a un peu fait peur. J'ai passé beaucoup de temps concentrée sur mon travail et sur mes objectifs. Me rapprocher de quelqu'un… elle a dégluti, — te désirer, avoir des sentiments pour toi, ça me fait peur.

Mon cœur a battu une fois, s'est arrêté, puis s'est emballé.

— Tu as des sentiments pour moi ?

Elle a relevé la tête et a croisé mon regard.

— Oui. Je tiens à toi.

Mon cœur a éclaté comme un ballon, répandant une pluie de confettis en moi. J'ai agrippé ses épaules et j'ai embrassé chaque partie de son magnifique visage.

— Mimi, je… je…

Je ne pouvais pas le dire, pas avec l'avertissement dans ses yeux bruns qui se refroidissaient. Mais je le sentais au plus profond de moi.

Je l'aimais.

23

MIMI

J'ÉTAIS DÉJÀ à moitié réveillée quand la sonnerie de l'interphone a retenti depuis l'autre pièce. C'était le premier samedi depuis un moment où je n'avais pas de réunion matinale pour le comité du gala ou, Dieu m'en garde, un mariage, et j'étais bien trop douillettement installée dans mon lit pour me lever, la couette remontée jusqu'au menton.

Et un homme chaud dans mon dos.

Le lit a bougé, et j'ai cligné des yeux. Mateo s'est redressé et a mieux bordé la couette autour de moi.

— Qu'est-ce que tu fais ?, ai-je demandé.

— Je vais ouvrir. — Il s'est levé, mais au lieu de ramasser son jean par terre, il a marché nu jusqu'à la porte de la chambre, ses cheveux non pas emmêlés et aplatis comme les miens, mais sexy et ébouriffés comme ceux d'un mannequin de GQ. Son érection matinale se balançait devant lui.

— Attends, pourquoi ?

— J'ai commandé du café et le petit-déjeuner. Je vais juste leur ouvrir.

Je me suis redressée. — La livraison coûte cher. J'ai du

café — je crois — et il y a une boulangerie à moins de six pâtés de maisons d'ici. Pourquoi...

— Parce que... — il est revenu de mon côté du lit et m'a embrassée, doucement et longuement, — comme ça, on pourra prendre le petit-déjeuner au lit. Nus.

Je lui ai saisi la main. — Prendre le petit-déjeuner... ou autre chose ? — J'ai frotté mes cuisses l'une contre l'autre pour contenir l'humidité qui s'y accumulait.

— Aha. Maintenant tu vois la sagesse de mon plan. Une bouchée de viennoiserie, une bouchée de Mimi. — Il m'a mordillé le lobe de l'oreille.

L'interphone a de nouveau sonné. — Tu sais, a-t-il murmuré, si tu vivais dans un immeuble plus récent, tu aurais une application pour ouvrir la porte, et je pourrais te grignoter tout de suite.

— Les immeubles neufs coûtent cher aussi. Tu te dépêches de revenir ? — Je me suis mordu la lèvre. Je pourrais m'habituer à ça. Petit-déjeuner au lit avec un homme qui aimait autant donner que j'aimais recevoir ? Annulez tous mes plans du week-end.

— Deux secondes. — Sa voix était un grondement grave.

J'ai regardé son cul nu et rebondi onduler alors qu'il disparaissait par la porte de la chambre.

J'ai levé la main pour lisser mes cheveux et j'ai trouvé l'élastique en soie que j'utilisais la nuit pour attacher mes boucles, tout emmêlé dans ma tignasse. Merde. Je devais ressembler à Méduse pendant que Mateo avait l'air d'un type dans une pub de luxe pour un parfum.

En le retirant d'un coup sec, j'ai passé mes doigts dans mes boucles pour mettre un peu d'ordre dans ce chaos. J'ai soufflé dans le creux de ma main. Devrais-je me brosser les dents ? L'idée de quitter le nid chaud et confortable de mon lit me faisait frissonner. Quoique, si je m'occupais de Mateo, ma mauvaise haleine serait le dernier de ses soucis.

Mon plan établi, j'étais en train de gonfler les oreillers quand Mateo est apparu dans l'embrasure de la porte, le visage pâle. Il serrait un de mes coussins gris sur son entrejambe et un autre derrière ses fesses nues.

— Ah, tu as une visiteuse.

— Une visiteuse ?

— Ta mère est là.

— Quoi ? — Mes joues se sont mises à picoter alors que le sang refluait de mon visage. — Maintenant ?

Il a refermé la porte derrière lui. — Oui. Désolé, je… — Il a désigné le milieu de son corps couvert d'un coussin, et j'ai grimacé en imaginant la scène. Ma mère, renonçant à ce que je lui ouvre, entrant comme dans un moulin avec la clé que j'avais clairement eu tort de lui donner et tombant sur un inconnu à poil.

— Elle a dit quelque chose ?

— Elle a demandé à te parler.

— Merde. — J'ai tiré mon cul du lit et j'ai mis une demi-minute à trouver des sous-vêtements, un legging et un sweat-shirt.

Plus lentement, Mateo a ramassé ses vêtements par terre. — Je vais juste…

— Reste ici. Pour l'instant. S'il te plaît. — J'ai déposé un baiser rassurant sur ses lèvres.

Qui savait ce que ma mère allait dire ? Je n'avais jamais eu la malchance qu'elle débarque en plein milieu de l'un de mes coups d'un soir. D'habitude, je les renvoyais chez eux bien avant l'aube.

J'ai franchi la porte et je l'ai doucement refermée derrière moi. Ma mère était assise sur le canapé, jambes croisées, vêtue d'un pantalon blanc d'hiver et d'un pull rayé marine et blanc. Elle avait drapé son manteau sur l'accoudoir du canapé comme si elle comptait rester un moment.

— Bonjour, Maman. Qu'est-ce que tu fais ici ?

Elle s'est levée et m'a embrassée sur la joue. — Quel genre d'accueil est-ce là pour ta mère alors que tu n'as pas répondu à mes textos ni à mes appels depuis une semaine ?

— Désolée. Je voulais le faire. Mais j'ai été tellement occupée par le travail et la fondation…

— Et par le bel homme nu ?

— Oui. Lui aussi. Pourquoi es-tu ici si tôt ?

— Je te l'ai dit. Je voulais m'assurer que tu n'étais pas morte par terre, ton corps dévoré par les rats. Mais je vois que quelqu'un de bien plus agréable s'est occupé de…

— Maman !

— Cette lueur que tu as après le sexe est absolument obscène. — Son sourire s'est élargi. — Je suis si heureuse pour toi.

— Maman !

— Quoi ? Je déteste penser que tu es toute seule dans cet appartement. Je suis contente que tu profites de ta liberté sexuelle. — Elle a eu un hoquet de surprise. — C'est ton *nouvel homme, celui qui n'est pas sérieux* ?

Mon estomac s'est retourné, et pas de la manière joyeuse dont il le faisait quand Mateo m'embrassait. — Si ça ne te dérange pas, je préférerais ne pas discuter de ma liberté sexuelle avec toi.

Elle a haussé les épaules. — Comme tu voudras. J'étais un peu distraite par sa grosse bite, mais je crois me souvenir que tu as dit qu'il était un parent de Cooper ?

J'ai couvert mes joues brûlantes. — Et si je te le présentais ?

— Ce serait adorable. Dis-lui qu'il n'est pas obligé de s'habiller pour moi.

— C'est dégoûtant, Maman.

Je suis retournée dans la chambre, où Mateo était perché, entièrement vêtu, sur le couvre-lit. Il avait fait le lit et ramassé les vêtements que j'avais jetés par terre. Il tripotait la bague à son doigt.

Il a cherché ma main. — Je suis désolé, mi tesoro.

J'ai serré sa main. — Ce n'est rien. Viens rencontrer ma mère.

Il a hoché la tête comme si je lui avais demandé de se tenir devant un peloton d'exécution.

Il m'a suivie de la chambre au canapé. Maman est restée assise, le scrutant de la tête aux pieds.

— Maman, voici Mateo Rivera. Tu te souviens, j'ai mentionné qu'on se voyait ? C'est le cousin de Cooper.

Elle a tendu la main, et j'ai cru un instant qu'il allait se pencher dessus pour la lui baiser comme un prince dans un film, mais il s'est contenté de la lui serrer.

— Mateo, voici ma mère, Jeannie Levy.

— Désolé pour tout à l'heure, a-t-il dit en relâchant sa main. D'habitude, j'essaie de faire une meilleure première impression à la mère de ma petite amie.

Elles m'ont toutes les deux dévisagée quand j'ai eu un hoquet de surprise. *Petite amie ?* Non. On n'en était *tellement* pas là. Bien sûr, j'avais enfreint ma règle du « pas deux fois » pour lui, et j'avais même admis que j'avais des sentiments pour lui, mais *petite amie ?* Je n'étais pas prête pour ça. Pas avec lui. Avec personne.

— On n'est pas obligés de faire semblant pour ma mère. — Je lui ferais jurer de ne jamais révéler la vérité devant Ben ou Cooper. Et ma mère avocate ne comprenait peut-être rien aux limites personnelles, mais elle s'y connaissait en matière de confidentialité.

— Faire semblant ? — Ses sourcils se sont froncés.

L'interphone a sonné, et Maman s'est levée. — Je vais juste aller voir qui est en bas. Je vous laisse une minute, les enfants.

Elle a refermé la porte de l'appartement derrière elle.

— Mimi, je… qu'est-ce qui ne va pas ? — Il a pris mes deux mains doucement, comme il le faisait quand nous dansions. Il a frotté des cercles sur leurs dos avec ses pouces.

— Rien ne va pas. C'est juste que… je ne m'attendais pas à ce que tu rencontres mes parents. Je n'étais pas prête à donner une version officielle.

— Une version officielle ? — Il a souri, révélant une seule fossette. — Ça a l'air plus compliqué que ça ne l'est. On sort ensemble. On couche ensemble. Je ne vois personne d'autre. Donc tu es ma petite amie.

— Ça *a l'air* simple. Mais…

— Pas de mais. Éteins ce grand cerveau qui est le tien une minute et laisse-toi porter. C'est bien, non ? — Il m'a tirée plus près de lui et a placé nos mains jointes derrière son dos pour que je l'enlace. Non, c'était plutôt comme si je me drapais sur lui. Comme du beurre sur du maïs chaud.

— O-oui.

— C'est simple, entre toi et moi. Tu me plais. Beaucoup. — Il a déposé sur mes lèvres un baiser, léger et doux. — Et je te plais. — Il a haussé les sourcils.

Je n'ai hésité qu'un instant. Je l'avais déjà admis. À lui et à moi-même. J'ai hoché la tête.

Ses épaules se sont abaissées. — Bien. Alors plus de faux-semblants. Tu es ma petite amie. Et je suis ton homme.

Avant que je puisse répondre, Maman a ouvert la porte et est entrée avec deux cafés à emporter et un sac de viennoiseries. — Le petit-déjeuner est là.

— Ah. — Il m'a embrassée sur la joue avant de lâcher mes mains. Il a pris la nourriture et les boissons des mains de ma mère. — Je vais transformer un petit-déjeuner pour deux en petit-déjeuner pour trois pendant que vous vous détendez, mesdames.

Maman a arqué les sourcils et s'est réinstallée sur mon canapé. Elle a regardé Mateo entrer dans ma cuisine, puis a tapoté le coussin à côté d'elle.

Je m'y suis laissée tomber.

— Alors ?, a-t-elle demandé.

— Alors ?

— Parle-moi de ton *petit ami.*

— N'utilisons pas ce terme. Comme je te l'ai dit, c'est récent. — Récent de quelques minutes.

— Et ?

— C'est bien ? Je suppose ? On va au gala ensemble. Il m'apprend à danser.

— C'est comme ça qu'on appelle ça maintenant ?

— Maman ! — J'ai jeté un coup d'œil vers la cuisine. Ma cafetière sifflait. Entendait-il cette conversation humiliante ?

— Il me plaît. Et pas seulement parce qu'il a une énorme bite à faire des bébés. Je suppose que c'est trop espérer qu'il soit juif ?

— Maman ! Non ! Ce n'est pas comme ça. On ne va pas faire

de bébés ensemble. D'ailleurs, tu me dis toujours de me concentrer sur ma carrière. Pas sur les hommes.

— D'où vont venir mes petits-enfants ? Ben m'a donné un petit-chien. Je ne peux pas emmener un petit-chien au zoo. Il n'y aura ni bris, ni bar-mitsvah pour Coco. Je compte sur toi, Mimi.

— Mais et ma carrière ? Et le fait de devoir faire mes preuves ? Et l'intelligence, l'ambition et la confiance en soi ? — Quand ma mère avait-elle attrapé la fièvre des petits-enfants ?

— Avec le bon partenaire, tu peux tout faire. Prends ton père et moi, par exemple. J'ai la carrière que j'ai parce qu'il m'a aidée. Il passait du temps avec vous, les enfants, pendant que je faisais des heures au bureau. J'ai peut-être mis du temps à le réaliser, mais voir Ben être le soutien de Cooper me l'a rappelé. Je pense que Mateo pourrait être comme ça pour toi.

Comme pour prouver ses dires, il est sorti de la cuisine avec une assiette et une tasse de café. Il a posé l'assiette sur ma table basse.

Il a tendu la tasse à Maman. — Vous prenez du lait ? De l'aspartame ? Mimi n'a plus de sucre ni de crème.

S'il avait reniflé le lait, il aurait probablement signalé que je n'en avais plus non plus.

— Non, noir c'est parfait. Merci.

— Je le fais fort, alors dites-moi si vous changez d'avis. — Il est retourné à la cuisine.

Est-ce que Mateo voulait jouer le second rôle pour mon premier rôle ? Non, ce n'était pas comme ça que ça marchait. Ben avait sa propre vie, distincte de celle de Cooper. Il avait sa propre carrière avec sa nouvelle fondation. Même mon père avait son entreprise de soutien scolaire.

Mateo voulait quelque chose. Peut-être que toute l'aide qu'il m'avait apportée signifiait que c'était en lien avec le gala ou la fondation. Peut-être qu'il voulait un poste là-bas, et qu'il comptait sur moi pour le lui donner une fois que je serais devenue la directrice adjointe. Et ça me convenait, tant que ce n'était pas mon poste qu'il convoitait.

C'était logique. C'était comme ça que le monde fonctionnait. Être la petite amie de Mateo n'était pas si différent de mes coups d'un soir. Nous nous donnions du plaisir et apprécions la compagnie de l'autre. C'était simple, transactionnel, réciproque. Bien sûr, je tenais à lui, mais je n'avais pas besoin d'impliquer davantage mes sentiments, pas — pas cet *amour* que j'avais cru éprouver pour Byron.

L'amour me rendait vulnérable, brouillait ma vision. L'amour m'avait déjà fait perdre une promotion. Je ne pouvais pas laisser ça se reproduire. Pas alors qu'il y avait encore une chance que mes objectifs soient à ma portée.

Mon professeur d'économie à l'université disait qu'un investissement à faible risque et à haut rendement, ça n'existait pas. Venais-je de le trouver en Mateo ?

Il est revenu de la cuisine avec deux autres tasses, trois petites assiettes et des fourchettes. Il les a posées sur la table basse et s'est assis dans le fauteuil le plus proche de moi. — Maintenant, festoyons.

Il avait coupé chaque viennoiserie en trois morceaux, et il avait fait une omelette, également coupée en trois.

— Merci, Mateo, a dit Maman. Vous n'étiez pas obligé de faire ça.

— C'est un plaisir. — Et il nous a gratifiées toutes les deux de la combinaison fatale : rougissement et fossettes.

Maman n'a pas dit un mot de plus. J'espérais qu'elle ne pâmait pas de la même façon que moi.

En mangeant le petit-déjeuner qu'il avait fait apparaître dans ma cuisine vide en moins de dix minutes, j'étais sûre à soixante-six pour cent qu'elle avait raison. Que Mateo était exactement l'homme dont j'avais besoin.

———

TÔT LUNDI MATIN, Mateo a garé sa Jeep d'une seule main dans

la zone de stationnement interdit devant l'immeuble Synergy. Son autre main tenait la mienne.

Il avait eu ses mains partout sur moi, il n'avait presque pas cessé de me toucher, de tout le week-end. Enfin, depuis que j'avais mis maman à la porte samedi en fin de matinée. On était allés chez lui, et j'étais restée avec lui samedi soir. Bien que son lit fût beaucoup plus spacieux que le mien, qui ne semblait pas assez grand pour sa carcasse de géant, il dormait blotti derrière moi, sa grande main calée entre mes seins comme s'ils lui appartenaient. Dimanche soir, de retour chez moi, je n'étais pas sûre qu'on ait beaucoup dormi. Je pouvais voir le fond de mon bol de préservatifs.

Si laisser Mateo m'appeler sa petite amie signifiait du sexe fabuleux plusieurs fois par jour, j'en voyais clairement les avantages. Son *Tu es ma petite amie et je suis ton homme* grogné aurait fait frétiller les orteils de Gloria Steinem elle-même. J'étais à cent pour cent partante pour prendre le train du sexe avec Mateo.

Même la petite voix agaçante — un écho de celle de ma mère — s'était tue. La voix qui me disait que je devais mériter l'affection et le respect. Que ce que Mateo m'offrait n'était pas réel, qu'il ne pouvait pas vraiment tenir à moi, et que j'étais une idiote de le laisser me détourner de mes objectifs. J'avais rangé cette voix agaçante dans une boîte au plus profond de moi.

Le sexe n'était pas la seule chose fantastique de mon week-end avec Mateo. Samedi après-midi, quand je lui ai dit que je devais descendre à la cave de mon immeuble pour faire la lessive, il m'avait emmenée chez lui pour la faire avec les machines de la maison d'amis. Il a dit qu'il voulait prendre des nouvelles de Roger, mais Ben l'aurait fait. Quand les médicaments contre les allergies que j'avais pris par précaution m'ont rendue si somnolente que je me suis endormie sur son canapé, Mateo avait plié mon linge avec beaucoup plus de soin que je ne l'aurais fait.

Sa voix m'a tirée de ma rêverie sur des t-shirts impeccablement pliés. — Pourquoi tes réunions sont-elles toujours si tôt ?

— C'est de ma faute, principalement. Je travaille pendant la journée, donc on doit se voir en dehors des heures de bureau. Natalie a parfois des engagements le soir, alors on se réunit avant le travail.

Il a hoché la tête. — Et pourquoi vous vous réunissez chez Synergy ?

— Pour plusieurs raisons. La fondation n'a pas encore de locaux physiques…

— Tu veux dire que Larissa n'a pas bougé son cul pour en choisir un.

— Ce n'est pas tout à fait juste. Elle fait économiser de l'argent à la fondation sur le loyer.

— Ça, c'est bien ma Mimi. Toujours aussi économe.

— Économe, c'est une façon polie de le dire. Ben dit que je suis plus radine que le vin de chez Carrefour.

— Il n'y a rien de radin chez toi, mi tesoro. — Il s'est penché par-dessus la console pour déposer un baiser sur mes lèvres.

J'ai frissonné et je l'ai embrassé en retour. Je pourrais vraiment m'habituer à ce truc de petit ami.

Comme s'il lisait cette pensée sur mon visage, il a souri. Mais il a dit : — Et l'autre truc ?

— Quel autre truc ?

— L'autre raison pour laquelle vous vous réunissez ici, chez Synergy.

— Oh. Les bagels gratuits.

— Là, tu m'as convaincu. Je vais t'accompagner à l'intérieur comme un bon petit ami et piquer un bagel.

— En fait… ça te dérangerait de ne pas entrer ? — J'ai grimacé en le disant, anticipant l'expression blessée sur son visage. Je me suis empressée d'ajouter : — Tu as beaucoup aidé pour le gala, et j'apprécie vraiment. On apprécie tous. Et si tu veux un poste à la fondation, je serai heureuse de t'aider une fois que j'aurai décroché ce job. Mais j'ai besoin que Larissa voie mon travail maintenant. Et tu es un peu… une distraction.

— Ah. — Il s'est reculé, et son expression s'est éclaircie. — Larissa est comme une pie, attirée par les choses nouvelles et brillantes. Elle n'apprécie pas le trésor qui est déjà dans son nid.

Je voulais lui dire d'arrêter de parler de moi comme d'un trésor. Les femmes adultes et accomplies n'ont pas de frissons quand un homme les désigne comme quelque chose à amasser.

Mais j'adorais ça.

— Merci de comprendre.

— Bien sûr. Reste là, cariño. Je vais prendre ton sac et t'ouvrir la porte.

Il s'est glissé hors du siège conducteur, et je l'ai fait. J'ai attendu qu'il m'ouvre ma portière. Comme une sorte de princesse ou une célébrité sur le tapis rouge. Qui étais-je, et où était passée la Mimi indépendante et anti-patriarcat ?

Peut-être qu'elle était dans la boîte avec cette voix agaçante.

Il a ouvert ma portière en grand, mon sac d'ordinateur en bandoulière. Il a serré ma main pendant que je cherchais le marchepied du bout des pieds et que je sautais sur le trottoir.

Mateo ne s'est pas contenté de me tendre mon sac. Non, il m'a stabilisée quand j'ai posé le pied sur le trottoir. Il a rapproché les pans de mon manteau et s'est penché pour m'embrasser sur la joue.

— Je peux te voir ce soir ?, a-t-il murmuré à mon oreille.

— Je… D'accord. Tu ne travailles pas ?

— Je suis de jour cette semaine. Je finis à dix-neuf heures. Je peux t'apporter à dîner ?

— Ou je pourrais te retrouver chez toi ? — Le lit géant de Mateo était bien plus confortable pour nous deux.

Il a sorti son téléphone de sa poche et a tapoté l'écran. Une seconde plus tard, mon téléphone a vibré dans mon sac à main. — Pourquoi n'irais-tu pas là-bas directement après le travail ?

J'ai vérifié mon téléphone. — C'est le code de ta porte ?

— Je t'ai vue lorgner la baignoire. Prends un bain en m'attendant.

Il se peut que j'aie fantasmé sur la baignoire géante, surtout avec cette nouvelle douleur entre mes jambes. J'achèterais des sels de bain en chemin. Me hissant sur la pointe des pieds, je l'ai embrassé. — Ça me plairait.

— D'abord sur le terrain de golf et maintenant devant ton lieu de travail ? Vraiment, Miriam. — Une voix glaciale a figé le sang dans mes veines.

J'ai affiché un sourire neutre sur mes lèvres et je me suis retournée. — Bonjour, Larissa.

— Bonjour, Miriam. Mateo.

Je n'ai pas manqué de noter la douceur soyeuse dans sa voix lorsqu'elle a prononcé son nom.

Mateo ne l'a pas manqué non plus, apparemment. Ses bras se sont enroulés autour de moi, me plaquant fermement contre son corps. — Bonjour, Larissa. Comment s'est passé votre week-end ?

— Bien. Chargé. Vous savez, avec toute la planification du gala.

Ma gorge s'est serrée. — Attendez. Je pensais qu'on avait tout arrangé. Vous n'aviez pas besoin de mon aide ?

— Non, non. — Elle m'a écartée d'un geste de sa main gantée de cuir. — Je m'en suis occupée. J'ai seulement besoin que vous fassiez les remboursements.

— Mais j'aurais été heureuse d'aider, ai-je dit.

— J'ai bien essayé de vous appeler samedi après-midi, mais vous n'avez pas répondu à votre téléphone.

Maudite sieste. J'avais baissé ma garde une seconde, et soudain, Larissa n'avait plus besoin de moi. Mon visage brûlait, mais j'ai essayé de garder une voix légère. — D'accord, je vous prendrai les reçus à l'intérieur.

— Mateo, la voix de Larissa était mielleuse. Avez-vous le temps de vous joindre à nous ? Votre avis sur les décorations me serait utile.

Il a serré mes épaules. — Désolé, je suis en route pour le travail.

— Dommage. Votre perspective nous serait vraiment utile.

— Mimi a une bonne perspective. Je suis sûr qu'elle peut aider.

La lèvre de Larissa s'est retroussée. — Miriam est douée avec les chiffres. Pas l'esthétique. Et si je lui envoyais les choix par e-mail, et qu'elle pouvait vous les montrer plus tard ?

— Je suppose qu'on peut les regarder ensemble ? — Il a cherché la réponse sur mon visage.

Je me suis dégagée de l'emprise de Mateo. C'était une chose qu'il m'aide. C'en était une autre que Larissa compte sur lui au lieu de moi. Un autre indice que je n'étais pas sa candidate favorite pour le poste de directrice adjointe.

Larissa l'a confirmé avec ses mots suivants. — Si seulement vous aviez de l'expérience en comptabilité, vous seriez parfait, Mateo. Et si je vous envoyais les options par SMS ? Ensuite, je vous appellerai ce soir et nous pourrons en discuter ?

Elle avait son numéro ? J'ai aspiré de l'air froid par les narines. C'est quoi, ce bordel ? Elle avait besoin de son aide et pas de la mienne, *et* il lui avait parlé dans mon dos ? C'était Byron bis. La douleur aiguë dans ma poitrine était le signal que j'avais fait la même erreur qu'avec lui. Mateo était une distraction, et mon rêve d'un poste rémunéré à la fondation était en train d'imploser ici même, sur le trottoir devant mon lieu de travail. Malgré ce que je m'étais promis, j'avais développé des sentiments en plus du sexe génial.

Cette voix a jailli de sa boîte. *Qu'est-ce que les sentiments t'ont jamais apporté ? Fais confiance à ton intelligence, à ton ambition et à ta confiance en toi.*

J'ai frotté mes mains glacées l'une contre l'autre comme si je pouvais en chasser ces sentiments. Je me suis concentrée sur elles et non sur le visage de Mateo. — Tu sais quoi ? Je ne pense pas que je pourrai ce soir. J'ai beaucoup de choses à rattraper du week-end.

— Mais…

— Je vous retrouve à l'intérieur, Larissa. — J'ai tendu la main pour mon sac, et après une brève hésitation, il me l'a donné.

— Salut, Mateo.

— Mimi, attends.

J'ai agité la main en l'air par-dessus mon épaule dans un geste d'adieu et j'ai marché d'un pas décidé vers l'entrée de l'immeuble. J'avais du travail à faire. Des objectifs à atteindre. Et je ne laisserais pas Mateo ou ses mots doux, ses muscles, ses talents d'amant exceptionnel ou sa cuisine cinq étoiles se mettre en travers de mon chemin.

Byron m'avait ridiculisée une fois. Je n'allais pas laisser ça se reproduire.

24

MIMI

J'ÉTAIS seule dans mon appartement ce soir-là, en train de finaliser le budget du gala, quand l'écran de mon ordinateur portable est devenu noir d'un coup. Ma main a automatiquement cherché le câble pour le remuer, mais il n'était pas là. Et dans un éclair de frustration, j'ai réalisé où je l'avais laissé.

Chez Mateo.

J'étais en train de travailler sur mes feuilles de calcul pour la fondation sur son canapé, tard le samedi après-midi après ma sieste, quand il m'a embrassée dans le cou. Un baiser innocent au début, mais ensuite ses baisers ont descendu le long de mon épaule, et la journée de travail s'est terminée là.

Il a juste vérifié que j'avais sauvegardé mon travail avant de refermer l'écran, de débrancher le câble qui traversait le canapé, puis de m'allonger pour m'offrir le meilleur cunnilingus de ma vie.

Le deuxième meilleur cunnilingus ? Mateo aussi. Et le troisième. Il était triplement médaillé d'or sur le podium olympique du cunnilingus.

Il fallait que je l'immortalise comme ça. Comme Han Solo dans la carbonite, cryogénisé la tête entre mes cuisses.

Nous ne pouvions pas continuer. Pas alors que Larissa pensait que nous étions en couple et qu'elle pouvait réquisitionner Mateo pour du travail gratuit quand elle le voulait. Alors qu'en réalité, c'était lui qu'elle voulait, et pas moi.

J'avais été ridicule ce matin de penser que Mateo agissait dans mon dos pour me voler le poste de directrice adjointe. Il n'était pas comme Byron. Il ne voulait pas du poste, et peu importe à quel point Larissa l'appréciait, il n'était pas qualifié. Jackson ne l'approuverait jamais.

Mais serais-je encore en lice pour le poste sans l'aide de Mateo ?

Probablement pas. Et cela me donnait des picotements sur la peau, bien différents de ceux que provoquait le cunnilingus de Mateo.

Des picotements qui me rappelaient ce que j'avais ressenti quand les grands patrons m'avaient annoncé qu'ils avaient donné la promotion à Byron.

Je fixais mon reflet sur l'écran éteint de mon ordinateur. Je voulais ce poste à la fondation plus que tout. Mais je n'agissais pas en conséquence. J'avais laissé mes performances décliner. Maintenant, du moins aux yeux de Larissa, la meilleure chose à mon sujet était que j'étais vendue en lot avec Mateo. D'une certaine manière, ma mère avait raison sur les avantages d'avoir quelqu'un pour aider.

Mais je ne voulais pas de ça. Je voulais briller par moi-même. Pas dans la lumière que Mateo réfléchissait.

Et il n'y avait qu'une seule façon de le faire, de prouver que je méritais ce poste pour mes propres compétences.

Je devais y mettre fin. À la vraie relation et à la fausse.

Un poids s'est abattu sur ma poitrine. Il serait blessé. Et merde, moi aussi. Mes sentiments naissants protestaient déjà à la pensée de ce que j'allais faire.

Peut-être qu'on pourrait rester amis. Mais après ce qu'on avait fait ensemble, comment est-ce que ça pourrait marcher ?

Dans mon reflet sur l'écran sombre, la moue têtue de mes lèvres me disait que ça ne marcherait pas. Chaque fois que je le verrais, je me souviendrais à quel point il avait été gentil, doux. À quel point je m'étais sentie belle grâce à lui.

J'ai sorti mon téléphone de sa veille et j'ai affiché la photo. Celle qu'il avait prise de moi dans la robe à sequins roses. Une de ses énormes mains tenait mon téléphone pour nous immortaliser dans le miroir, et l'autre était posée avec révérence sur mes côtes.

Mon pouce a survolé l'icône de suppression. Je devrais vraiment m'en débarrasser. La jeter, en même temps que ces sentiments irritants.

Au lieu de ça, j'ai quitté l'application photo. Un jour, je serais assez forte pour l'utiliser comme un rappel de la façon dont je m'étais laissée égarer par mes émotions.

Un jour, dans un futur lointain. Genre, quand je serais vieille et chenue et que je conduirais une voiture volante.

Pour l'instant, Mateo et moi allions redevenir des connaissances, coincés dans le cercle social de Ben et Cooper, toujours un peu trop sur nos gardes l'un avec l'autre.

J'ai refermé mon ordinateur d'un coup sec pour ne pas avoir à voir mes lèvres se tordre à cette idée.

J'ai pris mon téléphone. Je pourrais appeler Ben et lui demander de m'apporter mon chargeur. Mais c'était la solution de facilité, et je n'étais pas une lâche. J'allais prendre sur moi, récupérer mon câble, et rompre.

Me levant du canapé, j'ai troqué mon pantalon de détente pour un jean et j'ai remis à contrecœur mon soutien-gorge. Je me suis glissée dans un col roulé noir. Fini les baisers distrayants dans le cou.

Les sequins roses m'ont fait un clin d'œil depuis mon armoire. Je devais aussi rembourser Mateo pour la robe. Il avait refusé mon argent pendant le week-end, mais comme nous n'allions plus sortir ensemble, je ne pouvais pas laisser passer ça. J'utiliserais une application de paiement pour le rembourser. Comme ça, il ne pourrait pas refuser.

J'ai tapoté le dessous de mes yeux avec le bout de mes doigts froids pour arrêter les picotements. Ce ne serait pas une bonne idée d'arriver avec les yeux rouges et le nez qui coule. Il me réconforterait, et adieu ma résolution. Reniflant, je me suis concentrée sur ce que je devais faire. Récupérer mon chargeur chez Mateo. Le rembourser pour la robe. Rompre avec lui. Si je voyais ça comme trois points sur une liste, ce n'était pas si terrible.

J'ai enfilé une veste et j'ai attrapé mon sac à main et ma carte de bus. J'ai envisagé de prendre un VTC, mais j'avais besoin du processus de marcher jusqu'à l'arrêt, de présenter ma carte. J'avais besoin du siège en plastique dur, des lumières vives de l'intérieur, des regards suspicieux des autres passagers pour ne pas me dissoudre en une flaque d'émotions.

J'ai marché d'un pas rapide jusqu'à mon arrêt, les épaules rentrées contre le froid. Les émotions. C'était la dernière chose dont j'avais besoin. Concentration. Détermination. Une détermination sans faille m'apporterait ce que je voulais plus que tout.

C'est-à-dire le poste de directrice adjointe.

Et pour l'obtenir, j'avais besoin de mon chargeur et d'un agenda social vide.

Le temps que je gravisse péniblement la colline menant au manoir de Cooper, j'avais réussi à enfermer mes maudites émotions et à les fourrer dans un coin sombre et profond de mon cœur. L'air glacial a gelé les larmes dans leurs canaux lacrymaux, là où elles devaient rester.

J'ai descendu l'allée vivement éclairée et j'ai traversé les pavés jusqu'à la dépendance. J'ai frappé à sa porte. Il était bien plus de dix-neuf heures, il devait donc être rentré. Je n'ai pas accordé la moindre pensée à sa proposition de l'attendre dans son jacuzzi de luxe.

D'accord, j'y ai accordé une pensée nostalgique alors que le froid me picotait les joues.

Quand Mateo a ouvert la porte, une odeur alléchante de

viande, de pommes de terre et d'épices s'est échappée. Elle s'est enroulée dans mes narines et m'a invitée à entrer.

Respirant par la bouche pour résister à l'arôme délicieux, j'ai dit à son torse :

— Salut. Je peux entrer ? J'ai oublié mon chargeur ici ce week-end.

C'est seulement à ce moment-là que j'ai levé les yeux du centre de son t-shirt vers son visage, qui m'a accueillie avec un grand sourire.

— Je t'en prie, a-t-il dit. Et reste dîner. J'ai fait assez pour deux.

— Non, merci.

J'ai avalé la salive qui s'était accumulée quand il avait dit « dîner ». J'avais été trop absorbée par mes feuilles de calcul après le travail pour penser à manger.

— Juste le chargeur.

Quand il s'est écarté, je me suis glissée à côté de lui, en essayant de ne pas inspirer son odeur, de ne pas frôler son torse chaud et dur.

J'ai cherché mon chargeur, mais je ne l'ai pas vu branché dans la prise où je me souvenais l'avoir laissé.

— Ah, j'ai dû le ramasser. Roger l'a trouvé.

Il s'est dirigé vers la bibliothèque intégrée et a pris le câble enroulé sur une étagère haute. Il me l'a tendu, et bien sûr, il y avait de minuscules marques de dents de chaton sur le plastique du câble.

J'ai passé mes doigts sur les empreintes.

— On dirait qu'il n'a pas réussi à le mâchouiller.

— Non.

Il a ri en passant la main dans ses cheveux, et j'ai essayé de ne pas rester bouche bée devant ses triceps.

— J'étais content de ne pas rentrer à la maison et de trouver un chaton grillé. Il a dû trouver autre chose pour jouer. Il a compris comment ouvrir les tiroirs, tu sais.

— Dans quoi est-ce qu'il a fourré son nez ?

J'ai fourré le chargeur dans mon sac.

— Le tiroir à chaussettes. Je les plie en boules, et, eh bien, ma chambre ressemblait à un terrain de baseball après une séance de frappe.

Je n'ai pas pu m'en empêcher. J'ai ri.

— Roger, ai-je appelé. Viens ici, vilain chaton.

Son grelot a tinté, et il est arrivé en courant du couloir des chambres. Se tenant sur ses pattes arrière, il a planté ses griffes avant dans mon jean. J'ai coincé mon sac sous mon bras, je l'ai ramassé et je l'ai bercé dans mes bras. J'ai frotté un doigt contre sa joue, et il a ronronné. Mais quand je me suis souvenue que je devais lui dire au revoir, la chaleur dans ma poitrine s'est refroidie.

— Tes allergies, a dit Mateo. Tu as pris ton médicament ?

— Non.

À contrecœur, j'ai posé Roger par terre.

— Je ne reste pas longtemps.

Ses lèvres charnues se sont affaissées.

— Ah non ?

— Non. Ça… ça…

J'ai serré mon sac contre mon flanc. J'avais coché un point sur ma liste ; il était temps de passer au suivant.

— Ça ne va pas marcher. Toi et moi.

Sa poitrine s'est soulevée puis s'est affaissée, arrondissant ses épaules.

— Je sais.

— Tu sais ?

Peut-être que ce ne serait pas aussi difficile que je le pensais. Peut-être qu'il pensait aussi que nous n'étions pas faits l'un pour l'autre. J'ai ignoré le pincement aigu derrière mon sternum.

— Je l'ai toujours su.

Mais il n'a pas croisé mon regard en se penchant pour ramasser Roger et le blottir contre sa poitrine.

Le dos tourné, il a enroulé ses épaules autour du chaton et a baissé la tête. Et tout à coup, il est devenu un petit garçon, abandonné par sa mère. Un jeune homme, seul au chevet de son père à l'hôpital. Et maintenant, c'était moi qui l'abandonnais.

— Mateo, je…

J'ai touché son dos, et quand il a tressailli, j'ai retiré ma main d'un coup sec.

Une détermination sans faille. C'est avec ça que j'étais venue ici. Mais la courbe de son dos l'a fait fondre.

Quelque chose dépassait de sous la manche de son t-shirt. Un pansement ? S'était-il blessé ? Sans le toucher, j'ai relevé sa manche. Un patch carré était collé sur la peau de l'intérieur de son bras, plus clair que son bronzage.

- Un patch à la nicotine ? Tu arrêtes ?

Ses épaules se sont légèrement affaissées.

— J'essaie. Pour de vrai cette fois.

J'ai dégluti.

— Pour moi ?

— Non.

Il s'est tourné pour me faire face.

— Pour moi. Pour ma santé. Mais aussi… aussi pour toi.

Un coin de sa bouche s'est relevé en un triste demi-sourire.

Il arrêtait de fumer, quelque chose qu'il faisait depuis des années, quelque chose qui le reliait à son père, juste parce que je détestais ça. Personne n'avait jamais fait un tel changement dans sa vie pour moi. Les mots se sont asséchés dans ma gorge. J'ai rabattu sa manche et j'ai laissé le bout de mes doigts s'attarder un instant sur le patch lisse.

Il n'avait fait qu'essayer de m'aider. Depuis le soir au bar, où il avait sauvé mes fesses ivres de prédateurs sexuels potentiels, jusqu'à la réunion de la fondation, où il avait amadoué Larissa, en passant par les repas qu'il essayait toujours de me faire manger, il avait toujours œuvré pour moi. Jamais contre moi. Pas comme Byron. Ce n'était pas sa faute si Larissa essayait de profiter de la façon évidente dont il tenait à moi.

J'ai fait glisser ma main sur son pectoral dur et je l'ai posée sur son sternum, là où battait son cœur bienveillant. Roger a niché sa petite tête contre le côté de ma main, luttant pour se rapprocher de ce symbole vibrant de la douce bonté de Mateo.

— Je suis désolée, ai-je dit. Tu me pardonnes ?

— Bien sûr. Même s'il n'y a rien à pardonner. Je com…

— Non.

Je me suis rapprochée jusqu'à ce que nos orteils se touchent.

— Pour ce que j'ai dit. Je ne le pensais pas. Pas vraiment.

— Tu…

Ses sourcils se sont froncés brutalement.

— Tu ne veux pas rompre ?

— Non.

Merde, j'avais brisé son cœur fragile. Je ne méritais pas son pardon.

— À moins que tu ne veuilles, toi.

Il a fait taire mes mots avec un baiser, dur et exigeant. Je me suis ouverte et je l'ai laissé entrer. Je l'ai laissé faire ce qu'il voulait. Je pouvais bien lui accorder ça après mes paroles cruelles de ce matin et de tout à l'heure.

Roger s'est ressaisi et a sauté au sol avec un miaulement agacé. Ses mains libres, Mateo a enroulé ses bras autour de moi et m'a pressée contre sa poitrine. Son cœur battait frénétiquement, bien différent du rythme lent et facile sur lequel je m'étais endormie la nuit dernière.

— J'ai cru que je t'avais perdue.

— Je suis désolée, ai-je marmonné dans le coton doux qui s'étirait sur son cœur affolé. Je suis désolée.

— La nourriture en premier, ou… ?

— Ou.

J'ai fait glisser mes ongles le long de son dos comme il aimait.

— Définitivement ou.

— La chambre.

Il m'a pris la main et m'y a conduite. En chemin, j'ai jeté mon sac à main sur le canapé.

Dans la chambre, quelque chose bourdonnait comme s'il avait laissé la ventilation de la salle de bains en marche. Mateo n'a même pas jeté un regard dans cette direction, toute son attention était sur moi. Il a reculé jusqu'à ce que l'arrière de ses genoux heurte le lit, puis il m'a tirée à lui.

— Miriam, a-t-il soufflé à mon oreille en tirant mon col roulé par-dessus ma tête.

Après une brève lutte haletante, j'en ai été libérée. Il l'a jeté par terre, où il a atterri à côté de quelque chose de bleu vif qui a cliqueté contre le sol.

Avant qu'il ne descende sur mon cou, j'ai plissé les yeux.

— Qu'est-ce que c'est que ça ?

Il a empaumé mes seins par-dessus mon soutien-gorge.

— Quoi ?

— Ça. Par terre.

C'était en plastique ou en silicone, moins de trente centimètres de long et quelques centimètres de diamètre. Une extrémité était effilée et l'autre s'évasait largement. Ça ressemblait presque à un…

Il a eu un hoquet et s'est jeté dessus.

— Rien.

Il l'a enfoui dans le tiroir ouvert de la table de nuit et l'a refermé d'un coup sec.

— Tu es sûr ?

Un rire a bouillonné dans ma poitrine.

— Parce que ça ressemblait drôlement à un…

— Roger a dû penser que c'était un jouet. Je veux dire, un de ses jouets. Et… et… il l'a allumé.

Il a replongé la main dans le tiroir, et le bourdonnement a cessé.

Il ne m'a pas touchée. Il était devenu froid et raide.

— Tu sais que mon frère est gay, n'est-ce pas ? Non pas que ta sexualité ait besoin de mon approbation. Mais pourquoi ne m'as-tu pas parlé de tes jouets ? J'aurais pu…

Même s'il avait cessé de se manifester, le godemiché dans le tiroir a attiré mon attention.

— Non, non, je n'aurais pas…

— Tu n'aurais pas quoi ?

J'ai mis les mains sur mes hanches.

— Tu n'aurais pas voulu demander ce que tu veux ?

— Non, je...

— Mateo.

J'ai passé la main derrière lui et j'ai sorti le godemiché. Il était lourd dans ma main, mais j'aimais la façon dont la base incurvée se nichait dans ma paume.

— Déshabille-toi.

Ses yeux se sont écarquillés, et il s'est léché les lèvres. Puis, lentement, il a passé les mains derrière son cou et a retiré son t-shirt. Il l'a laissé tomber par terre à côté du mien. Puis il a marqué une pause.

J'ai pris un moment pour admirer son torse, musclé et mince. J'ai passé un doigt dans les poils drus entre ses pectoraux. La chair de poule est apparue sur sa peau. Ses doigts se sont crispés le long de son corps, mais il n'a pas bougé pour me toucher.

— Bon garçon.

Je me suis penchée et j'ai léché son téton, puis je l'ai pris dans ma bouche et je l'ai mordu doucement. Le relâchant, j'ai regardé ses yeux mi-clos sous mes cils.

— Je vais te donner tellement de plaisir. Maintenant, enlève ton pantalon.

Pendant qu'il se débattait avec son jean, j'ai jeté un coup d'œil dans le tiroir et j'ai trouvé un flacon de lubrifiant. Je l'ai débouché et j'en ai versé dans ma paume pour le réchauffer. Les pratiques anales n'étaient pas vraiment mon truc, ou du moins je n'avais jamais trouvé de partenaire qui me l'ait fait d'une manière qui m'ait fait vibrer, mais j'avais eu plein de discussions avec Ben et je connaissais les bases.

Quand Mateo a été nu et debout à côté du lit, j'ai enduit son érection de lubrifiant, qui est devenue encore plus dure alors que je la caressais. Le massant lentement de la base à la pointe d'une main, j'ai tendu l'autre derrière et j'ai aussi enduit ses testicules.

Il a gémi.

— C'est bon.

Ses mains se sont posées sur mes seins, et elles ont suivi le tissu de mon soutien-gorge jusqu'aux agrafes dans le dos.

— Ah-ah, ai-je dit en serrant la base de sa queue. Les mains le long du corps. C'est moi qui te fais jouir en premier.

Ses yeux se sont écarquillés.

— Mais je…

— Chut.

Je l'ai fait taire d'un baiser tout en continuant le lent glissement de mes mains sur sa longueur. Il avait toujours été si altruiste au lit. J'étais tellement en déficit d'orgasmes qu'il aurait dû me reprendre mon sexe.

— Ce soir, c'est pour toi. Allonge-toi.

Il a tiré les couvertures puis s'est allongé sur le drap, son érection courbée sur son ventre. J'ai versé plus de lubrifiant dans ma main.

— Dis-moi si quelque chose ne te plaît pas, d'accord ?

Il savait qu'il ne devait pas protester à nouveau, surtout pendant que je caressais ses testicules.

— D'accord.

Je me suis agenouillée entre ses jambes, et il a plié les genoux. J'ai fait glisser mon doigt le long de son périnée jusqu'à son anus et j'ai appuyé avec la pulpe de mon pouce. Il a gémi. D'accord, ça sonnait comme un bon signe.

Encouragée, j'ai lubrifié mon pouce et je l'ai glissé à l'intérieur de l'anneau serré. Il a eu un hoquet.

Je me suis arrêtée.

— Je t'ai fait mal ?

— Non, mi vida. C'est putain de fantastique.

Il s'est détendu autour de mon pouce, et je l'ai retiré pour glisser deux doigts à l'intérieur. C'était différent de mon vagin, bien sûr, mais j'ai essayé une technique similaire à ce que j'aimais, cisaillant mes doigts et cherchant la bosse de sa prostate comme Ben l'avait décrite.

Il s'est raidi, et j'ai levé les yeux pour voir les tendons de son cou se tendre.

— Continue… continue, a-t-il haleté avant de laisser échapper une série de jurons.

J'ai fait ce qu'il demandait, ajoutant mon pouce à la lente poussée et au retrait de mes doigts. Il s'est tortillé, poussant contre ma main, essayant d'en prendre plus, mais je n'avais plus de longueur à donner.

— Le… le jouet. S'il te plaît.

Je l'ai pris sur la table de nuit et je l'ai lubrifié. Je l'ai allumé et je l'ai tenu contre son anus.

Il a gémi.

— Ouuuui.

Doucement, je l'ai fait entrer en lui pendant qu'il haletait et tremblait.

— Toujours bon ?

— Tellement bon.

Ma peau picotait, envahie d'une bouffée de chaleur. J'étais presque aussi excitée que lui. Mon pouls battait entre mes jambes, désirant la queue dure dans ma main. Plus tard. Je l'aurais plus tard. Maintenant, je devais lui montrer qu'il méritait mon attention, mon désir. Combien je tenais à lui.

J'ai poussé la pointe du godemiché vers l'endroit dont je me souvenais. Quand sa poitrine a cessé de se soulever et que ses testicules se sont resserrés, j'ai su que j'avais trouvé. J'ai fait vibrer l'endroit pendant quelques secondes, puis j'ai relâché. J'y suis revenue encore et encore jusqu'à ce qu'il halète :

— Mimi, je…

Sa queue a durci sous mon autre main. Sachant que je lui avais fait plaisir, que je l'avais excité, que je lui avais fait perdre le contrôle, j'ai fredonné, et mon cœur s'est mis à battre plus vite. Ma peau vibrait du pouvoir de rendre cet homme, celui auquel je tenais, heureux.

En gardant le bourdonnement à l'intérieur de lui, je l'ai masturbé lentement, faisant écho à la pulsation dans mon sexe.

J'ai pressé mon talon contre la couture de mon jean, essayant de soulager mon propre plaisir grandissant.

Finalement, il a crié, et son sperme a éclaboussé sa poitrine. J'ai gardé la pointe du jouet là où elle était, et son foutre… eh bien, il a continué à venir. Plus longtemps que je ne le pensais possible. Ses genoux tremblaient à côté de moi.

C'est moi qui avais fait ça pour lui. Mes joues se sont étirées dans un grand sourire. J'étais une déesse du sexe. Admirer son corps, secoué de plaisir, était presque aussi bon que de me pavaner devant une de mes formules parfaites de feuille de calcul.

Finalement, son cri rauque s'est transformé en un long gémissement, et j'ai éteint le vibromasseur. Sa queue a eu une dernière convulsion, et ses jambes sont retombées de chaque côté. Lentement, j'ai retiré le godemiché de son corps.

— Ne bouge pas. Je reviens tout de suite.

Je lui ai donné un baiser doux et langoureux, puis je suis allée dans la salle de bain où je me suis lavé les mains et le jouet. Je suis revenue avec la serviette humide et j'ai essuyé sa poitrine.

— Viens là, a-t-il murmuré, d'une voix ivre de sexe.

J'ai jeté la serviette par terre et je me suis blottie à côté de lui, toujours en jean et en soutien-gorge. Je l'ai embrassé dans le cou, puis sur son menton mal rasé.

— C'était bien ?

Ses bras m'ont entourée, me tirant tout contre sa poitrine chaude.

— Parfait. Laisse-moi juste me reposer une minute et ensuite…

— Ensuite, on mangera. Et ensuite, ce sera mon tour avec le jouet. Repose-toi.

C'était le moins que je puisse faire. Lui rendre un peu de l'attention qu'il m'avait donnée.

25

MATEO

J'AVAIS PRÉVU de la réveiller avant de partir pour mon service de sept heures chez ma tía, mais quand mon réveil a sonné, Mimi s'est figée net, comme dans un dessin animé, alors qu'elle marchait sur la pointe des pieds en direction de son jean posé par terre.

— Bonjour, ai-je marmonné en me retournant pour allumer la lampe. Nous avons tous les deux cligné des yeux sous la lumière soudaine. — Tu as une réunion tôt, aujourd'hui ?

— Non, on se réunit ce soir. Elle a enfilé son jean. — Maintenant que le gala est dans deux semaines, on se réunit tous les jours. Je dois finir les déclarations de la fondation sur lesquelles je travaillais hier soir avant d'aller au travail.

— Et tu fais tout ça gratuitement. J'avais voulu que ça sorte sur un ton léger et blagueur, mais mes mots sont sortis sans aucune inflexion. Mimi méritait tellement plus que de courir de son travail à plein temps à un deuxième job à temps partiel. Elle méritait plus que la façade de gentillesse de pimbêche de Larissa qui cachait son mépris abject. Elle méritait d'être aimée et appréciée. Et payée pour son travail.

— Je le fais pour les enfants. Et pour le poste de directrice adjointe.

Je n'ai pas pu m'en empêcher. Les mots m'ont échappé. — Pourquoi tu voudrais être l'assistante de Larissa ?

Elle n'a rien dit pendant une minute, attrapant son col roulé et l'enfilant par la tête. — Je veux être payée pour faire ce que j'aime.

— Est-ce que tu aimes travailler pour Larissa ? Honnêtement ?

Sa lèvre inférieure s'est avancée, sexy et têtue. — Larissa est ambitieuse, comme moi. J'aimerais avoir une carrière comme la sienne. Mais ce qui est plus important, c'est que j'aime aider les enfants, surtout ceux atteints du syndrome de Tourette et d'autres troubles neurologiques. Je soutiens la mission de la fondation.

— Il y a des tonnes de fondations qui aident les enfants. Cooper fait des dons à plusieurs d'entre elles. Il pourrait te trouver un job, un vrai, rémunéré, dans n'importe laquelle.

— Tu veux dire que *tu* pourrais. Elle a mis les mains sur ses hanches.

J'aurais aimé ne pas être nu pour pouvoir… Au diable. J'ai sauté du lit et je l'ai contourné jusqu'à lui faire face. Je ne me suis pas mis nez à nez avec elle — je ne voulais pas l'intimider — mais j'ai posé les mains sur mes hanches pour lui montrer que j'étais sérieux. — Je pourrais.

Son regard a quitté mon visage pour descendre jusqu'à mon entrejambe. Rapidement, elle a détourné les yeux et est sortie de la chambre en trombe, une Valkyrie non moins redoutable malgré sa petite taille.

Je l'ai suivie. — Mimi, attends.

Elle a attrapé son sac à main sur le canapé. — Mateo, je veux le faire moi-même. J'ai obtenu ce poste de bénévole, et je veux mériter le rôle de directrice adjointe. Je ne veux rien qu'on me donne tout cuit.

— Ah. La fierté a réchauffé ma poitrine. Ma Mimi pouvait faire tout ce qu'elle décidait, et elle voulait le prouver au monde entier. Qui n'admirerait pas cette femme incroyable ?

Larissa. Voilà qui.

— Mimi, tu es un trésor. Tout le monde le voit. Mais Larissa veut prendre ton éclat doré et le ternir. Elle ne te donnera jamais ce poste. Tu ne le vois donc pas ?

Elle s'est arrêtée, son sac en bandoulière sur l'épaule. — Larissa a accompli ce que je ne pourrais qu'espérer faire. Elle est peut-être froide, mais elle est juste. Elle est difficile à satisfaire, mais elle examinera ma candidature comme celles des autres, et si je suis la meilleure, elle m'embauchera.

— Même si elle le fait, elle te gardera sous sa coupe. Elle s'attribuera le mérite de ton travail. Tu ne peux pas vouloir ça, si ?

— Oh, c'est drôle, ça. Son rire, qui ressemblait à un aboiement, n'avait rien d'amusant. — Venant de ta part, toujours dans l'ombre de ton cousin. À vivre dans sa dépendance. À travailler dans la sécurité. Ses lèvres se sont tordues comme si elle voulait ravaler ses paroles.

Il était trop tard. Elle avait dit ce qu'elle pensait. M'avait transpercé avec, comme avec le coupe-chique acéré de mon père.

Elle ne me respectait pas. Elle n'était pas différente des gens de l'île qui m'aimaient pour mon joli minois et ma façon de faire des fellations. Et je n'étais pas différent des mecs au hasard pour qui elle gardait ce bol plein de préservatifs.

Mes mots sont sortis doucement, par une ouverture de la taille d'une aiguille dans ma gorge. — C'est ce que tu penses de moi.

Elle a grimacé. — Non… Mateo, je…

— Donc aller au gala avec moi, tout ça… J'ai fait un geste vers mon corps nu. —… c'était pour le spectacle. Pour que tu obtiennes le poste de directrice adjointe. Qu'est-ce qui allait se passer après le gala ?

Ses lèvres se sont serrées, et j'ai su.

— Tu allais me larguer. Après m'avoir exhibé comme un trophée en smoking pour Larissa, tu allais me ghoster.

Elle n'a rien dit.

Je l'ai contournée d'un pas furieux jusqu'à la porte d'entrée et je l'ai ouverte à la volée, sans me soucier que la bague en or de mon père soit la seule chose que je porte. Elle m'avait arraché le cœur de la poitrine, l'avait déchiqueté, puis avait piétiné les morceaux. Si j'avais été malin comme Cooper, je l'aurais vu venir. Mimi était brillante, précieuse, pleine de vie. Trop bien pour que quelqu'un comme moi puisse la garder.

J'ai maintenu la porte ouverte, ma colère brûlant si fort que je ne sentais pas le froid de l'hiver. — Je vais me considérer comme déjà largué. Dis à Larissa ce que tu veux, mais je ne peux pas… Ma voix s'est brisée, et j'ai dû m'éclaircir la gorge. — Je ne peux plus continuer. Tu veux faire ça toute seule. Tu n'as pas besoin de moi. Tu ne veux pas de moi.

Elle a levé les yeux vers moi à travers ses cils, se tenant assez près pour que j'aie pu enrouler une de ses boucles rebelles autour de mon doigt, pour que j'aie pu me pencher et embrasser ces lèvres têtues et boudeuses.

— Je suis désolée, a-t-elle murmuré.

J'aurais pu revenir sur mes paroles, dire que je l'accompagnerais au gala. Mais j'aimais cette femme, et maintenant je devais arrêter. La voir, magnifique dans cette robe or rose, en sachant qu'elle ne serait jamais à moi, aurait carbonisé la bouillie en ruines qu'elle avait laissée de mon cœur.

J'aurais dû apprendre la leçon il y a des semaines, quand l'alcool et sa gueule de bois avaient effacé de sa mémoire mon souvenir et notre connexion au bar ce soir-là. J'étais insignifiant, et je ne serais jamais assez bien pour elle.

— Pars, ai-je dit.

Elle est partie.

Imbécile que j'étais, je l'ai regardée traverser la cour d'honneur en direction de la rue.

Putain.

— Mimi ! ai-je appelé.

Elle s'est retournée.

— Tu n'es pas venue en voiture, n'est-ce pas ?

— Non, j'ai pris le bus. Je vais le reprendre pour rentrer.

Le bus ? Cette femme si fière allait causer ma perte. C'était déjà fait. — Non. Donne-moi une minute pour mettre des vêtements, et je te raccompagne.

— Non, je…

— Trente secondes. Si elle continuait à marcher obstinément, je la rattraperais avant qu'elle n'atteigne l'arrêt de bus. Mais putain, où y avait-il un arrêt de bus à Pacific Heights ? Combien de temps avait-elle marché pour venir ici hier soir dans le noir ?

J'ai sprinté jusqu'à ma chambre et j'ai enfilé un jean et un T-shirt. Ne perdant pas de temps à me brosser les dents, j'ai attrapé ma brosse à dents pour pouvoir m'en occuper chez ma tía et j'ai couru jusqu'à ma Jeep. Mimi avait eu la présence d'esprit de se tenir à côté.

En silence, j'ai déverrouillé les portes, et tout aussi silencieusement, elle est montée.

J'étais peut-être glacé de colère, mais je n'étais pas un monstre. Même la femme qui s'était servie de moi pour avancer dans son travail avant de me briser le cœur méritait un trajet sûr et au chaud pour rentrer chez elle.

À qui est-ce que je mentais ? Elle méritait tellement plus qu'un trajet sûr pour rentrer chez elle. Plus que ce putain de poste d'assistante sous les ordres de Larissa.

Elle méritait bien plus que moi.

26

MIMI

Partante pour un verre ce soir ?

J'AI GRINCÉ des dents en appuyant sur Envoyer, puis j'ai retourné mon téléphone sur mon bureau, écran vers le bas, comme si cela pouvait effacer mon pathétique appel à l'aide.

Bree était probablement occupée à faire des trucs de couple avec Josh ce soir. Et je ne devrais pas avoir besoin de son soutien. J'avais mis fin à une fausse relation. Il n'y avait pas de vrais sentiments dans une fausse relation. J'allais très bien.

C'était un mensonge. En fait, deux mensonges.

La culpabilité m'a serré le cœur. Je n'avais jamais voulu que Mateo développe de vrais sentiments. Mais la douleur dans ses yeux, la façon dont sa voix s'était brisée quand il m'avait dit qu'il ne pouvait plus continuer à faire semblant, m'avaient traversée comme un éclair et fendu mon cœur noir et desséché.

Pourtant, la culpabilité n'avait jamais ressemblé à ça, si écrasante, comme le poing de Thanos.

N'était-ce que de la culpabilité ? Je veux dire, bien sûr, je tenais à Mateo, mais je ne l'aimais pas vraiment.

Si ?

Mon écran est devenu noir, et je me suis dépêchée de bouger la souris pour le réveiller. J'étais censée travailler. Pas de place pour les émotions au travail.

Sans conteste, c'était le meilleur aspect du travail. Être occupée. Cocher des tâches sur ma liste. Me concentrer sur les chiffres noirs de ma feuille de calcul blanche.

J'ai regardé mon écran d'un air absent. Qu'est-ce que j'étais en train de faire, déjà ?

Un frisson de soulagement m'a parcourue quand mon téléphone a vibré.

BREE

OUI ! Chez Raisa à 18 h ?

On se voit là-bas

— Mimi.

La voix de Monique dans mon dos m'a fait lâcher mon téléphone. Je me suis retournée d'un coup sur ma chaise pour faire face à ma patronne.

— Salut. Quoi de neuf ?

— Avez-vous terminé ces écritures de journal ?

Mes joues se sont enflammées. J'avais regardé dans le vide pendant au moins dix minutes avant d'envoyer un texto à Bree. Je ne pouvais pas me permettre ça si près de la fin du mois.

— Désolée. Encore vingt minutes, à peu près. Je vous enverrai un message quand ce sera fait.

Son front s'est plissé.

— Ça va, Mimi ? Vous avez l'air… ailleurs.

— Je vais bien.

J'ai essayé de lui adresser un sourire rassurant, mais mon visage ne semblait pas coopérer.

— J'ai parlé à Jackson. Il m'a dit que vous brûliez la chandelle par les deux bouts pour l'aider avec sa fondation.

Elle avait parlé de moi à Jackson Jones ? Merde, est-ce que ça voulait dire qu'elle était déçue de ma performance ? Étais-je sur le point de perdre mon boulot ennuyeux, mais stable ?

— Ce n'est rien. Je gère.

— Mimi.

Elle est entrée un peu plus dans mon cubicule et a baissé la voix.

— Je sais que vous gérez. Vous êtes une perle dans ce service. Mais je crains que vous n'essayiez d'en faire trop entre Synergy et la fondation. Vous allez vous épuiser.

Mon cœur a raté un battement.

— Non. Tout va bien. Synergy est ma priorité absolue, et la clôture du mois est dans les temps. Le gala est dans deux semaines, et après ça, je vous promets que j'aurai plus de temps à passer au travail.

— Ce n'est pas ce que je dis, Mimi. Je dis que vous devez prendre soin de vous. Ou trouver quelqu'un pour le faire à votre place. Comme ce bel agent de sécurité à qui vous parliez l'autre jour.

Elle m'a fait un clin d'œil. Je savais qu'elle se voulait amicale, mais ses mots se sont plantés comme un coup de poignard dans la partie à vif de mon être qui s'était ouverte quand Mateo avait frissonné, nu, sur le seuil de sa maison d'amis, et m'avait dit de partir.

— Je peux prendre soin de moi. Et je vais finir ces écritures de journal et vous les transmettre dans quinze minutes. D'accord ?

Elle a pincé les lèvres. Son rouge à lèvres était bleu, aujourd'-hui. Comme les yeux de Mateo.

Merde. Je devais chasser de mon esprit ces détails idiots sur Mateo. La tequila aiderait.

— D'accord. Mais je ne veux pas vous voir ici après dix-sept heures ce soir. Vous m'entendez ?

— Compris. Merci, patronne.

Elle a hoché la tête et a quitté mon cubicule.

———

— TU EN VEUX UNE AUTRE ?

Bree a sifflé les dernières gouttes de sa margarita et a cherché notre serveuse du regard. Est-ce que j'en voulais une autre ? Et comment ! Après avoir déballé toute l'histoire humiliante de ma fausse relation et de ma très vraie rupture à ma meilleure amie, tout ce que je voulais, c'était boire de la tequila jusqu'à ne plus sentir ce vide.

Mais demain, je travaillais, et je n'avais pas Mateo assis en face de moi au bar, prêt à voler à mon secours en cas de besoin.

— Non. Merci.

Mes yeux ont piqué, et je les ai levés au plafond. Une guirlande de cœurs en papier carmin s'étendait de la suspension au-dessus de nous jusqu'à celle de la banquette voisine. Bree s'est retournée juste à temps pour me voir m'essuyer le dessous de l'œil.

— Oh, non, ma belle. Ne le laisse pas te faire pleurer.

— Je ne pleure pas.

Merde, maintenant je mentais à Bree. Et je pleurais. Je ne pleurais jamais. Même pas quand Byron m'avait brisé le cœur et détruit ma carrière d'un seul sale coup. Bordel, qu'est-ce qui n'allait pas chez moi ?

Elle m'a tapoté la main.

— Il y a plein d'autres mecs, et l'un d'eux sera comme tu en as besoin.

— C'est ça, le truc.

Je l'ai pointée du doigt. Merde, étais-je déjà saoule ? Je ne pointais les gens du doigt que lorsque j'étais pompette. J'ai plaqué ma main sur la table.

— Je n'ai pas besoin d'un mec du tout. Tout ce dont j'ai besoin, c'est de moi-même et de mon travail.

— Bien sûr, bien sûr.

Elle a léché quelques grains de sel sur le bord de son verre.

— Tu es, genre, une super-héroïne. Une Amazone. Comme Wonder Woman. Quoique, attends. Wonder Woman se languissait de Steve Trevor. Ne fais pas ça. Sois comme… comme Valkyrie. Tout ce dont elle avait besoin, c'était de la bière. Pas vrai ?

La serveuse a posé une autre margarita pour elle et un verre d'eau pour moi. Je lui ai souri et j'ai levé mon verre d'eau.

— À l'indépendance.

Bree a trinqué avec son verre de margarita.

— Mais Valkyrie n'a pas eu un béguin dans un de ces films ?

— Si. Apparemment, Hollywood ne trouve pas sexy les femmes qui ne s'intéressent pas à l'amour.

— Mais toi…

Elle a agité son verre, et de la margarita a giclé sur la table.

— … tu es sexy. Et ce n'est pas grave de ne pas vouloir de relation. Les plans cul, c'est sexy.

— Les plans cul, c'est génial. Tout le plaisir, sans les emmerdes.

Même si aucun de mes plans cul ne m'avait donné autant de plaisir que Mateo. Il faudrait juste que je me donne plus de mal la prochaine fois. Ce qui n'arriverait pas avant longtemps. Un long, long, long moment. Mes yeux ont encore piqué.

— Hé, hé.

Bree m'a saisi la main par-dessus la table collante.

— Ça va aller. Viens ce week-end traîner avec Josh et moi. On fera un marathon de films Avengers et on boira un coup à chaque explosion. D'accord ?

— Samedi soir ? Je dois m'occuper du gala presque tout le week-end, mais je devrais avoir une pause à ce moment-là.

— Super ! Ce sera comme à la fac. On va se bourrer la gueule et s'endormir sur le canapé.

Hein. Ça n'avait pas l'air aussi amusant qu'avant. Je suppose que beaucoup de choses étaient différentes maintenant qu'on avait trente ans. Être une adulte responsable, ça craignait.

— Allez. Appelle Josh pour qu'il vienne te chercher.

— Et toi ?

— Je vais prendre un VTC.

Pour rentrer dans mon appartement solitaire. Si je n'étais pas aussi allergique, je prendrais un chat.

Peut-être que je prendrais un chat quand même. Les médicaments contre les allergies me donneraient sommeil, et quand je dormirais, je ne sentirais pas cette douleur dans ma poitrine.

———

LE TEXTO EST ARRIVÉ ALORS que j'attendais Natalie après le travail au country club où nous devions inspecter les lieux avec la décoratrice, une semaine avant le gala.

BEN

Quand est-ce que je peux te voir ?

J'ai ouvert le calendrier de mon téléphone. Il n'y avait aucun créneau de libre d'ici le gala.

Après le gala ?

C'est dans une semaine. J'ai besoin de te voir
avant.

Pourquoi ? Il y a un problème ?

Pendant que j'attendais sa réponse, mon esprit s'est emballé. Était-il arrivé quelque chose à lui ou à Cooper ? Ou à maman et papa ? Après cette soirée misérable au bar avec Bree, je m'étais tellement tenue occupée — c'était ma première semaine sans Mateo depuis décembre — que je n'avais appelé ni envoyé de texto à aucun d'entre eux.

Je ne sais pas. C'est à toi de me le dire.

J'ai serré les dents. C'était bien mon petit frère, ça, toujours à fourrer son nez dans mes affaires. J'ai levé les yeux et j'ai vu Natalie arriver depuis le parking. J'ai rapidement terminé le texto.

Je vais bien.

Et pourquoi n'irais-je pas bien ? Le gala approchait à grands pas, et je saurais peu de temps après si j'allais obtenir le poste de directrice adjointe. Tout ce que je désirais était à portée de main. Tout ce que j'avais à faire, c'était de bosser comme une dingue pour que le gala se déroule sans accroc.

Ma crise de larmes chez Raisa avec Bree la semaine dernière était un cas isolé. Syndrome prémenstruel. Mercure qui rétrograde.

— Salut, l'amie !

Natalie est arrivée en fanfare, parfaite comme toujours dans un impeccable manteau en laine rose huître, une robe fourreau gris anthracite et des bottes hautes qui la faisaient me dominer alors qu'elle se penchait pour me serrer dans ses bras.

— Salut.

Je l'ai serrée en retour. Avant l'organisation du gala, je n'aurais jamais pensé que quelqu'un d'aussi élégant et bien connecté que Natalie m'appellerait une amie. Son frère Andrew est arrivé nonchalamment derrière elle, un sac de golf sur l'épaule.

— Salut, Mimi. Contente de te revoir.

— Salut, Andrew.

Je lui ai serré la main. Natalie semblait le traîner partout avec elle. Était-ce un truc de riches ? Je veux dire, oui, Ben avait vécu avec moi pendant un certain temps, et nous faisions des choses ensemble, mais il ne serait jamais venu avec moi à une réunion de la fondation.

— Est-ce que Mateo est là ? a-t-il demandé.

Une douleur m'a transpercé la poitrine.

— Non, pas aujourd'hui.

— Dommage. J'ai bien aimé passer du temps avec lui le soir où on est allés danser.

Je lui ai adressé un faible sourire. Moi aussi.

— Je vous laisse, mesdames. Nat, viens me retrouver sur le practice quand tu auras fini.

Andrew a pointé le pouce derrière lui en direction du couloir dont je me souvenais de la nuit où j'étais venue ici avec Mateo. Il avait raconté cette histoire ridicule sur le fait que j'étais sa kryptonite. Il avait posé ses mains sur moi, ajustant ma prise sur le club, et j'avais failli m'évanouir.

— Va jouer, a dit Natalie.

Quand il s'est éloigné, elle s'est tournée vers moi.

— Gail est juste derrière moi. Elle devait juste prendre des choses dans sa voiture. Larissa est en retard et dit de commencer sans elle. Où est Mateo ?

— Il ne vient pas. Mais je suis prête à commencer.

Je me suis tournée vers la salle de bal. Natalie m'a retenu le bras.

— Oh, non. Vous vous êtes disputés ?

— Quelque chose comme ça.

Au fil de l'organisation du gala, nous nous étions rapprochées. Ça ne m'aurait pas dérangé de lui en parler, mais ma gorge s'est nouée, et si son nom franchissait mes lèvres, les larmes couleraient. Pas de larmes quand un emploi était en jeu. Maman me l'avait appris.

— Passons aux choses sérieuses.

J'ai pivoté vers la salle de bal et j'ai pris une profonde inspiration.

— Mimi, attends.

Je me suis arrêtée et je me suis retournée. Les yeux de Natalie se sont plissés d'inquiétude.

— Est-ce que ça va ?

— Bien sûr. Je vais bien.

Ma voix ne s'est qu'un peu fêlée.

— Tu sais que tu peux me parler, n'est-ce pas ? On est amies.

Quand j'ai retroussé mes lèvres en un sourire, j'ai senti mon visage rouillé comme celui de l'Homme de fer-blanc dans *Le Magicien d'Oz*. Depuis combien de temps n'avais-je pas souri ?

Je dirais environ une semaine. Mais j'avais du travail à faire.

Le travail de la fondation, comme mon vrai travail, était heureusement dénué d'émotions.

— Hé, en fait, j'ai une question pour toi. J'ai envoyé un e-mail à notre lieu de réception initial pour voir si nous pouvions récupérer l'acompte — je me suis dit que ça ne coûtait rien de demander — et ils ont dit qu'ils n'avaient jamais reçu notre acompte. J'ai vérifié le carnet de reçus, et j'ai trouvé une copie du reçu en espèces que j'avais fait à Larissa pour ça. Est-ce qu'elle t'en a parlé ?

Les yeux de Natalie se sont rétrécis.

— Non. Ça a l'air suspect.

— Attends, non, je ne disais pas que je soupçonnais Larissa de quoi que ce soit de malhonnête. Elle est connue pour perdre ses reçus. Mais je ne l'ai jamais vue égarer de l'argent liquide. Peut-être qu'elle l'a donné au traiteur à la place ? Ou au fleuriste ?

— Pas à ma connaissance. Tu ne leur as pas fait de chèques ?

— Si. Mais j'espérais…

J'espérais ne pas avoir à poser la question à Larissa. Elle le prendrait certainement comme une accusation, et alors je n'obtiendrais jamais ce poste. Je me suis mordu la lèvre et j'ai détourné le regard de Natalie. Une silhouette familière, grande et blonde, traversant nonchalamment le hall, a attiré mon attention.

— Flavio ?

Il s'est retourné et a penché la tête comme s'il cherchait mon nom dans ses archives mentales.

— Miriam Levy-Walters, ai-je dit. Je travaille avec Larissa à la fondation. Nous nous sommes rencontrés il y a quelques semaines sur le practice.

— Ah, ravi de vous revoir.

Son regard indolent m'a quittée et s'est aiguisé lorsqu'il s'est accroché au collier et aux boucles d'oreilles en perles de Natalie, puis a descendu jusqu'à ses chaussures de créateur.

— Travaillez-vous aussi à la fondation ?

— Natalie Jones.

Elle a tendu la main.

— Et non, j'aide juste pour le gala.

— Natalie Jones de la famille de Jasper Jones ?

Je me suis souvenue que son père était mort il y a des années. Elle devait être jeune quand elle l'avait perdu. Son sourire s'est crispé.

— C'est bien ça.

Il n'a pas relâché sa main.

— J'adorerais vous parler plus tard. Je pense que nos familles peuvent s'entraider. Venez au bistrot quand vous aurez fini ? C'est ma tournée.

Natalie a retiré sa main de son étreinte.

— Désolée, j'ai un engagement. Une autre fois, peut-être.

Il a sorti une carte de sa poche. Ça ressemblait à une carte personnelle, juste son nom et son numéro de téléphone. Il la lui a tendue.

— Appelez-moi. Ou venez me trouver ici. N'importe quand.

Elle a pris la carte et lui a adressé un sourire forcé.

— Ravie de vous avoir rencontré, Flavio. Nous devons nous mettre au travail.

— Bien sûr, bien sûr.

Il a jeté un œil à Gail, la décoratrice, qui se hâtait vers nous avec ses énormes sacs fourre-tout.

— Si vous avez besoin de quoi que ce soit, faites-le-moi savoir.

Il a fait un signe de tête en direction de la carte. Quand il s'est éloigné d'un pas arrogant vers le couloir menant au practice, j'ai dit :

— C'est bizarre, non ? Qu'il veuille qu'on l'appelle si on a besoin de quelque chose ?

Natalie a jeté la carte dans le porte-parapluies. Son visage était plus rigide que je ne l'avais jamais vu.

— C'est le nom Jones. Ça arrive tout le temps.

Ça me semblait toujours étrange. Après tout, qu'est-ce qu'un golfeur comme Flavio pourrait faire si nous rencontrions des problèmes ? Peut-être était-il plus riche et plus puissant que je ne le pensais, et que le personnel se plierait à ses exigences. Venait-il d'une famille comme celle de Natalie ?

Je n'ai pas eu plus de temps pour y réfléchir, car Gail nous a entraînées dans la salle de bal pour parler de roses, de palmiers en pot et de guirlandes lumineuses.

Alors qu'elle montrait où elle prévoyait de placer les décorations — celles que Mateo avait suggérées pour aller avec notre thème — alors que Natalie et Gail me regardaient comme si je pouvais parler au nom de Mateo et leur donner son avis, la fissure que j'avais créée dans mon propre cœur en le repoussant ce matin-là chez lui s'est élargie en un ravin.

Au cours de la semaine passée, je m'étais tenue occupée avec le travail et le gala pour ne pas avoir à penser à lui. Pour ne pas avoir le temps de regretter.

Le regret était une distraction, tout comme Mateo. Je ne pouvais pas me permettre ces bêtises. Non seulement j'avais du travail à faire pour Synergy, pour Monique, qui avait remarqué que je flanchais, mais j'avais un gala à organiser. Et un poste à temps plein et rémunéré à gagner. Je devais me concentrer sur ce qui comptait.

Aider les enfants neurodivergents comptait. Ma carrière comptait.

Mes sentiments n'avaient aucune importance.

Il fallait juste que je convainque mon cœur en miettes.

27

MATEO

— OH. Je me suis arrêté devant la porte de la salle de sport de Miguelito, d'habitude vide. Elle n'était pas inoccupée aujourd'hui.

Mon cousin a grogné dans ma direction depuis la presse à cuisses. La sueur assombrissait l'encolure et les aisselles de son débardeur gris et perlait sur sa mâchoire carrée. Les muscles de ses bras et de ses jambes n'étaient pas aussi gros ni aussi dessinés que les miens, mais je passais deux fois plus de temps à la salle, car mon travail consistait à avoir l'air intimidant. Dans son travail à lui, il intimidait ses adversaires par son intelligence supérieure.

Tôt le matin, il s'entraînait toujours à la salle de sport du bureau. Même s'il avait une meilleure salle chez lui.

Je savais pourquoi il aimait s'entraîner au bureau. Ce scout de Cooper Fallon voulait donner l'exemple en matière de forme physique à ses employés. Il n'allait pas leur imposer de faire de l'exercice ; non, il y allait simplement tous les jours de la semaine, faisait sa séance, les complimentait sur leur technique, puis continuait sa journée au sixième étage.

Je n'avais pas besoin de ces conneries de modèle à suivre. Pas de sa part. Pas aujourd'hui.

Aujourd'hui, c'était le dixième jour de ma vie post-Mimi, et j'appréciais toujours d'être furieux, grincheux et seul.

J'ai laissé tomber mon sac par terre, puis j'ai retiré mon sweat à capuche et l'ai balancé dessus. J'ai marché d'un pas décidé jusqu'au tapis et j'ai commencé une série de burpees.

Pendant que je m'échauffais, je n'ai pas pensé à la façon admirative dont Mimi traçait le contour de mes muscles. Je n'ai pas pensé à la manière dont j'utilisais la force du haut de mon corps pour supporter mon poids pendant que je m'élançais au-dessus d'elle, la pénétrant comme elle aimait. Et je n'ai surtout pas pensé à la façon dont elle avait apprécié mon corps jusqu'au moment où elle a décidé qu'elle voulait quelqu'un avec un cerveau, quelqu'un qui pourrait comprendre ses règles compliquées sur le fait d'atteindre ses objectifs par elle-même, alors que tout ce que je voulais, c'était l'aider.

Cette personne, ce n'était certainement pas moi.

Quand j'ai fini la série, j'ai marché en rond pour ralentir mon rythme cardiaque. J'ai essuyé la sueur de mon front.

Faire de l'exercice était plus facile depuis que j'avais arrêté de fumer. Mon rythme cardiaque était plus bas. Je respirais plus profondément. Tout ça m'agaçait. Pas assez pour me remettre à fumer, mais j'aurais préféré que Mimi ne change pas ma vie. Je passais déjà trop de temps à me torturer l'esprit devant la photo de nous sur mon téléphone, celle où elle portait la robe à paillettes et où je lui embrassais le cou, une expression de béatitude sur le visage. Je n'avais pas besoin d'un autre rappel clignotant sur ma montre connectée.

— Il y a quelque chose dont tu veux parler ?

Je ne m'étais pas rendu compte que la machine de Miguelito s'était arrêtée avant qu'il ne parle. Il s'est penché en avant, les coudes sur les cuisses.

— Non, ça va. Mes muscles étaient chauds et prêts, et j'ai jeté un coup d'œil au râtelier à poids.

— Vas-y. Charge la barre. Je te parerai.

— Mais tu... tu dois aller travailler. Je vais juste utiliser la machine. J'ai fait un geste vers sa machine de développé couché dernier cri.

— J'y vais un peu plus tard aujourd'hui. C'est bon. Il s'est levé et s'est dirigé vers le râtelier.

Je détestais lui faire perdre son précieux temps d'entraînement à discuter, alors j'ai fait ce qu'il demandait. J'ai chargé les poids sur la barre, puis je lui ai fait face, j'ai enroulé mes mains autour de la barre et je l'ai soulevée du support pendant que mon cousin se tenait à côté de moi, les bras croisés.

En commençant mes répétitions, j'ai plié les genoux puis j'ai poussé le poids vers le haut jusqu'à ce que mes bras soient tendus. Je l'ai redescendue jusqu'à ce qu'elle plane au-dessus de mon cœur endolori.

— Primo… j'ai failli lâcher le poids ; il ne m'avait pas appelé comme ça depuis qu'on était gosses… est-ce que tu es, euh, heureux ?

— Putain, Lito, c'est quoi ça ? On ne parle pas de ce genre de trucs. J'ai poussé la barre à nouveau.

— On en parlait avant. On parlait de plein de trucs quand on était ados et que Mamá et moi venions sur l'île. Les mecs. Les filles. Les espoirs et les rêves.

J'ai eu un ricanement. — Ouais. Toi, tu as vraiment réalisé tes espoirs et tes rêves. Et moi, je suis là, à bosser comme… J'ai figé, les bras tendus, jusqu'à ce qu'ils tremblent. J'ai reposé la barre sur le support et j'ai cligné des yeux face à son visage de pierre. — Je veux dire, j'aime bosser pour toi. Je ne voulais pas dire…

— Vraiment ? Tu aimes bosser pour moi ?

— Oui. J'ai secoué mes bras tremblants. — J'adore veiller sur tía. M'assurer qu'elle est en sécurité. Je me sens… utile.

— Tu ne veux pas plus ? Il a penché la tête. — Un titre plus impressionnant ? Ou plus d'études pour que tu puisses avoir un poste de bureau ?

— Un poste de bureau ? J'ai frissonné. L'école avait été assez dure. Je ne pouvais pas m'imaginer assis à un bureau, penché sur un clavier d'ordinateur tous les jours. — Pourquoi je voudrais ça ?

— Pour… Ses yeux ont filé vers la porte ouverte de la salle de sport. — pour impressionner Mimi ?

— Oh. C'est ce que Ben dit qu'elle veut ? Un mec qui se fait un max de fric et qui a l'air bien en costume ? Quelqu'un qui n'est pas un idiot ? Je savais que c'était vrai, mais ça m'a écorché vif qu'elle en ait parlé avec son frère. Et que son frère l'ait dit à mon cousin.

Miguelito a levé les yeux au ciel. — Je te paie plutôt bien, et tu sais que tu es magnifique en costume. En plus, tu es intelligent.

— Va te faire foutre avec ta charité. Tu sais très bien que tu m'as seulement engagé parce que ta mère t'y a obligé. Pour ne pas avoir à affronter son regard moqueur, je me suis dirigé vers mon sac et j'ai sorti ma bouteille d'eau. J'en ai bu une longue gorgée.

Il m'a poussé l'épaule, et mon eau a giclé partout. Dans mes yeux, sur mon tee-shirt, sur le sol impeccable. Putain de ninja qui s'était approché sans que je l'entende. J'ai essuyé l'eau de mon visage. — Putain, Lito, c'est quoi ton problème ?

— De quoi tu parles, putain ? Si tu n'étais pas intelligent, tu crois que je t'aurais mis en charge de ma sécurité ? De ma propre mère ?

— Eh bien, je…

— Non, Mateo, je ne l'aurais pas fait. Je ne t'ai pas engagé parce que Mamá me l'a dit. Ce n'est pas le cas. Elle préférerait ne pas avoir de service de sécurité du tout. Je ne t'ai pas engagé parce que tu es mon cousin. Je t'ai engagé parce que tu es compétent et parce que je… parce que je te fais confiance.

J'ai regardé mon cousin, bouche bée. — Tu me fais confiance ? Mais tu as fait vérifier mes antécédents !

— Tu dois admettre que tu n'étais pas la personne la plus digne de confiance quand on était gosses. Tu me piquais mes rencards. Et au début, je n'étais pas sûr que tu n'essaierais pas de draguer Ben. Mais maintenant, si. Tu as développé une certaine intégrité depuis.

— Développé une certaine intégrité ? J'ai glapi. — J'ai toujours eu une putain d'intégrité. C'étaient tes rencards qui n'en avaient pas. Aucune d'entre elles n'était assez bien pour toi. Si elles l'avaient été, elles m'auraient rembarré quand je les draguais. Aucune ne l'a fait. Pas avant Ben.

Il a mis les mains sur ses hanches. — Quoi qu'il en soit, tu as prouvé à maintes reprises que tu méritais mon respect. Et c'est pour ça que je t'ai engagé. Mais si tu préfères avoir un autre travail, on peut trouver une solution. Je veux que tu sois heureux, primo.

Et nous voilà revenus au point de départ. Au moins, maintenant je savais de quoi il parlait. — Je suis heureux de travailler pour toi. De protéger ta mère. Je te le ferai savoir si ça change, d'accord ?

— D'accord.

Il est resté planté là, les mains sur les hanches, comme si nous n'avions pas eu une révélation majeure. Mon cousin avait un cerveau brillant, mais son cœur était parfois lent à la détente.

— Viens par là, primo.

Il a plissé le nez. — On est tous les deux en sueur, et tu es trempé.

— Exactement. Alors je l'ai serré dans mes bras, ce qui était exactement ce dont nous avions besoin tous les deux après un moment comme celui-là.

— Assez ! Mais quand il a reculé, un sourire a effleuré les coins de sa bouche. Son regard s'est tourné vers la porte ouverte derrière moi, et il a baissé la voix. — Alors, qu'est-ce que tu vas faire pour Mimi ?

Le rayon de soleil que j'avais avalé quand Lito m'avait dit qu'il me respectait s'est changé en un noir dense, comme le brouillard qui s'installe la nuit.

— _Rien._ Je ne vais rien faire pour Mimi. Elle a été claire sur son choix. Elle veut ce poste à la fondation, et sortir avec moi n'était qu'une comédie. Elle ne veut pas que je fasse partie de sa vie.

— Mais…

— Non, Lito. Ce n'est pas quelque chose que tu peux réparer

avec un mot gentil ou même un seau de billets. Mimi et moi avons rompu, et c'est ce qu'il y a de mieux pour elle.

— Et ce qui est le mieux pour toi ?

— Ce qui est le mieux pour Mimi est aussi le mieux pour moi. Je l'aime, et savoir qu'elle est plus heureuse sans moi… Il faudrait bien que ça fasse battre mon cœur stupidement sain pour le reste de ma vie. — C'est pour le mieux.

— D'accord. Il a froncé les sourcils. — Mais tu mérites l'amour et le bonheur, toi aussi. Peut-être que Mimi n'est pas la bonne personne pour toi. Mais ça ne veut pas dire que la bonne personne n'existe pas pour toi quelque part.

Il s'est éclairci la gorge. — J'ai cru qu'une personne que j'aimais était la bonne pour moi. Et que si je ne pouvais pas l'avoir, je ne voulais personne d'autre. Je suis content que Ben ait réussi à surmonter tout ça. Parce que je suis plus heureux maintenant avec Ben que je ne l'ai jamais été. Plus que je ne l'aurais été même si… même si cette autre personne avait pu m'aimer en retour.

Je n'arrivais pas à l'imaginer aimer quelqu'un d'autre que Ben. Pourtant, quand il était venu sur l'île, avant que Ben ne l'y rejoigne, il avait été un vrai désastre. Est-ce que cette autre personne lui avait brisé le cœur ? Ce connard.

— Quelqu'un va t'aimer comme ça un jour. Il a posé sa main sur mon bras. — Je sais que ça arrivera.

J'ai marmonné en regardant mes baskets : — Peut-être que ça n'en vaut pas la peine.

— Bien sûr que ça en vaut la peine. C'est ce que je suis en train de te dire.

— Je comprends… J'ai dégluti pour humidifier ma gorge sèche. — Je comprends que le côté amour est génial. J'ai aimé Mimi, et je pensais qu'elle tenait à moi. Et c'était parfait. Mais ensuite, elle m'a quitté. Les gens me quittent tout le temps. Je me suis arrêté quand ma voix s'est brisée.

— Oh, putain, Mateo. Et cette fois, c'est lui qui m'a attiré pour me serrer fort dans ses bras. — Tout le monde n'est pas comme ta mère. Et ton papi serait resté s'il avait pu. Je ne dis pas que tu peux avoir ta moitié pour toujours. Mais est-ce que l'amour, même bref, n'en vaut pas la peine ?

J'ai hoché la tête. Aussi court que notre temps ensemble ait été, Mimi était la meilleure chose qui me soit jamais arrivée. Les souvenirs de nos semaines ensemble illumineraient à jamais ma mémoire d'un éclat or rose, comme le coucher de soleil sur la plage.

Doucement, je me suis dégagé de son étreinte. — Merci, mec.

— Quand tu veux. Même si, euh, si tu veux de vrais bons conseils sur l'amour, Ben est probablement plus qualifié pour ça.

J'ai souri pour cacher la douleur qui piquait dans mon cœur meurtri. Je ne pouvais pas parler à Ben. Pas de sa sœur. Probablement pas de quoi que ce soit, d'ailleurs, puisqu'il me rappelait trop elle.

— Je crois que j'ai besoin d'un peu de temps avant de penser à tomber amoureux de quelqu'un d'autre.

— Compris. Mais tu iras bien ?

Mon sourire était plus stable cette fois. — Ouais. Je crois bien.

— Bien. Je dois aller me doucher. Je suis en retard. Il est sorti de la pièce en un éclair.

En retard ? Il avait dit qu'il n'était pas pressé d'aller au bureau.

Merde. J'ai essuyé l'humidité qui n'était pas de la sueur sur mes joues. Mon putain de primo m'avait pris en embuscade avec ses encouragements et s'était mis en retard pour le travail.

J'ai jeté un œil à ma montre. Si je ne me dépêchais pas, je serais en retard pour mon service. Et il n'avait pas dit un mot.

J'aimais ce putain de connard.

28

MIMI

ME RETROUVER au country club sans Mateo la semaine dernière n'était rien comparé au fait d'arriver seule au gala le jour de la Saint-Valentin.

Je n'avais pas de doux géant derrière qui me cacher en entrant dans la salle de bal du country club, juchée sur des talons bien trop hauts que Ben m'avait aidée à choisir, dans une robe à paillettes rose doré bien trop scintillante, avec ma poitrine trop généreuse sur le point de s'échapper de son décolleté portefeuille.

Et j'aurais bien eu besoin de son solide soutien ce soir, surtout avec les documents imprimés dans ma pochette. Je serrais les papiers, regrettant de devoir interroger Larissa au sujet du compte pour les coups durs de la fondation qui avait été vidé la nuit dernière.

La plupart des gens n'auraient même pas connu l'existence de ce compte. J'en vérifiais le solde une fois par mois lorsque je mettais à jour le bilan. Mais après quelques transactions étranges que j'avais dû demander à Larissa de m'expliquer, j'avais mis en place une alerte dessus.

Le plus étrange était le virement correspondant sur mon

compte PayMo. J'avais annulé le dépôt, mais quelque chose de louche se tramait. Je devais trouver le courage de questionner Larissa à ce sujet ce soir. Et le tact nécessaire pour que ça ne sonne pas comme une accusation. Pas une bonne image à donner de la part de quelqu'un qui voulait qu'elle m'embauche.

Mais si je ne tirais pas ça au clair, on dirait que j'avais détourné des fonds de la fondation. Ce serait difficile à expliquer au conseil de l'État quand j'irai renouveler mon titre d'expert-comptable.

Avec tout ça qui me pesait, j'avais envisagé de me blinder dans un tailleur-pantalon ou même de demander à Ben de m'aider à trouver une autre robe, d'un noir passe-partout, assurément. Mais les paillettes éclatantes me donnaient de l'entrain, comme si la force de Mateo était encore à mes côtés. Et, malgré ce que je lui avais dit, j'en avais besoin.

Natalie a adoré la robe. Je lui en avais envoyé une photo — la version tout public, pas celle que Mateo avait prise avec ses mains étalées sur mes seins et mes hanches, ses lèvres sur mon cou. Elle m'envoyait des textos tous les jours avec des questions sur le gala, même si elle aurait pu organiser l'événement les yeux fermés. J'ai vu clair dans son jeu et je l'ai aimée pour ça. Elle s'inquiétait pour moi, pensant que Mateo et moi nous étions disputés. Si seulement elle savait.

Toutes mes tentatives pour l'effacer de ma vie avaient échoué. Bien que je les aie lavés quatre fois, mes draps portaient encore son odeur. Chaque fois que je sentais une bouffée de fumée de cigarette, je pensais à lui et je me demandais s'il avait réussi à arrêter pour de bon.

Et me voilà, portant la robe qu'il avait choisie pour moi. Quand je l'avais essayée, il n'avait pas pu s'empêcher de toucher ma peau, mes hanches, et même le bombé de mon ventre.

Malgré les manches longues de la robe, j'ai frissonné.

Peut-être que je couvais quelque chose.

— Mimi ! a lancé Natalie en s'avançant vers moi, si sophistiquée avec ses longues jambes et sa robe d'un rouge vin qui flottait avec élégance. Même si le col bénitier plongeait presque jusqu'à son nombril, sa poitrine plus sage restait cachée sous la soie. Tu es fabuleuse ! Elle a posé ses mains sur mes épaules dans une demi-étreinte, soucieuse de ne pas froisser le drapé soigneusement arrangé, et m'a fait la bise pour que nous n'abîmions pas notre rouge à lèvres.

— Merci. Tu es superbe, comme d'habitude.

— Merci. Elle a rejeté ses cheveux blonds sur le côté et a regardé par-dessus mon épaule. Où est Mateo ?

Je ne voulais pas donner à Larissa une autre raison de me critiquer, alors j'avais pris soin de ne pas mentionner notre rupture lors de nos réunions pour le gala. J'allais lui prouver que je pouvais me débrouiller seule, même en portant une robe au décolleté révélateur à un gala où j'avais l'impression d'avoir écorché ma peau pour laisser tout le monde reluquer mes muscles et mes tendons.

— Il n'a pas pu venir. J'ai offert un sourire pincé à Natalie.

Son sourire s'est affaissé. — Oh, non. J'espérais que vous vous seriez arrangés.

Ça ne servait plus à rien de lui mentir. — Honnêtement ? On n'a jamais été ensemble. Tout était faux. Mais je préférerais que tu ne le dises pas à Larissa. Elle n'a pas besoin d'une chose de plus à me reprocher.

— Attends, quoi ? Elle a froncé le nez. Faux ?

Révéler le mensonge m'a donné l'impression d'avoir enlevé un sac à dos de vingt kilos. J'ai pris une aussi grande inspiration que ma gaine amincissante me le permettait.

— On était juste amis. Enfin, même pas. Des amis se seraient appelés dans les deux semaines qui ont suivi notre dispute chez lui. Il me rendait service parce que Larissa avait dit que je devais venir accompagnée au gala. Et puis les choses ont dérapé quand il a rejoint le comité.

Elle a grimaqué. — Désolée, c'est peut-être de ma faute. Mais ça n'avait pas l'air faux. Surtout le soir où on est allées danser. Elle m'a lancé un regard perçant qui rappelait étrangement celui que son frère Jackson avait jeté à mon ordinateur portable en panne. Comme si elle pouvait me réparer, moi aussi.

— Eh bien, ça l'était. Faux. Au début. Puis c'est devenu moins faux et… Et les dix jours où ça avait été vrai avaient été les meilleurs de ma vie. Je détestais l'admettre, mais ce que nous avions me manquait. Mais je ne pouvais pas dire ça. Ce soir, je devais être Wonder Woman, une vraie battante qui assurait dans son bénévolat. Pas une pauvre fille triste et en mal d'amour comme Barbara Minerva avant sa transformation en Cheetah.

En mal d'amour ? Non, je n'étais pas en mal d'amour.

N'est-ce pas ?

J'ai redressé les épaules. Après un rapide coup d'œil pour m'assurer que ma poitrine se tenait sage, j'ai dit : — On n'est plus ensemble, et je ne prévois pas de le revoir, sauf pour les réunions de famille.

Ses gentils yeux bruns sont devenus si doux que les miens se sont mis à picoter. — Je suis tellement désolée. Est-ce que tu vas bien ?

— Je vais bien. Ce mensonge a glissé facilement de ma langue. Ça faisait deux semaines que je me mentais à moi-même à ce sujet.

Elle m'a serré le bras. — Allons chercher un verre et détendons-nous. Tu pourras tout me raconter. Ou pas, comme tu le sens.

— Je préférerais… ne pas, je crois.

— Pas de souci. Quoi qu'il en soit, on a travaillé comme des folles. On mérite un verre.

Nous nous sommes tournées vers la foule des premiers arrivants qui se rassemblaient autour des tables hautes devant le groupe de bachata qui s'installait sur scène. Lequel de ces hommes était le collègue de Mateo ? Si Mateo était là, il aurait pu me le désigner. Nous présenter pendant une pause musicale.

Mais il n'était pas là. Ni pour me protéger, ni pour faciliter la conversation.

Il me manquait. Pas pour les cent petites choses qu'il avait faites pour moi. Pour lui-même. Ça me manquait de me tourner vers lui quand je trouvais quelque chose de drôle pour voir s'il riait aussi. De le toucher et de le sentir frissonner de plaisir. De se balancer ensemble au son de la musique, confiante qu'il ne nous laisserait pas flancher tant que je continuerais à bouger les pieds.

Merde. Étais-je tombée amoureuse de ce grand gaillard ?

Natalie m'a agrippé la main. — Qu'est-ce qui ne va pas ? Tu es devenue toute pâle d'un coup.

— Rien, je... Mais j'ai eu une excuse pour ne pas finir. J'ai hoché la tête en direction de la version plus âgée de Natalie qui voguait vers nous. Elle portait une robe perlée rouge canneberge et tirait par le bras un homme noir en smoking, aux cheveux courts poivre et sel sur les tempes.

— Natalie.

— Mère. Natalie s'est redressée. Son expression bienveillante et inquiète s'est effacée, et un sourire sardonique a soulevé un coin de sa bouche. Elle s'est tournée et a fait la bise à sa mère.

— Présentez-nous votre amie, a ordonné la femme.

— Mère, Charles, voici Miriam Levy-Walters, la trésorière bénévole de la fondation. Son frère est Ben Levy-Walters, que vous avez dû rencontrer à la fête de fiançailles de Ben et Cooper en décembre. Mimi, voici ma mère, Audrey Jones Hayes, et mon beau-père, Charles Hayes.

— Enchantée de vous rencontrer, ai-je dit. Tout chez Mme Hayes criait le *luxe*. Son assurance royale m'a fait me demander si je devais faire une révérence. Ou m'incliner ? J'ai tendu la main.

Mme Hayes l'a prise, sa peau était incroyablement douce. M. Hayes m'a serré la main ensuite. — Natalie nous a tant parlé de vous.

— Ah oui ? J'ai jeté un coup d'œil à Natalie, dont les joues ont rougi jusqu'à la racine des cheveux.

— Je ne l'ai jamais vue aussi heureuse qu'en travaillant sur ce gala, a-t-il dit. Ses yeux bruns pétillaient, et je n'ai pas pu m'empêcher de sourire.

— Ce qui est vraiment ridicule, a dit sa mère. Elle en a géré des dizaines avec moi. Où est votre cavalier, Natalie ? Je n'ai pas vu Daniel depuis une éternité.

Elle a agité la main nonchalamment. — Il est là quelque part. Probablement en train de conclure une affaire dans la file pour les boissons.

— Il ne s'arrête jamais de travailler. Mme Hayes a hoché la tête en guise d'approbation, me rappelant ma propre mère. Soudain, le travail sans fin m'a semblé épuisant. J'avais besoin d'un verre. Et d'une chaise.

— « Il ne s'arrête jamais de travailler » ? Ça n'a pas l'air très amusant. Jackson Jones s'est approché de nous, deux coupes de champagne à la main. Il m'en a tendu une. Mimi, tu t'es défoncée pour ce gala, il est temps de t'asseoir et d'en profiter.

— Merci. Mon visage et mon cou se sont mis à chauffer, jusqu'à l'endroit où ma poitrine disparaissait dans le décolleté plongeant.

— J'ai entendu dire que tu as travaillé dur aussi, Nat. Une véritable amazone, à la peau foncée, mince et d'une beauté à couper le souffle, s'est avancée à côté de Jackson et a tendu sa deuxième coupe à Natalie.

— Jamila ! a dit Mme Hayes. C'est un tel plaisir de vous voir. Natalie, dites merci.

— Merci, a articulé Natalie d'une voix rauque. Elle a dégluti. Ses yeux étaient devenus immenses et ronds. Je ne l'avais jamais vue aussi secouée. Que se passait-il ?

— Jolie robe, a dit Jamila, son regard descendant le long du profond décolleté. Je n'arrive pas à croire que tu sois devenue si grande. Je me souviens quand tu venais voir Jackson à l'université. Tu portais toujours les plus jolies robes à volants, et tes cheveux étaient en couettes.

Natalie a enroulé une longue boucle autour de son doigt. — C'était il y a très longtemps.

Jamila a éclaté de rire. — C'est clair. Tu te souviens de cette fois où…

Je ne me suis pas rendu compte que j'avais cessé d'écouter

pour regarder la foule qui se rassemblait, cherchant une paire d'épaules larges et des cheveux blonds ondulés, jusqu'à ce que la voix de M. Hayes résonne, basse, à mon oreille.

— Miriam, si je peux me permettre, je pense que ce gala n'est pas plus votre tasse de thé que la mienne. Le secret du succès à ces événements est de vous trouver un partenaire qui vous facilitera les choses, comme Audrey le fait pour moi. Il a tendu la main, et Mme Hayes l'a prise.

— Charles. Mme Hayes s'est approchée, s'appuyant contre son épaule. Si seulement tu faisais un effort…

— Pourquoi devrais-je faire un effort ? a-t-il souri. Tu fais tout le travail pour moi. En fait, je suis sûr qu'il y a quelqu'un à qui je devrais parler en ce moment même.

— Vous devez en effet trouver M. van der Poel pour savoir ce qu'il sait de la nouvelle législation sur la protection des données.

— Vous voyez ce que je veux dire ? Ses yeux bruns profonds pétillaient. Jackson, Jamila, venez. Nous avons du réseautage à faire. Et ces deux-là méritent de boire du champagne en paix. Si vous nous excusez, mesdames. Profitez de la soirée. Il a fait un clin d'œil à sa belle-fille, m'a adressé un signe de tête et a présenté son coude à sa femme. Elle l'a pris, et ils ont disparu dans la foule, ainsi que Jackson et Jamila.

— Ouais. Le sourire de Natalie était aussi fragile que du verre. C'est comme ça que vous auriez été, toi et Mateo.

J'ai bu les dernières gouttes de champagne de ma coupe. Il m'en fallait une autre si elle comptait continuer à me le jeter au visage. — Viens. Nous devons aussi réseauter. Ordres de Larissa. En plus, je devais trouver la directrice et lui poser des questions sur le retrait et l'étrange dépôt.

— J'emmerde Larissa. Traîner avec toi est bien plus amusant que de réseauter. Mais si tu veux te mêler à la foule, je peux être l'Audrey de ton Charles. Elle a rejeté ses longs cheveux par-dessus son épaule. Elle savait exactement comment se comporter dans ces soirées, d'une manière que je ne pourrais jamais maîtriser.

— Je ne serai jamais comme ta mère ou Charles. Je n'ai pas du tout ma place ici. J'ai baissé les yeux sur ma robe scintillante comme si je l'avais projetée avec la magie de Loki, et que l'illusion allait s'effondrer d'une minute à l'autre, me laissant dans mes habituels vêtements noirs et informes.

— Mais si, tu as ta place. Tu as juste besoin du bon partenaire. Elle a plié son coude comme un duc dans un film d'époque.

— Merci, Natalie. Tu es une bonne amie. J'ai glissé ma main sous son bras. Maintenant, où est-ce qu'on va d'ab…

Larissa a flotté jusqu'à nous, faisant éclater la délicate bulle de normalité que Natalie avait soufflée autour de moi. Elle portait une robe sirène noire sans bretelles, recouverte d'un perlage complexe qui s'étendait jusqu'au tulle vaporeux du bas. Autour de son cou se trouvait un collier plastron tape-à-l'œil de cristaux rouges scintillants avec un énorme faux rubis suspendu juste au-dessus du corsage de la robe.

— Larissa, cette robe est magnifique, a dit Natalie. Elle a regardé de plus près. Perlée à la main ?

— N'est-ce pas ? Larissa a lissé une main sur son flanc.

— Et ce collier. Natalie a nommé un joaillier de luxe dont j'avais entendu des célébrités parler sur le tapis rouge avant les cérémonies de remise de prix.

Larissa a hoché la tête. — C'est la pièce la plus incroyable que j'aie jamais portée.

Il était vrai ? J'ai dégluti, et cette impression au fond de mon cerveau, comme la réponse à un problème de maths que j'avais presque résolu, est revenue. Je ne connaissais pas le salaire net de Larissa puisque, contre mon avis, Jackson la payait directement avec ses fonds personnels. Selon les sites de comparaison de salaires que j'avais consultés, ce n'était pas suffisant pour s'offrir de gigantesques rubis authentiques. Était-il possible de louer des bijoux comme ça ? Mon esprit s'est emballé, essayant de comprendre le modèle économique du joaillier et comment ils assureraient les pièces.

Larissa m'a tirée de mes calculs en disant : — Laissez-moi vous présenter Flavio, mon cavalier.

Il se tenait derrière elle, parlant à l'un des membres du personnel du club en uniforme noir, mais il s'est avancé quand elle lui a tiré la manche. Il portait des vêtements de golf les deux fois où je l'avais rencontré ici auparavant, mais ce soir, son smoking moulait son physique, de ses épaules larges à ses hanches étroites. Il ne se tenait pas droit comme Mateo le faisait toujours, mais était avachi, les mains dans les poches, à l'aise dans son smoking et dans sa peau comme s'il était le propriétaire des lieux.

— Oh, nous nous sommes déjà rencontrés, a dit Natalie. Quand nous sommes venues ici avec la décoratrice la semaine dernière.

— Oui. Il a agité un doigt. Je vous ai donné ma carte, Miss Jones, mais vous ne m'avez pas encore appelé.

— Parlez-en à Larissa. C'est elle qui nous a tenues occupées avec l'organisation de la fête.

— Ah. Mais maintenant que l'organisation de la fête est terminée, j'ai une proposition commerciale…

— Pas maintenant, Flavio. Le sourire de Larissa s'est transformé en grimace. Où est Mateo ? Je veux lui demander pourquoi le groupe ne porte pas de sombreros et ces pantalons de mariachi moulants.

Natalie a roulé des yeux si fort que j'ai cru que ses faux cils allaient s'envoler.

— Il n'est pas là ce soir, ai-je dit.

— De l'eau dans le gaz ? Les sourcils blonds cendrés de Larissa se sont haussés.

Je voulais lui dire non, mais le mensonge s'est coincé dans ma gorge sèche.

— Oh, non. Sa voix a baissé d'une octave. Vous avez rompu ?

Natalie s'est rapprochée et a agrippé ma main soudainement froide. — Ne parlons pas de ça ce soir. Ce soir, on célèbre notre dur labeur. Mais elle m'a lancé un regard si plein de sympathie que mes sinus ont picoté.

J'ai reniflé. Je n'étais pas sûre que mes propres faux cils résisteraient aux larmes. De plus, j'en avais déjà versé assez sur mon oreiller parfumé à l'odeur de Mateo. J'ai serré les lèvres pour retenir le sanglot.

Natalie a dû voir le tremblement de ma mâchoire. — Excusez-nous. On allait chercher un deuxième verre.

— N'oubliez pas que vous représentez la fondation ce soir, a sifflé Larissa. Seulement deux verres, Miriam. Pas de faux pas.

Je me suis redressée. Je devais lui parler du compte pour les coups durs. Mais pas devant Flavio et Natalie. — Larissa, est-ce que je pourrais…

— Pas le temps. Natalie m'a agrippé le bras et m'a traînée à travers la foule jusqu'au bar le plus proche.

— Mais je devais lui demander quelque chose à propos de la fondation…

— Au diable la fondation, a lâché Natalie. On a une mission. Les ruptures, ça s'arrose au champagne et au chocolat.

Avec Ben, c'était vin rouge et pizza grasse. Mais ça n'avait pas allégé le poids dans mon ventre. Peut-être que le remède de Natalie marcherait. Je trouverais Larissa quand mes yeux seraient moins humides.

J'ai affiché un sourire contrit. — Je suis allergique.

— Au champagne ?

— Non. Au chocolat.

Ses yeux se sont adoucis de sympathie. — Ma pauvre. Le chocolat est le meilleur remède contre les ruptures que je connaisse. On va devoir noyer ton chagrin avec… des glucides. Tu n'y es pas allergique, n'est-ce pas ?

— Seulement à ceux qui sont au chocolat.

Deux coupes de champagne plus tard, dans un coin de la salle de bal, la pièce avait pris un aspect flou et graisseux.

— Je crois que j'ai besoin de manger quelque chose de plus que du saumon sur des toasts, ai-je dit. Je n'avais *vraiment pas* besoin de revivre l'enterrement de vie de jeune fille de Bree — ou ses suites.

— Bonne idée. Natalie a arrêté une serveuse d'un geste de la main sans effort. Excusez-moi, pouvez-vous demander au chef de cuisine s'ils peuvent commencer le service du dîner ?

— Je… je suppose ? Il faudra demander à M. Flavio.

J'ai froncé le nez. L'alcool n'avait pas diminué la pression dans ma poitrine, mais il m'avait délié la langue. — Pourquoi lui ?

Elle a penché la tête sur le côté. — Ce soir, tout passe par lui.

Tout aurait dû passer par Larissa. Ou l'une de nous. — Pourquoi ?

La serveuse a haussé les épaules. — Il dit qu'il est aux commandes ce soir. Il *est* le propriétaire.

— Flavio *est propriétaire* du country club ? Cette information a percé mon cerveau embrumé.

— Oui ?

— Ce Flavio-là — Mon Dieu, j'aurais aimé connaître son nom de famille — là-bas ? J'ai montré le centre de la piste de danse, où se tenait Larissa à côté de lui.

— Oui. Je vais demander au directeur de lui demander. Elle a pivoté sur ses chaussures noires et m'a laissée là, bouche bée.

— Flavio est propriétaire du country club, ai-je dit.

— Tu ne le savais pas ? a demandé Natalie.

— Non, et toi ?

— Non, mais pourquoi tu fais cette tête ?

— C'est le fiancé de Larissa. La fondation paie au country club une somme à cinq chiffres. Par heure. C'est beaucoup d'argent, et c'est un conflit d'intérêts. J'avais signé les chèques, et Larissa les avait contresignés. Je n'avais pas pensé à vérifier qui était le propriétaire du lieu, mais maintenant que je le savais, je devrais le signaler. Ajouté aux manigances avec les comptes, c'était trop pour être ignoré. Je me suis frotté les mains. Elles me semblaient sales.

J'avais suivi la formation obligatoire de Synergy sur la conformité une fois par an depuis que j'avais rejoint l'entreprise, donc je pouvais réciter par cœur la politique sur les conflits d'intérêts, mais la fondation était trop petite pour un tel programme de formation. Cela pouvait-il avoir été une erreur de bonne foi ?

— Je savais que quelque chose clochait, a dit Natalie. La fondation n'a jamais semblé avoir autant d'argent qu'elle le devrait. C'est pour ça que j'ai accepté d'aider pour le gala. Je, ah… elle a serré sa flûte de champagne — je pensais au début que c'était peut-être toi qui piochais dans la caisse, mais après avoir appris à te connaître, ça ne collait pas. J'ai demandé à Jackson s'il pensait que Larissa pouvait être louche, mais elle est arrivée avec de si hautes recommandations que je crois qu'il a un peu peur d'elle.

Une brique me pesait dans l'estomac. Je n'avais rien remarqué d'anormal dans les comptes jusqu'à l'étrange retrait de la nuit dernière. Avais-je été si concentrée sur mes objectifs de carrière que j'étais passée à côté de quelque chose d'aussi énorme que du détournement de fonds ?

— J-j'ai trouvé quelque chose. Hier soir. Un des comptes de la fondation a été vidé. Par Larissa. J'ai ouvert ma pochette et lui ai tendu l'imprimé. Aujourd'hui, il y a eu un dépôt étrange sur mon PayMo. Je l'ai annulé, mais le montant correspondait au solde du fonds pour les coups durs.

— La semaine dernière, quand on était ici avec la décoratrice, tu as dit qu'il manquait un dépôt. Qu'a dit Larissa à ce sujet ?

— Elle a dit qu'elle avait donné l'argent liquide à la décoratrice.

Natalie a secoué la tête. — Gail est une amie. Elle a accepté d'être payée après l'événement. Elle a renoncé à son acompte habituel.

Ma tête tournait. C'était trop irrégulier. Nous ne passerions jamais un audit. Quelque chose n'allait vraiment pas. Mais Larissa avait remporté ce prix l'année dernière. Je ne pouvais pas croire qu'elle ait intentionnellement fraudé la fondation. Qui pouvait faire ça aux enfants ?

— Nous devrions le dire à Jackson, a dit Natalie. Je sais qu'il a une approche non interventionniste de la gestion de la fondation, mais il ne sera pas content d'entendre ça.

— Je préférerais d'abord parler à Larissa. Voir ce qu'elle a à dire pour sa défense.

— D'accord, mais... Elle s'est mordu la lèvre. Il y a autre chose. Je ne voulais rien dire avant d'être sûre, mais je pense qu'elle empoche l'argent qu'elle est censée utiliser pour le loyer. Jackson a mentionné qu'il payait pour des bureaux, mais elle et moi, on se retrouve toujours au Starbucks.

Mes yeux se sont écarquillés. — Jackson lui donne de l'argent pour des bureaux ? Les comptes de la fondation devraient payer pour ça. D'ailleurs, elle travaille depuis son appartement.

Natalie a secoué la tête. — On doit le dire à Jackson. Ça... elle a secoué les papiers dans sa main — c'est une preuve.

Elle est descendue de sa chaise et a attendu, les sourcils levés.

Elle avait raison. C'était trop gros pour être une erreur. Mais adieu le poste de directrice adjointe. Jackson Jones ne me pardonnerait jamais d'avoir laissé ça se produire sous ma surveillance.

J'ai glissé du haut tabouret. — D'accord. Allons lui parler.

Elle a balayé la piste de danse du regard à la recherche de son frère, et j'ai regardé dans l'autre direction, vers l'entrée.

Mon regard s'est accroché à une paire d'épaules larges et à une tête blonde qui dominait la foule. Mon souffle s'est bloqué dans ma poitrine.

Mateo ?

Toute pensée s'est évaporée de mon cerveau. La fondation, la fraude de Larissa, même mon amie debout à côté de moi. Une vague d'espoir m'a submergée. L'espoir qu'il m'ait pardonnée. Qu'il soit venu ici pour me voir. Que — j'ai dégluti — il voulait de nouveau faire partie de ma vie.

Parce que c'était ce que je voulais.

Mais quand il a tourné la tête, j'ai réalisé que ce n'était que Cooper Fallon, debout à côté de mon frère à l'entrée de la salle de bal.

Alors que mon estomac se nouait, j'ai cessé de le nier.

J'étais amoureuse de Mateo depuis le début.

29

MATEO

UNE HEURE PLUS TÔT

J'AVAIS TOUT ce dont un célibataire avait besoin pour la Saint-Valentin : une bière à la main, un pack de six dans le frigo, et un deuxième pack de six juste derrière. Plus du foot sur une télé géante. Non, ce n'était pas la saison du foot, même pas celle du football américain, mais même si Miguelito ne regardait jamais rien d'autre que les actualités financières, il avait un bouquet de chaînes du câble incroyable. La chaîne MLS rediffusait un marathon des matchs de la Coupe du Monde de l'année dernière.

Et j'avais le meilleur pote du monde, même s'il devait se cacher sous une couverture. J'ai arraché un minuscule triangle d'une tranche de bœuf séché et je l'ai donné à Roger, qui ronronnait de contentement sous le plaid en cachemire sur le canapé d'angle dans la salle télé de Miguelito. Puis j'ai jeté un plus gros morceau à Coco, qui était allongé par terre à mes pieds.

Le claquement des chaussures de ville sur le carrelage m'a laissé amplement le temps de recouvrir Roger avec la couverture avant que Ben n'entre.

— Hé, Mateo, tu peux m'aider avec mon nœud pap ? Je n'ai toujours pas pris le coup de main.

J'ai posé ma bière et j'ai contourné le canapé pour me placer en face de lui. Il avait un éclat de fraîcheur qui le rendait encore plus magnifique que son smoking sur mesure aux revers de satin. Je me suis essuyé les doigts sur mon pantalon de survêtement pour ne pas tacher le nœud papillon lustré.

— Canon ?

— Non. Il a soupiré d'extase, en levant les yeux au ciel. C'est du Tom Ford, putain. Regarde les poignets. Il a levé un avant-bras pour montrer les poignets en satin et les boutons recouverts.

J'ai sifflé. — Il doit vraiment t'aimer.

— Je sais, pas vrai ?

Un sourire a fendu mon visage. Étais-je jaloux que mon cousin ait déniché l'amour de sa vie alors que j'avais le cœur en miettes ? Absolument. Pourtant, je ne pouvais pas lui en vouloir face au bonheur incandescent de Ben.

— Lito n'a pas réussi à le nouer ? J'ai redressé les pans et j'ai laissé ma mémoire musculaire prendre le dessus. Mon père aimait porter des nœuds papillon pour la messe du dimanche.

— Il a essayé… Le cou de Ben a rougi sous son col, d'une teinte qui me rappelait trop la peau de sa sœur… mais il n'arrêtait pas, hum, de se laisser distraire. C'est pour ça qu'on est en retard. Il est en train de prendre une douche, là.

Je me suis forcé à rire.

Toujours trop perspicace, Ben a demandé : — Ça va aller ?

— Quoi ? J'ai serré le nœud. Bien sûr. J'ai de la bière et du foot. Je commanderai une pizza plus tard. La vie est belle.

— Mateo. Ben a posé une main sur mon t-shirt, juste au-dessus du trou béant dans ma poitrine. Je suis désolé que ça n'ait pas marché entre toi et Mimi. J'espérais vraiment pour vous.

— Autant espérer pour Saint-Marin, j'ai marmonné en ajustant son nœud papillon.

— Je ne suis pas fan de ballon. C'est quoi, Saint-Marin ?

— Saint-Marin ? Miguelito est entré, son propre nœud papillon pendant autour de son cou. Seulement le pire club de foot européen de tous les temps. Tu ne veux pas aller voir un match là-bas, si ?

— C'est où, au juste… peu importe. Mateo se comparait à eux, et je savais que ça ne me plaisait pas. Il a échangé un regard avec son fiancé.

— Je pensais ce que je t'ai dit l'autre jour, a-t-il dit d'un ton bourru. Tu es mon primo, et je t'aime. Tu as de la valeur à mes yeux. Tu es assez bien.

J'avais besoin de ces mots. Je les ai absorbés par ma peau comme de la vitamine D au soleil. Ils se sont accumulés dans mon ventre, me réchauffant de l'intérieur.

— Oh, Mateo, a dit Ben. Bien sûr que tu es assez bien. Mimi a beau être ma sœur, c'est une idiote si elle ne le voit pas.

Mes sinus me picotaient. J'ai attrapé Ben avec mon bras droit et Lito avec le gauche et je les ai attirés dans une étreinte écrasante. J'ai ravalé mes larmes, ne voulant pas qu'elles tombent sur leurs vestes de smoking. — Merci, ai-je murmuré, la gorge nouée.

Ben m'a serré fort contre lui tandis que Lito me donnait quelques tapes maladroites dans le dos.

— On t'aime tous les deux, Mateo, a marmonné Ben contre mon épaule.

— Mais… Miguelito s'est doucement dégagé de mon étreinte et a tiré Ben à ses côtés. Je ne peux pas cautionner cette façon que tu as de te morfondre. Il a fait un geste vers mon t-shirt délavé et effiloché, et mon pantalon de survêtement avachi. Pourquoi tu n'es pas habillé ?

J'ai tiré sur mon t-shirt rétréci pour couvrir mon ventre. — Je suis habillé. Je suis paré pour une soirée avec mes clubs préférés.

Miguelito a jeté un coup d'œil à la télévision. — Leipzig-Chelsea ? Tu les détestes tous les deux.

Merde, j'étais trop occupé à me morfondre pour faire attention à qui jouait. — Peut-être qu'ils peuvent perdre tous les deux ?

— Au diable ces conneries. Mon cousin a fendu l'air de la main. Tu viens avec nous au gala. Tu vas tenter ta chance avec Mimi.

— Quoi ? Des frissons ont parcouru mon échine. Non, je ne viens pas. Elle ne veut pas de moi.

— Bien sûr qu'elle veut de toi. Ben m'a passé une main apaisante sur le biceps. Elle a juste oublié.

J'ai montré les dents et je me suis écarté de son contact. — Parce que je suis transparent.

La bouche de Ben s'est ouverte pour former un *O* horrifié. Cette fois, c'est Miguelito qui m'a agrippé l'épaule, en articulant les mots à travers ses dents serrées. — Tu. N'es. Pas. Transparent. Tous ceux qui te rencontrent t'adorent. Ta mère ? Elle avait ses problèmes, qui n'avaient rien à voir avec toi. Et Mimi a été idiote de te laisser partir. Elle regrette probablement cette décision en ce moment même.

J'ai ricané. — Bien sûr qu'elle regrette. Elle s'est pointée à ce gala toute seule, et Larissa est… putain, Larissa est en train de la démolir, n'est-ce pas ?

— Il n'y a qu'une façon de le savoir. Viens avec nous. Reconquiers-la.

Je me suis tourné vers Ben. J'aimais mon cousin, certes, mais son historique de rendez-vous galants était lamentable.

— Donne-lui une autre chance, a dit Ben. Si elle merde encore, je me fiche que ce soit ma sœur. Je la mets au piquet.

— Jamais je ne pourrais m'interposer entre toi et Mimi. Tu dois prendre son parti. Mais je garde Lito. J'ai passé un bras autour des épaules de mon cousin.

Il s'est dégagé, lissant des plis invisibles sur son smoking. — Allez. Je vais t'aider à choisir un smoking à l'étage.

— Le brocart Versace, chéri, a dit Ben. Tu n'arrives jamais vraiment à le porter, mais il sera incroyable sur lui.

Les lèvres de Miguelito se sont retroussées, mais il a haussé les épaules. — Il est un peu trop tape-à-l'œil pour moi. Mais parfait pour mon primo.

Alors que je me tournais pour suivre mon cousin à l'étage, Ben m'a attrapé le poignet. En haussant les sourcils, il a dit d'une voix trop basse pour que son fiancé puisse l'entendre : — Je vais ramener ton invité à la maison. Je ne te recommanderais pas de le ramener ici. Cooper ne sera pas aussi amical que Coco à ce sujet, et il pourrait retirer les gentilles choses qu'il a dites sur toi.

J'ai tendu le bras par-dessus le dossier du canapé, j'ai découvert Roger et je l'ai donné à Ben. — Merci, mec. Je te revaudrai ça.

— Pas la peine. Fais de nouveau sourire ma sœur, et tout sera pardonné. Il m'a tapé sur l'épaule et s'est éloigné, Roger presque invisible contre sa veste de smoking noire.

— Tu viens ? a appelé Miguelito depuis le palier.

Je me suis précipité à l'étage pour le rejoindre. Même si je ne la reconquérais pas, je sauverais Mimi de la jalousie glaciale de Larissa et je l'aiderais à rester dans la course pour le poste qu'elle voulait si désespérément.

Quinze minutes plus tard, je suivais mon cousin en bas des escaliers. J'étais habillé et coiffé, et il m'avait aspergé d'une eau de Cologne à l'odeur incroyable qu'il disait n'avoir jamais aimée. Elle me rappelait les fleurs nocturnes et les brises chaudes de l'océan de chez moi.

Ben s'est levé du tabouret de cuisine où il attendait. Il a fait semblant de se protéger les yeux. — Oh mon Dieu, je n'en peux plus de tant de beauté. Mateo, si Mimi ne te reprend pas, ce ne sera pas un problème de trouver quelqu'un pour t'aider à l'oublier. Merde, je t'aiderais bien.

Miguelito a grogné au fond de sa gorge.

— Je plaisante ! Je plaisante totalement. Mais en arrivant avec vous deux, je me sentirai comme Scarlett O'Hara au pique-nique de Twelve Oaks. Ben a attrapé la main de son fiancé et l'a conduit vers la porte du garage. Allons-y, mon beau. On est en retard.

Miguelito a brossé quelque chose sur l'épaule de Ben. — C'est un poil de chat ?

— Impossible, chéri. Où trouverais-je un poil de chat dans notre maison immaculée ? Il m'a fait un clin d'œil par-dessus son épaule. Allez, Mateo. On a fait notre magie de bonne fée marraine. Maintenant, il ne reste plus qu'à reconquérir ta princesse.

En silence, je les ai suivis jusqu'au garage. Et si Mimi ne voulait pas être reconquise ?

J'ai redressé les épaules. Je ne le saurais jamais si je n'essayais pas.

30

MIMI

JE ME SUIS DÉTOURNÉE de l'entrée. Je ne pouvais pas regarder Ben faire les yeux doux à quelqu'un qui ressemblait tant à l'homme que j'avais rejeté et perdu.

— Désolée, tu disais quoi ? ai-je demandé à Natalie.

Mais elle aussi était distraite. Son frère, Jackson, s'est approché de nous d'un pas nonchalant. Ses yeux bruns brillaient comme du champagne.

— Où est passé Andrew ? Il ne m'a pas encore donné son don. Mais tu vas adorer ça. Je viens d'accepter un chèque de dix mille dollars de ce connard de van der Poel. Il voulait te le donner à toi, Nat — ce n'est pas ton cavalier ? — mais je lui ai dit que c'était ma putain de fondation, et que dix plaques ne suffiraient pas à te mettre dans son lit.

— Bref, je voulais vous remercier encore une fois toutes les deux d'avoir organisé tout ça. Quoi que je vous paie, ce n'est pas assez pour ce que vous avez fait ce soir. Il a fait un geste ample en direction des tables scintillantes de cristal et d'argenterie, de l'orchestre et des couples qui dansaient, des gens qui étaient venus sur leur trente-et-un le jour de la Saint-Valentin pour soutenir les enfants neurodivergents.

Natalie a reniflé. — Tu ne nous paies rien du tout, Jackson. J'ai aidé parce que tu es mon frère et que je ne voulais pas que tu te plantes avec ton premier grand événement. Mimi a aidé par pure bonté de cœur. Parce qu'elle adore soutenir les enfants.

Pourtant, je le voulais, ce poste de directrice adjointe. — Eh bien, ce n'est pas tout à fait…

— Attends. Jackson a froncé les sourcils. — Je ne vous paie pas ?

— Non. J'ai imité sa mine renfrognée. — Enfin, je veux dire, vous me payez pour mon travail chez Synergy, mais mon travail pour la fondation est pro bono.

— Mais j'ai viré de l'argent sur le compte de paie toutes les deux semaines. Larissa a dit qu'elle le distribuerait au personnel.

Natalie a eu un hoquet de surprise.

J'ai été glacée. La fondation n'avait pas de compte de paie. Larissa m'avait dit que Jackson la payait directement, et que je n'avais pas à m'en soucier. J'avais prévu de parler à Jackson de la façon de mieux gérer le financement de la fondation et son impact sur ses impôts personnels, mais j'avais voulu attendre que Larissa se décide pour le poste de directrice adjointe. La bile m'est montée à la gorge.

J'ai dégluti. C'était une accusation grave. Mais il n'y avait aucune autre explication à tout ce que Natalie et moi avions vu. — Je pense que Larissa s'est enrichie grâce à la fondation. Elle a gardé la totalité de la masse salariale. Et il y a eu d'autres dépenses douteuses. Des conflits d'intérêts. J'ai la preuve que j'ai donné de l'argent liquide à Larissa pour un acompte, mais elle ne l'a pas remis au fournisseur. L'argent a disparu. Et j'ai ça — j'ai sorti les papiers pliés de ma pochette — la preuve que Larissa a vidé le fonds d'urgence de la fondation hier soir. Je suis désolée de ne pas m'en être rendu compte plus tôt.

— Oh, putain. Jackson a parcouru les papiers. — Une vraie

erreur de débutante de ne même pas masquer son adresse IP. Ça va me prendre deux secondes pour confirmer que c'était bien elle.

Il s'est passé une main sur le visage. — Je suis nul pour tout ce qui est administratif. J'aurais dû demander à Cooper de m'aider. Mais elle m'avait été si chaudement recommandée. Et, franchement, elle me fait un peu peur. Il s'est redressé. — Je vais avoir besoin de copies du reste de ces documents pour mon avocat.

— Bien sûr. Je peux vous les faire parvenir demain matin.

— Envoyez-les moi lundi. Vous ne devriez pas travailler le week-end. Espérons qu'elle partira sans faire de vagues et que l'argent pourra régler ce gâchis. Il a sorti son téléphone, a composé un numéro et a murmuré dedans.

— Je n'aurais jamais cru… ai-je murmuré.

— Moi si, a dit Natalie. Ce Flavio est son complice, pas son fiancé.

— Il avait un je-ne-sais-quoi de suspect, c'est vrai.

Jackson a retiré le téléphone de son oreille. — La sécurité va la localiser et éviter de faire une scène. Il s'est tiré les cheveux à la racine. — Maintenant, où vais-je trouver un nouveau directeur de fondation pour remettre de l'ordre dans ce gâchis ? Il a balayé la foule du regard comme s'il s'agissait d'une file de candidats.

— Jackson, espèce de crétin, a dit Natalie. Ta nouvelle directrice est juste sous ton nez. Elle a attrapé mes épaules et m'a tirée devant elle.

— Mimi ? Son visage s'est éclairci. — Mais bien sûr ! Mimi, accepteriez-vous de prendre le relais ? Il a mentionné un salaire qui correspondait à ce que j'avais cherché.

— Je… Oh, merde. L'idée du poste d'adjointe me convenait, suivre la direction de quelqu'un d'autre. Mais être moi-même la dirigeante ? — Suis-je qualifiée ?

Natalie, qui avait toujours les mains sur mes épaules, s'est penchée pour me murmurer à l'oreille. — Je t'aiderai, c'est promis.

— De l'aide. Je me suis raccrochée à ce mot comme à une bouée de sauvetage. — J'aurais besoin de beaucoup d'aide.

— Qui vous voulez, a-t-il dit. Vous pouvez embaucher du personnel. Et un auditeur.

Mes joues m'ont brûlée. Comment avais-je pu rater le détournement de fonds de Larissa ? — Êtes-vous sûr de me vouloir ?

— Je ne vois pas de meilleure candidate. J'ai vu votre bon travail. En plus, Nat se porte garante de vous.

— Puis-je y réfléchir et vous donner ma réponse lundi ?

— Bien sûr. Il a baissé les yeux sur son téléphone. — On dirait qu'ils ont trouvé Larissa. Je dois aller m'occuper d'elle.

— Qu'est-ce que tu vas faire ? Natalie s'est frotté les mains. — Demander à la police de lui passer les menottes ?

— Tu as trop regardé de séries policières, Nat. Pour l'instant, je vais voir ce qu'elle a à dire pour sa défense.

— Mimi et moi, on vient avec toi.

— Ah bon ? J'ai cligné des yeux. Est-ce que je voulais voir Larissa se faire prendre ?

Elle avait volé de l'argent destiné aux enfants que nous étions censés aider. Oh que oui, je le voulais.

L'équipe de sécurité de Jackson avait retenu Larissa dans une petite salle de conférence près du hall. Jackson s'est adressé à la chef d'équipe, une femme grande et musclée aux cheveux coupés courts. — Où est Flavio ?

— Introuvable. Mais il a abandonné sa cavalière. Elle a fait un signe de tête vers Larissa, qui a relevé le nez en l'air.

— C'est ridicule, Jackson. Je ne sais pas ce que Miriam pense que j'ai fait…

— Elle ne pense pas que vous ayez fait quoi que ce soit. C'est moi qui le pense. Je pense que vous avez volé de l'argent qui était censé aider des enfants.

Je me suis cachée derrière Natalie, mais le regard glacial de Larissa m'a trouvée. — Miriam ne connaît rien au fonctionnement des associations. Elle ne comprend pas. Je vais vous montrer exactement…

Je suis sortie de l'ombre de Natalie. — Peut-être que je ne sais pas comment diriger une association, mais je comprends la comptabilité. Et les impôts. Je pense que c'est votre cas aussi. Ce que vous avez fait n'est pas correct. J'ai les reçus — ou leur absence — pour le prouver.

— Vraiment ? Elle a haussé les sourcils, et un sourire a effleuré ses lèvres. — Jackson, je pense que si vous regardez les comptes personnels de Miriam, vous verrez que c'est elle qui a retiré l'argent du fonds d'urgence.

Une réalisation glaciale a parcouru mes veines. — Vous essayiez de me faire porter le chapeau ? De me faire endosser la responsabilité de votre vol ? Je savais que cet argent n'était pas à moi. J'ai demandé à PayMo d'annuler les transactions.

— D'ailleurs, a dit Jackson, je peux tracer l'adresse IP. Je suis presque certain de savoir où elle mènera.

Pour la première fois, la peur a traversé son visage lisse. — Vous ne pouvez pas me faire ça. J'ai des relations. Des gens qui veilleront à ce que vous ne puissiez rien prouver.

Jackson a haussé les épaules. — Je n'ai rien à prouver. Votre emploi est révocable à ma discrétion, et je n'ai plus besoin de vos services. Je fais confiance à Mimi. Elle a des preuves de ce que vous avez fait. Nous pouvons probablement en trouver d'autres concernant les précédentes associations avec lesquelles vous avez travaillé. Alors, soyez intelligente, Larissa. Foutez le camp et trouvez un travail honnête dans le secteur privé. Si j'entends que vous essayez de voler une autre association, je vous ferai tomber.

La poitrine de Larissa s'est soulevée, mais elle est restée silencieuse. Son expression s'est fermée. — Je ne crois pas vouloir rester ici, de toute façon. Je m'en vais.

Avec un regard prudent vers la chef de la sécurité, elle s'est glissée vers la porte mais s'est arrêtée à côté de moi. — Fais attention, Miriam. Je vois bien que tu veux faire partie de ce monde. Elle a jeté un regard aux Jones. — Tu es comme moi, ambitieuse. Tu joues la comédie pour eux. Tu veux être sous les feux de la rampe. Eh bien, ces feux de la rampe peuvent te brûler.

— Nous ne sommes pas pareilles. Elle avait plus raison que je ne voulais l'admettre. J'avais voulu être comme elle, prendre mon envol comme elle l'avait fait. Mais maintenant, je voyais qu'elle n'avait pas volé du tout. Elle avait utilisé des ficelles invisibles pour créer l'illusion du vol. Et je préférais trimer dans l'obscurité pour toujours plutôt que de faire ce qu'elle avait fait. — Je ne volerais jamais.

Elle a haussé les sourcils. — Ah non ? Les femmes comme toi et moi n'ont pas le filet de sécurité qu'*ils* ont. Nous devons nous battre bec et ongles pour arriver au sommet. Ça coûte de l'argent d'avoir l'air d'être à notre place. Et parfois, il faut faire illusion pour y arriver.

En surface, ce qu'elle avait dit ressemblait beaucoup au mantra de Maman : *intelligence, ambition et confiance*. Mais elle l'avait tordu d'une manière que je ne ferais jamais. — Je préférerais être pauvre et au chômage plutôt que de prendre de l'argent qui a été donné pour aider des enfants.

Elle a arqué un sourcil. — Bonne chance avec ça. Seuls les riches peuvent s'offrir le luxe d'un sentiment de supériorité morale. Avec un reniflement, elle a franchi la porte. Personne ne l'a arrêtée, et le cliquetis de ses talons s'est rapidement éloigné dans le couloir.

Jackson a remercié l'équipe de sécurité, et ils sont sortis en refermant la porte.

— Tu la laisses s'en tirer ? Natalie a mis les poings sur les hanches.

— Nat, je lui donne une seconde chance. J'ai fait des erreurs, moi aussi.

— Des erreurs ? Sa voix s'est élevée, outrée. — Un détournement de fonds n'est pas vraiment une erreur !

— Jackson, je suis d'accord. C'est un crime, ai-je dit.

— C'était mal, et je vais lui donner l'occasion de réparer. D'autres personnes m'ont donné cette chance — de nombreuses chances — quand j'ai merdé. Il s'est frotté un point entre les sourcils. — Mais je vous promets qu'on la gardera à l'œil. Si elle recommence ailleurs, on la poursuivra. Je couvrirai tout ce qu'elle a pris à la fondation avec mes fonds personnels.

Elle avait volé l'organisation pour laquelle j'avais tant travaillé. Les enfants. — Mais…

— Vous mettrez en place des mesures pour que cela ne se reproduise plus, n'est-ce pas ? a-t-il demandé.

— Bien sûr. C'était une promesse.

— Bon, nous avons encore un gala en cours là-dehors et des donateurs à presser. Il s'est frotté les mains. — Larissa était censée faire un bref discours, puis me présenter. Pouvez-vous le faire, Mimi ?

— Un discours ? Les discours n'étaient pas mon truc. C'est pour ça que j'étais devenue comptable.

— Juste souhaiter la bienvenue à tout le monde, les remercier pour leurs contributions, puis dire : « Et maintenant, Jackson. » Rien de compliqué.

— Tu as préparé un discours ? a demandé Natalie.

Il a gloussé. — Tu me connais. Je compte improviser. Il est sorti de la pièce d'un pas décidé.

Natalie m'a serrée dans ses bras. — Je suis dégoûtée pour le vol de Larissa, mais je suis tellement contente pour toi. Tu aurais dû être aux commandes depuis le début.

— Mais je ne sais rien de la direction d'une association. Peut-être que tu devrais…

— Je te promets que je t'aiderai. Tu as les compétences nécessaires. Tu es organisée, motivée et, par-dessus tout, tu te soucies des enfants comme Larissa ne l'a jamais fait.

La confiance de Natalie a étayé la mienne. — D'accord, si tu penses que je peux…

— Je sais que tu peux. Elle m'a serrée à nouveau dans ses bras. — Prête à monter sur scène ?

Mon sourire était mal assuré. Certes, j'avais atteint — et dépassé — mon objectif. Mais maintenant, je devais prendre mes responsabilités et faire le travail. Sans le filet de sécurité du leadership de quelqu'un d'autre. Mais Natalie croyait en moi. Avec son aide, je pourrais peut-être y arriver.

— D'accord. Nous sommes sorties ensemble.

Mais dès que je suis entrée dans la salle de bal, mon regard s'est posé sur la personne que j'avais cherchée toute la nuit. Quelqu'un de grand et blond, en smoking. Et cette fois, ce n'était pas Cooper Fallon.

31

MIMI

— ON Y VA, Mimi, a dit Natalie. Oh.

Plutôt du genre *Ooooh*.

Qu'est-ce que Mateo faisait au gala ? Il se tenait seul, balayant la foule du regard. Fini, le jean et le t-shirt moulant qu'il portait d'habitude. Ce soir, il était magnifique et élégant dans un smoking en brocart qui épousait ses épaules et son torse musclé, et effleurait ses cuisses puissantes. Son nœud papillon était impeccable et bien ajusté sous son menton.

On aurait dit qu'il était à sa place, dans cette salle de bal étincelante.

Merde, est-ce qu'il était venu avec quelqu'un ? Il ne pouvait pas être aussi cruel. Même si je le méritais après ce que je lui avais fait. Un poing s'est crispé sur mon cœur.

— J'ai besoin d'une minute.

— Une minute ? a fredonné Natalie avec appréciation en le reluquant de la tête aux pieds. Il m'en faudrait vingt. Au moins. Vas-y. Je vais préparer les techniciens du son pour toi.

Natalie a disparu dans un clic-clic-clic de talons. Mais mon regard est resté fixé sur Mateo.

J'ai fait un pas vers lui, et c'est là qu'il m'a repérée. Son expression s'est figée, ses yeux se sont écarquillés. Puis il m'a scrutée, de mon chignon au débordement de ma poitrine, jusqu'à l'endroit où la robe épousait mes hanches gainées de Spandex, suivant la longue fente de ma tenue jusqu'à mes orteils dans mes talons beiges.

Son regard a fusé vers mon visage, et j'ai souhaité pouvoir effacer l'incertitude qui s'était installée dans le pli entre ses sourcils.

J'ai titubé vers lui, aussi vite que je le pouvais avec ces talons trop hauts, jusqu'à ce que je me retrouve devant lui.

— Mateo, je…

— Mimi. Mon nom était un soupir, un espoir, une réunion. Il a tendu la main comme pour me toucher, mais l'a retirée brusquement.

Moi ? Je devais viser le trophée du moment le plus gênant de la soirée. Horrifiée et incapable de m'en empêcher, j'ai regardé ma main se tendre vers lui pour une poignée de main.

Il a baissé les yeux, et son regard s'est plissé de douleur comme si je lui avais donné un coup de pied. Pourtant, toujours meilleur que moi, il a glissé sa main dans la mienne et l'a serrée.

— Mimi. Cette fois, quand il l'a prononcé, mon nom est sorti étranglé et rigide.

Il a relâché la pression sur ma main, mais je me suis accrochée comme Roger à son arbre à chat en sisal.

— Mateo, je suis désolée. Je n'aurais jamais dû te dire ces choses. Je n'aurais pas dû te donner l'impression que tu n'étais qu'un tremplin pour ma carrière. Tout ce que tu as fait, c'est m'aider, et je te l'ai jeté à la figure. Je n'ai jamais voulu te faire de mal.

Sa bouche s'est resserrée jusqu'à ce que ses lèvres charnues deviennent pâles. — Ce n'est rien.

— Non. Il fallait qu'il comprenne ça, que personne ne devait profiter de lui. Que personne ne pouvait l'insulter et le rejeter comme je l'avais fait. — Non, ce n'est pas rien. J'ai pris tout ce que tu m'as donné. Et tu m'as tant donné. De l'aide pour le gala. Cette robe. Et tellement plus. Et pourtant, j'ai été ingrate.

Sa bouche n'était plus qu'un trait fin. — Ce n'est pas grave. Je suis content que tout se soit bien terminé pour toi.

Je m'y prenais complètement de travers, mais je ne savais pas comment m'arrêter. Alors je me suis enfoncée davantage. — Ça s'est très bien terminé. Vraiment. Jackson vient de me proposer le poste de directrice. Pas d'assistante de direction. Directrice. Et je pense que je vais l'accepter.

Son visage crispé s'est fendu, les coins de sa bouche se relevant. — C'est super, Mimi. Je suis heureux pour toi.

— Mais je… Pourquoi était-ce si difficile pour moi ? Pourquoi étais-je bloquée sur tout ce qui n'avait aucune importance ? Pourquoi ne pouvais-je pas lui dire ce que je ressentais pour lui ?

J'ai levé les yeux vers les siens, doux, tendres et chauds comme un ciel d'été. Et j'ai compris pourquoi je ne pouvais pas parler. Tout ceci était bancal. Ce n'était pas suffisant de ne le dire qu'à lui. Le monde, ou du moins toutes les personnes présentes dans cette salle, devait savoir à quel point il était merveilleux. Il ne méritait pas seulement ma reconnaissance, mais celle de toute une salle.

Je me suis hissée sur la pointe des pieds et je lui ai donné un baiser sur les lèvres. — Reste là, d'accord ? Ne bouge pas.

Me tournant vers la scène, je me suis faufilée parmi les gens qui attendaient que l'orchestre reprenne, jusqu'à ce que j'atteigne les marches et les gravisse.

— Prête ? ai-je demandé en prenant le micro des mains de Natalie.

— Je ne vois pas encore Jackson.

— Ce n'est pas grave. Je dois d'abord dire quelque chose.

— Ah oui ?

J'ai allumé le micro et me suis tournée pour faire face à la salle. — Bonsoir à tous. Bonsoir.

J'ai attendu que la salle se calme et que j'aie capté l'attention de la plupart des invités.

— Bienvenue à la première Célébration Annuelle des Différences Cérébrales de la Saint-Valentin. Je suis Miriam Levy-Walters, la consultante financière de la fondation. Je tiens à vous remercier tous pour votre générosité ce soir.

J'ai balayé la foule du regard. La plupart d'entre eux avaient l'air de s'ennuyer. Ou d'être grincheux parce qu'ils n'avaient encore rien mangé. Mes genoux se sont mis à trembler en pensant à ce que je voulais dire.

Et c'est là que j'ai fait quelque chose qui allait me faire grincer des dents pour le reste de ma vie.

— Vous savez quel est le problème avec les blagues de maths ? ai-je demandé en haussant les sourcils avec un sourire.

Ben connaissait celle-là. — Non, quel est le problème avec les blagues de maths ? a-t-il crié.

J'ai affiché un grand sourire. — Les blagues sur le calcul sont toutes dérivées, celles sur la trigonométrie sont trop imagées, celles sur l'algèbre sont toujours formulées, et celles sur l'arithmétique sont assez basiques. J'ai marqué une pause. — Mais je suppose que la blague de statistiques occasionnelle est une valeur aberrante.

Le silence s'est étiré pendant deux secondes. Trois. Puis, du côté de la scène, Natalie a beuglé : — Ha !

Mes joues se sont enflammées. Je suppose que les gens riches n'appréciaient pas les blagues de maths. J'ai pris une profonde inspiration et j'ai dit : — Avant de vous présenter Jackson, j'aimerais saluer quelques personnes qui ont rendu cet événement possible.

— D'abord, Natalie Jones. Natalie a apporté une vision à ce gala et l'a exécutée à la perfection. Merci, Natalie, pour tes contributions et pour ton amitié.

Je lui ai souri pendant que les invités applaudissaient. Elle a bombé le torse et a rayonné, d'abord vers moi, puis vers les personnes rassemblées en dessous de nous sur la piste de danse.

Quand les applaudissements se sont calmés, j'ai continué. — J'aimerais également saluer Mateo Rivera, qui non seulement a contribué à vous offrir le repas et le divertissement de ce soir, mais qui m'a aussi aidée de tant de manières.

J'ai marqué une pause, j'ai froncé les sourcils. Ce n'était pas ça. Pas seulement ça, en tout cas. Quelques personnes ont applaudi, pensant que j'avais terminé, mais j'ai levé une main et j'ai trouvé Mateo dans la foule. Quand il m'a offert un sourire timide, j'ai poursuivi.

— Mateo m'a donné bien plus que de l'aide. Il m'a donné sa loyauté. Ses encouragements. Son soutien. Inconditionnellement. Peu importe ce que je lui balançais, il était toujours là pour moi. Je ne serais pas sur cette scène ce soir sans lui.

— Je ne connaissais rien à l'organisation d'un gala comme celui-ci. Mais il m'a donné la confiance nécessaire pour persévérer face à l'adversité. Pour viser ce que je voulais accomplir. Et même quand c'était difficile, Mateo m'a facilité les choses. Il m'a soutenue et épaulée à travers chaque défi.

J'y étais presque. J'étais sur le point de dire ce que je voulais, ce que j'avais besoin de dire.

— Il a pris soin de moi. Et j'ai découvert que je tenais à lui, moi aussi. Mateo, je t'aime. Je veux être ta partenaire, pour ça et pour tout le reste.

Natalie a poussé un cri aigu et a applaudi, et quelques personnes rassemblées sur la piste de danse se sont jointes à elle. Elles n'avaient aucune idée que ce moment était monumental pour moi.

Mais Mateo, lui, le savait. Son sourire timide s'était transformé en un large sourire radieux, et il s'est dirigé vers moi comme une flèche à travers la foule.

Je venais de lui déclarer mon amour devant un millier de personnes, mais je ne voulais pas rester sur scène avec un micro à la main quand il arriverait jusqu'à moi. Je voulais l'entraîner quelque part en privé pour accompagner mes paroles de baisers.

Dans le micro, j'ai dit : — Et maintenant, veuillez accueillir la personne qui a fondé cette association, dont les idées, la philanthropie et l'engagement envers les enfants neurodivergents sont la raison pour laquelle nous sommes ici ce soir. Jackson Jones.

J'ai fourré le micro dans la main de Natalie, sans me soucier de savoir si Jackson était prêt ou non.

Moi, j'étais prête. J'ai dévalé les marches vers Mateo et j'ai jeté mes bras autour de son cou. Il m'a soulevée de terre et m'a embrassée, une fois, avec force, avant de murmurer à mon oreille : — Je t'aime, Miriam Levy-Walters. Dans combien de temps je pourrai t'emmener quelque part pour te le prouver ?

J'ai murmuré en retour : — Je dois rester jusqu'à la fin, mais…

— Mais ? J'ai senti son sourire contre ma joue.

— Mais je sais où est le foyer des artistes. Je pourrais, euh, te le montrer ?

— Ouvre la voie, mi amor.

8 32

MATEO

J'AURAIS DÛ me douter qu'il ne fallait pas espérer me retrouver seul avec Mimi dans la loge. On nous a arrêtés dès que nous avons quitté la piste de danse.

— Mimi ! Mateo ! chuchota Marlee, l'assistante de Jackson, d'une voix forte pour couvrir son discours. C'était incroyablement romantique. Vous êtes ensemble, maintenant ? demanda-t-elle, les mains jointes sous son menton et un large sourire aux lèvres.

J'ai tiré la main de Mimi pour la ramener contre moi.

— Oui, c'est ça.

Mimi a levé les yeux vers moi, ses magnifiques yeux bruns pétillant de son impatience de m'avoir pour elle toute seule. Mais j'avais peine à croire que Mimi, si secrète et indépendante, venait de déclarer son amour pour moi sur scène. Il fallait que je l'entende encore une dizaine de fois avant d'y croire vraiment.

Marlee a poussé un petit cri.

— Je suis si heureuse pour vous !

— Ma puce. Un grand type dégingandé avec des lunettes a passé un bras autour de sa taille. Je, euh, crois qu'ils ont besoin d'un peu d'intimité.

— Oh. Elle a cligné des yeux. Bien sûr, tu as raison, Tyler. Je te retrouverai plus tard, Mimi. Je veux tout savoir !

Tandis que Mimi m'entraînait plus loin, elle a marmonné :

— Marlee adore les histoires d'amour. Je n'ai pas fini d'en entendre parler.

Nous étions presque sortis de la salle de bal lorsque Ben s'est mis sur le chemin de Mimi, Miguelito à ses côtés. Ben a ouvert grand les bras, et nous n'avons pas eu d'autre choix que de nous laisser enlacer. Il nous a serrés l'un contre l'autre.

Je l'ai entendu murmurer à l'oreille de Mimi :

— Je suis si heureux pour toi.

Il l'a relâchée mais m'a gardé près de lui.

— Je t'adore, Mateo, mais si jamais tu lui fais du mal, je demanderai à Cooper de te faire disparaître.

Je me suis dégagé de son emprise. Ses yeux pétillaient, mais était-ce d'humour ou de malice ?

— J'aime ta sœur, ai-je dit.

— Je sais. Moi aussi, je l'aime.

Mimi s'est avancée devant moi, l'air offensé.

— Arrête, Benny. Je suis une grande fille, et je sais ce que je veux. Et ce que je veux, c'est Mateo.

Elle a enroulé son bras autour de ma taille, et c'était tout naturel pour moi de passer le mien autour des siennes. Pour me soutenir. Parce qu'elle venait de me couper les jambes.

— Redis-le, Mimi, ai-je murmuré.

— Je t'aime, Mateo. Je veux être avec toi. Elle m'a serré plus fort.

Ses mots m'ont suffisamment ragaillardi pour que je lance un regard triomphant à Ben. Il a croisé les bras et s'est adossé à Miguelito.

J'osais à peine regarder mon cousin, mais je n'ai pas pu m'en empêcher. J'avais besoin de son approbation. Et de vérifier qu'il n'allait pas me « faire disparaître », quoi que Ben ait voulu dire par là.

Miguelito nous a fait un signe de tête.

— Vous allez bien ensemble. Prenez soin l'un de l'autre.

Je n'ai pas eu l'impression qu'il nous donnait un ordre, mais plutôt qu'il énonçait un fait. J'ai déposé un léger baiser sur les lèvres de Mimi, qui me regardait.

— C'est ce que nous faisons. Et ce que nous ferons.

Le discours de Jackson devait être terminé, car l'orchestre s'est remis à jouer. Et même si je voulais passer quelques minutes seul avec Mimi, c'était le meilleur moyen d'échapper à ceux qui voulaient nous féliciter tout en gardant la main sur elle.

— Viens, Mimi. Montrons-leur nos pas de danse. Je lui ai saisi la main et l'ai entraînée au centre de la piste de danse, où j'ai posé légèrement mes mains sous les siennes.

— Tu te souviens ? ai-je demandé.

Elle m'a souri, et tout en elle scintillait, de cette robe incroyable à ses yeux de quartz fumé.

— Je me souviens de tout.

— Bien. J'ai compté les temps pour nous, et nous avons commencé à bouger.

Nous avons commencé avec nos pieds, les pas simples faisant resurgir les souvenirs musculaires que nous avions formés à la boîte de nuit, puis à nouveau chez moi. Ensuite, j'ai ondulé des hanches. Quand Mimi a fait de même, j'ai failli en avaler ma langue. La fente remontait haut sur sa jambe, et tout ce que je voulais, c'était toucher la peau lisse de sa cuisse et la regarder frissonner.

Non, Mateo. Reste sage. Au moins, présentable.

J'ai changé de prise sur sa main pour signaler une pirouette, et elle a bougé avec moi comme si nous avions dansé ensemble toute notre vie.

— Magnifique, ai-je dit.

Ses joues ont rosi.

— Seulement parce que c'est toi qui fais tout le travail.

— Non, mi amor. Tu y arrives aussi. Et en talons.

— Quoi ? L'incertitude a plissé son front.

— Ne regarde pas en bas. Tu te débrouilles très bien. Maintenant, on tourne.

J'ai modifié ma prise et l'ai guidée dans un tour, puis j'ai tourné à mon tour. Je l'ai fait pivoter vers moi, la ramenant contre mon torse, et j'ai grogné dans son oreille.

— Mimi, je vais mourir. Ici même, sur la piste de danse.

— Oh non ! Je t'ai marché sur le pied ? Ses pas ont vacillé.

— Non. Je l'ai fait pivoter à nouveau pour qu'elle me fasse face. Le cul de Miguelito est plus petit que le mien. Ce pantalon est à peine assez grand pour moi, et il n'y a plus de place pour la trique que tu me donnes.

— J'adore ton cul dans ce pantalon. Son sourire était malicieux. Je l'aimerai encore plus sans.

— Mimi, ai-je grogné. Tu me tues.

— Vraiment ? Elle a frôlé mon pantalon avec sa cuisse nue. Je pensais que j'étais ta vida. Ta vie.

— Tu es tout ça. Ma vie, mon cœur, mon amour.

Elle s'est rapprochée de moi.

— Je ne crois pas que je m'y habituerai jamais.

— Si, tu verras. J'ai posé nos mains jointes derrière sa nuque, et nous nous sommes pressés l'un contre l'autre. Je te le dirai tous les jours.

— J'imagine que j'ai tendance à avoir besoin qu'on me le rappelle.

J'ai eu un petit rire.

— J'imagine que oui.

— Mateo. Elle a planté ses pieds au sol, arrêtant notre danse. Je ne t'oublierai plus jamais. Je n'oublierai jamais cette nuit.

J'avais déjà chaud sous mon smoking à cause de la danse, mais ses mots ont fait bouillonner le bonheur dans ma poitrine, aussi chaud que le chocolat de tía.

— Partons d'ici. J'ai laissé glisser ma main sur sa hanche et l'ai guidée hors de la piste de danse, vers la sortie.

— On va enfin dans la loge ? Ses lèvres se sont retroussées en un sourire sexy.

J'ai imité son expression, planifiant déjà les baisers que j'allais déposer sur ces lèvres. Plus tard.

— On rentre à la maison pour que je puisse te faire passer une nuit vraiment inoubliable.

— Non. Elle a planté ses talons dans la moquette. Je dois rester jusqu'à la fin.

— Mimi, tu t'es investie corps et âme là-dedans. Tout le monde comprendra si tu prends une soirée pour toi. Tu le mérites. Et j'aimerais que tu la passes avec moi.

Sa bouche pulpeuse est devenue sérieuse.

— Pas seulement une nuit, Mateo. Toutes les nuits.

— Absolument, mi sol. Et tous les jours aussi.

— Alors tu comprends pourquoi je dois rester, n'est-ce pas ? Ce gala est un engagement, tout comme celui que je prends envers toi.

J'ai grogné.

— Pourquoi faut-il que tu aies toujours raison ?

— Ce n'est pas le cas. Je me suis vraiment, vraiment trompée sur toi. Elle a posé une main apaisante sur mon cœur, là où il était encore en train de se ressouder. Tu me le diras, la prochaine fois que je serai trop têtue pour voir ce qui est juste devant moi ?

J'ai porté sa main à mes lèvres.

— Bien sûr.

— Et que tu remettras en question mes certitudes ?

— Si tu veux.

— Et que tu porteras tes lunettes au lit, un soir ?

— Quoi ?

— Elles sont si sexy. S'il te plaît ?

J'ai souri à mon irrésistible petite amie.

— Tout ce que tu veux, mi vida. Je l'ai ramenée sur la piste de danse, j'ai compté pour nous et je l'ai fait pivoter à nouveau.

Des heures plus tard, après que Mimi eut supervisé la vente

aux enchères silencieuse et dirigé l'équipe de nettoyage, après qu'elle eut aidé le dernier donateur joyeusement ivre à se glisser sur la banquette arrière de sa voiture pour être ramené chez lui, nous sommes sortis du country club ensemble, main dans la main. Amants. Complices. Partenaires. Et tout cela pour de vrai.

ÉPILOGUE

MIMI
Six mois plus tard

J'ÉTAIS EN RETARD.

Désespérément, terriblement, effroyablement en retard. Le genre de retard qui signifiait dîner bien après le coucher du soleil. Le genre de retard où il valait mieux commander des pizzas. Le genre de retard où il ne restait plus qu'à tout laisser tomber et se cacher sous la couette.

J'ai monté les escaliers de mon immeuble en courant, le sac contenant la hallah cognant contre ma jambe. Quelqu'un dans le couloir cuisinait un plat délicieux. Je devrais peut-être lui demander s'il en avait assez pour sept invités de plus.

Sept ! Pourquoi diable avais-je pensé que c'était une bonne idée d'organiser le dîner du vendredi soir dans mon minuscule appartement ?

Parce que c'était mon tour. Papa et maman l'avaient organisé depuis toujours. Même Ben et Cooper l'avaient fait une fois.

Moi ? J'avais toujours une excuse.

Bon, l'excuse était toujours le travail.

Démêler le désastre que Larissa avait laissé à la fondation

demandait plus d'efforts que je ne l'aurais jamais imaginé. Au moins une fois par semaine, l'un de ses anciens associés passait, cherchant à toucher un pot-de-vin ou un paiement pour quelque chose — ils ne me disaient jamais pour quoi exactement.

Je leur disais toujours que nous gérions la fondation différemment, maintenant. Puis je leur parlais de notre mission jusqu'à ce qu'ils s'ennuient et s'en aillent.

Parfois, ils laissaient un peu d'argent pour les enfants. Ça me faisait sourire.

Mais pas autant que le gros don d'aujourd'hui. J'avais hâte de le raconter à tout le monde. Quand ils arriveraient dans — j'ai vérifié mon téléphone — une demi-heure. Merde !

J'ai déverrouillé la porte et l'ai poussée d'un coup.

C'est là que j'ai découvert que l'odeur délicieuse venait de mon appartement.

Je me suis précipitée dans la cuisine, où j'ai trouvé Mateo et sa tante Rosa penchés au-dessus du four. L'arôme savoureux et appétissant s'échappait de mon four. Celui qui n'avait rien cuit d'autre que des sablés industriels depuis des semaines.

— Euh, salut, ai-je dit assez fort pour être entendue par-dessus la hotte.

Mateo s'est retourné vivement vers moi. Lui et sa tante portaient des tabliers blancs. Est-ce que j'avais des tabliers blancs ? D'ailleurs, est-ce que j'avais des tabliers tout court ? Je ne croyais pas, non.

— Mi vida. Il m'a tendu les bras, et je me suis blottie dans son étreinte. Il sentait la viande rôtie, les pommes de terre et le piment de la Jamaïque.

— Je… qu'est-ce qui se passe ?

— On est venus en avance pour t'aider, mais tu n'étais pas là, alors on a commencé sans toi.

— Tu es le meilleur. J'ai levé le visage pour un baiser. Je t'aime.

Son baiser était chaste, tout public pour sa tante, mais il était empreint de chaleur, d'attention et de la promesse d'un *plus tard*. Ses mains immenses se sont posées sur le bas de mon dos, me maintenant en place. Il avait besoin de ce moment pour se reconnecter, et j'étais heureuse de le partager avec lui.

Il a frotté sa joue contre la mienne. — Je t'aime aussi.

Sa voix, vibrant dans sa poitrine, m'a donné des frissons à un endroit qui m'a fait souhaiter que sa tante ne soit pas juste à côté de nous.

Je me suis tournée dans ses bras, pas tout à fait prête à rompre notre connexion. — Merci, Rosa. Ça sent délicieusement bon.

— De rien, cariño. Elle s'est penchée et a embrassé ma joue droite. Mateo a dit que tu avais prévu de faire une poitrine de bœuf avec des pommes de terre. J'espère que ça ne te dérange pas que je lui aie donné un peu de saveur.

Le piment de la Jamaïque. Et... des piments forts. Qu'allait dire maman ?

Je m'en fichais. — Ça sent divinement bon.

— Merci. Tu travailles si dur. Pour los niños. Je suis heureuse de t'aider.

Rosa savait. Elle travaillait dur pour sa propre cause, celle des victimes de violences domestiques. — Merci.

— En parlant de travail... Je devrais poser les sacs de courses, me laver les mains et les aider, mais je n'arrivais pas à m'éloigner de Mateo. J'ai une bonne nouvelle.

— Un gros don ? Mateo a resserré ses bras autour de moi.

— Pas le droit de deviner. Mais oui. Je vais attendre que tout le monde soit là pour vous dire de qui ça vient.

— Qu'est-ce que je gagne si je devine en premier ? Sa main a glissé sous mon imper, sur mes fesses, qu'il a serrées d'une façon qui frôlait l'indécence.

Je l'ai repoussé, les joues en feu. — Rien. Alors ne te fatigue pas. Je ne dirai rien.

Je me suis tournée vers la table pour poser les sacs de courses, mais il était là, pressant son corps dur contre mon dos et enlaçant ma taille de ses bras.

— Voilà ce que je veux pour *ne pas* deviner. Et il m'a murmuré à l'oreille quelque chose de si obscène que j'allais sans aucun doute devoir changer de culotte avant l'arrivée de mes autres invités.

— D'accord. Tu n'as pas besoin d'insister. Waouh, il faisait soudainement chaud dans cette cuisine.

Rosa s'est raclé la gorge. — Je vais juste commencer les pommes de terre. Mateo, va aider Mimi à se préparer pour ses invités.

Mon visage m'a brûlée. — Laissez-moi juste une minute pour me laver les mains, et j'éplucherai les pommes de terre.

— Déjà fait. Mateo m'a attrapé la main et trois secondes plus tard, il me plaquait contre la porte de ma chambre, faisant glisser mon imper de mes épaules tout en m'embrassant, fiévreux et pressant.

— Mais… J'ai suffoqué, cherchant mon souffle. Ma famille va être là dans… — J'ai vérifié mon téléphone. — vingt-trois minutes.

Il m'a arraché le téléphone de la main et l'a posé sur la commode. — Alors on n'a pas le temps de parler.

Il a déboutonné mon pantalon et a glissé sa main à l'intérieur. — Ah, Mimi, tellement mouillée pour moi.

J'ai posé la paume de ma main sur le devant de son… tablier ? Une remarque sarcastique m'est venue aux lèvres, mais dès qu'il a fait vibrer mon clitoris, je l'ai oubliée. En fait, j'ai oublié comment respirer. Je suis devenue une colonne de pur plaisir. Mes oreilles bourdonnaient.

Bourdonnaient ?

— Mateo, arrête. Je crois que quelqu'un est à la porte.

— Ils peuvent attendre, a-t-il grogné. Je peux te faire jouir en trois minutes. Deux si je… Il a glissé une deuxième main dans mon pantalon, par-derrière cette fois.

— Non, Mateo. J'ai empoigné ses épaules. Tout ce que je voulais, c'était m'accrocher et le laisser me guider vers la jouissance, mais je ne pouvais pas. Pas pendant que mes invités — mes *foutus* invités *en avance* — attendaient dehors sous la pluie. Arrête.

Il s'est arrêté, mais quand il a retiré sa main de ma culotte, il a léché ses doigts d'une manière tout à fait obscène.

— Tu me tues. J'ai rajusté mes sous-vêtements et boutonné mon pantalon.

— Deux minutes ? Il a haussé les sourcils.

Je me suis hissée sur la pointe des pieds et l'ai embrassé. — Non. Peu importe à quel point tu es beau et à quel point tu es doué pour ça, nous avons des invités. Un frisson glacial m'a parcourue à cette pensée. *Nous* n'avions pas d'invités ; *j*'en avais. Mais ce petit mot, *nous*, s'insinuait de plus en plus dans mon langage.

Ça ne me déplaisait pas.

En agitant mes mains sur mon chemisier, je me suis précipitée dans la pièce principale et j'ai appuyé sur le bouton de l'interphone. — Salut.

— J'étais sur le point de sortir ma clé pour m'assurer que tu n'avais pas succombé aux flammes qui sortaient de ton four.

— Ha, ha, Benny. Je devrais te faire attendre dehors. Mais je me suis souvenue qu'il amenait Cooper. Bien qu'il ne soit plus mon patron, je comptais le solliciter pour un autre don à la fondation de Jackson avant la fin de l'année. J'ai appuyé sur le bouton pour les laisser entrer.

J'ai entrouvert la porte et je suis retournée en courant dans la chambre jusqu'à ma salle de bain, où Mateo se lavait les mains.

Il a croisé mon regard dans le miroir. — Tu veux sauter sous la douche ?

— Pas le temps. J'ai examiné mes vêtements froissés par le travail. Ils devraient faire l'affaire.

Il a soulevé mes cheveux, les a enroulés autour de sa main et a embrassé l'arrière de mon cou. — On pourrait faire vite.

Voilà encore ce *nous*. Je me suis retournée dans ses bras et j'ai embrassé sa joue. J'avais envie de m'attarder là, de renifler son après-rasage et d'explorer tous mes endroits préférés sur son corps. — Nous avons des invités. Va dire bonjour à Ben et à ton cousin pendant que je me lave les mains et que je mets du rouge à lèvres, d'ac ?

—D'accord. Il s'est blotti dans mon cou, y déposant un baiser, mais une seconde plus tard, il était parti.

J'ai regardé dans le miroir mes pupilles dilatées, mes lèvres gonflées par les baisers. Et puis merde. Laissons ma famille voir à quel point Mateo me rendait heureuse.

Je me suis lavé les mains et j'ai appliqué une encre à lèvres longue tenue qui devrait résister à quelques baisers volés de plus. J'ai troqué mes talons bas contre des chaussons et j'ai fermé la porte de la chambre derrière moi.

Tout le monde s'entassait dans ma minuscule cuisine autour de Rosa. Ben arrangeait un bouquet de chrysanthèmes dans un vase pendant que Cooper parlait à voix basse avec sa mère. Mateo se tenait près de la cuisinière, vérifiant les pommes de terre.

—Salut, tout le monde, ai-je dit.

—Salut, sœurette. Ben a arrangé les fleurs une dernière fois et s'est faufilé entre les autres pour me prendre dans ses bras.

—Mimi, a dit Cooper. Tout sent délicieusement bon.

—Grâce à votre mère et à Mateo.

—Dure journée au travail ? a demandé Ben.

— Excellente journée. Tu ne croiras jamais le don que j'ai accepté.

—Le montant ou le donateur ? a-t-il demandé.

—Les deux. Et la personne honorée aussi.

—Ooh. Raconte.

—Alors, Jamila Jallow est entrée dans le bureau aujourd'hui…

—Mila ? La tête de Cooper s'est relevée d'un coup. Combien ?

— Ne sois pas jaloux. Elle m'a dit que c'était exactement ce qu'elle avait donné à votre fondation. Un million.

Ben a sifflé.

— Mais attendez. Voilà le plus bizarre. Elle a dit que c'était en l'honneur de… tenez-vous bien… Natalie Jones. Natalie m'aidait à planifier le gala de l'année prochaine. On n'allait pas s'y prendre à la dernière minute comme l'avait fait Larissa. Elle me montrait des brochures de salles de réception quand Jamila est entrée comme une tornade. Et Natalie a eu le souffle coupé, comme si Jamila portait une hache ensanglantée et non un minuscule sac de créateur avec un chèque fabuleusement généreux à l'intérieur.

Rosa a fait claquer sa langue. — Cette Natalie Jones s'illumine comme une enseigne au néon chaque fois que Jamila est dans la pièce.

— Vraiment ? J'ai plissé le nez. Natalie est si naturellement pleine de vie que je n'avais rien remarqué de différent en présence de Jamila. Tu as raison. Elle est devenue rouge comme la cape de Thor. Et puis, après que Jamila a dit qu'elle l'honorait *elle* avec ce don, elle est juste sortie en courant. Et Jamila a couru après elle. Enfin, elle n'a pas couru. C'était plutôt une glissade rapide. On dirait qu'elle se déplace sur des patins à glace.

— Intéressant. Ben a échangé un regard avec Cooper.

— Quoi ? Il se passe quelque chose entre elles ?

Cooper a haussé les épaules. — Peut-être que tu as raison, chéri.

— Quoi ? me suis-je lamentée. Elle ne m'a jamais rien dit, et on est *amies*.

— Ne le prends pas personnellement, a dit Ben. Elle cache beaucoup de choses sous toute cette mode et cette assurance. Avec sa mère, et ce que Jackson dirait… Il a secoué la tête.

— Tu pourras lui en parler lundi, mi amor.

Les mots doux de Mateo m'ont rappelé que nous étions en train de cancaner sur mon amie. — Je le ferai. C'était si bizarre. Et je n'ai jamais accepté un don aussi énorme. Jackson était aux anges quand je l'ai appelé. Mais je *n'ai pas* mentionné l'hommage. Je me suis dit que Natalie lui dirait.

— Les familles, c'est compliqué, a dit Ben.

Comme par un fait exprès, l'interphone a sonné.

— Pourquoi tout le monde est si ponctuel, bordel ? ai-je marmonné en me tournant vers l'interphone.

Dans un autre moment de *nous*, Mateo s'est approché à mes côtés pour accueillir mes parents. Pendant un instant, je l'ai imaginé ici tout le temps. Nous passions déjà toutes nos nuits ensemble quand il n'était pas de service de nuit. La dernière nuit de sa plus récente série de gardes de nuit, j'étais allée chez lui même s'il travaillait, juste pour dormir dans des draps qui sentaient son odeur. Pour qu'il se blottisse derrière moi pendant une heure au petit matin avant que je ne me lève pour aller travailler.

Mais avant que je puisse dire quoi que ce soit ou même lui serrer la main, mes parents sont apparus à ma porte. J'ai serré mon père dans mes bras pendant que Mateo embrassait la joue de ma mère. Puis il est passé derrière moi pour serrer la main de papa pendant que j'embrassais maman.

— Je sens quelque chose d'épicé, a-t-elle dit.

— La poitrine de bœuf a une petite touche caribéenne ce soir. Ce sont Rosa et Mateo qui l'ont préparée.

Papa a reniflé l'air. — Si c'est aussi bon que ça en a l'air, je vais peut-être devoir vous voler la recette.

— Je suis sûre que ça le sera, ai-je dit. Rosa et Mateo sont une équipe de rêve en cuisine.

— J'ai apporté un gâteau au citron. Papa a levé la boîte à gâteau.

J'ai fredonné de plaisir. Les gâteaux de papa étaient les meilleurs.

— Laissez-moi prendre vos manteaux, a dit Mateo.

— Non, je vais le faire, ai-je dit. Je dois sortir les bougies du placard, de toute façon.

— On va le faire tous les deux. Il a aidé maman à enlever son imper, puis a pris celui de papa. Il m'a suivie jusqu'au placard de l'entrée, mais au lieu d'attendre dehors et de me passer les manteaux, il s'est faufilé à l'intérieur avec moi et les a laissé tomber par terre. Il a tiré sur la ficelle pour allumer l'ampoule. Dans la faible lumière, ses yeux s'étaient assombris, ne laissant qu'un mince anneau de bleu.

— Qu'est-ce que tu fais ?

— Je prends un amuse-bouche. En évitant mon rouge à lèvres, il a descendu son baiser le long de mon cou jusqu'à ma clavicule.

Le son que tu as fait quand ton père a mentionné le gâteau au citron...

— Toi et tes amuse-bouches. Mais j'ai enfoui mes mains dans ses cheveux et je me suis accrochée fermement, laissant le désir s'enflammer en mon centre. Le contact de Mateo était bien meilleur que même les pâtisseries de mon père.

Sa main a caressé mon sein, tourbillonnant paresseusement sur mon mamelon. Il ne pouvait pas le sentir à travers mon soutien-gorge de travail ultra-rigide, mais mes tétons se sont durcis de désir.

— Deux minutes ? a-t-il murmuré dans le creux de mes seins.

— Mimi ? La voix de ma mère a traversé la fine porte du placard. Tu as besoin d'aide ?

J'ai serré les doigts dans ses cheveux et l'ai à contrecœur repoussé.

— Non, maman, Mateo m'aide. Je lui ai lancé un regard furieux.

— D'accord. Tu veux que j'ouvre le vin que nous avons apporté ?

— Oui, s'il te plaît. On arrive dans une minute.

Je lui ai laissé quelques secondes pour s'éloigner, puis j'ai dit : — Passe-moi cette boîte de bougies sur l'étagère, s'il te plaît.

— Ah, ma Mimi. Mateo a fait claquer sa langue. Si sérieuse. Si professionnelle.

— Tu adores ça chez moi.

Il a souri. — Oui. Mais ce que j'aime encore plus, c'est te faire passer de sérieuse à ivre de désir.

— Je ne suis jamais ivre de désir, ai-je menti.

— Ah non ? Il s'est retourné, et ses muscles se sont bandés sous son T-shirt noir quand il s'est étiré pour atteindre la boîte sur l'étagère. Mon Dieu, son cul était incroyable. Et il était tout à moi.

Merde. Je l'avais dit à voix haute. — Et alors, s'il est incroyable ? Et à moi ? Je l'ai pressé pour la forme.

— Fais attention, ou tu vas me rendre indécent. Il a coincé la boîte sous son bras et a ajusté son jean.

Je l'ai regardé, la bouche en coin. — Il ne faudrait pas ça, n'est-ce pas ? Je vais installer les bougies pendant que tu prends une minute.

Avant qu'il ne puisse m'embrasser jusqu'à me faire perdre la tête, j'ai attrapé la boîte et je me suis glissée hors du placard.

Maman avait trouvé mes bougeoirs et les avait posés sur ma table. J'ai placé les bougies à l'intérieur et j'ai pris une profonde inspiration, chassant mes pensées de Mateo, du travail et de mes invités stressants. J'ai gratté l'allumette sur le côté de la boîte et j'ai regardé la flamme crépiter. Je l'ai approchée des bougies jusqu'à ce que la flamme prenne et tienne, puis j'ai posé l'allumette sur le plateau, où elle s'est consumée.

Suivant les traditions que maman m'avait enseignées, j'ai passé mes mains au-dessus des bougies pour accueillir le Shabbat, puis j'ai couvert mes yeux pour réciter la prière. Les bougies brûlaient vivement quand j'ai eu fini, et leur chaleur a semblé s'installer au creux de mon ventre.

Maman m'a serrée dans ses bras. — Merci de nous avoir invités ce soir. Penses-tu que tu perpétueras les traditions quand tu… ? Elle a fait un signe de tête vers Mateo alors qu'il sortait du couloir, un sourire s'étalant sur son beau visage quand nos regards se sont croisés.

— Quand je… ?

— Il semble que vous deux… — elle a jeté un regard à Mateo dans la cuisine et a choisi ses mots avec soin — deveniez sérieux. Et il semble plus religieux que Cooper. La croix en or brillait à son cou.

— Oh, mais nous ne sommes pas… Mais ça semblait être un mensonge. Nous *étions* sérieux. La même chaleur paisible que lorsque j'allumais les bougies du Shabbat m'envahissait quand je le voyais à la fin de la journée. Mon cerveau avait commencé à l'associer au bonheur. À la sécurité. À un foyer.

Tiens.

— Il adore les traditions du Shabbat. Et je pourrais aller à la messe avec lui. Même si ça m'embêterait de renoncer à un dimanche matin enlacée contre lui dans le lit.

— Ton père et moi avons trouvé un équilibre. Vous le pouvez aussi.

— Mimi, où est le plat de service pour ces pommes de terre ? a crié Ben.

— Une seconde, ai-je crié en retour. Puis j'ai passé mon bras autour de maman. Tu as raison. C'est Mateo, l'homme qu'il me faut. Je ne renonce pas à qui je suis. Je l'ajoute à ma vie. Nous trouverons une solution. Ensemble.

La lueur des bougies scintillait dans les yeux bruns et humides de maman. — Un travail que tu aimes et un homme bien. Je suis si heureuse pour toi, ma chérie.

Mateo est sorti de la cuisine avec le vin et a croisé mon regard. La chaleur s'est répandue dans mon ventre comme du beurre sur du pain chaud. — Je suis heureuse pour moi aussi.

MIMI

Six ans plus tard

— ON SE CROIRAIT au début d'un porno. Bree a mis les mains sur les oreilles de son fils.

Heureusement, Maman et Lia chantaient l'alphabet sur le canapé extérieur à quelques pas de là. Ma fille de trois ans était dans sa phase du *pourquoi* et je n'étais pas prête à lui expliquer ce qu'était le porno.

Mais je pouvais en profiter.

Je me suis adossée à ma chaise et j'ai admiré mon mari alors qu'il soulevait la structure qu'ils avaient construite avec la pile de bois que nous avions fait livrer la semaine dernière. Tyler, le mari de Marlee, était là pour la stabiliser, et Josh, le mari de Bree, vissait les vis en place. Non loin de là, Jackson était penché sur une scie sur table, coupant des planches à la bonne longueur.

—Josh, a appelé Bree.

Il a interrompu son travail. — Ouais ?

—J'ai autre chose qu'il faut percer.

Je me suis plaqué la main sur les yeux. — Asher n'a même pas encore un an. Tu n'es pas épuisée ?

— Tout le temps. Mais je peux faire en sorte que Josh fasse le plus gros du travail, si tu vois ce que je veux dire.

J'ai retiré ma main de mes yeux et j'ai vu mon homme en train de soutenir la structure de ce qui allait devenir l'aire de jeux de Lia. Elle prendrait la majeure partie du minuscule jardin du bungalow que nous avions acheté de l'autre côté de la baie par rapport à mon travail en ville, mais Mateo m'avait convaincue.

Si j'avais su pour le spectacle porno des ouvriers en prime, j'aurais accepté il y a des semaines.

Mateo assumait la quasi-totalité des responsabilités parentales, et il voulait un endroit sûr où Lia pourrait grimper et jouer. Après la naissance de Lia, Mateo avait réduit ses responsabilités en tant que chef de la sécurité de Cooper, tandis que je continuais d'être la directrice de la fondation de Jackson.

Maintenant, Mateo gérait les tâches administratives comme la planification et la paie pendant que Lia faisait la sieste. Il ne travaillait qu'occasionnellement le week-end ou de nuit chez Rosa. La plupart des week-ends étaient réservés à nous retrouver et à jouer tous les trois. Nous allions au zoo, au parc, à la plage. Sa tendre patience avec Lia me faisait fondre chaque fois que je les regardais ensemble.

D'autres choses qu'il faisait me faisaient fondre aussi. Je savais exactement de quoi parlait Bree.

— Me revoilà, me revoilà. Marlee a tendu un mimosa à Bree et un verre d'eau pétillante pour moi, puis s'est installée sur la chaise à côté de la mienne avec son mimosa. — Qu'est-ce que j'ai raté ?

— Eh bien, a dit Bree, Mateo s'est essuyé le visage avec son t-shirt, et tu as raté un aperçu de ses abdos d'enfer.

— Nom d'une pipe ! Peut-être qu'il va le refaire.

— Tu ne devrais pas reluquer mon mari ? j'ai demandé en haussant les sourcils.

Elles m'ont ignorée. — Il est censé faire jusqu'à 27 degrés aujourd'hui, a dit Bree. — Je pense que les t-shirts vont tomber.

Nous nous sommes toutes adossées à nos chaises pour

regarder le spectacle. Les muscles de Mateo se sont contractés sous son t-shirt lorsqu'il a levé les bras au-dessus de sa tête pour caler la planche pendant que Tyler ajustait une autre pièce contre elle. Son t-shirt est remonté en bas, dévoilant le triangle de muscles au creux de ses reins. Je me suis imaginé les lui masser plus tard, puis faire glisser mes mains vers ses fesses mignonnes et rondes…

— Mimi, tu es toute rouge. Tu as trop chaud ?

J'ai arraché mon regard de mon mari pour le poser sur Alicia, qui venait de parler. Elle tenait Ayla, la fille de Bree, par la main et portait Will, le bambin de Marlee, sur sa hanche. En semaine, elle était une entrepreneure motivée, mais elle consacrait ses week-ends à sa famille, biologique comme choisie. Son mari, Jackson, étant mon patron, je faisais maintenant partie de son cercle, et je l'admirais encore plus que je n'admirais Jackson. J'avais essayé de modeler mon équilibre travail-vie personnelle sur le sien. Elle était un bien meilleur exemple que ne l'avait été Larissa.

Je me suis éventée le visage. — Non, ça va.

— Tu devrais peut-être rentrer, à la climatisation. Elle a jeté un coup d'œil aux hommes. — Mateo nous tuerait si tu tombais dans les pommes.

— Qu'est-ce qui se passe ? Et voilà le radar à petite-fille de ma mère qui se déclenchait. Elle a soulevé Lia dans ses bras et s'est postée au-dessus de moi. — Mimi, ça va ?

— Ça va très bien. Regarde, je bois mon eau. Je l'ai bue à grandes gorgées, en espérant que ça refroidirait mes joues empourprées de désir. — Lia, tu veux que je te lise une histoire ?

— Non. Bubbe. Elle s'est agrippée au cou de sa grand-mère.

Non était un mot très important pour Lia ces derniers temps. J'essayais de ne pas le prendre trop personnellement. Elle ne disait presque jamais non à un livre et à un câlin avant de dormir, juste nous deux. Mateo étant celui qui s'occupait d'elle, ce n'était pas surprenant qu'elle soit devenue une fille à papa.

Et apparemment, une fille à Bubbe, aussi.

— C'est ça, a roucoulé ma mère, un sourire indulgent aux

lèvres. — On va aller voir Zadie et Tante Rosa dans la cuisine, et après on lira une histoire. Elle s'est penchée pour poser Lia sur ses pieds, puis elles sont rentrées ensemble dans la maison.

Coco est sorti en courant, en aboyant, suivi par Ben et Cooper. Ben rayonnait, et je me suis redressée sur ma chaise. Je lui ai tendu la main, et il l'a serrée, semblant sur le point d'exploser.

— Ça s'est bien passé ? j'ai demandé.

— C'était super. Elle est super. Elle a même fait un câlin à ce vieux grincheux. Il a pointé Cooper avec son pouce.

Le visage de Cooper semblait plus détendu que je ne l'avais vu depuis un moment. La procédure d'adoption avait été une épreuve pour lui. Je le soupçonnais d'avoir des sentiments ambivalents à l'idée de devenir parent, vu son père abusif. Mais aujourd'hui, il souriait. — Elle est adorable. Mais je pense que c'est Coco qui a tout fait.

— Tout le monde l'adore. Même toi, chéri. Ben a passé un bras autour de son mari.

— Tu penses que vous pourrez la ramener à la maison bientôt ? j'ai demandé.

— Il y a encore beaucoup de paperasse à faire, mais peut-être le mois prochain ? Le sourire de Ben était incandescent.

— Et elle a à peu près l'âge d'Ayla, c'est ça ? a demandé Bree. — On organisera des après-midi jeux.

— J'ai hâte. Il m'a serré la main. — Comment tu te sens, Mimi ?

Oh, mon Dieu. On y revenait. — Bien.

— Parce que Mateo…

— Je sais, je sais. Tout ce que je fais, c'est rester assise ici, à boire de l'eau comme une gentille fille. C'est lui qui fait tout le travail.

— Excellent. Je peux t'apporter un sandwich ?

— Oh, mon Dieu, Benny. Il est dix heures du matin.

— Je ne voudrais pas que tu aies une fringale. Il m'a fait un clin d'œil.

— Ne commence même pas, je l'ai prévenu. — Tu es peut-être plus grand que moi, mais tu restes mon petit frère, et je vais…

Alicia s'est raclé la gorge, et je me suis souvenue des petites oreilles qui écoutaient.

— … t'aimer pour toujours, j'ai dit mielleusement, en lui lançant un regard noir.

— Je vais voir ce que je peux faire pour aider, a dit Cooper, en se dirigeant vers son meilleur ami qui travaillait à la scie sur table.

— Tu es sûr de ça ? a demandé Bree.

— Je ne peux pas l'en empêcher. Il est fasciné par la construction, a dit Ben. — Et puis, il a besoin de brûler son trop-plein d'énergie nerveuse. La procédure d'adoption a été intense. On sera si heureux quand on pourra ramener notre petite à la maison. Il a tendu les bras au petit Asher, qui est allé volontiers dans ses bras.

Ils allaient bien ensemble, leurs têtes bouclées et sombres se touchant presque. Ben avait hâte d'être papa, et Cooper s'y faisait aussi. Lia serait excitée d'avoir une cousine, et son nouveau petit frère ou sa nouvelle petite sœur… J'ai caressé mon ventre, qui n'avait jamais été plat, surtout depuis ma première grossesse, et qui était maintenant arrondi par une autre vie.

— Mi vida.

Zut, il m'avait surprise. J'ai plissé les yeux en levant la tête vers mon mari, son visage en silhouette contre le soleil d'été. — Oui, mon amour ?

— Tout va bien ?

— Ça va très bien, j'ai grommelé.

— Tu n'as pas trop chaud ?

— C'est toi qui trimes au soleil. J'ai agité la main vers son t-shirt délicieusement en sueur, son jean couvert de sciure et ses bottes à embout d'acier éraflées. — Je suis juste assise ici à l'ombre. Tu as besoin d'eau ?

Il a dressé la paume. — Non, bois ton eau. Je vais chercher la mienne. Tu as faim ?

Je me suis léché les lèvres et j'ai fixé la bande de peau bronzée visible entre son t-shirt et son jean taille basse, alourdi par sa ceinture à outils. — Un peu.

— Je vais… oh. Son sourire m'a dit qu'il avait saisi mon sous-entendu. Quand il s'est penché et m'a embrassée, j'ai goûté le sel et le soleil. Juste au moment où je m'ouvrais pour lui, sans me soucier que nos amis et leurs enfants nous regardaient, il s'est retiré pour me murmurer à l'oreille : — Voilà ton amuse-bouche, mi amor. Je te livrerai ton repas plus tard.

J'ai encadré sa mâchoire. — Promis ?

— Promis. Il s'est redressé. — Pour l'instant, je dois retourner au travail avant que mon primo ne se blesse ses mains en or. Tu es sûre que ça va ? Tu ne te sens pas faible ?

— C'est arrivé *une seule fois*, j'ai marmonné. Je ne savais même pas que j'étais enceinte quand je m'étais évanouie il y a quelques mois dans mon bureau au travail. Mais personne n'allait jamais me laisser l'oublier. — Ça va très bien. Et j'ai plein de gens pour veiller sur moi.

Il a regardé Ben. — Assure-toi qu'elle mange quelque chose dans l'heure qui vient. Des protéines. Elle aime le beurre de cacahuète sur des crackers.

— Compris. Mon frère a fait un salut militaire. — Maintenant, retourne travailler. Elle pourra mieux te reluquer de là-bas.

Avec un clin d'œil coquin, mon mari est retourné en trottinant vers le chantier, son marteau se balançant à sa ceinture.

Ce soir-là, alors que le soleil d'été était bas sur l'horizon, nous avons inspecté ensemble la structure achevée. Mateo et son équipe s'étaient surpassés. L'aire de jeux avait une haute tour avec un toit, une rampe d'escalade parsemée de prises colorées, un toboggan en spirale et deux balançoires.

Maintenant que Coco était rentré chez lui, Roger s'est approché de la structure en rôdant et a reniflé le bas du toboggan. Il s'est préparé et a sauté avec légèreté jusqu'à la tour, sa fourrure noire disparaissant dans le crépuscule.

J'ai trinqué ma bouteille d'eau pétillante contre la bouteille de bière de Mateo. — Bien joué, mon amour.

— Merci. C'est bien réussi.

Lia, Ayla, Will, et même Valentine, la fille de Jackson âgée de sept ans, en avaient été fascinés, et seule la promesse de revenir demain avait permis à leurs parents épuisés de les ramener à la maison. Zadie et Bubbe avaient convaincu Lia de rester dormir, nous laissant enfin seuls, Mateo et moi.

— Tu dois être fatigué, j'ai dit en lui massant l'épaule.

— C'était une sacrée séance de sport, ça c'est sûr.

— Tu veux que je te masse le dos ? Je me suis mordu la lèvre en m'imaginant passer mes mains sur sa peau.

— Ce que je veux vraiment, c'est une douche. Quelles sont les chances que tu me rejoignes ?

— Hmm. J'ai levé les yeux au ciel comme si je réfléchissais. — Quatre-vingt-dix-huit pour cent.

Il a passé un bras autour de ma taille et m'a ramenée à l'intérieur. — Seulement quatre-vingt-dix-huit ?

— Il y a deux pour cent de chances qu'on n'arrive pas jusque-là. J'ai fait glisser mes doigts vers ses fesses et je les ai serrées.

— Je te promets que ça en vaudra la peine, a-t-il dit, me menant à travers la maison jusqu'à la salle de bains. — Tu peux t'asseoir sur le banc pendant que je fais le spectacle.

L'idée du banc était tentante. Il avait vidé la salle de bains d'origine en carrelage rose et une partie d'un placard pour construire une douche digne d'un spa avec un banc, plus une demi-douzaine de pommeaux de douche et même un minuscule repose-pied pour me raser les jambes.

— Je n'ai pas besoin d'un spectacle pour m'exciter. Tu m'as taquinée toute la journée avec cette ceinture à outils. Quand tu as enlevé ton t-shirt, j'ai eu envie de te traîner dans la chambre. Bree avait eu raison à propos du strip-tease. J'ai promené mes doigts sur sa hanche jusqu'à l'avant de son jean.

— Ah-ah. La douche d'abord. Il s'est penché et a ouvert l'eau. Puis il a soulevé l'ourlet de ma robe d'été. J'ai levé les bras pour l'aider à me la retirer par-dessus la tête. Il a reculé pour admirer mon soutien-gorge blanc robuste et ma culotte en dentelle, traçant un cercle autour de mon nombril avec un doigt durci par le travail en partant du bonnet de mon soutien-gorge.

— Et comment va mi niñita aujourd'hui ?

— Comment es-tu si sûr que c'est une fille ?

— Juste une intuition, a-t-il dit en retirant son t-shirt.

— Et si c'est un garçon ? J'ai passé les mains dans mon dos pour dégrafer mon soutien-gorge.

— Alors je l'aimerai tout autant. Mais c'est une fille.

— Si certain, j'ai dit.

— Eh. Il a haussé les épaules. Puis il a laissé tomber son pantalon, et j'ai oublié de quoi nous parlions.

Il n'était pas encore dur, mais il s'est raidi dès que je l'ai touché.

— Prêt à livrer ce repas ? je l'ai caressé.

Doucement, il a retiré ma main de sa verge. — Laisse-moi d'abord rincer la sciure. Une minute.

Pendant qu'il entrait dans la douche et se savonnait, je me suis tortillée pour retirer ma culotte et j'ai relevé mes boucles sur ma tête avec une pince. Puis je l'ai rejoint dans la douche embuée.

Il nous a fait pivoter jusqu'à ce que l'eau masse mon dos. Faisant mousser ses mains avec mon gel douche, il a dessiné de longs traits sur ma peau. Puis il s'est approché et, du bout de ses doigts, a fait des cercles autour de mes seins lourds.

— Ça va ? a-t-il demandé.

— Oui, j'ai gémi. Mes seins étaient toujours sensibles pendant la grossesse, mais il avait appris à les toucher pour que je plane juste au bon niveau de plaisir.

Il a glissé une main entre mes jambes. — Oui ?

— Oui, oui. Désespérée, je me suis agrippée à sa bite et j'ai fait glisser mes pouces sur son gland.

Il a sifflé entre ses dents. — Attention, mi vida, ou…

— Ou quoi ? J'ai glissé une main sur ses couilles.

Sa voix est sortie étranglée. — Ou je te retourne et je te prends ici même.

Malgré la douche chaude, j'ai frissonné. — Oh, non, M. Bricoleur. Ne fais pas ça. Je l'ai caressé plus fort.

— Tentation. Il m'a fait tournoyer et a dirigé le jet mural sur mon entrejambe. — J'allais te prendre gentiment et doucement dans le lit, et maintenant…

J'ai posé mes mains sur le carrelage et j'ai pris une posture écartée pour laisser l'eau me masser. Regardant par-dessus mon épaule, j'ai demandé : — Maintenant ?

Une main massive a agrippé ma fesse, et il m'a mordillé le cou là où il rejoignait mon épaule. — Maintenant, je vais te donner tout ce que tu veux.

— Oui, s'il te plaît. J'ai remué les fesses.

Je n'ai pas eu besoin de le demander une deuxième fois. Plongeant ses genoux, il a pénétré en moi. Nous avons tous les deux gémi lorsque nous avons été unis. Il a fait une pause un instant, m'embrassant le cou et caressant mes seins et mon ventre.

J'ai savouré l'instant, le jet d'eau chaude et ses mains brûlantes et agitées cherchant les endroits qui me donnaient le plus de plaisir. Quand il a effleuré mon clitoris, j'ai haleté.

Entourant mes côtes d'un bras et me faisant vibrer comme une corde de violon, il s'est enfoncé en moi, déclenchant des étincelles de plaisir qui ont fusé le long de ma colonne vertébrale et ont fait trembler mes jambes.

— Je te tiens. Détends-toi, a-t-il dit.

C'est ce que j'ai fait. Il m'a soutenue alors que je pressais mes paumes contre le mur, laissant le bonheur monter. Je me suis serrée autour de lui, pratiquant mes exercices de Kegel.

Il a gémi. — Exactement comme ça.

J'ai continué, le serrant tandis qu'il me faisait frissonner jusqu'à ce que mon orgasme explose et que mes muscles prennent le dessus, palpitants.

Sa malédiction a résonné contre le carrelage alors que son corps se raidissait et qu'il se contractait en moi. Sa main s'est immobilisée et a maintenu une pression constante sur moi jusqu'à ce que je jouisse à nouveau, laissant échapper un cri que je devais habituellement retenir quand Lia dormait dans la chambre d'à côté.

Il a posé sa tête sur mon épaule pendant que nos respirations se calmaient. Finalement, quand la sensation est revenue dans mes jambes, je l'ai embrassé sur la joue.

Me stabilisant, il s'est retiré et nous a lavés à nouveau doucement. Puis il a coupé la douche et m'a enveloppée dans une serviette moelleuse. J'en ai utilisé une autre pour le sécher, terminant par une caresse dans ses cheveux.

Il m'a arraché la serviette des mains et a passé sa main dans ses ondulations humides. — Si je n'étais pas si fatigué, je…

— Tu ferais quoi ? J'ai suspendu ma serviette au-dessus du mur de la douche et j'ai marché sur le sol chauffant, une autre des améliorations de Mateo.

— Je te mettrais sur mes genoux et… Ses yeux bleus ont lancé un éclair.

— Ça a l'air amusant. Peut-être demain matin avant que mes parents ne ramènent Lia ?

— Oh que oui.

— Ou… J'ai jeté un œil à sa bite qui durcissait. — Peut-être plus tôt ?

— Ignore-le. Il n'a pas travaillé dehors toute la journée.

— Mon pauvre mari. Mais je crois que je sais exactement comment te détendre pour que tu t'endormes.

— Ah oui ? Il a haussé un sourcil.

Il s'est avéré que oui. Dans notre lit, je l'ai chevauché jusqu'à un autre orgasme fulgurant. Il s'est cambré sur le matelas, agrippant mes hanches et criant mon nom.

Rassasiée et détendue, je me suis affalée sur lui et j'ai embrassé ses lèvres. — Merci d'avoir construit cette aire de jeux aujourd'hui.

— Bien sûr. N'importe quoi pour mes filles. N'importe quoi pour toi.

— Je t'aime.

— Je t'aime aussi. Je n'étais même pas encore descendue de lui qu'il fermait les yeux, ses respirations haletantes ralentissant pour devenir un sommeil profond.

Après un passage aux toilettes, je me suis blottie contre mon mari et j'ai posé mon bras sur sa large poitrine.

Roger a sauté sur le lit et s'est enroulé contre son autre flanc. J'ai caressé sa fourrure soyeuse, puis j'ai embrassé la joue de mon mari.

Dans son sommeil, Mateo s'est tourné vers moi et m'a serrée contre lui. En m'endormant, j'ai remercié Dieu et mon mari pour la vie joyeuse que nous nous étions construite ensemble.

———

Merci beaucoup d'avoir lu *Souviens-Toi de Moi* ! N'hésitez pas à publier un avis sur votre site marchand préféré, BookBub, ou Goodreads. Les avis aident d'autres lecteurs à trouver de nouveaux auteurs comme moi.

Curieux de savoir ce qui se passe entre Jamila et Natalie ? Leur livre est *Tente-moi*, une comédie romantique saphique entre la meilleure amie du frère et son employée, et il est disponible sur votre plateforme de vente préférée. Continuez votre lecture pour un aperçu.

TENTE-MOI, SYNERGY TOME 6
CHAPITRE 1

LES PETITS YEUX de fouine de Larry ressemblaient aux boucles d'oreilles en perles noires de ma mère : ronds, brillants et pleins de jugement.

— Ne me regarde pas comme ça, ai-je murmuré en reportant mon attention sur le chef Guillaume.

Avec un génie pour le multitâche perfectionné dans les plus grands restaurants de France, l'instructeur m'a lancé un regard menaçant sans interrompre le fil de sa leçon sur les crustacés.

Larry a cligné des yeux, ce qui était étrange, car j'étais presque sûre que les homards n'avaient pas de paupières. Si c'était le cas, le chef Guillaume nous aurait appris à en lever les filets.

J'ai piétiné sur place, les pieds endoloris d'être restée debout dans ces misérables sabots qui me frottaient impitoyablement le dessus du pied. Tirant le torchon de la ceinture de mon tablier, je l'ai jeté sur Larry, là où il reposait sur la planche à découper de mon poste de travail. Maintenant, je pouvais me concentrer sur le chef Guillaume, qui avait entamé un aparté sur les allergies aux fruits de mer.

Beaucoup mieux.

Le torchon a tressailli, et une pince maintenue par un élastique s'est agitée faiblement dans ma direction. Mon cœur s'est serré. Le chef a expliqué que nos langoustes de Californie étaient expédiées en Chine à des prix exorbitants.

Pauvre Larry.

Quelques jours plus tôt, il traînait avec ses potes homards dans l'Atlantique Nord. Aujourd'hui, il suffoquait lentement ici, dans mon cours de cuisine dans une université communautaire de San Francisco, pâlissant sous la lumière blafarde des néons, attendant de plonger dans la marmite d'eau qui était presque arrivée à ébullition.

J'ai regardé sa pince immobilisée. *On est deux dans le même cas, mon pote.*

Retirant le torchon de sa tête, je l'ai glissé sous son corps brun-rougeâtre pour qu'il ne soit pas allongé sur la planche à découper glissante. Elle devait sentir comme les autres pauvres créatures que j'avais dépecées pendant mon cours de boucherie.

Est-ce que les homards avaient un nez ?

Probablement pas, Dieu merci. S'il en avait un, il sentirait ma peur.

On avait commencé le semestre avec la volaille. Elles nous étaient arrivées mortes, la tête détachée, contrairement à Larry. J'avais failli vomir à la vue de ces corps pâles et déplumés, mais à la place, j'avais imaginé ce que Mère dirait si j'abandonnais aussi cette école. J'avais dégluti et continué, découpant les morceaux assez bien pour obtenir un « passable » du chef Guillaume.

Le module suivant avait porté sur le bœuf, mais il nous était aussi arrivé sans visage. J'avais appris à séparer les côtes de la longe, et j'avais créé un rôti de côtes roulé que le chef n'avait pas dédaigné. Il l'avait qualifié de « pas mal », ce qui équivalait à un A dans n'importe quel autre cours. Même si je n'avais pas beaucoup d'expérience avec les A à l'école, culinaire ou autre.

Nous étions passés au poisson, et bien qu'ils aient eu des visages, au moins ils étaient morts à leur arrivée.

Jusqu'à Larry.

— Mademoiselle Natalie Jones, est-ce que vous suivez ? Comment le chef Guillaume avait-il pu s'approcher de moi comme ça sans que je l'entende ? Il m'a fusillée du regard de l'autre côté de mon plan de travail, les mains sur les hanches.

— Oui, Chef, ai-je couiné. Je n'ai pas osé regarder Larry.

— Alors pourquoi votre homard est-il emmailloté comme un bébé au lieu de cuire dans la marmite ?

Oh oh. J'ai jeté un coup d'œil à ma droite, où mon voisin Gregory était en train de nettoyer son poste. De la vapeur s'échappait du couvercle de sa marmite.

— J'attends la pleine ébullition, Chef, ai-je dit, en regardant ma marmite où des bulles commençaient à crever la surface.

— Montrez-moi. Sa lèvre s'est retroussée alors qu'il fixait le homard. — Enlevez ce torchon.

— Pardon. Doucement, j'ai dégagé mon torchon de Larry. Le pauvre n'avait pas l'air en forme.

Les narines du chef se sont dilatées. — Montrez à la classe comment tuer le homard sans cruauté.

— Je… euh. *Tuer sans cruauté* sonnait comme un oxymore à mes oreilles. — Pourriez-vous me remontrer la technique ?

Il a tendu la main vers Larry.

J'ai bondi pour couvrir le crustacé de mon corps. — Pas lui ! Je me suis figée. — Je veux dire, je vais le faire. C'était bien le moins que je lui devais.

Le chef a haussé un sourcil. — Bon. Je vais vous montrer, puis vous répéterez.

Il a pivoté et a arraché le homard de la table de Chantal. Il l'a claqué sur la planche à découper à côté de Larry. D'un mouvement fluide, il a attrapé mon couteau et a enfoncé la pointe dans le cerveau du homard. Quand celui-ci a tressailli, Larry a gratté faiblement la planche à découper.

— Vous voyez ? Rapide et sans cruauté. Il a laissé tomber le homard mort dans la marmite de Chantal. Elle a murmuré ses remerciements et a remis le couvercle.

— Maintenant, à vous. Il m'a tendu mon couteau, le manche en premier.

J'ai jeté un coup d'œil à ma marmite. Maudits brûleurs à gaz si efficaces. Elle avait atteint la pleine ébullition. J'ai accepté le manche et j'ai reporté mon attention sur Larry. Résigné à son sort, il a laissé pendre ses antennes.

J'en avais le cœur brisé pour lui.

Il finirait mélangé avec ses amis dans une bisque de homard qui serait servie à la cafétéria de l'école ou dans un sandwich au homard à emporter.

Pourquoi devait-il mourir pour un sandwich détrempé et trop saucé ?

Tout ce qu'il voulait, c'était vivre sa meilleure vie de homard. Et alors s'il n'avait pas encore déterminé ce que cela pouvait être ? Il méritait une autre chance de trouver sa voie.

Attends. Était-ce Larry ou moi ?

— Mademoiselle Jones. Puis-je vous rappeler qu'il ne nous reste que trente minutes de cours ?

Trente minutes. Le chef Guillaume n'acceptait pas les travaux en retard. Je devrais assassiner ce pauvre Larry maintenant si je voulais avoir le moindre espoir de démanteler sa carcasse à temps. La pique à homard argentée a brillé sous les néons. Celle que le chef s'attendait à ce que j'utilise pour retirer la chair de Larry de sa carapace.

Larry a levé sa pince en guise d'adieu, me montrant l'élastique bleu. Bleu comme l'océan. Bleu comme les bords délicats de la carapace recouvrant ses fines jointures, que je serais censée arracher avec la fourchette.

J'ai dégluti. *Pas aujourd'hui, Larry.*

— Désolée, Chef.

Laissant tomber mon couteau, j'ai rejeté le torchon sur Larry et je l'ai soulevé. Il n'était pas lourd, seulement un kilo ou deux, mais ses pinces surdimensionnées pendaient mollement.

— Qu'est-ce que vous faites, Mademoiselle Jones ?

J'ai gardé la tête baissée. — Je m'en vais, Chef.

La salle de classe était devenue silencieuse comme la mort.

— Si vous franchissez cette porte, vous échouez à mon cours. Il sera difficile d'obtenir votre diplôme sans lui.

Il aurait été difficile d'obtenir mon diplôme même avec une note de passage dans son cours. Glissant Larry sous mon bras, j'ai sorti mon sac Louboutin du casier sous mon poste de travail et je l'ai passé sur mon épaule. — Je comprends, Chef.

— Vraiment, Mademoiselle Jones ? Son sourcil gris s'est levé. Il devait avoir senti la pression qui me faisait revenir jour après jour à un cours que j'étais en train de rater.

J'ai jeté un coup d'œil à ma mallette de couteaux. J'aimais le poids du grand couteau de chef et la façon dont le manche tenait dans ma main. C'était dommage de le laisser ici. Mais il aurait fallu que je pose Larry, et si je faisais ça, mon instructeur soupe au lait risquait de le balancer dans ma marmite et de le faire bouillir vivant.

Mieux valait le laisser. J'ai fait un signe de tête à Gregory. Il avait du talent. Il les méritait plus que moi. L'école de cuisine était du gâchis pour moi, tout comme l'université, l'école de mode, le stage en événementiel, et même la boutique de fleurs que mon beau-père m'avait achetée.

— Désolée, Chef, ai-je répété, et d'une poigne ferme sur Larry, j'ai tourné les talons sur mes sabots.

J'aimerais pouvoir dire que je suis sortie avec panache, mais ce satané sabot s'est accroché au sol et s'est arraché de mon pied. Je les avais toujours détestés de toute façon. Je suis sortie de l'autre et, en chaussettes, je me suis traînée hors de la salle de classe.

———

LE CHAUFFEUR UBER a démarré en trombe du trottoir à Rincon Park. Je m'étais habituée à l'odeur de poisson pendant les deux heures que nous avions passées dans la salle de classe, mais avoir Larry dans la petite Mazda, c'était quelque chose, surtout après qu'il a eu un peu le mal des transports.

Malgré les nuages bas, l'air était plus frais au parc, et j'ai marché droit vers la jetée.

— T'inquiète pas, Larry. Je m'occupe de toi. Les langoustes ont peut-être l'air différentes, mais je suis sûre qu'elles sont sympas. Tu vas te faire plein de nouveaux amis.

Il a tourné ses pédoncules oculaires vers moi.

— Sérieusement, mon pote. Je ne pense pas que tu survivrais si je te renvoyais dans le Maine ou je ne sais où. C'est bien mieux que d'être servi à la cafétéria. Si la baie ne te plaît pas, tu peux nager autour de la péninsule jusqu'à l'océan.

À la réflexion, j'aurais probablement dû l'emmener du côté de l'océan, mais il était trop tard pour ça maintenant. L'eau était profonde ici, et il n'y avait pas de pêche commerciale dans la baie.

Quand j'ai atteint la rambarde, j'ai posé Larry dessus, toujours emmailloté dans mon torchon de cuisine. Ses pédoncules oculaires oscillaient entre moi et l'eau en contrebas.

— Regarde, Larry. Je sais que c'est un nouvel endroit et que tu as peur. J'ai commencé plein de nouvelles choses, et voilà ce qui a toujours marché pour moi : trouve un moyen d'aider les autres. Comme ça, ils ont besoin de toi, qu'ils t'aiment ou non.

Larry n'était pas convaincu. Il a tapoté la rambarde avec sa pince.

— Tu n'es pas obligé de suivre mes conseils. Après tout, qu'est-ce que j'en sais ? Aucune de mes écoles ou de mes boulots n'a tenu, et je vais avoir un mal de chien à expliquer ce qui s'est passé aujourd'hui à Mère et Charles. Mais le truc qui me convient est quelque part dehors, et le truc qui te convient est là-dessous.

Nous avons tous les deux regardé l'eau. Elle était profonde et bleue.

— Trouve un joli rocher et fais profil bas jusqu'à ce que tu reprennes des forces. Goinfre-toi de… Qu'est-ce que vous mangez, au fait ? Du plancton ? Des algues ? Des petits poissons ? Je suis sûre qu'il y en a là-dessous. Peut-être que tu rencontreras une gentille dame homard — ou un mec, ce qui te rendra heureux — et que vous vous installerez dans un coin sympa et profond de l'océan, pour élever quelques bébés ensemble. D'accord ? J'ai essuyé une embrassade de ma joue.

Il a agité faiblement ses pinces.

— C'est vrai. Il faut que je t'enlève ça. J'ai fouillé dans mon sac et j'ai trouvé le couteau suisse rose que mon frère Jackson m'avait donné quand j'avais douze ans. J'ai sorti la grande lame et j'ai tranché l'élastique de sa pince droite, puis de sa gauche. Timidement, il a ouvert et fermé ses pinces.

— Mieux ? Bon, je vais te laisser tomber dedans.

Mais je ne l'ai pas fait. J'ai fixé ses yeux troubles.

— C'est ta deuxième chance, mon pote. Ne la gâche pas. Qui étais-je pour le conseiller ? Combien de deuxièmes, troisièmes ou quatrièmes chances avais-je gâchées ? Combien de fois Mère m'avait-elle lancé son regard aux yeux plissés et aux lèvres pincées qui me disait à quel point je la décevais ? Combien de fois avait-elle vraiment dit les mots : *Natalie, quand vas-tu enfin te poser ? Pourquoi ne peux-tu pas être plus comme tes frères ou ta sœur ?*

Je n'aurais jamais autant de succès que mes frères et sœurs. Je devrais faire ce que Mère avait fait et épouser un gars avec du potentiel. Elle m'avait présenté assez de fils de ses amis riches pour que j'en aie trouvé un qui me plaise maintenant.

Larry m'a tapoté la main avec sa pince.

— C'est vrai, désolée. Il ne s'agit pas de moi. Il s'agit de toi. Bon, un… deux… trois. Je l'ai retourné et je l'ai laissé tomber la tête la première dans l'eau, trois mètres plus bas. Il a fendu l'eau, sans une éclaboussure, comme un plongeur olympique. Il est resté un instant en suspension sous l'eau, se balançant avec les vagues qui clapotaient contre la jetée. On aurait presque dit qu'il me faisait un signe de la main. Puis, d'un coup de queue, il a plongé, sa carapace brune disparaissant dans l'eau sombre. J'ai attendu une minute, serrant le torchon puant. Puis j'ai laissé passer une autre minute. Mais Larry n'est pas réapparu.

J'espérais qu'il ferait meilleur usage de sa deuxième chance que moi des miennes.

Je me suis retournée vers la ville. Je pouvais prendre un autre Uber pour rentrer, me nettoyer, et trouver comment expliquer à mes parents que j'avais abandonné l'école de cuisine deux semaines avant la fin du semestre. Ou…

J'ai aperçu le grand immeuble qui faisait de l'ombre au bâtiment plus petit de mon frère.

Il en avait eu, sa part de deuxièmes chances. Peut-être qu'il pourrait me donner quelques conseils. Ou au moins plus de compassion que je n'en recevrais de notre mère.

―――――

Tente-moi est disponible en format poche chez votre détaillant préféré.

À PROPOS DE L'AUTEUR

Michelle McCraw adore lire des romances et travailler dans la technologie. Un jour, elle a décidé de combiner ses deux passions, et maintenant elle écrit des romances contemporaines torrides et geek qui pourraient bien vous faire rire. Ses livres mettent en scène des personnages qui aiment sans complexe la science, l'ingénierie et la technologie.

Auteure américaine et Texane de naissance, Michelle a pelleté de la neige pendant des tempêtes en Nouvelle-Angleterre et a opté pour une souffleuse à neige dans le Midwest. Elle vit maintenant en Géorgie, où la neige ne lui manque PAS DU TOUT. Elle aime lire, voyager, boire du bourbon et gâter son chien extraordinairement mal élevé mais adorable. Elle a été finaliste au RWA Vivian Contest, au Stiletto Contest des Contemporary Romance Writers et au Four Seasons Contest des Windy City Romance Writers.

facebook.com/MichelleMcCrawAuthor

instagram.com/MMOWriter

amazon.com/author/michellemccraw

goodreads.com/MichelleMcCraw

bookbub.com/authors/michelle-mccraw